日輪の賦

澤田瞳子

幻冬舎

日輪の賦

目次

●主要登場人物系図

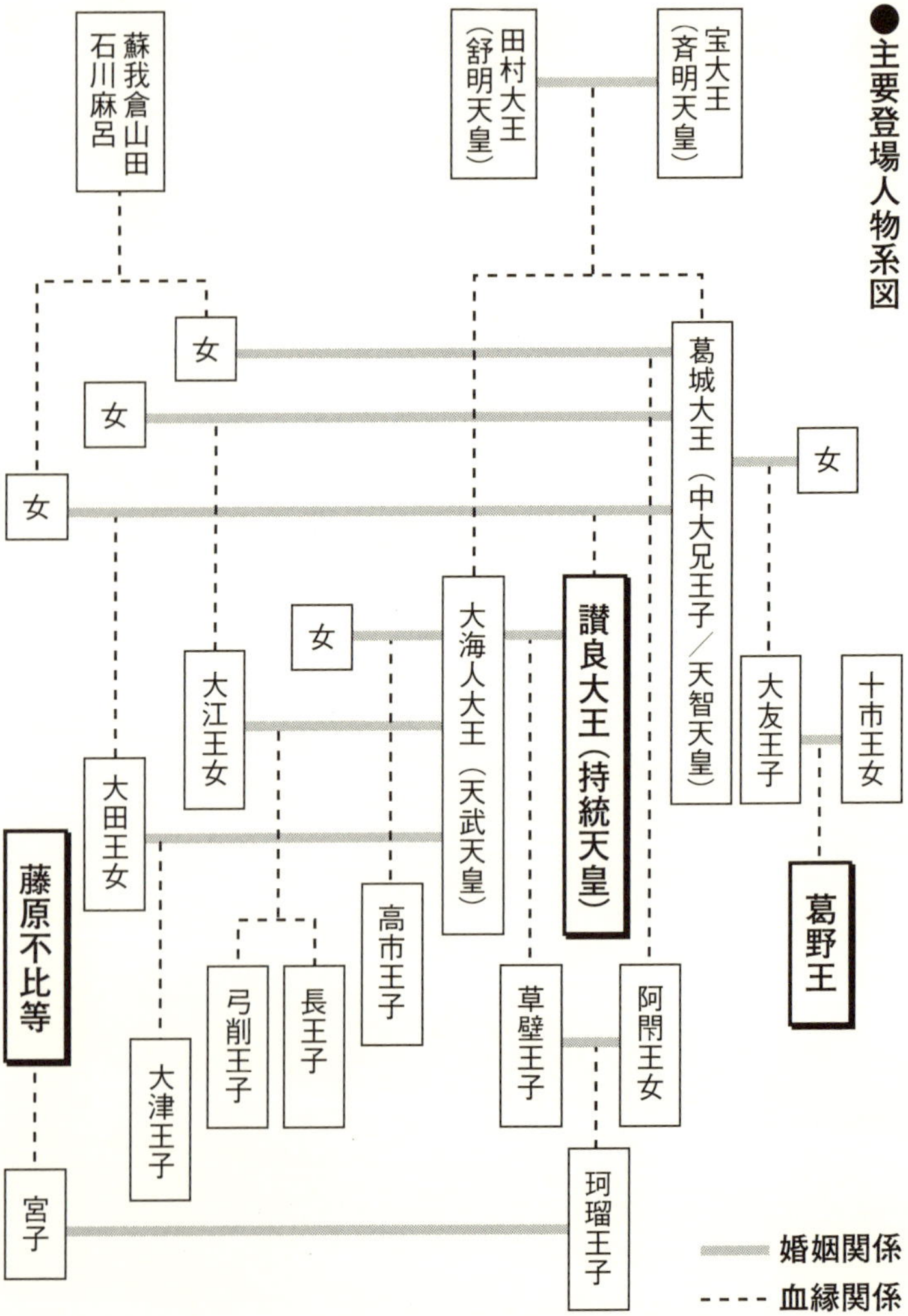

宝大王（斉明天皇）
田村大王（舒明天皇）
蘇我倉山田石川麻呂
女
女
女
葛城大王（中大兄王子／天智天皇）
女
讃良大王（持統天皇）
大海人大王（天武天皇）
女
大江王女
大田王女
大友王子
十市王女
葛野王
藤原不比等
高市王子
長王子
弓削王子
草壁王子
阿閇王女
大津王子
珂瑠王子
宮子
婚姻関係
血縁関係

●登場人物

【讃良大王】亡き夫・大海人大王の志を継ぎ、完全なる中央集権体制を目指し改革を続ける女王。

【忍裳】男装の女官。讃良の腹心。

【高市王子】太政大臣として讃良を補佐する。

【八束】廣手の兄。高市王家の大舎人だった二年前、不慮の事故で亡くなる。

【葛野王】壬申の大乱で敗れた大友王子の長子。無官の王族であったが、ある事件をきっかけに讃良の重要な側近となる。

【阿古志連廣手】八束の弟。兄に続き京へ上り、葛野王家の大舎人となる。

【高詠】滅亡した百済からの渡来人。葛野王家の懸人にして外薬官の医師。

【藤原不比等】藤原（中臣）鎌足の子でありながら、低い官位にある。

【田辺史首名】藤原家の従僕。

【丹比嶋】右大臣。朝堂で権勢を振るう。讃良の改革に反発している。

【阿倍御主人】大納言。讃良の改革に反発している。

【大伴御行】大納言。讃良の改革に反発している。

【白猪史宝然】唐に長年留学していた学者。法令殿にて律令の研究・分析を続ける。

【伊吉連博徳】辣腕外交官。密命を受け、撰令所主宰となる。

装丁　平川彰（幻冬舎デザイン室）
カバー写真　©Niigata Photo Library/
a.collectionRF /amanaimages

第一章

色のあせた山吹が、葉叢《はむら》の陰で花弁を散らしている。爛漫の春の去った野山はまばゆいばかりの嫩葉《わかば》を輝かせ、山路は緑の紗《しゃ》で包んだような柔らかさに満ちていた。

里から離れた官道は人気もなく、時折遠くで鳥が啼くばかり。爽やかな風が一足ごとに頰を撫で、まさに旅にはうってつけの季節であった。

しかし若さに任せて旅路を急いだのが悪かったのか、それとも昨晩かじった乾肉が傷んでいたのか。阿古志連廣手《あこしのむらじひろて》の早朝からの腹痛は、竹内峠に向かう急峻な道を進むにつれ、ひどくなる一方であった。

梢にわずかに残った桜の紅色に眼を留める余裕など、ある道理がない。疼く下腹を片手で押さえ、滲んでくる脂汗をこっそり袖でふき取るのが精一杯であった。

紀伊国牟婁評《むろのこおり》から新益京《あらましのみやこ》（藤原京）までは、徒歩で約六日の距離。それを二十一歳の若さに任せ、四日でたどり着こうとの計画がそもそも無理だったのかもしれない。実際、伴をしてきた奴《やっこ》の狗隈《いぬくま》など、出発のその日から、慌ただしい路程に口を尖らせ通しであった。

「急がなくたって、京《みやこ》は逃げやしませんぜ。それよりせっかくの旅なんですから、道中、楽しもうじゃありませんか。京で大舎人《おおとねり》として働き出されたら、そうそう旅もできねえでしょうし」

大舎人とは、宮城の雑務に従事する下級職員である。官吏を志す者はまず大舎人となり、数年がかりで能力を査定されてから、各々に相応《ふさわ》しい官職を与えられる。いわば大舎人は役人の誰もが通る、出世の登竜門であった。

廣手は牟婁の評督《こおりのかみ》・阿古志連河瀬麻呂《かわせまろ》の次男である。阿古志連家はかつては牟婁一帯を支配した国造《くにのみやつこ》の末裔。京から隔たった鄙《ひな》の地だけに、その権力たるや中央から派遣される国宰《くにのみこともち》(後の国司)の比ではない。

荷はさして多くないが、食い扶持《ぶち》だけはたっぷり携えている。初めて目にする他国の山々、町々の風俗。泊まりごとに異なる山海の味をゆっくり楽しんでもよかろうとの狗隈の言い様はもっともだが、若盛りの廣手からすれば、京への憧れはそれらの誘惑をはるかに上回っている。旅をむさぼろうとする奴婢根性が、ひどくいじましく感じられた。

「狗隈、そんなに気に入ったなら、この地で売り飛ばしてやってもいいぞ。なあに、心配しなくていい。おまえの代わりなんて、京に行けば大勢いるだろうしな」

「ひええ、それればかりはご勘弁。ちょっとねだりごとをしただけじゃねえですか。本気に取られちゃ困りますぜ」

この時代、人々の身分は一般公民たる良民と、家人・官奴婢・私奴婢といった賤民に大別されていた。中でも官が所有する官奴婢、私人の所有になる私奴婢は、金銭で売買される牛馬同然の存在。彼らを人間扱いする者など滅多におらず、廣手の軽口もごく当たり前のものであった。

「だったらつべこべ言うな。明日は丹比道《たじひみち》を通って、いよいよ京入りだ。今夜はさっさと寝ておけ」

昨夜《ゆうべ》そう叱り付けたばかりなだけに、腹痛程度で弱音は吐けない。痛む鳩尾《みぞおち》を押さえながら、廣手は歯を食いしばった。

丹比道は、河内《かわち》・摂津と京を結ぶ街道。難波津《なにわづ》の南を起点とし、河内平野を南北に縦断する難波大道と交差した後は、葛城《かつらぎ》の山脈を縦断する山路となる。

草深い山中にもかかわらず、幅三間（約五メートル）の道は白石敷き。左右に溝が穿《うが》たれ、美しく整備されている。しかしそれをはずれ、獣道にも似た隘路に踏み込んだのは、

「こっちの坂は急だが、峠に向かって真っすぐ登っているようでさあ。人が歩いた跡もある。多分、これは近道ですぜ」

との狗隈の言葉ゆえであった。

普段であれば、知らぬ土地で脇道を選ぶ浅慮などしない。予想外の腹痛が、廣手の判断を狂わせていた。

「とはいえ踏み入ったはいいけど、ひどい細道ですなあ。猿や鹿ならともかく、猪にでも遭ったら困りものですぜ」

なるほど人の足跡こそあるものの、藪が深く、おそろしく急な坂道である。二人の姿に驚いたのだろう。山鳥が灌木の根方から飛び立ち、斜《なぞえ》の向こうに消えた。

そうこうする間にも差し込みはますます強まり、ぎりぎりと腹をえぐってくる。だがここで弱音を吐けば、狗隈に後々までなんと侮られるかしれぬ。とにかく早く峠を越え、京に入るのが一番であった。

宮城には外薬官《とのくすりのつかさ》という、官人専門の診療所があると聞く。所定の出頭手続きを終えたら、真っ先にそこを訪ねよう。

(こんなとき兄者《あにじゃ》がいてくれれば——)

肩も胸も自分よりずっと厚く、武芸に優れていた異母兄の姿が脳裏をよぎり、その時ばかりはわずかに腹の痛みが薄らいだ。

「そういや八束《やつか》さまが牟婁を発たれたのは、ありゃあ四年前の秋でしたっけ。こんな夏近い季節より秋の方が、旅は楽でしたでしょうな」

廣手の胸の呟きが届いたわけでもあるまいが、先に立って藪漕ぎをしていた狗隈が、振り返りもせず声を張り上げた。

「あの時は誰がお供したんでしたっけ」

「いや、京に上られる国宰さまご一行に加えていただいたんだ。多分、誰も連れて行かなかったと思うぞ」

「ああ、言われてみればそうでした。けど考えてみれば早いもんだ。八束さまが京で亡くなられて、もう二年なんですねえ」

感慨深いのは、廣手も同様であった。

異母兄の八束はいまの廣手同様、大舎人となるべく上京。だが翌年、宮城内の作事場で不慮の事故に遭い、帰らぬ人となったのである。

兄の死によって、評督の職は廣手が継ぐことが確実となった。それを擲《なげう》ってまで彼が大舎人を志したのは、八束が暮らした京を、一目、見たいとの思いからであった。

何しろ大王《おおきみ》がおわす京は、この倭国《わこく》の中心。仕丁《つかえよぼろ》として上京した評の者によれば、筆舌に尽くしがたいほどきらびやかな街という。

かつて、官人として宮城に仕える機会は、畿内豪族の血縁にしか開かれていなかった。それが遠国の評督の子弟にまで拡大されたのは、今から二十年前。ただいま京におわす讃良大王《さららのおおきみ》（持統天皇《じとう》）のご夫君、故・大海人大王《おおあまのおおきみ》（天武天皇《てんむ》）の宰領によるものであった。

こんな好機をみすみす逃すすべはあるまい。幸いにも父の河瀬麻呂は、息子の願いにあっさり了承を与えた。

何しろ廣手は、大海人大王の治世四年の生まれ。蘇我《そが》氏を滅亡させた乙巳《いっし》の変（大化の改新）はもちろん、隣国百済の危難を救わんがため唐・新羅の大軍に立ち向かった白村江《はくすきのえ》の敗戦、更には天下を二分した壬申《じんしん》の歳の戦いすら知らない。

壬申の大乱は、葛城大王（天智天皇《てんじ》）亡き後の覇権を巡り、葛城の王太弟であった大海人が、兄の遺児・大友《おおとも》と激しい戦いを繰り広げた内乱であった。その戦に勝利した後、大海人が断行した国政改革のめまぐるしさ、神とも崇められた行動力……そして亡夫の遺志を継いだ讃良大王の施策を学び、将来のために見聞を広めるには、京に出るのが一番と、河瀬麻呂は考えた様子であった。

「廣手、この数十年で、世の中は恐ろしいほどに変貌しておる。何しろ大海人さまは壬申の大乱で天下を掌握なさると、名だたる豪族が戦の巻き添えで没落したのをよいことに、部曲《かきべ》（地方豪族の私有民）を廃止するやら、封戸《ふこ》の管理権を取り上げるやら、各氏族の力を次々と削ぎ落とされた。おかげで今や地方豪族たる我らの力など、昔日に比すればまこと微々たるものじや」

廣手が牟妻を出る前夜、河瀬麻呂は息子に一振りの大刀を与え、世の動向をくどくどと説いた。

把頭《つかがしら》に虎の頭を象嵌《ぞうがん》した銀装《しろがねつくり》の大刀は、阿古志連家に代々伝わる重宝。そして四年前、八束が腰に佩《お》びて京に発った品でもあった。

あの日、秋の日差しを全身に受けた兄の腰で、この大刀は波打つ芒《すすき》の原にも劣らぬ清冽な光を放っていた。その彼が京の東に埋葬され、大刀とわずかな身の回りの品だけがひっそりと牟妻に戻ろうとは、あのとき誰が想像しただろう。

大海人の大改革は、地方行政のみに止まらない。廟堂では前代の左右大臣制を廃止し、后《おおきさき》の讃良を右腕に、彼女の所生《しょせい》になる草壁王子《くさかべのみこ》、讃良の姉・大田王女《おおたのひめみこ》が産んだ大津王子《おおつのみこ》などの息子を相次いで相談役に任命。大王直属の審議機関たる納言《ものもうすつかさ》が、法官《のりのつかさ》・理官《おさむるつかさ》・大蔵《おおくら》・兵政官《つわもののつかさ》・刑官《うたえのつかさ》・民官《かきのつかさ》の六官を動かす、かつてない集権執務体制を完成させた。

だがそれらは決して、大海人一人の意図ではない。これより前、百済・高句麗・新羅の半島三国の対立が激化し、国際緊張が高まった折、諸外国に比肩しうる新たな国家——大唐のそれに倣った、大王を中心とする強力な支配体制を創設せんと立ちあがったのは、彼の兄である葛城王子であった。

蘇我宗家を葬った乙巳の変は、葛城の改革の第一歩。直後、彼は「凡《およ》そ天下に私地私民は存在せず、全ての土地・人民は大王の統《す》べるところ」と宣言し、いわゆる公地公民制を施行。諸国に国宰を派遣することで地方豪族の勢力を弱め、京の大王に全権力を集めんと試みた。いわば大海人は兄の遺志を継いで、中央集権体制を推進したわけである。

諸豪族を土地と人民から切り離し、大王、ひいては国家の忠実な官僚とする。同時に中央の執務体制を官吏主導に改める、大唐の官制に倣った改革。この約五十年、壬申の乱という内乱をはさみながらも、葛城・大海人兄弟は同じ志を抱き、国政を進めて来たのであった。

官人が大舎人を経験した上で採用される制度も、この一環。しかも大海人はそればかりか、官人の勤務評定が昇進に直結する徳行才用主義を実施。門地《もんち》を問わぬ、能力に応じた登用を行い、役人たちの綱紀粛正を図った。

無論、古くからの豪族は改革に不服を抱いたが、天下を二分した大乱の勝者、輝ける日輪の如き大海人に逆らえる者などいるわけがない。このため彼らはむしろ進んで大海人に服従し、彼の功績を讃えることに終始した。

当時、「天皇《すめらみこと》」の語はまだ、この海東の小国にない。天下を掌握した大海人は幾度か、「大王」に代わる新たな呼称を撰定しようと試みた。だが未曽有の内乱を勝ち抜き、古来の豪族たちを膝下に伏せさせ、これまでにない新しい国家を築き上げた「大王」に対する崇敬の念は、それ以前に彼自身を神へと祭り上げてしまった。大海人は生ける大王であるとともに、この世に現出した現人神《あらひとがみ》そのものだったのである。

「大君《おおきみ》は　神にしませば赤駒《あかこま》の　腹這ふ田井《たい》を　都となしつ――歯の浮くような阿諛《あゆ》追従じゃが、あのお方を神と讃える気持ちはわからぬでもない。よいか、わしがかような話をくどくどと申すのは、単なる年寄りの説教ではない。卑官とはいえ、大舎人は宮城の根幹を支える大切な務め。大王が如何《いか》なる世を築こうとしておられるのか、それをよく読みとり、誠実にお仕え申すのじゃぞ」

かつての名族・阿古志連家は、この数十年で国造、牟婁評督とめまぐるしく役名を変え、今日その勢力は弱小豪族と呼んでも構わぬほどである。近在の者たちはいまだ河瀬麻呂たちに厚い崇敬の念を抱いているが、紀伊国を一足出ればその名を知る者も少なかろう。しかし温厚な河瀬麻呂は一族の頽勢《たいせい》に危機を抱くどころか、大王を中心とする支配機構に期待すら寄せていた。

「ですが父上、その大海人さまの御世も今は昔。后の讃良さまに代替わりなさってから、中央の動きはずいぶん昔に戻ったとうかがいますが」

廣手の賢《さか》しらな反論に、河瀬麻呂は日に焼けた腕をうむと組んだ。

「大海人さまが亡くなられたのは、十年前の冬。直後、讃良さまはなさぬ仲の大津王子に反逆の疑いありとして、すぐさま王子を死罪に処してしまわれた」

「その騒動なら、僕も微かに覚えています。大津さまは草壁さまより年下ながら、病弱な異母兄上とは正反対の豪放な偉丈夫。兄弟がたの誰より、大海人さまに似ておられたとか」

息子の口調に、讃良への批判を感じ取ったのだろう。河瀬麻呂は硬い顔つきで、小さく首を横に振った。

「世人は讃良さまのご行状を指して、わが子を帝位につけんがための傍若無人、子の母というものは恐ろしいと評した。されどわしはそうは考えぬ。王女はかつて葛城さまと大海人さまの間にあった葛藤、そしてそれに続いた壬申の戦の轍《てつ》を踏むまいと、やむなく大津さまを処分なさったのであろう」

「やむなく、ですか――」

「讃良さまが守らんとされたのは、草壁王子ではない。わが子が継ぐべき、父君とご夫君の遺志だったとわしは信じておる」

大海人は十年もの間、弟として葛城を補佐してきた。だが誰もが彼を次期大王と信じていたにもかかわらず、葛城は死の間際になって、愛息・大友への譲位を切望し始めた。兄の変心に危険を覚えた大海人は、出家して吉野に隠棲。葛城の没後、東国の諸豪族の協力を得て、当時朝廷が置かれていた近江京を攻撃し、大友王子を自害に追いやったのである。

言うなれば讃良は葛城・大海人の改革と軋轢《あつれき》を、もっとも近くで見てきた生き証人。そして二人の血と志を濃く受けた、彼らの後継者ともいえた。

「壬申の大乱は讃良さまにとって、ご夫君と異母弟君《おとうとぎみ》の間に起きた戦じゃ。御心の裡《うち》を忖度《そんたく》するのは不遜じゃが、葛城さまの目指された国家を実現するのは、二十歳そこそこの大友さまには荷が重い。変革を続行し得るのは大海人さましかないと信じ、讃良さまはご夫君に従われた。そしてそんな方だからこそ、ご夫君の没後、大津さまを死に追いやられたのではあるまいか」

「どういう意味でございます」

「確かに大津王子は、駿馬《しゅんめ》の如く濶達《かったつ》なお方であらせられた。あえて申さば、倜儻不羈《てきとうふき》。常人には律しがたい才気煥発さは、なるほど大海人さまと瓜二つじゃったわい」

讃良は彼の才気を危ぶんだのだ、と河瀬麻呂は語った。

急進的な大海人の改革にもかかわらず、廟堂ではいまだ、多くの豪族が勢力を蓄えている。国家の基《もとい》を定める法典もなく、大唐のそれを模した官僚制もまだまだ未完成。そんな最中、大津が草壁に牙を剝きでもすれば、世の混乱に乗じ、王位簒奪《さんだつ》を目論む豪族が現れぬとも限らない。そうなれば三十年余に及ぶ父と夫の改革、その途上で流れた数多《あまた》の血は、すべて水泡に帰す。

「讃良さまは不要な戦を防がんがため、己の手を汚し、大津王子を排除なさったのじゃ。されど世の中とはうまくいかぬもの。頼りの草壁さまはあろうことかその三年後、急な病を得て薨《こう》去《きょ》なされた。珂瑠王子《かるのみこ》という忘れ形見こそおられるものの、わずか七歳の童《わらべ》が、王位を継げるわけがない。かくして中継ぎの大王として讃良さまが即位されたが、いくら男勝りとはいえ女子の身。さすがに夫君の如き独断専行は行えぬ。それゆえやむなく古くからの諸豪族を政《まつりごと》に参与させ、彼らの協力を仰いでおられるのが、今日の朝堂の有様じゃ」

現在讃良の廟堂は太政大臣《おおいまつりごとのおおおみ》である高市王子《たけちのみこ》、右大臣《みぎりのおおおみ》の丹比嶋《たじひのしま》、大納言《おおいものもうすつかさ》の阿倍御主人《あべのみうし》と大伴御行《おおとものみゆき》の四人によって切り盛りされている。

大海人の長男である高市は、讃良の腹心。しかしそれ以外の三人はすべて、本来であれば朝政に参与できぬ、前代以来の豪族である。

「これらの方々はいずれも壬申の乱の折、大海人さまに味方し、武功を立てた御仁。政変に乗じて権勢を振るわんとしたが、大海人さまのご威光の前では果たせず、讃良さまの御世になってようよう浮かび上がってきた面々じゃ」

「なるほど、では諸大臣がたには今日ただ今こそが、長らく待ち望んだ時節なのですね」

「さよう、豪族たちの中には表向き大王に忠節を誓いながらも、かつての権益が失われたと、改革を憎む者も多い。この三人なぞまさしくその代表といえよう」

右大臣丹比嶋は、檜隈高田大王《ひのくまのたかたのおおきみ》（宣化《せんか》天皇）の玄孫《やしゃご》。また阿倍御主人と大伴御行は、それぞれ阿倍氏と大伴氏の氏上《うじのかみ》（氏族代表）。いずれも大化以前から朝廷を支えてきた、畿内豪族の生き残りである。

言い換えれば彼らは讃良の帷幄《いあく》の臣であると同時に、最後の守旧派。葛城、大海人、そして讃良が目指す中央集権体制にとって、最後の敵対勢力であった。

それだけに表向き協力態勢を取りつつも、両者の間には早くから、顕然たる溝が存在した。四年前の春、讃良が伊勢行幸を計画した折など、三人は当時中納言だった大三輪朝臣高市麻呂《おおみわのあそんたけちまろ》を通じ、行幸中止を奏上。彼女の即位後初の、大王と臣下の全面対立となった。

「春は百姓《ひゃくせい》にとって、農事多忙の季節。かような時季の行幸は、人民の負担を増すばかりでございます」

讃良からすればこれは、諸国の実情を検分せんがため。決して奢侈《しゃし》逸楽を旨とした巡幸ではない。

結局これは讃良が反対を押し切って出立し、高市麻呂が辞表を提出する形で落着した。しかしそれ以降も、丹比嶋たち三人の議政官は事あるごとに讃良に楯突き、彼女の変革を邪魔している。

とはいえ中央集権的な支配を推進するには、有力氏族の協力は不可欠。また朝堂の官吏の大半は中央・地方豪族の子弟であるため、哀しいかな三人を排除したくともままならぬのが現実のようであった。

「今は高市さまが双方の仲を取り持っておられるが、近いうちに必ずや、更なる軋轢が生じよう。よいか、さような折に始める宮仕え。草深い鄙から眼も絢《あや》な京に出れば、様々心惑う事もあろう。されどただ忠節のみを胸に刻み、大王にお仕え申すのじゃぞ」

（だけど、やっぱりどう聞いても、讃良さまとは奇妙なお方だよなあ）

父の熱弁をよそに、廣手は胸の中でしきりに首を傾げていた。

女だてらに大王となり、高官たちを相手に立ち回る女傑。まだ若い廣手には、彼女がそれほど讃仰に値する人物だとは、どうしても思えなかったのである。

そもそもこの国は古《いにしえ》より、大王と各地の豪族が和合して統治してきた。その共和を破り、中央集権化を推し進める真の目的とは何なのだろう。

（国のためといっても、要はただ、権力が欲しいだけなのではないだろうか）

大海人も讃良も、つまりは自分たちが政を掌握できるよう、朝堂を作り替えているだけだと、廣手は単純に解釈していた。紀伊より他の地を知らぬ彼には、中央集権体制がこの国に何をもたらすのかもよく理解できなかったのである。

無論、倭国の統治者である大王を畏れ敬う気持ちはある。だが彼らが何を志向しているのかを理解するよりも、兄の八束がどんな土地で生涯を終えたのか、それを知りたい思いが先に立つ。

こうしてせっかくの河瀬麻呂の説教も大半を聞き流したまま、廣手は郷里を後にしてきたのであった。

山を登るにつれて、道はどんどん狭くなってゆく。辺りは静寂に包まれ、時折遠くで鳴き交わす鶸《ひわ》の声が山間《やまあい》にこだまするばかり。腹の痛みからなんとか気を逸らそうと足元を見れば、気の早い山百合の蕾《つぼみ》が、わずかな風に揺れていた。

「おい、狗隈。この道は本当に峠に向かっているのか。さっきから細くなる一方じゃないか」

廣手の声に、狗隈は杖で山路の先を指した。

「大丈夫でさあ。見てくだせえ。ちょうどほら、あっちから人が下ってきましたぜ」

見上げればなるほど、三人ばかりの男たちが、山道をいっさんに駆け下ってくる。

界隈の猟師であろうか。顔に当たる小枝や道をふさぐ草を気に留めようともしない。猪のごとくこちらに突き進んでくる姿に、狗隈は誇らしげに破顔した。

「ああいう奴らが通るってこたあ、やっぱりこの道は近道なんですぜ」

そうこうする間に、男たちは真っ黒に日焼けした顔が判別できるほどまで近づいてきた。髪は藁しべでくくった蓬髪。垢じみた生麻の半臂《はんぴ》のあちらこちらにどす黒いものが染みついているると見て取るのと、彼らの手の中でぎらっと凶暴な光がきらめいたのは同時だった。

「違うぞ、狗隈ッ。あれは盗賊だ。逃げろッ」

光の正体を大鉈《おおなた》と覚り、廣手は腹痛も忘れて怒鳴った。腰の大刀を抜き放つと、狗隈を突き飛ばし、男たちに向かって山道を駆け出した。

諸国から集められた役民《えだちのたみ》の中には、厳しい労役にたまりかね、作事場から逃亡する者が少なくない。そのうち大半は道中で飢え死にするか、街道で捕縛される。だが中にはごく稀に、畿内の山々にこもり、盗賊として露命をつなぐ男たちもいた。元は官品らしき半臂からして、彼らもそんな役民崩れに違いない。

相手は三人、いや、背後に更に二人が続いている。いずれもやせてはいるが、髪や髭をぼうぼうに伸ばし、眼を凶暴に血走らせた餓狼のような男どもであった。

荷を放り出して逃げるかとの思いが、脳裏をよぎる。だが彼らは荷はもちろん、廣手や狗隈の衣まで追い剝ぎ、近在の市で売り飛ばす腹に違いない。だとすればここで遁走しても、命が助かる保証はない。

ひんやりとした銅製の把を、廣手は強く握りしめた。

八束に及ばぬまでも、剣技にはそれなりの自信がある。数では負けるが、相手はただの役民。勝ち目は皆無ではないはずだ。

大刀を抜き放った廣手に、男たちは四、五間離れた場所で足を止めた。彼らを睨みつけたたま、視界の端で素早く周りの様子をうかがう。

山を登り始めた時間から推すに、おそらく峠は目前。それを越えれば、あとは麓に向かって、ひたすら道を下るだけだ。

「いいか、狗隈。僕があいつらの囲みを破ったら、いっさんに駆けるんだ。山を下りれば、すぐに葛城の里があるはず。いくらあいつらでも、人里までは追って来まい」

「へ、へえ――」

「行くぞッ」

廣手は意味を成さぬ喚き声を上げながら、男たちに突撃した。生っ白い若造《ちろ》が手向かうとは、予想だにしていなかったのだろう。うわっと驚きの声を上げる彼らのただ中を、やみくもに大刀を振り回して駆け抜ける。

わずかな手ごたえとともに、

「この野郎ッ」

との怒声が弾けたのは、振り回した刀が誰かを傷つけたゆえか。とはいえ背後を振り返る暇はない。

「行くぞ、狗隈ッ。遅れるなッ」

「くそッ、あの若造め」

「あの大刀一振りでも、餌香《えが》の市に持ち込めば、相当な米に換えられるぞ。ええいっ、逃がしてなるかッ」

野太い怒声とともに、握りこぶしほどもある石が背後から飛来し、廣手の耳をかすめて藪に落ちた。あれをまともに脳天に食らえば、命が危ない。

だが走れども走れども、すぐにたどり着くかに思われた峠はなかなか見えてこない。しかも盗賊たちはあきらめもせず、執拗に背後に迫ってくる。

己の息がひどく大きく耳底に響いている。こんなことなら、脇道に逸れるべきではなかった。考えてみれば、自分より盗賊たちのほうがこの山には詳しいだろう。仮に峠にたどり着いたとて、里に下りる前に先回りされるかもしれない。

畜生、と唇をかみ締めた時である。

頭上近くに昇っていた日輪がさえぎられ、黒々とした影が山道に落ちた。

見上げれば杉木立の向こうに、馬にまたがった人物がいる。太陽を背に受け、顔かたちは判然としない。それでもその人物が自分たちとせまり来る盗賊を交互に見やったのが、廣手にははっきりと分かった。鞅《むながい》に提げられた鈴が、木々のざわめきを制して高く響いた。

賊たちもまた、思いがけぬ人影にぎょっと足を止め、周囲にすばしっこい探りの目を投げた。馬はたくましく肥え、陽射しを映ずる馬具も豪奢である。こんな山中に、身分ある人物が一人で現れるわけがない。必ずや従者が近くにいるだろう。彼らが今にも叢から現れるのではと、おびえた顔つきであった。

「薬師寺の造寺場より逃げ出した工人どもが、葛城山中で盗賊稼ぎをしているとは真《まこと》でしたか」

馬上の人物が、わずかに体の向きを変えた。木立の間から降り注ぐ陽光が、その横顔を明るく照らし出した。

縫腋《ほうえき》の黒袍《こくほう》に白袴、頭に漆紗の冠をかぶっている。一見、典型的な文官の姿だが、濃黒の袍は百官の服色に規程がない。

数年前、庶民は黄衣《きのころも》、奴婢は皁衣《くろのころも》を着せと定められて以来、黒といえば奴の色と決まっている。だがその出で立ちには賤しさの欠片《かけら》もなく、しっとりと重い闇の色の袍に、朱の長帯がひどく鮮烈であった。

しかし廣手の眼を釘付けにしたのは、儀軌《ぎき》にそぐわぬ官服だけではない。

男の如く髪を結い、小さな唇をきっと引き結んだ顔は白く、美少年じみて見える。さりながらその喉から発せられた声の高さは、馬上の人物が廣手とさほど年の変わらぬ女性であることを物語っていた。

驚く廣手には一瞥もくれず、娘は鞍の下から短弓を取り出した。それまで気付かなかったが、彼女のかたわらでは鶴のようにやせた五十がらみの男が、馬の轡《くつわ》を取っている。彼が背の靫《ゆぎ》から黒羽の箭《や》を抜いて差し出すと、彼女は無造作にそれをつがえ、きりりと弦を引き絞った。

「造寺場を逃げ出したのみならず、旅人を襲うとは不心得な奴。命ばかりは助けて取らせますゆえ、早《はよ》う寺に戻りなさい。否《いな》と申すのであれば——」

言葉が終わらぬ先に、弦音高く放たれた箭が先頭の男の足元に射立った。爪先からほんの一寸ほど先、女子とは思えぬ妙技である。ひええ、という間抜けな声を上げ、男がへなへなと坐り込んだ。

「次は容赦いたしませぬ。早うここから立ち去り、薬師寺に帰るのです」

脅しではない証拠に、娘は早くも第二の箭をつがえていた。先ほどの腕前からすれば、次は必ずや盗賊の喉元を射ぬくに違いない。

男たちは青ざめた顔を見合わせたが、次の瞬間、口々に悲鳴を上げながら、今来た坂道を我先にと下り始めた。腰を抜かしていた男までが、足をふらつかせながらその後を追う。

娘は険のある顔で、油断なく弓を構え続けていた。男たちの足音が遠のき、やがて鳥の鳴き声が山々に戻ってくると、小さく息をついて箭を下ろした。

化粧っ気はなく、およそ女らしい身拵えとは程遠い。それでいて張りのある目元や強く引き結ばれた唇が、澄明な印象を与える娘であった。

「あ——危ないところをお助けいただき、ありがとうございます」

かすれ声で礼を述べる廣手に、彼女はそっけなくうなずいた。梢を透かした陽に、薄い瞼が淡緑に染められていた。

「何故、官道を外れてかような脇道に迷い込まれたのです。この界隈の山は案外深く、猪なども多うございます。近道をなどと考えられては、命取りにもなりかねませぬ。見たところ、京に赴かれる途中と拝察いたしますが」

腰の大刀や奴連れの風体から、一介の庶民ではないと看取したのだろう。淡々とした声音ながらも、その物言いは丁寧だった。

「はい、お言葉通りでございます。されど京を目前にして賊に遭うとは、思ってもおりませんでした」

規定に背く官服姿といい、並々ならぬ弓の腕といい、どう見ても普通の娘ではない。いったい何者だろうと思い巡らせる廣手をよそに、彼女はかたわらの従者を見下ろした。

「あれだけ脅しておけば、しばらく悪さは働きますまい。ですが、それでおとなしく造寺場に帰るとも思えませぬ。葛城の里の者に山狩りを命じるつもりですが、人麻呂《ひとまろ》は如何考えますか」

「忍裳《おしも》さまのお言葉、ごもっともでございます。秋になれば諸国よりの運脚《うんきゃく》の衆が大勢、丹比道を通りましょう。かような者どもが難渋しては、讃良さまの名折れになりますからのう」

人麻呂と呼ばれた男が、甲高い声で答えた。

宮城の官吏には位階に応じた衣が与えられる。彼がまとっているのは、官人の中でも最下位を示す浅縹《あさはなだ》色の官服であった。

「ですがこの広い山中を探し回るのは、葛城の里人だけではひと苦労。ましてや間近な二上山《ふたかみやま》にでも逃げ込まれれば、容易に手出しもできますまいなあ」

「なれば主上《おかみ》に乞うて、兵衛《とねり》を差し向けていただきましょう。あのような不埒者ども、一時も早く成敗せねばなりますまい」

もはやこちらのことなど忘れたかのような主従を、廣手は言葉もなく見つめた。

草深い山中、すっくと背筋を伸ばして騎乗する男装の娘の姿は、幻かと疑うほど美しかった。牟婁評でも馬に乗る女は多いが、これほど凜然とした娘は目にしたためしがない。透き通るような肌と化粧っ気のなさが、その姿を更に澄ませていた。

「どうしやした、廣手さま。さっさと参りましょうぜ」

このとき狗隈がせっかちに袖を引いた。しかし、

「あ、ああ、そうだな」

とうなずきかけ、廣手はうっと、小さな呻きを上げた。現金なもので、危難が去った途端、忘れ果てていた腹痛がぶり返してきたのである。

しかもそれは以前とは比べものにならぬ激しさで、下腹をぎりぎりえぐってくる。思わず地面に膝をついた彼に、

「大丈夫ですか。ひょっとして先ほどの賊どもに、怪我でも負わされたんですかい」

と狗隈が血相を変えた。

「い、いや、平気だ。実は朝からひどく腹が痛んでいたんだ。京に着けば医師《くすし》に診てもらえると頑張ってきたんだが」

「ひょっとしたら水あたりでもなさったのかもしれねえですな。とにかく無理は禁物ですぜ」

だけど参りやしたねえ、と狗隈は額に手を当てた。

今日中に京に入るつもりだったが、この分ではそれも覚束ない。とにかく山を下り、手近な

里で宿を借りるべきだろう。

丈夫だけが取り柄のはずが、こんなところで労わり付くとは。悔しさに歯噛みしたとき、馬上から落ち着き払った声が降ってきた。

「わたくしどもは、これより京に帰ります。よろしければ途中までご同行いたしましょうか」

「それはありがたい。ぜひお願いいたします。遅れましたが、僕は紀伊国牟婁評の評督阿古志連河瀬麻呂の息子で廣手と申します」

「阿古志連廣手どの……」

その瞬間、忍裳の目元がわずかに強張ったことに、廣手は迂闊にも気付かなかった。

「はい。大舎人として出仕すべく、京に上る道中でございます」

「そうですか、大舎人に――」

小さくつぶやくと、忍裳は唐突に馬首を転じた。そのまま馬を笞打ち、人麻呂すら置き去りにして、険阻な山道を登って行く。

あまりにそっけない彼女の態度に、廣手は一瞬、不快を覚えた。とはいえ相手の正体が分からぬ以上、下手な文句は言えない。

(それにしても、こっちが腹痛で歩けないってのに、置き去りはないだろう)

漆黒の後ろ背に毒づいたとき、人麻呂が顎を撫でながら、狗隈を振り返った。

「おい、そこな奴《やっこ》。荷はわしが運んでつかわそう。おぬしの身体つきなら、主をおぶって山を下ることもたやすかろうて」

言うなり人麻呂は狗隈の背から、強引に荷を奪い取った。半白の髪やひょろりと細い体軀には似合わぬ、敏捷な動きであった。

「ありがとうございます。ですがそのお年で荷など負われて、大丈夫ですか」

「中身はせいぜい、着替えと道中の米程度でしょう。これでも昔は戦に加わり、野面や森を駆け回った身。老いたりとはいえ、平気でございますよ」

言葉にたがわず、人麻呂はさっさと包みを背負い、軽い足取りで山道に踏み出した。忍裳の姿はすでに、深い藪笹に覆われて見えない。

「やれやれ、この年になって坊ちゃまに背を貸すとは、夢にも思いませんでしたぜ」

ぼやきながらもよっこらしょと廣手をおぶい、狗隈は主従の後を追った。

放埒に繁った笹の根のおかげで、足元は悪くない。忍裳は苦もなく追いついてきた狗隈に、切れ長の目をちらりと振り向けた。

木漏れ日に紗の冠が透け、薄い影が白い項《うなじ》に落ちている。真っすぐに背を伸ばして手綱を握るさまがいかにも端正だが、女としての華やぎは微塵もない。男とも女ともつかぬ、実に不思議な容姿であった。

「里に着いたら、いずこかで馬を借りましょう。さすれば夕刻までには宮城に着けるでしょう」

「ここから里まではどのぐらいかかるのでしょうか」

「もはや峠はそこです。山を下るだけなら、半刻《はんとき》もかかりますまい」

このとき不意に、道の両側に覆い重なるように繁っていた木立が切れた。それと同時に眼下に開けた平野のあまりの美しさに、廣手は狗隈の背で息を呑んだ。

凪《な》いだ海のようになだらかな盆地のところどころで、こんもりとした丘が早緑に煌めいている。平野部には大路小路が縦横に走り、びっしりと並んだ建物を区切っていた。道行く者がまとう綺羅《きら》であろうか。芥子粒ほどの人影が街衢《がいく》を行き交うたび、そこここで小さな輝きが砕ける。そうでなくとも大路に敷き詰められた白砂のためか、眼下に広がる街並み全体が、薄い光を放っているかのようである。

(これが、新益京――)

「京の中央、あの大垣と濠《ほり》で囲まれた一画が、大王の住まわれる宮城でございますわい。まことと世に二つとなき、美しい宮でございましょう」

あまりの偉容に言葉もない廣手と狗隈を振り返り、人麻呂が説明した。

宮城の大きさは、方十町(約一キロメートル)。白土の塁壁と濠が巡らされ、十二の門が四囲に開かれている。

大小の官衙《かんが》が建ち並ぶ中、際立って豪壮な二層の建物は、宮城の中核を成す大極殿《だいごくでん》であろう。相当の距離があるにもかかわらず、柱の一本一本までが手に取るように見えるのは、それだけ規模が壮大だからに違いない。正殿の屋根には金色に輝く鴟尾《しび》が置かれ、柱の鮮やかな丹《に》の色と相まって、まるで燃え上がる焔の如き雄渾さであった。

大極殿の南には、十二の細殿が二列になって連なっている。その規律正しさに廣手はふと、天の星々が北辰(北極星)に扈従《こじゆう》する様を思った。

なるほどこれは決して、大小の豪族と協調して政務を執る、古の大王の宮殿ではない。大王を中心とする新たな国家――父の言葉の意味が、目の前に明確な姿を取ったが如き堂々たる殿堂がそこにあった。

「藤原の　大宮仕《おおみやつか》へ生《あ》れ付くや　娘子《おとめ》がともは　羨《とも》しきろかも――他国から京に来られた方はみな、ここで一様に立ちすくみ、溜息をつかれますわい。大陸には『周礼《しゅらい》』と申す書物がございましてな。方形の羅城の中を東西南北に走る、九条九坊の街路。中央に王城を配し、北に市、南に社稷《しゃしょく》。まさに大陸の方々が理想となさる都城を実現したのが、この京なのでございます」

藤原の宮に奉仕するため、生まれてくる少女たち。あのような美しい宮にお仕え出来るとは、実に羨しいことだ――とのびやかな声で歌い、人麻呂は誇らしげに胸を張った。

十年の計画・工事期間を経て、飛鳥からここ藤原に京が移されたのは一昨年の冬。古くからの官道である上《かみ》ツ道・中《なか》ツ道・下《しも》ツ道、丹比道（横大路）を内包する新京は、交通の要衝であるとともに畿内の中心地。京人《みやこびと》からすれば、何より誇らしい最新都市であった。

だが見慣れているのか、忍裳だけは廣手たちには構わず、先に道を下りはじめている。急いで後を追ったが、険しい山道をどう駒を急がせたのか、沼の傍に数軒の家が建ち並ぶ集落に出た頃には、彼女の姿はかき消したように失せていた。

「先に宮城に戻られたに違いありませぬ。ここまで来れば、京は目と鼻の先。まだ日も高うございます。あとはゆるゆると参りましょうぞ」

人麻呂はそう言って里長の家で馬を借り、廣手を鞍に移して轡を握った。それが当然といった面持ちであったが、おそらく人麻呂は大舎人。つまり廣手には、大先輩である。

「よしてください、人麻呂どの。腹が痛いとはいえ、馬ぐらい一人で乗れます」

「遠慮なさらずともよろしゅうございます。これは臣《やつがれ》の常の務め、むしろ手ぶらでのんびり道を歩くのに慣れておりませぬのじゃ。せめて轡ぐらい取らせてくだされ」

幾度も水をくぐったらしき官服はくたびれているが、汚れ一つ見当たらない。板を入れたようにまっすぐな背筋といい、飄々《ひょうひょう》としながらも折り目正しい物言いといい、いかにも叩き上げと覚しき老舎人であった。

「阿古志連家と申さば、紀伊国の由緒正しき豪族ですな。臣なぞ凋落した古い氏族の出ゆえ、この年になっても浮かぶ瀬がございません。ですが廣手どのは当初こそ大舎人でおられても、すぐにどこぞの官司に転属なさいましょう。いやはや、羨しい限りでございます」

「人麻呂どのは畿内の出でいらっしゃいますか」

「さよう、生まれは倭国《やまとのくに》添上評《そふのかみのこおり》。七、八代昔までは、大王に妃《みめ》を奉るほどの家でございましたが、まあ世の潮流には逆らえませぬわい」

そう言いながらも言葉つきは悠長で、一族の没落を嘆く気配はない。小さな欠伸《あくび》を漏らし、人麻呂はどこか浮世離れした口振りで続けた。

「とは申せ、好きな歌を詠み、好きな酒を飲めるこの暮らし。これはこれで、わしはけっこう気に入っておりますのじゃ」

春日《はるひ》すら　田に立ち疲る　君は悲しも――と朗詠する彼の声を聞きながら見回せば、いつの間に官道に戻ったのだろう。大路は美しく掃き清められ、塵一つ落ちていない。桑の葉の入った籠を担う農婦や、官吏に率いられた仕丁の集団が、汗ばむほどの日差しを受け、東へ西へと足を急がせていた。

溝で足をすすぐ旅人、乞食《こつじき》帰りらしき僧侶に目を注ぐうち、青草が繁るばかりであった道の左右は、見渡す限りの田畑に変わった。その狭間にぽつぽつと草葺の民家がのぞいたかと思うと、ほんの数町で辺りは眼もくらむばかりの雑踏に変じた。新益京の京域に入ったのである。

「ここは横大路と下ツ道の辻。どちらも京の目抜き大路でございます」

京の羅城は方一里十二町（約五・二キロメートル）。遷都からまだ日が浅いため、行く手を塞ぐように聳え立つ宮城の殿舎はもちろん、軒を連ねた家々までが真新しく、柱の丹も艶々としている。

人麻呂は大路を通り抜け、二人を宮城に導いた。日焼けした門番が人麻呂を見て、厳めしい顔を親しげにほころばせた。

「なんだ、忍裳さまはとっくにお戻りというに、おぬし一人、どこで道草を食っておった」

海犬養門《あまいぬかいもん》――と淋漓《りんり》たる筆で記された額が掲げられた門は、桁行五間。紀伊では国衙《こくが》の政庁にしか用いられぬ瓦が葺かれ、どこの官衙かと見まごう豪壮な構えであった。

「ふむ、忍裳さまはそんなに早くお戻りになられましたか」

「おお、横大路の雑踏を駆け通して来られたようで、馬も御身も汗みずくでおられたわい。されどさような無茶をなさっても、道行く者に誰一人怪我を負わせぬのだから、まったく女子の身でたいしたお方じゃ」

宮城内は小路で区切られ、大小の曹司《ぞうし》が櫛比《しっぴ》している。その間を官人や宮人《くにん》（女性官吏）が忙しげに行き交う様に、廣手は馬から下りるのも忘れ、呆然と眼を見張った。

視界に入る人々の大半は、深縹色や浅縹色の官服を着した下級官吏。だが中にはごく稀に、緋色や深緑色の官服姿の人物もいる。いずれも紀伊国宰以上の高職にある顕官であった。

御牧《みまき》から貢上されてきたのであろう。逞しく肥えた黒駒を曳いた馬丁が、廣手の乗る農馬に眼を投げ、小莫迦《こばか》にしたように鼻を鳴らした。

「ではとりあえず、外薬官に参りましょうかな」

幾度も角を曲がってたどりついた官衙では、数人の官吏が籠や笊《ざる》を手に走り回っていた。切石の上に漆喰で土壁を築いた小房が庭を囲む様は、一見、大蔵（倉庫）にも似ているが、どの高窓からも盛んに湯気が噴き上がり、つんと薬臭い匂いが界隈にたれ込めている。そのうちの一つの扉を、人麻呂はほとほとと叩いた。

「詠《えい》先生、おいででございますか。すみませぬがお一方、診て差し上げてくだされ」

「その声は人麻呂どのか。今、手が離せぬゆえ、勝手に入ってこられよ」

胴間声に促されて馬を下りると、土間に広げた莚《むしろ》の上で、いかつい体つきの中年男が、石臼を回している。散らかり放題の房の隅では、鉄鍋が竈《かまど》の上でぶくぶくと沸き立っていた。

「患者はその若者か。とりあえず横になれ」

男は壁際に設《しつら》えられた寝台を、四角い顎で指した。わずかな訛りのある、太い声であった。ぎょろりとした金壺眼に大きな唇。布衫《ふさん》の胸を無造作にはだけ、真っ黒な剛毛をもじゃもじゃとはみ出させている。五分ほどにそり上げた頭の鉢が秀でた、何とも奇妙な顔立ちの男であった。

ちりん、というあえかな音に見回せば、男の腰に下げられた碧色の玉鐸《ぎょくたく》がかすかな音を立てている。青磁よりもなお冴えた澄明な肌合いを持つ玉の響きは、暫時、廣手に腹の痛みを忘れさせた。

「腹が差し込むとな。旅の末となると、水あたりか食あたりが相場じゃが。ふむ腹を下してはおらぬのか。――なれば、これはどうじゃ」

いきなり脇腹を強く圧迫され、廣手は思わず小さく呻いた。それに満足げにうなずき、男は人麻呂を振り返った。

「心配はいらぬ。旅疲れで六腑が弱り、食い物がこなれずに腹中で蟠《わだかま》っておるだけじゃ。人間の体は十六、七歳が盛り。二十歳を過ぎた頃には、少しずつ衰えが始まっておる。若いと申して、無理な旅をしたのが祟ったのであろう。後ほど曹司に薬を届けさせるでな。姓名と官職をそこに書いてまいれ」

「それが詠先生、まだ配属先が分からぬのです。なにせ大舎人になるべく、たった今、故郷《くに》より出てこられたばかりゆえ」

「なんじゃ、新参者か。法官（後の式部省《のりのつかさ》。人事を司る）へ出頭するよりも早くここに担ぎ込まれるとは、何とも珍しい話じゃわい」

大口を開いて笑い、医師は腰に下げた布きれで手を拭った。またしても帯に吊るされた玉鐸が小さく鳴る。もとは相当な名品であろう。長い年月のせいか、ところどころ脂曇りしているのがなんとも惜しまれた。

「そういうわけでございますから先生、手当が終わられましたら、法官の場所を教えて差し上げてくだされ。臣は御用もありますゆえ、ここで失礼いたします」

そそくさと人麻呂が出ていくと、医師は横たわったままの廣手をじろりと振り返った。

詠という名や端々の訛りから察するに、どうやらこの国の生まれではないらしい。

三十年前、百済国が大唐・新羅連合軍によって滅ぼされると、倭には万を超える亡命者が渡来した。朝廷はその大半を開拓途上の東国に移住させる一方、貴族や卓越した学識・技術を備えた者を畿内に留め、彼らから様々な知識を吸収するべく努めた。

このため国内には現在百済人はもちろん、唐人や新羅人、更には大陸経由で渡来した吐蕃《とばん》人など、多種多様な人々が居住している。廣手もこれまで国衙などで他国人に接してきたため、目の前の男の出自にはさほど興味をそそられなかった。

むしろ驚いたのは、問われるままに姓名を答えた途端、

「するとおぬしは阿古志連八束の弟か。なるほどそう思って眺めれば、面差しがよく似通っておるわい」

と詠が応じたことであった。

「あ、兄をご存知でおられるのですかッ」

大声を上げて寝台から起き直った廣手の額を、詠はぺしっと叩いた。

「おお、知っておるとも。これでもわしは、外薬官きっての鍼《はり》の使い手。高市さまの母君には、いつも贔屓《ひいき》にしていただいておる。あやつが高市王家の大舎人であった折には、お屋敷でしばしば顔を合わせたものじゃ」

高市王子は四十三歳。大海人の長男として生まれながらも、母の出自の低さゆえ王位争いから脱落。それでも世を拗ねもせず、太政大臣として義理の母・讃良を支える篤実な人物である。

太政大臣は大王の補佐を任務とする最高官。いわば高市は讃良の王太子として、次なる王位を約束された男でもあった。

「わが兄は高市さまの舎人だったのですか」

「なんじゃ、そんなことも知らなんだのか。その聡明さゆえ高市さまにひどく気に入られ、あれこれ身の回りのお世話を務めておったわい。されどそうでなければ、営造半ばの新益京に遣わされ、かような事故に遭いはせなんだのにのう」

詠の声がわずかに沈んだ。

「確か兄は作事場で、崩れてきた材木の下敷きとなったと聞きましたが」

「うむ、さようじゃ。かく申すわしが看取ったのじゃから、間違いはない」

「あなたさまが兄を——」

詠によれば、八束は卓越した武芸の腕を信頼され、高市から臣僚の一人として遇されていた。朝参の供はもちろん、造作中の新益京に派遣され、工事の進捗状況を報告する務めまで任されていたという。

事故が起きたのは、右兵衛府《みぎのつわもののつかさ》の兵庫《ひょうご》（兵器庫）に近い一角。土塀に立てかけられていた十数本の檜材が崩れ、乗っていた馬もろともその下敷きになったのだ。物音に気付いた役夫たちが急いで助け出したが、磚《せん》で頭を打った八束は意識を取り戻すことなく、二日後の朝、帰らぬ人となった。

「故郷には形見の品を送ったと聞いたが、死の詳細は告げられておらぬのか」

なるほど牟妻には八束の遺髪が一束と、大刀を含めた形見数点が届けられた。だが書簡に記された死の経緯はあまりにそっけなく、詳細はほとんど述べられていなかった。それだけに兄の最期を知る医師との出会いに、廣手は数奇な巡り合わせを感じた。

「先生、もしよろしければ日を改めて、兄の話をお聞かせいただけませんか。なにしろ京に出てからこの方、八束は何の便りも寄越さず、僕は兄の暮らしぶりを皆目知らぬのです」

「おお、よいとも。されど日を改める必要などないぞ。おそらくおぬしとはこれから毎日、顔を合わせようでな」

意外な言葉に眼をしばたたくと、彼はなんだ知らなかったのか、と厚い肩を揺すり上げた。

剃り上げた頭から察するに、おそらく本業は僧侶だろう。さりながら太い声やいかつい体軀は、礼仏《らいぶつ》読経とはまるで縁がなさげであった。

「わしは外薬官の医師をしておるが、身柄は葛野《かどの》王《おう》家の懸人《かかりゅうど》。そしておぬしは大舎人として、その葛野王の許《もと》へ配属されると、すでに決まっておる。つまりおぬしとわしは今後、同じ屋根の下で暮らすのじゃわい」

「葛野王の――」

それまでの昂揚していた気分が突然、しゅんと音を立ててしぼんだ。八束が太政大臣高市に仕えていたと聞いた直後だけに、なおさらであった。

「なんじゃ、その不満面は。冷や飯食いの王家の舎人など、ご免蒙りたいと言いたげじゃな」

「い、いいえ。滅相もありません」

否定したものの、詠の言葉は図星であった。

なにしろ葛野王は、壬申の乱の際に自害した大友王子の一人息子。身分こそ王族だが、要は敗者である近江朝廷の生き残りである。

乱後、まだ幼児だった葛野は、母の十市王女《とおちのひめみこ》もろとも大海人の許に引き取られた。十歳で母を失ってからは、広大な屋敷と従者を与えられ、諸王の一人に列せられている。

　血筋で言えば、讃良の甥。爵位だけは他の王族並みに高いものの、二十八歳の働き盛りにもかかわらず宮城では無官。ほとんど世捨て人に近い王親であった。

　有体に言って、高市王子とは月と鼈《かわかめ》。空の綺羅星《きらぼし》と地上の小石ほどの隔たりがある。

（そりゃ僕は、八束に比べれば出来は悪いけどさ……）

　官人の出仕には様々な階梯があり、宮城の警備をする兵衛や、各役所の雑用を果たす使部《つかいべ》（雑用係）に比べれば、貴人に仕える大舎人は格が高い。そう思えば落ち込む必要はないのだが、やはり出仕早々、貧乏くじを引かされた気分は否めない。

　肩を落とす廣手を面白げに眺め、詠は分厚い唇を一方に引き歪めた。

「葛野さまは確かに、世から忘れ去られたお方。おぬしの如き若者には、頼りない主と映るやもしれぬ。されど古王子《ふるみこ》は古王子なりに、お仕えする喜びがあるのじゃぞ」

「はあ……」

　生返事の廣手にはお構いなしに、彼は竈の鍋を下ろし、薪に灰をかけた。

「まあ、ここでわしと巡り合ったのも、何かの縁。今日はもう、新たな患者も来ぬようじゃ。退出には少し早いが、今よりともに葛野王家に参ろうぞ」

　壁際に置いてあった雑嚢を担ぎ上げる詠の裾を、廣手は寝台の上から慌てて摑んだ。

「ま、待って下さい、詠先生。まだ腹の痛みが癒えておりません」

「おお、そうじゃった。薬を与えておらなんだな。それ、とりあえずはこの丸薬を含んでおれ。王家に着いたら、薬を煎じてやるわい」

懐の竹筒から振り出された丸薬を三粒口に含むと、なるほど腹の痛みが薄らぎ、涼しい風でも吹き通ったかのように体が軽やかになった。現金なものでそうなると、目の前の医師を品定めする余裕すら湧いてくる。

(ひどく身勝手な御仁だが、この先生、実はなかなかの名医じゃなかろうか)

外では狗隈が手持ち無沙汰な顔で、垢まみれの胸元をぼりぼりと掻いていた。その姿に、詠が軽く鼻を鳴らした。

「奴連れで宮仕えとは、さすがは評督の坊ちゃまじゃな。まあ、よい。幸い葛野王家の奴婢溜まりには余裕があるわい。家宰《かさい》どのも小言は言われぬじゃろう」

元来た海犬養門をくぐると、詠はそのまま真っすぐ大路を北上し、ひときわ繁華な町辻へ向かった。

小狭な店々が軒を連ねているところからして、ここが北の市なのだろう。売り手、買い手のかしましい大声と人いきれ……竹筵の上に蔬菜《そさい》を積み上げた脇では、魚や蝦《えび》がうごめく桶が、所狭しと並んでいる。買い物客目当ての煮売り屋台では、幾段にも積み上げられた蒸籠《せいろ》が盛んに湯気を上げ、周囲にうまそうな匂いをふりこぼしていた。

馴れているのか、詠は恐ろしく足早に人混みをすり抜けて行く。そのたびに鳴る腰の玉鐸が、遅れがちな廣手たちを急かしているかのようであった。

「どけどけ、ぼうっとするな」

小脇に油壺を抱えた男が、人々を突き飛ばす勢いで駆け抜ける。

うかうかしていると肆《いちくら》(店)につんのめりそうなほど、道は狭い。肩と肩が触れ合い、騒然とした熱気がそこここに充満していた。

「ところでおぬし、柿本《かきのもとの》人麻呂とはかねてよりの知己か」

じゅうじゅうと煙を上げて焼かれている獣肉の串を三本求めた詠は、うち二本を廣手たちに投げて寄越した。

「いいえ、道中でたまたまお会いし、宮城にお連れいただいたのです。人麻呂どのの姓《かばね》は、柿本と言われるのですか」

受け取ったはいいが、いったいこれは何の肉だろう。いやそれ以前に、肉食は僧侶の禁の一つではないか。廣手の奇異の目にはお構いなしに、詠は行儀悪く串を横ぐわえし、さようか、とうなずいた。

「それで納得いたしたわい。おぬしのような田舎者が、京一の名物舎人と知り合いのはずがないでなあ」

「名物舎人ですか」

「さよう、人麻呂は爵位こそ低いが、その歌才たるや卓越非凡。しかも名誉栄達を望まず、行雲流水の態で生きる男じゃ。京に出てきた早々、あやつと近づきになるとは運がいい。されどどういう仔細で、道中一緒になったのじゃ」

「はい、実は竹内峠近くで賊に襲われそうになったところを、忍裳さまと申されるお方とともにお助けいただいたのです」

その途端、詠は肉を咀嚼していた口をぴたりと止めた。

「——忍裳さまじゃと。おぬしが申しているのは、三宅連《みやけのむらじ》忍裳どののことか」

「姓は存じませぬ。ただ常になき漆黒の官服を着した、年の頃、二十三、四の女性《にょしょう》です」

詠は残っていた肉を、無言で口に押し込んだ。まずいものをかみ砕くような顔で二、三度大きく口を動かすと、串を後ろ手に投げ捨て、「行くぞ」と顎をしゃくった。

あまりの彼の豹変ぶりに、廣手と狗隈は顔を見合わせた。何がなんだかわからぬまま、肉の串を握りしめて後を追う。

こんもりと形のよい耳成山《みみなしやま》を右手に望みながら道を行くうちに、周辺は白い塀が巡らされ、瀟洒な屋敷が軒を連ねる閑静な一角へと変わっていった。

忍裳の話が、機嫌を損ねたのだろうか。とはいえ人麻呂や衛士の口振りからして、彼女の評判が悪いとも考えがたい。

「あ――あの、詠先生。忍裳さまは、どういうお方なのですか。女子の身であの官服姿。しかもどうやら上つ方のご下命を受け、竹内峠界隈を巡回しておられるようにお見受けいたしました」

詠は太い首を巡らして、おずおず尋ねる廣手を振り返った。その手にまだ肉の串が握られているのを見止め、大きな眼をわずかに和ませた。

「なんじゃ、そんなものをまだ後生大事に持っていたのか。早うここで食ってしまえ」

「は、はい」

急かしたのは詠ではないか、と言いたいのを堪え、廣手はあわてて肉にかじりついた。

「忍裳どのは宮人じゃ。齢《よわい》十三で内裏に上がり、以来十年、讃良さまのお側近く仕え続けておる、大王の腹心だわい」

宮城では年に一度、諸国から十三歳以上三十歳以下の女性を募り、宮人として採用する。当時、官員の男女比はほぼ等しく、後宮の十二司や王家に配属された彼女たちは、実力次第で各官司の尚《かみ》（長官）や典《すけ》（次官）にまで登り詰める女性官吏候補生であった。

「ですが宮人なら、爵位に合わせた官服がありましょう。なぜあのお方は、儀軌に染まぬ漆黒の服を召しておられるのですか」

「わしは今、讃良さまの腹心と申したであろう。なるほど宮人はみなそれぞれ、後宮の官司に補任《ぶにん》されるのが定め。されど忍裳どのはいずれの役所にも属しておられぬ。常に讃良さまに近侍し、その手足や耳となって働く、いわば規外の宮人じゃ」

讃良は大海人の後継者として、国政を切り盛りする女丈夫。それだけにかような側近がいるのは何ら不思議ではない。規定外の官服も恐ろしく端然とした態度も、理由を聞けば納得できる。さりながら何故男装をとの問いには、さすがの詠も、はて、と首をひねった。

「思えば忍裳どのは、出仕を始めた頃よりずっと、あのような風体をしておられる。ひょっとしたら男装は讃良さま自らのお計らいなのかもしれぬな。――さて、そろそろ参るか」

この付近はどうやら、高官の暮らす屋敷町らしい。大路は市の雑踏とは比べものにならぬ静けさで、道行く者たちの風体もひどく整っている。

いま目の前を横切った手輿の主は、どこぞの邸宅の姫君だろう。輿の四囲を覆う帳《とばり》の錦が、路上に咲いた花のように鮮やかだった。

その後を追うように駒を進めるのは、宮城から退出してきたばかりと思しき若き顕官。前後を固めるお仕着せ姿の随従に、廣手がこれからの自分を重ねあわせた時である。

半町ほど離れた屋敷の門が開き、物々しい警固を引き連れた一挺の輿が、ゆっくりと大路に現れた。

その途端、往来の人々はみな一斉に道の両端にしさり、土埃立つ路傍にこぞって両手をついた。騎乗の公卿までが馬を下りて立礼を送るところからして、輿の人物はよほど地位ある者なのだろう。

行列の先頭では大刀を帯びた資人《しじん》が二人、厳めしく辺りを睥睨《へいげい》している。詠もまた、彼らの眼差しを避けるかのように、廣手たちをうながして道の端に退き、周囲同様跪礼《きれい》を取った。

「あれはどなたですか、詠先生」

行列は路上の人々を威圧するかのように、緩慢な速度で進んでくる。恐る恐る見上げれば、帳を高々と掲げた輿には、恐ろしく恰幅のよい老人がふんぞりかえっていた。臣下の中でも最高位を示す赤紫の官服が、不吉なほど鮮明に廣手の眼を射た。

「右大臣の丹比嶋さまじゃ。顔を上げるではないぞ」

廣手がはっと顔をうつむけたとき、嶋が輿の中でもの憂げに身を起こした。分厚い瞼を押し上げ、跪拝した詠をじろりと見下ろした。

「——止めよ」

しわがれた声に応じて、行列が停止する。路上の者たちが、伏せた顔をわずかに上げ、嶋の視線の先を追った。

「外薬官の詠医師ではないか。わが長男の命の恩人が、なにをひれ伏しておる。さあ、立たぬか」

肥大した顔の中で、双眸《そうぼう》が不気味に底光りしている。恐れ入ります、と小声で応じると、詠は立ち上がって頭《こうべ》を垂れた。

「落馬したわしの長男が外薬官に担ぎ込まれ、はや三月になるか。あれから息子は順調に回復し、来月より再び出仕致すそうじゃ。それもこれもすべて、おぬしの迅速な手当あればこそ。礼を申すぞ」

「ありがたきお言葉。痛み入りまする」

「されど詠、確かわしはあの折おぬしに、褒美を取らせるゆえ、屋敷に来るよう伝えたはず。なぜ一向に立ち寄ろうとせぬのじゃ」

「お言葉はかたじけなく存じますが、官人の疾病を癒すのは外薬官の勤務医の責務。わたくしは、当然の働きをしたまででございます」

深く顔を伏せた詠の表情は、よくうかがえない。淡々としたその口調に、ふうむ、と嶋はうなずいた。

「わしの子息であれど、医師からすれば他の官吏と同様。何の分け隔てもせぬというわけか」

不気味なほど乾いた口振りに、ひやりとした気配がその場に満ちた。

だが詠は相変わらず、顔をうつむけたまま、

「はい、さようでございます」

と嶋の言葉をあっさり肯定した。

「わたくしにとって病者に薬を盛り、悪腫を切り取るのはただの務め。それをかようにお褒めいただいては、身のすくむばかりでございます」

「なるほど、相変わらずはっきりした物言いをする男じゃわい。されば、わしが病みついた暁には、おぬしに診てもらうのも悪くないのう。もっとも、おぬしの手にかかるほど、わしは落ちぶれてはおらぬつもりじゃが」

何が面白いのか、嶋は喉の奥で、くくっと冷ややかな笑い声を漏らした。話は終わったとばかりに軽く片手を振るのに応じて、行列は再び行進を始め、大路を粛々と西へ去った。

「ふん、悪かったのう。わしのような男が、大切な子息に荒療治を行って」

ばらばらと立ち上がる人々を眺めながら、詠は荒々しく舌打ちした。

「あれが右大臣さまでございますか。思っていたよりもずっとお年を召したお方で、驚きました」

「ああ、既に七十は越えておられよう。とはいえ、あの御仁をただの年寄りと侮るではないぞ。なにしろ朝堂の最古老。しかも大納言の大伴御行さま、阿倍御主人さまを従え、太政官を操る大臣《おおおみ》であられるからのう」

詠の口調は、ひどく忌々しげである。

だがよく聞けばそれも道理。三月ほど前、法官の丞《じょう》（三等官）として働く嶋の長男が、出仕の途中に落馬して、外薬官に担ぎ込まれた。

詠はあそこが痛い、ここが痛むと泣き喚く彼をどやし付けると、板切れをくわえさせて脱臼していた骨を強引に接いだ。そのあまりに強引な治療に文句があるのか、以来、嶋は事あるごとに詠に言葉をかけ、露骨な脅しを加えてくるのだという。

「そんな理不尽な。それで先生、御身に危険は及んでいないのですか」

「脅されようが賺《すか》されようが、わしの手当が迅速だったのは事実。実際あそこでぐずぐずしておったなら、あの男の腕は曲がったままになっておったろう。要は右大臣の余光にたじろぎもせなんだわしが、憎らしくてならぬだけじゃわい」

詠はわざとらしく、大きな息をついた。

「だいたいあの嶋は、道行く際に大路の者たちを跪礼させてはばからぬ傲慢な男。大海人さまが止めよと布告された跪礼をいまだに強いるとは、大王に取って代わる腹でもあるのかのう」

かつて畿内の諸豪族は、時に大王とすら肩を並べる存在であった。その生き残りとして讃良に楯突く嶋たちは、いわば何百年もの間、この国を治めてきた過去の亡霊の凝りともいえた。

この堂々たる京を築くほどの大王が、いまだに手を焼かされる古き豪族。日々夜々新しく変わろうとする国に立ちふさがる旧き意志。なるほどあの劫《こう》を経た蟇《ひき》にも似た姿は、何者にも屈さぬ権勢欲にいかにもふさわしい。

見えぬと知りながら、廣手は行列が去った方角に目をこらした。周囲の男女の安堵の表情が、彼らが抱く嶋への恐れを無言裡に表していた。

「やれやれ、いらぬ手間を食ってしまったのう」

ぼやきながら歩き出した詠は、やがて大きな楠《くすのき》の枝を塀の内側からはみ出させた屋敷の門前で足を止めた。

薄い土塀と慎ましやかな構えの門が、主の人柄を彷彿させる邸宅であった。

「ここが葛野王のお屋敷じゃ。町筋で言えば、一条南大路と西一坊大路の辻の東南角。耳成山を間近に仰ぐ、いい立地であろう」

詠が誇る通り、葉叢の色濃き耳成山とその向こうに聳えたつ大極殿の偉観は、あたかも一対の絵の如き美々しさである。山裾を埋めるように広がる大小の屋敷……。その間を縫って流れる米川《よねかわ》のきらめきが、周囲の景観に爽やかさを加えていた。

邸内はくまなく掃き清められ、植え込みも美しく整えられている。母屋から流れてくるあえかな香の薫りに鼻をうごめかせる廣手を、

「こっちだ。きょろきょろするな、みっともない」

と詠は慣れた様子で導き、木立を隔てた下人溜まりへと回り込んだ。

夕餉《ゆうげ》の支度に取りかかっているのだろう。板作りの小子房が建ち並ぶ一角では、水仕女《みずしめ》たちが井戸を囲み、山積みの青菜を洗っている。声高な笑い声が響き、傍らの高窓からうまそうな煮炊きの匂いが盛んに流れ出していた。

「奴婢小屋は厩の隣だ。王家に配属されている間は、私奴婢もその家の管理下に置かれる決まりだからな。あとで奴婢頭に引き合わせておこう――河内《かわち》、河内はおらぬのかッ」

詠の大声に、水仕女や雑人に交じって働いていた少年が顔を上げた。左目の下の大きな黒子が、聡明そうな顔立ちに愛嬌を添えている。

「敬信《けいしん》さまに、新しい大舎人が参りましたとお伝えして参れ。すぐに挨拶に参上させると付け加えるのを忘れるなよ」

「はい、父上」

うなずいて走り去る背を見送り、詠は少し照れた面もちで廣手を振り返った。

「あれは河内と申して、当年十歳になるわしの息子だ。この家にはどういうわけか半島の出が

多くてな。後で引き合わせる家宰の角敬信《ろく》さまはじめ、厨女《くりやめ》や馬丁など二、三十人あまりが、わし同様、他国の者じゃわい」

そういえば井戸端の女たちは倭の言葉を話しているが、中に時折、聞きなれぬ単語が差し挟まる。おそらく幾人もの亡命者を受け入れる間に、彼らの言語が自然と取り込まれたのであろう。

「詠先生はやはり異国の生まれでおられたのですか」

「おお、わしは俗姓を高《こう》と申し、百済国楽浪郡《らくろうぐん》の産じゃ。故国が亡じたときは泗沘《しひ》におったが、倭に引き揚げる船に乗せてもらい、この国にたどり着いたのよ」

忠清南道の泗沘城は、三十六年前、唐・新羅連合軍によって陥落した百済最後の王都である。ひょっとしたら詠は幼い日、落城の地獄をその目で見たのではあるまいか。斎戒して暮らしているとは見えぬが、彼の出家は案外、故国の人々を弔う目的からかもしれなかった。

河内がすぐに息せき切って戻ってくると、大きな目で詠と廣手を見上げた。

「父さま、葛野さまはまだ宮城よりお戻りではありません。その代わり、敬信さまがすぐお会いになられるそうです」

「あいわかった。まあ、葛野さまにはいつでもお目にかかれようでな。むしろご多忙な家宰どのが早々に捕まったのは幸いじゃ。では、参ろうか」

ふり仰げばいつしか陽は大きく傾き、稜線が黒ずみ始めた二上山に落ちかかっている。西陽に照らされた大極殿は丹の色をますます冴えさせ、それ自身が夕映えの凝りとも映るほどに光り輝いていた。

四囲の山々に響くのは、宮城内で打たれる報時の太鼓。それに呼応するかのように、ほうぼうの寺院で入相《いりあい》の鐘が打たれ、紫の雲を薄く刷き始めた空に、鈍い響きを残して消えた。

この光景一つ取っても、牟妻と同じ倭とは思えぬのに、そこに住まう人々の何と多彩で目まぐるしいことか。亡命の百済僧に宮城の名物歌人、男装の宮人に前代の遺物の如き右大臣。かように多彩な人々の闊歩する京で、本当に自分はやっていけるのだろうか。

胸に浮かんだ不安を追い払うかのように、廣手はぐっと唇を引き結び、腰の大刀に軽く手を添えて立ち上がった。

井戸の方角で女たちの笑い声がどっと上がり、炊飯の甘い匂いが一層濃くなった。

第二章

葛野王家《かどのおう》の長屋に一房を与えられた廣手《ひろて》が新しい仕事に追われるうち、季節は晩春から真夏へと移り変わった。

なにしろ王族に支給される宅地は、広さ約二町。庶民の家なら、百軒以上が建つほどである。葛野王と妻子が暮らす本宅をはじめ、従僕たちが寝起きする小子房に家務所、厩に倉。果ては池まである邸宅のすべてを把握するだけでも、相当の時間がかかった。

加えて田舎出の廣手には、京《みやこ》の繁華さも驚きの種。大路を行き交う人々の多さ、にぎやかさに幻惑され、初めの半月ほどは使いを命ぜられてもすぐ道に迷う体たらくであった。

「京に出てきた当初は、誰しもそんなものだ。おいおい慣れてゆけばよいわい」

家宰《かさい》の角敬信《ろくけいしん》は苦笑いし、

「わしとて多忙にまぎれ、まだ京の隅々まで存じているわけではない。その点で言えば、おぬしの仲間だぞ」

と、こっそり打ち明けた。

敬信は四十過ぎ。主一家の暮らしの差配をはじめ、封戸《ふこ》の管理、五十人あまりの従僕の監督、更には広大な邸宅の保守点検にまで目を配る、実直な家令である。その多忙さは大舎人《おおとねり》の比ではなく、なるほど彼に比べればはるかに身軽な境遇に、廣手はすぐ感謝するようになった。

京内では宮城や諸邸宅の営造こそ完了したものの、薬師寺や大官大寺《だいかんだいじ》といった寺々では、まだ工事が続行している。大雨で飛鳥川の土手が破れただの、雷《いかづち》で大蔵が焼けただのといった騒動も多く、造宮司の仕事はまだまだ果てがない。

空き地に突然長屋が現れたり、小高い丘が一日で崩されたりする変化も日常のこと。新益京《あらましのみやこ》はいまだ日ごと夜ごと、激しい成長の最中にあったのである。

到着の翌日、目通りがかなった葛野王は、二十八歳の年齢が信じられぬほど、色白で覇気の乏しい人物だった。

「このたび大舎人として配されました、阿古志連《あこしのむらじ》廣手でございます」

角敬信から説明を受けても、書物に落としていた目をちらりと上げるだけで、労《ねぎら》いの言葉一つない。ほっそりとした指が女のように華奢で、床に落ちる影までがなんとなく淡く感ぜられる。髯《ひげ》の薄い頬に高い鼻梁、くぼんだ眼窩が神経質な印象すら与えていた。

「同じ王族でも、葛野さまは高市《たけち》さまを始めとする大海人《おおあま》さまのお子方とは、比べものにならぬ御身じゃからのう。だがああ見えて、剣を取られれば諸王のどなたにも劣らぬ腕前であらせられるのじゃぞ。もっとも今は屋敷の書庫とご自室を行き来なさり、書見に明け暮れる毎日でおられるが」

一日おきに外薬官に出仕する詠《えい》は、休日には葛城《かつらぎ》や生駒の山々まで足を延ばし、薬草の採取に忙しい。この日は朝早くから台盤所《だいばんどころ》の裏の空き地に萱筵《かやむしろ》を広げ、薬草干しに余念がなかった。

「おぬしの同輩に、狭井宿禰尺麻呂《さいのすくねさかまろ》という男がおろう。あれは元は図書官《ふみのつかさ》（書籍の管理・紙墨の製造に当たる役所。後の図書寮）に配されていた舎人。書誌にまつわる知識の豊富さを葛野さまに見込まれ、こちらに異動となったのじゃ」

詠を手伝いながら、廣手はつるりとした顔に猫のように形のいい眼をした同輩の顔を思い出した。

年は廣手より五、六歳上。身のこなしが軽く、どこか浮世離れした気配を漂わせる奇妙な男である。

同僚たちによれば、才弾けた彼は、葛野王の一番のお気に入り。夜遅くまで書見にふける葛野王に近侍するのは尺麻呂と決まっていたし、時折の外出の際も必ず供を命ぜられている。ただそれを決して誇らず、暇さえあれば書庫にこもり、書籍の整理に勤《いそ》しむ不思議な舎人であった。

「興味があるならば、尺麻呂に頼んで書庫を覗かせてもらうがいい。四書五経や仏典は元より、医学書、楽典まで幅広く蔵されておるからのう。あれらの書物には、わしも随分助けられたわい」

「そういえば僕が最初にこちらにうかがった日、葛野王は宮城にお出かけでございました。あれはお珍しいことなのですか」

筵の上の薬草は夏の日に蒸され、眩暈《めまい》がするほどの薫りを放っている。当初は閉口したこの匂いも、慣れてしまえばさほど苦ではない。詠の手伝いをする間に薬の香が袍《ほう》に移り、朋輩に「まるで薬玉を袖に入れているようだなあ」と笑われる折もあった。

通常、大舎人の職務は、邸宅の警備や主一家の供奉《ぐぶ》など。とはいえ万事控えめな葛野王が主では、舎人らしい仕事は皆無に近い。このため廣手は空いた時間をなるべく武芸の稽古や、詠や敬信の手伝いに充てるようにしていた。

主の気性を反映してか、葛野王家の従者はおおむね物腰が柔らかい。実直な廣手はそんな彼らにひどく重宝がられ、先輩舎人からの評判も上々であった。

普段のがさつさが嘘のような手つきで薬草を裏返しながら、ああ、と詠はうなずいた。

「あれは讃良《さらら》さまのお話し相手として、参内しておられたのじゃ。まあ月に一度、あるかないかの話だわい」

「讃良さまの――」

「うむ、なにせ大王《おおきみ》からすれば、葛野さまは実の甥。冷や飯食いのご境遇を、それなりに案じておられるのじゃろう。長らく無位でおられた葛野さまに、諸王と並ぶ爵位をお与えになったのも、あのお方じゃ」

葛野王への授位に、反対の声がなかったわけではない。しかし讃良は数々の抗議をすべて退けたばかりか、彼を時折宮城に召し、あれこれ相談をかけているという。

「口さがない者どもは讃良さまを恐ろしい女傑と謗《そし》るが、あの方とて弟妹がたの去就を気にしておられぬわけではないのじゃ。それが証拠に異母妹の阿閇《あべ》さまを草壁《くさかべ》さまに娶《めあわ》せたり、異母弟の川嶋王子《かわしまのみこ》と志貴王子《しきのみこ》を朝堂の一員に加わらせるなどのお気遣いをしておられるではないか」

「ですが、ならば何故葛野さまだけ、いまだ無官でおられるのですか」

「考えてもみよ。快活で人付き合いのよい川嶋さまたちに比べ、葛野さまは書物を好む静かなご気性。それは朝堂の諍いで心痛めては気の毒との、讃良さまのご配慮じゃ」

詠の解釈は、少々買いかぶりすぎのように思われた。

確かに葛野王は内向的だが、それは大友《おおとも》の一人息子という境遇に負う部分が大きいはず。その身を本当に案じるなら、世の取り沙汰など無視して、彼を取り立ててやるべきではなかろうか。

京では、讃良の評判は真っ二つに分かれていた。詠の如く、思慮深い女人と褒める者がいる一方、権力の化け物の如き老婆と罵る者がいる。ただ、前者が渡来系の官吏や卑官に、後者が古くからの豪族の血縁や高官に多い事実に、廣手は既に気付いていた。

朝、讃良の名で発せられた詔《みことのり》が、夕刻には右大臣丹比嶋《たじひのしま》の名で撤回されることも珍しくない。そうした場合にはほぼ確実に、翌日、太政大臣の高市が折衷案を持ち出してくる。

宮城が讃良派と大臣派に分裂し、互いの行動を牽制し合っているのは、誰の目にも明らかであった。

最近、廣手はそんな毀誉褒貶《きよほうへん》相半ばする讃良に、少なからぬ興味を抱き始めていた。それもこれもあの忍裳《おしも》と、丹比嶋のせいである。彼女のような娘を側近に置き、古《いにしえ》の亡霊の如き大臣たちと敵対する大王とは如何なる人物か。若者らしい興味が、彼の関心を宮城の裡《うち》へと誘《いざな》っていた。

「ところで廣手、おぬし、今日は午後から休みをいただいているのであろう。わしの手伝いをしておっては、すぐ日が傾いてしまうぞ」

頭上近くまで昇った夏の日に拳を突き上げ、詠は腰を伸ばした。

土塀と灌木に囲まれた庭は日当たりがよく、薬草を干すにはもってこい。それだけに二人の背には、すでにびっしりと汗がにじんでいた。

「はい、そうなのですが――」

詠に倣って立ちあがったものの、これから赴く先を考えると気が重くなる。布沓《ぬのぐつ》の爪先に視線を落とす廣手に、詠は焦れた顔になった。

「ええい、いい年をして女子供でもあるまいに。おぬしが訪ねてくるのを、兄者は墓所でさぞ心待ちにしておられよう。近いと申しても、初瀬《はつせ》の山は京外。うかうかしておると日暮れまでに戻れぬぞ」

それとも兄者が化けて出るやもと怯えておるのか、とせせら笑われ、さすがに廣手はむっとした。

「からかわないでください。そんなことを考えているのではありません。ただ――」

「ただ、なんじゃ」

出仕以来初めての半日の休暇。それを兄の墓参に充てるのは、廣手のかねてよりの望みであった。だがいざ休みを与えられると、彼の胸には言葉にしがたい感情が黒雲のように湧きつつあった。

廣手を躊躇させたのは、兄の死に向き合わねばならぬとの恐れではない。

八束《やつか》の母は彼を産んだ翌年、流行病《はやりやまい》で亡くなったという。後添いとして阿古志連家に嫁いだ廣手の母は、なさぬ仲の長子を苛めもせず、実の子と分け隔てなく養育した。このため廣手は、幼い頃から自分と八束の関係を知りつつも、それをさして気にせず大きくなった。――そう、少なくとも、八束の死を知るその時までは。

兄の上京後も廣手は漠然と、「兄者はいずれ牟妻《むろ》に戻り、評督《こおりのかみ》を継ぐのだろう」と考えていた。それは彼にとって、日が東から昇るのと同様、ごく当たり前の将来だったのである。

さりながら少なくとも母にとっては、それは異なっていたらしい。何となれば彼女は、八束の訃報が届いた夜、ひどく複雑な面持ちで息をつき、

「これでゆくゆくはお前が評督になるのだね。不謹慎かもしれないけど、あたしはなんだか、胸の奥が晴れ晴れとしたよ」

と、廣手に漏らしたのである。

予想だにしていなかった母の本心に、廣手は愕然とした。それを兄を亡くした虚脱と取ったのだろう。彼女は急に顔をひきしめると、しっかりおし、と低い声で息子を叱り付けた。

「これからはお前がこの家の跡取りなのだよ。いいかい、もうお前は八束の弟でも、阿古志連家の次男坊でもない。この牟妻の評督の、まぎれもない総領なのだからね」

決して母が邪悪でも、腹黒いわけでもあるまい。その証拠に八束が牟妻を発つ朝、彼女は継子《まま》子《こ》の晴れ姿にうっすらと涙ぐんですらいた。

しかし八束の訃報に接したとき、真っ先に実の子の将来を考える程度には、母は愚かであった。いや、愚昧な母性を責めることはできまい。

(八束は――兄者は母上のそんな本心を、薄々察しておられたのだ。だからこそ僕に評督の職を譲るため、京に上られたに違いない)

それはあまりに恐ろしく、また疑念の差し挟みようのない確信であった。

そう仮定すれば、何もかも納得がゆく。どうして八束はあれほど武芸に打ち込み、事あるご

とに自分を護ってくれたのか。評の誰からも慕われながら、何故、大舎人になってしまったのか。

全ては、自分に評督の座を譲らんがため。要は自分だけが何も知らずに、兄や母の庇護のもとでのうのうと育ってきたのだ。

だからこそ廣手は、八束が命を落とした新益京を見たいと思った。同じ職に就き、兄が何を考え、どう働いていたかを知りたかった。

無論そこには、まだ見ぬ新益京に対するあこがれも多分に含まれていた。だが京の暮らしに慣れ、当初の興奮が醒めるに従って、兄への申し訳なさと暗愚な己への悔悟の念は、廣手の中で次第に大きくなっていった。それらが複雑に交じり合い、墓に向かう足をすくませていたのである。

八束の墓の場所は、詠から詳細に聞いている。京の東、一剋《いっとき》ほどの距離にある初瀬。伊勢に抜ける官道と泊瀬《はつせ》川に囲まれた同地は、古からの交易地・海石榴《つば》市《いち》を擁するとともに、畿内屈指の葬送地でもあった。

「丘にそびゆる大槻《おおつき》を目指せば、迷いはせぬわい。敬信さまにはわしからも口添えをしておいてやる。今夜はゆっくり墓の守《も》りをして、明るうなってから戻ってまいれ。おぬしも知っておろうが、八束は酒が好きであった。市で酒の小壺でも買って注いでやれば、さぞ喜ぼう」

詠の言葉のまま市に向かったものの、牟婁にいた時分、八束が酒を飲んでいた記憶はない。それとも彼はどこにも向けようのない鬱憤を、以前からひそかに酒でまぎらわせていたのだろうか。またしても自分の知らぬ兄の姿を突き付けられ、廣手の胸は重苦しくふさがった。

それでもようよう酒売りを見つけ、濁り酒を詰めた小壺に油紙で封をさせていたときである。ほんの半町ほど離れた路地で、

「逃げろッ、京職《みさとのつかさ》だッ」

という悲鳴が湧き起こった。驚いて声の方角を振り返ると、数人の男たちが、通りの奥からわっと駆け出してきた。

そうでなくとも市は狭く、混み合っている。積み上げられた籠が倒れ、売り物の蔬菜や須恵器が音を立てて崩れる。籠に押し込められていた鶏がばたばたと羽ばたくのを蹴飛ばすようにして、

「待て、逃がさぬぞッ」

と、彼らに追いすがったのは、身拵えも物々しい市司《いちのつかさ》の役人たちであった。おそらくは物部《もののべ》とその部下であろう。彼らが手に手に握りしめた杖や笞に、市人や客たちが怯え顔で一歩後ずさった。

官市は物品の価格や度量衡を監視する市司によって、厳重に管理されている。物部は市の治安維持を任とする、市司の役人。機動力の高さと犯罪検挙の苛烈さから、市はもちろん京中の人々から恐れられる男たちであった。

「度重なる御禁制にもかかわらず、市のただなかで白昼堂々、双六《すごろく》に興じるとは不埒な奴。おとなしく縛に就くのだ」

大柄な猪首の男がさっと片手を振ると同時に、幞頭《ぼくとう》姿の使部《つかいべ》が杖を振るい、逃げまどう者どもを捕縛にかかった。あちらこちらで笞が鳴り、鈍い呻きが響く。取っ組み合う男たちが肆《いちくら》に

突っ込み、柱が土煙を立てて崩れた。

双六とは筒から二つの賽子《さいころ》を振り出し、出た目に応じて局盤の駒を進める大陸渡来の遊び。貴賤の人々を魅了してやまぬこの遊戯は、相次ぐ禁令にもかかわらず、

――一二《ひとふた》の　目のみにあらず　五つ六つ　三つ四つさへあり双六の采《さい》
という歌が口ずさまれるほどの流行ぶりであった。

やがて六人の男が荒縄で縛り上げられると、猪首の物部は丸々とした顔を満足げに歪めた。

「さあ、きりきり歩け。賭博遊戯は天下擾乱《じょうらん》の源《みなもと》。これより京職の獄に引き立て、厳しい刑を科してくれるわ」

彼の言葉に、捕縛された彼らはこぞって顔色を変えた。しかしそのうち最後まで激しく抵抗していた男だけは、けっと血の混じった痰を吐き捨て、忌々しげに頬をひきつらせた。

年は三十過ぎ。眉間が狭く、削ぎ落としたように頬のこけた、偏屈そうな男であった。

「ふん、杖でも笞でも持ってきやがれ。てめえらは毎回目くじらを立てやがるが、かつては大海人大王だって双六に興じ、上つ方々を相手に賭けをなさったそうじゃねえか。それが今になって御禁制とは、まったく勝手な話だぜ」

「なんだと――」

「だいたい双六好きは、俺たちばかりじゃないだろう。ひょっとしたらてめえら京職の役人だって、陰でこそこそ賽を振っているんじゃねえのか。そのくせ俺たちばかり目の敵にするとは、へん、恐れ入るぜ」

「ええい、黙っておれば好き勝手を言いおってッ」

物部は怒声を浴びせながら、いきなり彼に笞を振るった。小さな血煙とともに、うわっという悲鳴が起こり、男が顔を押さえて地面に倒れ込む。更に物部は額から血を溢れさせた彼を無理やり立たせ、その腹を膝で蹴り上げた。

うっと苦しげな声を漏らし、再び男が地面にくずおれる。

と、そのとき、彼らの足元をすり抜け、まだ四、五歳の童女が、うつ伏せに倒れた男に飛びついた。涙をいっぱいに浮かべた大きな目で、物部を見上げた。

「やだやだ、お父っつぁんにひどいことをしないで――」

「こ、古々女《こごめ》。あ、あっちに行ってろッ」

男の声よりも早く、物部はちっと舌打ちをすると、犬の仔でも追い払うかのように、少女を荒々しく蹴飛ばした。

ぎゃっという悲鳴とともに小さな身体が吹っ飛び、煮売り屋台の竈《かまど》にぶつかって動かなくなる。

「て、てめえッ。うちの娘になにしやがるッ」

怒り狂って吠えたてる男の胸先を蹴りつけて黙らせ、物部は部下に顎をしゃくって悠々と歩き出した。その後ろを捕縛された男たちが、一本の縄につながれて続く。

「古々女、古々女ッ。しっかりしろ、古々女ッ」

最後に先ほどの男が、使部に引き立てられながら、幾度も振り返って叫んだ。だが悲痛な声にもかかわらず、童女はがっくりと竈の脇にくずおれたまま、ぴくりとも動かなかった。

「ふん、子どもより己の心配をするんだな。賭博の罪は、笞罪《ちざい》か杖罪《じょうざい》が決まり。されどわしに歯向かった以上、それが十や二十で済むと思うなよ」

物部の哄笑が、静まり返った市に響いた。

笞・杖・徒《ず》・流《る》・死の五種の刑のうち、細杖で臀《しり》を打つ笞罪と太杖を用いる杖罪は、比較的軽微な罪に科せられる罰。とはいえ杖で十回も打たれれば、肉は裂け、足腰の骨までが砕ける。満足な手当も受けられぬ庶民からすれば、生涯足萎《あしな》えにもなりかねぬ恐ろしい刑であった。

確かに賭博は御禁制だが、まだ幼い童女を足蹴にするとはどういうことだ。天下の叛徒でも捕らえるが如き乱暴な取り締まりに、廣手は拳を握りしめた。

市ではこれが日常なのか、周りの人々は恐ろしげに身をすくめるばかりである。

ようやく息を吹き返したのだろう。古々女と呼ばれた童女が、泥まみれで弱々しくしゃくり上げている。身形《みなり》のよい中年の女が二人、その左右にしゃがみ込んで、何やら慰めの言葉をかけていた。

いくら何でも今のやり方はあるまい。所属や身分は違えど、物部とて同じ官吏。市司を訪ね、一言苦言を呈そうと踵《きびす》を返したときである。

「いやはや、市はさすがに賑やかでございますなあ」

間延びした声とともに、廣手の肩を後ろから摑む者がいた。

「お止めなされ。あれは阿倍狭虫《あべのさむし》と申して、市司きっての暴れ者。しかもその姓《かばね》の通り、大納言阿倍御主人《みうし》さまとも縁続きの男でございます。下手に関わっては、葛野さまにもご迷惑がかかりまするぞ」

振り返れば柿本人麻呂《かきのもとのひとまろ》が、とがった顎を撫でている。引き上げてゆく物部たちに茫洋たる目を向け、ふむ、と一つ大きくうなずいた。

「とは申しても、確かにあれはひどうございますな。双六如き、どこの官司でもこっそり行われている遊び。おおかた図星を指され、逆上したのでございましょう」

言いながら、人麻呂は廣手を市の外へと連れ出した。

早くも騒動を聞きつけたのだろう。市場を囲む土塀の陰で、双六盤を囲んでいた男たちが、あわてて賽子を片付けている。かたわらで酒を売っていた中年の女が、その様を忌々しげに睨んでいた。

「一別以来でございますな。京の暮らしにも慣れられたようでよろしゅうございました。今日はどこかへお出かけでいらっしゃいますか」

廣手が提げる酒の小壷に、人麻呂はさっと目を走らせた。

「え、ええまあ。そんなところです」

言いよどんだものの、考えてみれば詠と人麻呂は顔見知り。下手に話を逸らすのも憚《はばか》られる。

「実は亡き兄の墓参に行くのです」と打ち明けると、水のように澄んだ人麻呂の目を暗い影がよぎった。

「兄上どのの――」

「はい、人麻呂どのは大舎人。ひょっとして兄の八束を、ご存知だったのではないですか」

「その件であれば、歩きながら話しませぬか。ここは人も多うございますので」

市外にはあちらこちらに杭が打たれ、荷車を曳いてきた牛や、客の馬がつながれている。見張り番の童子に小銭を与え、人麻呂は栗毛の老馬の手綱を取って歩き出した。

雑踏の大路を抜け、半裸の男たちが船荷の上げ下ろしに忙しい寺川の船入《ふないり》を越えれば、そこはもう見渡す限りの田畑である。野面にぽつぽつと陋屋《ろうおく》がのぞくものの、人影はひどく少ない。陽炎《かぎろい》立つ道の果てを見やり、人麻呂は眩しげに目を細めた。

「今日は五月の二十日。五年前、臣が妻《やつがれめ》を亡くした日でございましてなあ」

突然の回顧に戸惑う廣手には構わず、彼は間延びした声で続けた。

「よりによってその墓参に向かう矢先、八束どのの弟御にお会いするとは、これも奇縁と申すべきでございましょうな」

ではやはり人麻呂は八束を知っていたのか。だがならば何故、竹内峠で出会ったときにそう言わなかったのだろう。

八束は筋骨逞しく、それでいて妙な愛嬌のある偉丈夫であった。自分がいくら兄と似ておらずとも、牟婁評督の息子と聞けば、すぐに二人を結び付けられように。

「峠でお会いした折、臣も忍裳さまもすぐにそれと気付いたのでございますよ。ですが弟御がおられるとはうかがっていたものの、まさかその方までがご出仕なさるとは、思いもよりませなんだ」

「いま、忍裳さまと申されましたか。あの方までが、僕の兄をご存知でおられたのですか」

「ええ、よくご存知でございました。八束どの亡き後しばらくはひどくやつれられ、お側で見ておる臣がはらはらするほどお悲しみになられるほどに。とはいえかように申しても、お身内には何の慰めにもなりますまいのう」

あの凜としたたたずまいからは、およそ想像がつかぬ。まさかとつぶやく廣手に、人麻呂は静かにうなずいた。

「お察しの通りでございます。あの頃、忍裳さまと八束さまは互いに好き合うておられました。大舎人は官人の登竜門。これから順調な出世を重ねてゆかれる大舎人と宮人の恋は、宮城ではさほど珍しくございませぬ」

八束は高市の供で参内した折に忍裳と知り合い、以来、暇を見つけては逢瀬を重ね、思いを深め合っていたという。

宮人の中には官吏を夫に持ち、夫婦揃って宮仕えする者も多い。いやむしろ、官吏と宮人が外廷・内廷それぞれの立場で大王に仕えることを、良しとする風潮すらあった。

それだけに讃良も腹心の宮人と高市王家の舎人との恋を、ほほえましく見守っていたのであろう。当時、八束は二十一歳、忍裳は十九歳。夫婦になるには似合いの年頃であった。

その矢先の、恋人の事故死。いくら気丈とはいえ、うら若い忍裳が憔悴するのは当然であった。

「されど、わが兄があの忍裳さまと恋仲だったとは。不釣り合いにもほどがありまする」

「血を分けたご兄弟からすれば、そうしたものでしょうな。ですが剣を腰に佩《お》び、高市さまに扈従《こじゅう》なさる八束さまのお姿は、威風辺りを払い、実に堂々としていらっしゃいましたぞ。その上お心優しく、弱き者を援けずにはおられぬお人柄とあって、宮人や女孺《めのわらわ》にも大人気でございました」

確かに八束は正義漢で、評の人々にも頼りにされていた。暇さえあれば童を集め、剣や文字を教えていた姿が眼裏に浮かぶ。おそらくそんな純朴な人柄が、忍裳を惹きつけたのだろう。

そう無理やり自分を納得させはしたが、やはり似つかわしからぬ印象はぬぐえなかった。

「八束どのの死から二年が経ちますが、忍裳さまはいまだ心の奥に、あの方の面影を刻みつけておられるのでしょう。廣手さまにお会いした折、お一人で宮城に戻られたのは、突然現れたあなたさまに動揺なさったからに違いありませぬ」

やがて三輪山の山裾まで来ると、人麻呂は官道を外れ、灌木に覆われた丘に分け入った。馬を手近な木につなぎ、鞍上の荷を背負って坂を登る。

「この辺りは官吏や京の庶人の墓ばかり。されど山を越えた向こう側には、歴代大王の陵《みささぎ》をはじめ、大勢の王族がたの墓所がございますわい」

細い山道の左右には、大小の塚がひしめきあうように築かれている。大半は雑草に覆われ苔むしているが、中にはまだ土も露わな真新しい墳《はか》も見受けられた。

やがてたどりついた丘の頂上は、小さな広場になっていた。先ほど通ってきた官道が、眼下に一望できる。眉の上に片手をかざし、人麻呂は広場の一角を指した。

「あちらの大きな槻の下……。あれが八束どのの奥津城《おくつき》でございます」

時折、誰かが参っているのだろう。草が短く刈られた塚をそうと言われても、墓に名前が書かれているわけでも、供物が手向《たむ》けられているわけでもない。

しかし塚の前に立った瞬間、言葉にしがたい思いがどっと胸に去来し、廣手はその場に膝をついた。

京に上って以来、ほうぼうで耳にした八束の評判。それは己の知る兄とは、あまりに異なっていた。自分は今まで、八束のなにを見ていたのだろう。彼が内心、抱いていた懊悩《おうのう》も知らず、ぬくぬくと過ごしてきた己がひどく疎ましく、我と我が身を殴りつけたい思いであった。

市で人麻呂と出会えたのは、幸運だった。もし彼に連れ出されなければ、墓参をぐずぐずと延ばし、それで再び自分を責めただろう。

不思議に涙は出なかった。ただただ兄への申し訳なさに頭《こうべ》を垂れ、ふと顔を上げれば、人麻呂がじっとこちらを見つめている。老いた馬のような優しい眸《め》がますますいたたまれず、廣手は脳裏に浮かんだ疑念をそのまま口にした。

「よく掃除がされていますが、どなたか参ってくださっているのですか」

「はい、僭越《せんえつ》ながら忍裳さまのご命で、月に一度、臣が妻の墓参方々、こちらにも詣でさせていただいております。それに高市王家の家令どのも時折、お越しのご様子でございますな」

その一事からも、八束が高市から得ていた信頼ぶりが推察できるというものだ。

美しい恋人と覇気横溢した主。多くの人々から好意を寄せられていた兄は、刻々と完成に近づく新益京と飛鳥浄御原宮《きよみはらのみや》を往復しながら、充実した毎日を送っていたのだろう。

ひょっとしたら八束は、二度と牟婁に戻るまいと決めていたのではなかろうか。そうだ、故郷に一通の書簡も送らなかったのはその決意の表れだったのに違いない。だとすれば郷里を棄て、新天地を求めた矢先に命奪われた無念さは、察するにあまりある。

八束はやはり優しい男だった。弟に自らの境涯を悟らせまいと明るく振る舞い、「大王にお仕え申すのだ」と天真爛漫に語ったその心遣いが、今更ながらひどく胸を痛ませた。

人麻呂は草刈鎌をはじめ、水を満たした吸筒《すいづつ》、腰糧《こしがて》まで持参していた。伸びはじめた草を刈り、馬の背で温められた水と酒を塚に注いだ瞬間、朗らかな兄の笑顔が脳裏に浮かび、すぐに小さく明滅して消えた。土がのぞくほどに露わになった土饅頭の輪郭が、視界の中で淡くにじんだ。

(兄者、遅くなりましたが、ようやく参りました。兄者のお心に気付けなかった僕は、愚か者です。本当に申し訳ありません)

梢が騒ぎ、どこか遠くで八束の声がした。

(なんだ、お前まで京に来てしまったのか。まったく、どうしようもないな。何年か宮仕えをしたら、必ず牟妻に帰るんだぞ。あの家にはもう、お前しかいないんだからな)

腰の大刀がかちゃりと鳴り、四年の空白が音を立てて流れ去った。

己の暗愚に対する後悔は消えていない。だが少なくとも兄は自分を許してくれている。そんな気がした。

はたと気付けば、人麻呂は少し離れた小墳の前に座り込み、余った酒を勝手に飲んでいる。目尻を拭って近づくと、ぷんと甘い薫りがした。

「先にいただいておりますよ。なかなかいい酒でございますな」

素焼きの盃に酒を注ぎながら、人麻呂は細い目をますます細めて、目の前の塚を愛おしげに眺めた。八束のそれより二回りも小さく、注意せねば見落としてしまいそうなほど小ぶりの墳であった。

「これが先ほどお話しした、妻の墓でございます。まあ妻と申しても、子を生したわけでも、家を構えたわけでもありませぬ。ただ時折、臣が通っていくだけのはかない縁でございました」

彼女は後宮蔵司《くらのつかさ》の掌《しょう》（三等官）だった、と人麻呂は問わず語りに口を開いた。

蔵司は大王に近侍し、神璽・関契《かんけい》を預かる重職。それだけに妻の爵位は人麻呂より高く、傍《はた》目《め》にはちぐはぐな夫婦と映ったろうと苦笑する口調は、ひどく優しげであった。

「床についたと聞いたときも、あの気丈な妻ゆえ大したことはあるまいと、たかをくっていたのです。ですがあっという間に病をこじらせ、臣が駆けつけたときにはもう、物言わぬ骸《むくろ》と成り果てておりました」

「さようでございましたか――」

「人の世とは、まこと儚《はかな》いもの。妻の死に接し、臣はつくづく世の無常を悟りましたわい」

小壺の中身を飲み干すと、彼は手際よく辺りを片付け、

「そろそろ日が傾きまする。参りましょう」

と立ちあがった。

その横顔は常の如く、さらりと乾いている。だが丘を下り、再び馬の轡《くつわ》を取って歩き出した彼は、つと足を止め、いま下りてきたばかりの斜《なぞえ》をふり仰いだ。

夏の風が森の匂いを含んで、その袖をはためかせた。

「どうなされました、人麻呂どの」

「一首、歌が浮かびました。老いた舎人の愚痴と、聞き流してくだされ」

廣手の返事を待たず、人麻呂は踵をそろえて背筋を伸ばした。顔つきまでが別人の如くひきしまり、朗々とした歌声が、夏空に高く舞いあがった。

――世の中は　常《つね》かくのみと　思へども　はた忘れえず　なほ恋《こ》ひにけり

人の世とは、いつもこういうものだとばかり思っていたけれど、やはり貴女を忘れられず、なおも恋し続けているのですよ——齢五十を越えた男の作とは思えぬ、少年のような率直な歌であった。

技巧も修飾もあったものではない。あまりにあからさまであるがゆえに、かえって澄み切った恋情がそこには詠み上げられていた。

緑の色濃き丘を見上げ、人麻呂は同じ歌を二度、ゆっくりと吟じた。そしてわずかにはにかむような笑みを浮かべ、静かに踵を返した。

文筆より武芸を尊ぶ父の影響もあって、廣手は歌の素養は皆無である。それでも即興の一首に籠められた亡妻への思いの深さ、柔和な人麻呂の裡に潜む激情ははっきりと汲み取ることができた。

古来、歌を能《よ》くする者は言霊《ことだま》を操る呪者。いわば巫覡《ふげき》に近い存在であったという。彼らは大王の側に侍し、時にはその政務を褒め称え、時には主君に代わって民衆を鼓舞した。葛城・大海人兄弟双方から寵を受けた往年の宮人・額田女王《ぬかたのおおきみ》などは、まさにその筆頭。こぼれんばかりの色香と才知を愛でられ、宝大王《たからのおおきみ》（斉明《さいめい》天皇）のお気に入りだった彼女は同時に、宮廷一の名歌人としても名を轟かせていた。

汲みてなお尽きぬ泉にも似た、ほとばしる歌才。魂の絶唱とも呼ぶべき数々の名歌は、彼女の内面から湧き出し、触れる者みなを不可思議な霊力の中に引きずり込む、類まれなる呪歌でもあった。

かつて百済救援に向かう軍船を前に、宝大王は額田に兵卒の鼓舞を命じた。

満月が皓々《こうこう》と海原を照らす宵、御座船の舳先《へさき》に立った彼女が、

——熟田津《にぎたつ》に　船乗《ふな》りせむと　月待てば　潮もかなひぬ　今は漕ぎ出でな
と歌いあげるや、その高らかな出陣の大号令に、軍卒たちは揃って船端を叩き、雄叫びを上げた。

数千人の男を奮い立たせ、まだ見ぬ戦場へと送り込む言挙《ことあげ》……それはもはやただの歌人ではなく、まさに巫女《みこ》の行いとしか呼べぬ所業であったという。

額田はすでに亡じ、当時を知る者は少ない。しかし讃良大王に近侍し、悲喜こもごも様々な思いを歌に紡ぐ人麻呂は、さしずめ今日になお生きる言霊の巫覡。だからこそ詠は彼を、名物舎人と呼んだのだ。

そんな人麻呂を侍者とする讃良への興味がますます募った。とはいえ無官の葛野王に仕える身では、龍顔を拝する栄誉など望むべくもない。

帰路、日はどんどん西に傾き、二人が北市近くまで戻った頃には、街並みは燃え立つような夕映えに染め上げられていた。

「ふむ、市の閉門までは少々時間がありますな。臣は市で今日の菜《さい》を求めてから帰りまする。なにせしがないやもめ暮らしですゆえ」

「では門までご一緒いたしましょう」

「本当は先ほど市に出向いたのは、玄蕃助《ほうしまらひとのすけ》の伊吉連博徳《いきのむらじはかとこ》さまに頼まれ、内道場《ないどうじょう》で用いる幡《ばん》を探すためだったのですが。まあそちらは急ぐ用向きではありませぬゆえ、また明日、出直しまする」

宮城内の内道場と呼ばれる仏殿では、大王の身体護持や国家安泰が日々祈願されている。玄蕃官《ほうしまらひとのつかさ》は外交と仏教統制を担当する官司。内道場の維持・管理も行う、多忙な役所である。

「玄蕃官の手伝いとは、人麻呂どののお務めは多岐に亘るのですね。僕などからすれば、羨しい限りです」

「いえいえ、普段は讃良さまや忍裳さまのお世話をするだけでございます。ただ博徳さまは讃良さまの信厚い能吏。特に命じられ、お手伝い差し上げているだけですよ」

聞けば伊吉連博徳は宝大王の御世、二十二歳で遣唐使に加わったのを皮切りに、渡航三回の華々しい経歴を有する外交官。すでに六十間近ながら海外情勢にも明るく、白村江《はくすきのえ》の戦い以来、とかく難航しがちな対外交渉を主導してきた辣腕という。

「博徳さまは本当にすばらしいお方であられます。いずれ、お引き合わせしたいものでございますな」

市門に足を向けた二人は、そこに小さな人だかりができているのに気付き、どちらからともなく顔を見合わせた。

日没間近とあって、市人たちはすでに店じまいにかかっている。次々と運び出される空の荷車の音、残った蔬菜を売りさばこうと大声を上げる老婆のけたたましさ……耳を聾《ろう》せんばかりの騒音にも微動だにせず、人だかりの中に倒れ伏しているのは、先ほど物部に引っ立てられていった三十過ぎの男であった。

京職の獄は、宮城の正門前。そこで仕置きを受け、ここまで這ってきたのであろう。腰から下はぐっしょりと血に濡れそぼち、大路には黒々と光る血の道ができていた。

「もはや死んだのではあるまいか。先ほどから、ぴくりとも動かぬが」

「いいや、この男、大路をずうっと遠くから、腕だけで這いずって参ったのじゃ。ちょっとやそっとの事で息絶えはすまい」

言いながら木切れでその脇腹をつつこうとする市人の腕を、廣手はあわててねじり上げた。

「痛っ、何をしやがる」

「何をしやがるではないだろう。お前こそ大怪我を負ったこやつに、どういう了見だ」

一喝された男は、幞頭に制服姿の廣手たちにわずかにたじろいだが、すぐに薄いせせら笑いを浮かべた。

「そう思うんだったら、お医師を呼んできたらいいだろう。もっともこいつを診てくれる奇特なお方がいればの話だがな」

「どういう意味だ」

廣手の無知をせせら笑うように、男は調子っぱずれな声で続けた。

「その男は雑戸《ざつこ》。忍海《おしうみ》の鍛戸《かぬちべ》だぜ。鍛冶司《かぬちのつかさ》の下働きをしている虫っけらみてえな奴さ」

雑戸とは鍛戸、弓削《ゆげ》、靭作《ゆぎづくり》、矢作《やはぎ》など、軍事的に重要な技能を持つ職能集団。畿内や京周辺に集住する彼らは一般の戸籍には編入されず、鍛冶司・造兵司《つわもののつくりのつかさ》などの管理の下、代々技術の世襲を強いられていた。

課役や兵役が免除される代わり、毎年一定の日数、所属官司に召役される雑戸の身分は、良民中最下層。このため人々の間には彼らを見下し、奴婢同様に扱う風潮が根強かった。

忍海は京の西南。鍛冶・金工を生業とする雑戸が集住する、葛城山麓の村落である。おおかた鍛冶司に徴用中の休日、市で双六に興じていたのだろう。

だが賤民に近い身とはいえ、先祖をたどれば渡来系の工人集団。しかも宮城で働く点、宮仕え仲間といってもよい相手である。

廣手は市人を押しのけ、男の傍らに膝をついた。

「おい、大丈夫か。しっかりしろ」

人麻呂が差し出した吸筒の水を含ませると、男は黒ずんだ瞼を薄く開けた。廣手の腕を押し戻して立ち上がろうとした。

「おい、動くな。すぐに医師《くすし》に診ていただいてやるからな」

「こ、古々女。古々女はどこだ」

「古々女だと」

「俺の娘だ。畜生、あいつら、古々女までひどい目に遭わせやがってッ」

いったいどれだけの杖を受けたのだろう。男の腰の肉は弾け、骨がむき出しになっている。両足はまったく力が入らぬらしく、死んだばかりの獣の如く、ぐにゃりと伸びきっていた。

「お前が捕まったとき、物部が蹴飛ばした童女だな。よし、わかった。僕が捜してきてやる。人麻呂どの、お手数ですが、こやつを詠先生のもとにお連れいただけませぬか。今日は葛野王家におられるはずです」

「よし、承知いたしました」

男の身体を、廣手は力任せに馬上に押し上げた。葛野王家に向かうのを見送り、まだ賑わいの残る市へと駆け込んだ。

しかし童女が足蹴にされた界隈は既に商いを終えたらしく、粗末な肆は崩され、筵《むしろ》や籠が壁際に寄せられているばかり。手近な市人に尋ねたものの、古々女の行方を知る者は一人としていなかった。

かろうじて甕《かめ》を商っていた若者が、よく似た年頃の少女が中年の女に手を引かれて行くのを見たと言った。さりながら、それとて本当に古々女との確証はない。

「市は物騒ですからねえ。見目形のいい子なら、ちょっと目を離した隙にさらわれちまいますぜ」

人買いの中には奴婢売買のかたわら、物心つかぬ子どもを拐《かどわか》し、奴隷市場で叩き売る者も多い。畿内ならまだしも、東国や九州など辺境の地に売り飛ばされた子の大半は、まず生きて京には戻れない。奴婢に落とされぬまでも、女児なら春をひさぐ遊び女として買われていく可能性も高かった。

「一応、市司に届け出ておいたらどうですかい。うまくいけば、ひょっこり見つかるかもしれませんから」

とはいえ父親の一件から推して、彼らが真剣に捜索するとも考え難い。礼を述べて葛野王家に戻ると、寝台にうつ伏せた男の背に詠が馬乗りになり、傷薬を塗り込んでいる最中であった。

「ええい、動くなと言っておろうが。河内《かわち》、もっと麻布を持ってこいッ」

詠は王家の敷地の端、家従たちと同じ一棟に、二間続きの小房を与えられている。一間を河内と暮らす自室に、残る一間を邸内の従僕たち相手の診察所に充てているのである。

「畜生、こりゃいったい、何の薬なんでさ。ぎりぎり沁みるばかりか、臭くて鼻がひんまがりそうだぜ」

気付け薬でも飲まされたのか、男の口調は先ほどに比べて明朗であった。

男はもちろん、詠や河内、また房の片隅に所在なく立つ人麻呂までが汗まみれなのは、真夏にもかかわらず、竈でがんがんと炭火が熾《おこ》されているからだ。男にまたがったまま竈に手を伸ばし、詠は真っ赤に炙《あぶ》られた鏝《こて》を取り上げた。

「まったく、口数の多い怪我人じゃな。これは蒲黄《ほおう》と橐吾《たくご》葉《よう》を卵白で練ったものじゃ。よいか、これから血止めのために焼き鏝を使う。舌を嚙まぬよう、歯を食いしばっておれ」

「へん、忍海の男をなめるんじゃねえや。火傷が怖くて、鍛師《かぬち》が務まるかってんだ」

「ようし、よい覚悟じゃ」

言うなり詠は男の腰を両腿で絞めつけ、焼き鏝を押し当てた。じゅっという不気味な音が上がり、肉の焼ける臭いが房に満ちる。しかし男は寝台を両手で強く抱えはしたが、なるほど一言の呻きも漏らさなかった。

詠は眉根を強く寄せながら、男の手当を手早く済ませた。額の汗をぬぐい、ようやく廣手を振り返った。

「とりあえず出来る処置は施したものの、あまりに打撲が酷い。腰骨は折れておるし、ひょっとしたら筋まで裂けておるやもしれぬ。数日様子を見ねばわからぬが、下手をすると今後、歩行に支障が出るかものう」

「古々女は、古々女は見つかったのかッ」

急き込んで尋ねた彼は、廣手が小さく首を横に振るや、ぎりぎりと奥歯をかみ締め、「畜生ッ」と拳で寝台を打った。

人買いの跳梁の甚だしさは、彼とて承知していよう。慰める間もなく、廣手はうつむいた。男はしばらくの間、寝台に顔を埋めていた。しかしやがて血走った眼を上げ、

「どこだか知らねえが、連れてきてくれてありがとよ。俺なんかを診てくれるお医師がいるたあ思わなかったぜ」

とぶっきらぼうに礼を述べた。

よく見れば男の両手には火傷の痕がすさまじく残り、目の下にも大きな引き攣《つ》れがある。物部に打たれた額の傷が、さしたるものではないと映るほどだ。

鍛冶司は典鋳司《いもののつかさ》とともに、金属器の製造全般を手がける役所。扱う品は銅器から仏像まで幅広いが、金属の鋳造はそれ自体、命の危険と隣り合わせの作業である。その配下として鍛師を務めるからには、火傷の一つや二つと憎まれ口を叩くのも、あながち強がりではなかろう。

「私は阿古志連廣手。手当をしてくださったのは、百済人の詠先生だ。お前、名は何という」

「五瀬《いつせ》だ。雑戸仲間は三田《みた》の五瀬と呼ぶぜ」

「されどおぬし、ただの杖罪にしてはずいぶん酷く打たれたものじゃな。下手な手向かいをして、獄吏の怒りを買ったのではないか」

傷の痛みかそれとも物部たちへの憎しみが甦ったのか、五瀬は顔をしかめて舌打ちした。

「幾ら俺だって、そんな真似をするかよ。あいつら、俺が雑戸と分かった途端、『雑戸の分際で良民を双六に誘い込むとは、不埒千万。他の者どもの罪も、おぬしが負うのが相当じゃ』とかぬかして、他の奴らの杖の数まで、俺一人におっかぶせやがったんだ。それで助かったと喜

んで、とっとと逃げ出す奴らも奴らだぜ」

奴婢と違い一見それと分からぬだけに、雑戸への差別意識はかえって強い。自分たちとは異なる技能を持ち、一族寄り集まって暮らす彼らを得体が知れぬと恐れ、攻撃的に排除する者は珍しくなかったのである。

「一人あたり二十回の杖としても、六人分で百二十回か。その数を聞くと、命が助かっただけでも幸いじゃったな」

「あいつらだって、むやみやたらに打ってくるわけじゃねえ。打つときには数も数えりゃ、拍子も取りやがる。それに合わせて尻の穴をすぼめりゃ、痛みもずいぶん変わってくるってわけよ」

「ただいずれにせよおぬしは、足腰に酷い怪我を負うておる。葛野王にはわしから口ぞえをしてやろう。しばらくはここで養生するのじゃな」

折悪《あ》しいことに、季節は夏。それだけに詠は五瀬の傷を膿《う》ませまいと、河内とともに懸命の看病に当たった。邸内の従僕たちもまた、詠の出仕の日には交代で診療所を訪れ、熱にあえぐ五瀬の額の布を替えたり、水を飲ませたりと甲斐甲斐しく面倒を見た。

穏和な敬信の指導もあり、口の悪い百済人医師を敬愛する屋敷の者たちは、雑戸である彼に侮蔑の目を向けなかったのである。

だが皆の献身にもかかわらず、五瀬の怪我の治りは遅かった。無事に床上げにこぎつけたのは、一月後。しかも詠の診立て通り、足腰は元には戻らず、その歩行は一足ごとに身体をがくっと左にゆがませる痛々しいものとなった。

「本当ならそのまま、寝たきりになったかもしれねえ身体だ。一人で歩けるだけでも、めっけものさ」

床から起き上がれるまで回復すると、五瀬は忍海から道具を取り寄せ、台盤所の鍋や釜、更には厩の馬具などをこつこつ修繕し始めた。

「ええい、またしても勝手に診療所を抜け出しおって。おぬしの骨は固まりはしたものの、まだ赤子のそれの如く柔らかい。今度転びでもしたら、とり返しがつかぬぞ」

「ちぇっ、口うるさいおやじだぜ。なにも大炉の鞴《ふいご》を踏んでるわけじゃねえんだ。銅鍋の直し程度、そんなに目くじらを立てなくてもかまわねえだろう」

五瀬は五瀬なりに、葛野王家の人々に感謝していたのだろう。持ち込まれる鍋釜を直すかたわら、詠の目を盗んでは、庭の掃除や馬の手入れなど、懸命に屋敷の役に立とうとした。

とはいえ歩行一つにも、常人の三倍の時間がかかる彼である。不自由な身にいらつき、意のままにならぬ足を殴りつけることもたびたびだった。

「畜生ッ、この足さえ……こいつさえ、自由に動けばなあ。そうしたら古々女だって、自分で捜しに行ってやるってえのによ」

一方廣手はその間、暇を見つけては狗隈《いぬくま》ともども市に出かけ、古々女の行方を求めていた。

しかし新益京五万の人々が寄り集まる北市での人捜しは、藁の山で一本の針を求める以上に困難。童女の行方は杳《よう》として知れなかった。

「なんだ、あんた、また来たのかい。いったいどこの舎人さんなんだね。もし似た子の話を聞いたら、勤め先まで教えに行ってやるよ」

廣手を若い父親と勘違いしたのだろう。市人の中には、足しげく訪れる彼を気の毒がり、そんな言葉を投げる女たちもいた。

彼女らによれば、物部の阿倍狭虫は立場にものを言わせ、市の店々に賄賂を要求したり、知己の店に便宜を図ったりする鼻つまみ者。縁故の者を使部として雇い入れ、自分の手足の如く使役しているという。

「物部は市司の中でも下っ端。けどあたいたちからすれば、市を運営する価長《あたいのおさ》なんかより、取り締まり担当のあいつらの方がずっと怖いのさ」

市での営業には、「賈《か》」と呼ばれる権利が必要である。狭虫は市司に勤務するかたわら、この賈売買の周旋や小銭の貸し付けで相当の財物を貯えていると、女たちは語った。

「驚いたなあ。物部は、そんなに旨みのある仕事なのか」

「まともに働いているお人だって、中には多いさ。けど狭虫はあの阿倍御主人さまの遠縁だからね。みんなそのご威光にぺこぺこするから、余計に付け上がるのさ」

一介の物部が、大納言の阿倍御主人と昵懇《じっこん》のはずがない。おそらく大河に落とした墨一滴ほどの淡いつながりに相違ない。しかしそれでも議政官の一人と同族との触れ込みは、市の人々を怯えさせるに充分のようであった。

「市に出入りする人買いから、賄賂を取ってるって噂もあるからねえ。ひょっとしたら舎人さんが捜している子どもも、あいつの手下がさらったのかもしれないよ」

手がかりのないまま引き上げる廣手の頭の中では、市の女が吐き捨てたそんな言葉が渦を巻いていた。

今日も五瀬は不自由な身体に歯噛みしながら、自分の帰りを待ちわびているだろう。引き上げる足が、自然と重くなった。

「廣手さま、酷なようですけど、いい加減、子ども捜しは止めた方がいいんじゃねえんですかい」

道すがら、狗隈が珍しく口ごもりながら話しかけてきた。

「小さい頃に拐された子を親が捜しに来るってのは、奴婢溜まりじゃよくあるんでさ。けど子どもは、良くも悪くも適応が早くてね。売り飛ばされた直後ならともかく、二年、三年もすれば、奴婢根性が立派に染みついてまさあね」

奴婢は年齢によって価格が異なり、体力のない十五歳以下の子どもは成人より廉価。このため中にはわざわざ十歳にも満たぬ子を求め、大人同様の厳しい労働を強いる買い手もいた。売られてきた奴婢はまず、牛馬に用いるのと同じ、所有者を示す鉄印を額に当てられる。真っ赤に焼かれたそれを捺された子が、恐怖と激痛から気絶するのは言うまでもない。

しかも烙印によってもたらされるのは、痛みや恐怖ばかりではなかった。それは子どもたちから無邪気さや愛らしさを奪うとともに、絶望と強者への服従を植え付け、彼らを心身ともに本物の奴隷に落とすのであった。

水をかけられ、足蹴にされて目覚めた時から始まる、厳しい労働と屈辱の日々……。家畜並み、いやともすればそれ以下の扱いを一度受けた子どもは、そう簡単に良民に戻れはしない。狗隈はぼそぼそとそう語った。

「ご実家にもいましたぜ。それ、五年ほど前に売られてきた真菰《まこも》――」

「ああ、あいつか」

廣手は、奴婢の中でもひときわ荒んだ目をしていた奴《やつこ》の姿を思い起こした。

「あいつはもとは尾張の出。七つの時に人買いにさらわれて奴婢になり、幾つものお家やら官《かん》衙《が》をたらい回しにされたんだそうでさ」

真菰の両親が息子の行方を突き止めたのは、彼が十七歳の頃。しかし涙の対面後、大枚を叩いて子を買い戻した親たちは間もなく、真菰が少年時代とは別人に変じている現実を思い知らされた。

雨漏る奴婢小屋での寝起きから、簡素ながらも暖かい家での暮らし……だが、馴れきった飢え、些細なことで笞打たれる日々で荒んだ心は、そんな慰撫如きで癒されはしなかった。

事あるごとに怒鳴り散らし、果ては隣家の娘を手籠《てご》めにしようとして捕縛された息子に、両親はとうとう、「これはわたくしどもの子どもではなかったのじゃ」と叫んだ。

かくして真菰はその場から再び売られ、流れ流れて阿古志連家にやってきたのである。

「一度、賤に落とされた奴は、どんなに境遇が変わろうとも、心は死ぬまで奴婢のままでさ。ましてやそれが娘っ子なら、年端がいかねえうちから男奴《おやつこ》たちの慰み者にされまさあしね」

世の汚泥に塗《まみ》れた愛娘を目の当たりにすることが、果たして五瀬のためになるのか。狗隈はそう言いたげであった。

確かに彼の弁も、わからぬではない。とはいえ奴婢にされたかもしれぬ娘を、このまま見捨ててよいわけがない。廣手は唇を強く引き結び、荒々しく砂を蹴った。

狗隈の世知が、ひどく疎ましかった。

早足で戻った葛野王家では、珍しいことに一人の男客が五瀬を訪《おとな》っていた。

「鍛冶司に行ったところ、怪我で休暇の最中。驚いて忍海に駆けつければ、こちらのご厄介になっているというではないですか。いやはや京を端から端まで、ずいぶん走り回らされました」

年は廣手とほぼ同じ。身形からして、どこかの屋敷の従僕であろう。女と見まごうばかりに華奢な身体つきをした、ひどく折り目正しい青年であった。

「ちっ、ここまで追いかけてこられたって、見ての通りの具合だ。注文の品は当分、仕上がりませんぜ」

庭先で銅の盤を修繕していた五瀬は、手許に落とした顔を上げもせず、いつもの口調で吐き捨てた。

厨女《くりやめ》たちが吹聴したらしく、五瀬のもとには最近、近隣の王臣家からも壊れた鍋釜が持ち込まれるようになっていた。おかげで診療所の軒下には、詠の薬草とともに穴の空いた銅鉄具が山積みになっている始末である。

「わかっております。不比等《ふひと》さまもゆっくり身体をいとうようにと仰せでございました」

「とは言ったって、藤原朝臣《ふじわらのあそん》家さまからお心遣いの品をいただいちゃあ、こっちが落ち着かねえや。そう思うなら、そもそも見舞いを控えるのが礼儀ってもんでさあね」

五瀬の傍らには、色よく熟れた茱萸《ぐみ》が盛られた籠が置かれていた。五瀬がその数粒を無造作に口に放り込み、ぶっと音を立てて種を吐き散らしたのと、廣手が診療所の角を抜けて庭に踏み入ったのはほぼ同時だった。

「五瀬、お客人だったか」

振り返った青年が、整った顔ににこっと笑みを浮かべて頭を下げた。笑うと片頬に小さなえくぼができ、ますます彼の容貌を少女めいて見せた。

「客なんてもんじゃねえでさ。首名《おびな》さま、ご用件はわかりましたから、今日はこれでお引き取りくだせえ。俺だって、忍海の鋳師だ。いったん約束した以上、ご用命の品は必ず仕上げてみせまさあ」

「そうかがって、安堵いたしました。では五瀬どの、どうぞお身体ご養生ください」

「お待ちください。お帰りであれば、僕が表門までご案内いたしましょう」

その刹那、傍らでちっという舌打ちが弾けたのは、気のせいではあるまい。

詠からいまだ外出が許されぬことに、五瀬は最近、露骨な苛立ちを示していた。そのむしゃくしゃが一向に娘の手掛かりを摑めぬ廣手に向けられるわけで、とばっちりを蒙る側はたまったものではない。

(だいたいおまえが双六なんかしていたのが、すべての元凶だろうが)

身分はかなりの差があるのだが、年上で尊大な五瀬に、廣手はここのところ常に気圧《けお》され気味であった。思わず客人の案内に立ったのも、知れ切った不首尾を告げるのを回避したかったからだ。

水仕女《みずしめ》たちがかしましくしゃべり交わす井戸端を過ぎ、皁莢《さいかち》の植えられた細庭に踏み込む。

助けてやったのは誰だと思ってるんだ、と溜息をついた時、背後の青年がのんびりとした声を投げてきた。

「あなたが五瀬をこちらに運び入れてくださったそうですね。僕は藤原朝臣不比等さまにお仕えする、田辺史《たなべのふひと》 首名と申します」

「藤原不比等さまの――」

不比等は大化の改新の立役者である、内臣《うちつおみ》・中臣《なかとみの》（藤原）鎌足《かまたり》の息子。現在は刑官（司法全般を司る。後の刑部省《うたえただすのつかさ》）の判事として、訴訟・裁判にたずさわる人物である。

さりながら功臣の息子の割に、不比等の爵位は直広肆《じきこうし》（後の従五位下）と、かろうじて貴族の仲間入りをしている程度の低さであった。それというのも中臣家は壬申の乱の折、大友王子側につき、一族の大半は戦死。京に残っていた女子どもも、近江宮の炎上と運命を共にしたからであった。

当時年少だった不比等は、母ともども交野《かたの》の別宅に暮らしており、かろうじて難を逃れた。そんな彼が、大海人の御代に出世できるわけがない。長らく内舎人《うどねり》の地位に留められていた不比等が官職を得たのは、讃良の代になってから。彼はそのとき既に、三十一歳になっていた。

目鼻立ちの涼しい顔をひきしめ、首名はいきなり廣手に向かって深々と頭を下げた。

「廣手どの、僕はあなたに心より御礼を申さねばなりません。五瀬を救っていただき、ありがとうございました。主もさぞ喜んでおりましょう。もう少しで僕たちは、世に二つとない宝を失うところでした」

何が何やらわからず目をしばたたく廣手に、ああ、と首名はうなずいた。

「廣手どのはご存知ないのですね。五瀬は鍛師であると同時に、忍海随一の名工。ことに金を扱わせれば、天下に並ぶ者のいない匠なのです」

「五瀬がですか――」

博打好きで口の悪い彼が、天下の名匠とは。人は見かけによらぬと言うが、それにしても何かの間違いではなかろうか。

だが首名によれば、五瀬は金属の精錬から細工まで一人でこなす並外れた腕の持ち主。寺の露盤や仏像、鐘、銅華鬘《けまん》など、その手にかかる品は皆、名品の誉れを恣《ほしいまま》にしているという。

「僕の主である不比等さまはそんな五瀬を見込み、半年前、新たに求められた黒作大刀《くろつくりのだいとう》に付ける錺《かざり》金具を作れと命じられたのです。ご存知の通り、大刀の錺は普通、銅や鉄、もしくは銀を材とします。ですが不比等さまは大刀をひときわ華やがせるため、総金の細工を指示なさいました」

黒作大刀とは、鞘や柄を黒漆で塗った豪壮な大刀。そこに純金製の冑金《かぶとがね》や石突《いしづき》、佩緒《はきお》を通す山形金具、鍔《つば》、縁金などが加われば、その輝かしさは筆舌に尽くしがたいであろう。

金に糸目をつけぬこの依頼に、五瀬は奮起した。幾度も図面を引いては首名を通じて不比等に改めさせ、精緻この上ない細工を尽くさんと腐心していた。

「そこに飛び込んできたのが、こたびの災厄。怪我を負ったとの報に、不比等さまと五瀬の間を取り持っていた僕は、肝の冷える思いをいたしました」

「ですが不比等さまはさよう素晴らしい刀を、いかがなさるおつもりなのです」

「さあ、そこまでは存じません。ともあれ案外元気そうな五瀬に会い、僕はほっといたしました。生真面目な彼のこと、時はかかれども、必ずや素晴らしい錺を作り上げることでしょう」

生真面目ねえ、と廣手は首をひねった。この男、いささか五瀬を買いかぶりすぎではあるまいか。

「されど驚きましたのは、あの足萎えぶり……五瀬をかような目に遭わせたのは、市司の物部と聞きましたが、それはまことですか」

「はい、阿倍狭虫と申す男です。同時に捕まった者たちの杖を、五瀬は一人で受けさせられたのだとか」

「確かに双六は天下のご禁制。ですが公民は罪にならぬ、雑戸には重い罪を科せとの決まりなど、どこにもありませぬ。その男は、京の法をなんと心得ているのでしょう」

いつしか首名の声は大きくなり、女とも見まごう頬には朱の色がにじんでいた。どうやら骨細な外見に似合わず、己の言葉に激昂する質《たち》らしい。

「しかたありますまい。なにしろ狭虫とやらは、阿倍御主人卿の遠縁と申すのですから」

「そんなことは関係ありませぬッ」

いきなり首名は、皁莢の幹を拳で打った。

近くで餌をついばんでいた雀が二羽、その音にぱっと飛び立つ。だが彼はそちらには目もくれず、人が変わったような早口で続けた。

「よろしいですか、廣手どの。今を去ること五十年前、まだ王子でおられた葛城さまが鎌足さまとともに蘇我《そが》一族を倒したのは、力ある豪族を追放し、大王を中心とする強い国家を作らんと目論まれたがため。その後、葛城さまや大海人さま、讃良さまたちがどれほど苦心して大唐の制度を摂取されたか、少しはご存知でございましょう」

「は、はあ。そりゃ、まあ少しぐらいは」

(な、なんなんだ、こいつは……)

かろうじて相槌を打つや、首名はそれをぶった切る勢いで言葉を続けた。

「ですが今日の宮城を見廻すに、歴代の大王のご意思を受け継ぐ者は、数えるほどしかおりません。大王を中心にした集権体制の必要性は、哀しいことにさほど理解されておらぬのです」

それは官吏の大半が豪族と縁続きであるためだ、と彼は語った。確かに地縁血縁で出世が出来るようでは、官吏たちに国家に仕える身との自覚など湧くはずがない。

「本来、役人は『徳義・清慎・公正・恪勤《かっきん》』の四徳目を懐持すべき存在。それを忘れ、私利私欲に走っていては、この国は内側から瓦解します。そうでなくとも葛城さまたちの目指された改革はまだ半ば。法典も官吏機構も、いまだ半端にしか整えられておらぬと言いますのに」

「な、なるほど」

「先ほど廣手どのは阿倍狭虫について、阿倍氏の一員である以上、少しぐらいの横暴には目をつぶるしかないと申されました。ですが市の物部とて、立派な官吏。本来であれば令《りょう》の規定に従い、厳正に職務に当たらねばならぬのです」

「令、ですか」

「さよう、令です」

わが意を得たりとばかり、首名はうなずいた。

「相次ぐ改革を経ながらも、なぜこの国が真の集権国家となりえぬのか。それはいまだ国に真の律令がなく、天下万民が従うべき規律が、明文化されておらぬゆえ。そのため、阿倍狭虫のような役人が大手を振って暮らす、誤った世が続いているのです」

なにやら厄介な話になってきたぞ、と廣手は思った。

律令――すなわち、刑法である律と行政法たる令は、もともとは大陸で成立した法典である。隋・唐ではこれを国家統治の根本法、皇帝を中心とする集権体制の象徴と定義づけた。そして官衙の末端や国土の隅々にまで網羅的支配を及ぼすため、体系的な律令を繰り返し発布したのである。

また新羅は早くから、律令を国家統率の要《かなめ》と判断。いち早くこれを取り入れ、古くからの官司制度と融合させることで、統率の取れた支配体制を確立した。

いわば大唐とそれを囲む国々において、律令は国家の基盤を強固にする必須要項と考えられていたのである。

ただ、唐に倣う数々の改革を断行しながらも、葛城や大海人はなかなか律令の導入に着手しなかった。言葉も文化も異なる他国の法典をそのまま自国に取り入れることに、一抹の不安を抱いていたために違いない。

「待ってください、首名どの。今、この国には律令がないと申されましたが、確か七年前には、讃良さまが諸司に令を頒布なさったではございませんか。僕はあの事業をして、我が国の法典は完成したと考えていたのですが」

かろうじて口を挟むと、ああ確かに、と言いながら、首名はせっかちに首を縦に振った。

「確かに大海人さまの没後、讃良さまは飛鳥浄御原令二十二巻を施行なさいました。ですがあれはそれまでに布告された法令をまとめたところに大唐の条文を足し、なんとか令の体裁に仕上げたもの。大唐のそれには及ぶべくもない粗雑さで、法典としての不備は明らかです」

飛鳥浄御原令は大海人の治世九年（六八一）、渡来人・薩弘恪《さつこうかく》らに制定が命じられ、草壁の没後、大唐から帰国したばかりの留学生・白猪史宝然《しらいのふひとほうねん》、土部宿禰雄伊《はじのすくねおい》などを投入して編纂された法典である。だがかろうじて令の体裁こそ取ってはいるが、その内容は蕪雑《ぶざつ》な上、宮城でそれに基づいて仕事をしている役人など誰一人いないと、首名は断言した。

彼によれば、大唐の令には官吏の選叙を始め、各役所の執務規定、全国の戸籍作成方法や徴税の手段などが、事細かに記されているという。飛鳥浄御原令にも同じような条文はあるのだが、それらはすべて異国の条令の丸写し。わが国の実情に合致するわけがなく、大半の事務は結局、古よりの慣習法に基づいて行われているのであった。

「そういえば僕は葛野さまの舎人ですが、出仕以来一度も、人事を預かる法官《のりのつかさ》に出頭していません。官服や給与の支給などは、どういう制度に従っているのでしょう」

「そう。それらの規定がまったく明文化されていないのが、役人の官吏たる自覚を奪い、この国の成長を妨げているのです」

つまり——と首名は大きな息をついて、腕を組んだ。

「要はわが国はいまだ、整った支配構造を持っておらぬのです。官吏たちの大半は、己がどんな器に入れられているのか理解しておらず、またその器も穴だらけとしか言いようがありません」

その理由として彼は、大王を補佐する太政官《おおいまつりごとのつかさ》について触れた。

現在国政は、太政大臣および左右大臣、大納言・中納言・少納言、左右弁官で構成される太政官と大王の協議の下で進められている。これは唐の制度をわが国の実情に沿わせた画期的なものだが、問題はその面々だという。

「なにしろ右大臣丹比嶋さまを筆頭とする朝堂のお歴々は、讃良さまに明確な反発心を持っておられます。本来なら大王と貴族の合議制は、中央集権体制の基本。ですが諸臣が大王と同じ理想を抱いておらねば、それは几上の空論でございましょう」

「ならば、彼らを放逐し、真の律令を作ればいいではないですか」

首名は驚いたように、目を見張った。

「廣手どのは、大変なことを簡単に申されます。それが出来れば、かような世の中になっておりますまい」

いいですか、と続ける口調は、ほとんど教師が生徒に説いて聞かせるそれになっていた。

「現在、この宮城には数多くの官衙がございます。中央集権体制を推進すればするほど、国の執務体制は複雑になるのが道理。それらをうまく機能させるには、多くの血縁を官吏として送り込んでいる豪族がたの力が不可欠なのです」

「ですがそれがかえって、改革を阻んでいるのでしょう。ならばやはり、彼らを強く束縛すべき、法典が必要なのでは――」

言いかけて、廣手は息を呑んだ。だから首名は最初に、この国には真の律令が必要だと説いたのだ。

改革とは、周囲の顔色をうかがいながら実行するものではない。時には流血の惨事に直面し、多くの犠牲を払わねばならぬ痛ましい営為だ。

この国の歴史に深く食い込み、今なお大王を脅かす豪族たち。彼らを拘束し、強力な支配体制の下に縛り付ける法典がなければ、役人や貴族たちは真実の官吏にはならぬ。

新羅はそれをよく承知していたがゆえに、律令の摂取に努めた。そして今では、大唐と互角に渡り合うほどの強国と化している。

宮城の者たちを変質させ、倭を諸外国に負けぬ国とするには、律令は不可欠の典《のり》なのだ。

「律令編纂は、この国を確固たる集権国家とするための最後の改革となりましょう。されど嶋さまたちがああも幅を利かせているようでは、それもうまくは運びますまい。この潮流から乗り遅れれば、わが国は新羅や大唐にはるかに劣る弱国のままと申しますに――」

法典や国史の編纂事業は、国家の大事。いくら讃良が律令を作りたくとも、丹比嶋たちが睨みを利かせている今、それは思いのままにならぬ。ましてやそれが諸豪族から更に既得権益を奪うとなれば、邪魔が入るのは当然であった。

そう、この国はまだ未完成なのだ。

廣手にとってそれは、天が落ちてきたかと思うほど衝撃的な事実であった。

整然と統率され、破調などないと思われた倭国。当然だと思っていた、出自による専横や少々のもたれ合いが、国家として未成熟であるがゆえの破綻だったとは。

有史以来最大の革命であった乙巳《いっし》の変から、五十年。国制を定むる法はいまだ存在せず、宮城五千の官人たちの大半は、大王が目指す統治の何たるかを知らぬ。そして右大臣を始めとする高官たちは、大王に面従腹背して己の権勢欲を満たさんとしている――。

足元がすっぽりと失われ、深い穴の底に吸い込まれるような不安が、廣手の全身を摑み上げた。

「本邦を強き国家に変えるには、一分の隙もない律令を完成させるより他ありませぬ。官人たちの挙措一つ一つから、国の財政、百姓《ひやくせい》の戸籍の税制などすべてを網羅する律令を」

両の手を拳に変え、首名は決然たる口調で断言した。

「海の向こうでは、新羅が広大な半島をほぼ統一し、唐と対等に渡り合っていると聞き及びます。かの国や大唐に比べれば、わが国の国力は微々たるもの。一日も早く諸外国に追いつかねば、彼らはいずれこの国にも野心を向けて参りましょう。さすれば、僕たちに未来はございません」

このとき廣手は、葛城をはじめとする歴代大王が行ってきた改革の意味をようやく理解した。すべての豪族を公正な機構に組み込む支配。それは大王による専横ではなく、国力増大を第一と考える大いなる革命である。

だがそれを達成するには、連綿と続いてきた大王と豪族の共和を崩し、この国を根底から変質させねばならぬ。

なるほど、讃良は悪女などではない。倭が脈々と築いてきた歴史に楔を打ち込まんとする、恐るべき女丈夫だ。

「ですがその律令は、本当に完成するのでしょうか」

「作り上げねばなりません。この国のために、必ずや」

首名は大きく息を吐き、宮城の方角に頭を巡らせた。

「宮城には法令殿という殿舎がございます。かつて浄御原令編纂のために設置され、その後も薩広恪先生をはじめ、白猪史宝然さま、土部宿禰雄伊さまなどが律令研究に勤しまれている学問所でございます」

諸大臣との対立が続く今日、律令編纂事業をすぐに始めるあてはない。しかし讃良は浄御原令布告後も彼らを留め、引き続き律令の研究を行わせているという。

「前令が施行されたのは、七年も昔。そんな頃からずっと、讃良さまは律令編纂を計画しておられるのですか」

なんと遠大な計画かと呆れる廣手に、首名は当然でしょう、と事もなげに応じた。

「なにせ律令編纂は、この国を真実の集権国家にするための最後の切り札。葛城さま、大海人さまが成し遂げられなかった改革の最終段階です。そのためには細々とでも研究を続けさせ、編纂命令をいつでも出せるようにしておかねばなりません」

だがそう言いながらさすがの首名も、法令殿の場所やそこで行われている作業内容まではよく知らなかった。

なにしろ、諸臣は、新律令編纂にこぞって反対している。学者たちを守るためにも、作業はごく内密に進められているに違いない。

一日の仕事を終えた舎人たちが、二人のかたわらを続々と引き上げてくる。真剣な表情で話し込む彼らに、怪訝な眼を向ける同僚もいた。

「僕はいつか必ず、律令編纂が始められると信じています。僕は不比等さまの従僕、一介の若造に過ぎません。ですがもしそうなったときにはわずかなりとも、法令殿のお役に立ちたいと思っています」

条坊成り、全《まつた》き威容を示しているかと思われた新益京。だが一点の非もないと映った美麗な京は今なお、別の形を取らんと蠢《うごめ》き続けている。その底知れぬ活力、倭国に真実の統治体制を打ち立てんとする讃良大王の志の、なんと壮大であることか。

廣手は首名の視線を追って、大極殿を振り仰いだ。

巣に帰る鴉《からす》だろうか。飛び交ういくつもの影をしたがえてそびえたつその姿は、早くも闇に沈み始めた四囲の山々とは対照的に、国の礎そのものの如き重厚さである。たとえいかなる嵐が襲おうとも、あの殿舎が揺るぎ、打ち砕かれることはあるまい。百人が百人そう信じるほど、それは圧倒的な姿であった。

さりながらあの奥深くに住まいする讃良は、過去の大王たちが目ざしてきた国を実現すべく、今も孤軍奮闘している。

父も夫も、血を分けたわが子すら失ってなお、彼女は何の為に戦い続けているのだろう。

雲が出てきたのか、大極殿を灼熱の色で照らしつけていた陽射しがふっと失せた。見る見る赤黒さを増す空に、鴉の影がひどく鮮明な弧を描いていた。

第三章

四方を山に囲まれた新益京《あらましのみやこ》では、夕刻になるとそよりとも風が動かなくなる。薬師寺三重塔の先端にかかった雲までが、凪《な》いだ空で行き先を決めかねているかのようだ。

宮城の西南、香具山《かぐやま》を臨む一角に、南苑と呼ばれる庭園がある。折ごとの宴や諸外国使の饗応に用いられる園のそこここには、唐風の亭《ちん》が設けられ、四季折々の花が植えられていた。

黄昏の残光を受けて佇立する三重塔が、静まり返った池にくっきり映り込んでいる。先ほどまで露台の下で羽を休めていた鴛鴦《おしどり》は、もはや巣に引き上げたらしい。夏宵の蒸し暑さに襟を汗ばませながら、讃良《さらら》は刻々と明るさを失う水面に、じっと眼を当て続けていた。

薬師寺は今から十六年前、病に臥した讃良の快癒を願い、大海人《おおあま》が発願した寺である。

（あの時、わたくしは三十六歳。背の君はすでに五十を越えておられた——）

大海人が自分の病にあれほど狼狽したのは、彼自身が迫り来る死の影に怯えていたからに違いない。今も昔も、讃良はそう信じている。

葛城《かつらぎ》は四十六歳で世を去った。兄の没年を越えたその日から、夫は己に残された命数と、為さねばならぬ事績の多さにおののき続けていたのだ。

自分の平癒を祈った真情を、疑うつもりはない。しかし壬申の大乱からこの方、常に己の片腕であった讃良が床に就いた時、大海人はその死の影が自分にも及ぶのではと戦慄したのであろう。

結果として病は一月ほどで癒えたが、高熱のために頬はこけ、髪の嵩《かさ》までが眼を疑うほどに減った。そんな自分を初めて見たときの夫の安堵と恐怖の顔は、今も忘れられぬ。それは大王ではなく、己の残り少ない命を後生大事に抱え込む、ただの男の面であった。

大海人が草壁《くさかべ》を世継ぎと定め、律令の制定を布告したのは、その数日後。だが残念ながら、夫は少し決断が遅かったようだ。結局、計画半ばの新京と律令、大唐にはまだまだ遠く及ばぬこの国、そして志を継がざるをえなくなった自分を残し、彼は五十六歳で逝ってしまった。

恨み言を言う気はない。だが古い国制を解体し新しき国と成すのは、一代や二代では不可能な大事業。それをまあ父にしても夫にしても、どうして後事を考えぬまま、あっさり死んでしまうのだろう。

わが子可愛さのあまり、大友《おおとも》に王位を譲ろうとした父も父なら、草壁を太子に立てながら、大津《おおつ》を朝政に連ならせた夫も夫だ。

朝政への列席を聴《ゆる》すことはすなわち、大王《おおきみ》の補佐を命じたも同然。その勅命が大津の帝位への野望を掻き立てかねぬと、どうして分からなかったのだろう。

いや、分からなかったはずはない。大海人は才気煥発な三男を愛し、傍に置きたかっただけなのだ。己の没後、それがどんな擾乱《じょうらん》を招くかを知りながら、愚かな父性に搦《から》め捕られ、眼底に幻影する将来から目を背けてしまったのだ。

一度、権力の甘さを知った者は、再びそれを欲してやまなくなる。大王と豪族が共和していた世ならまだよい。さりながら国の中央集権化を目指す最中、大津の如き不羈《ふき》奔放たる人物が、大王にふさわしい道理がなかった。

（だからこそ、わたくしは大津を殺さざるをえなかった……）

目を閉じれば、霏々《ひひ》と降りしきる雪の中、磐余池《いわれのいけ》に浮かぶ鴨の姿が浮かんでくる。大津王子に死を命じたのは、初冬にもかかわらず、吐く息が凍てつくほど寒い朝であった。まだ枯れきらぬ下草が霜に覆われ、池の薄氷《うすらひ》が淡い陽光を映じて鈍い光を放っていた。

（あの子を殺《あや》めたのは、わたくしではありませぬ。わが君、あなたさまの半端な親心が、愛息の首を絞めたのですよ）

大津の首が宮に届けられた日、讃良は殯宮《もがりのみや》に赴き、棺の中で眠る大海人にこう呟いた。死後すでに一月が経ち、夫の遺骸は分厚い石棺の中で膨張し、腐り始めているだろう。人払いを命じた喪屋はひんやりとした湿気に包まれ、まるでこの世に自分と棺中の夫しかおらぬと錯覚させるほどの静けさであった。

讃良は大化元年――すなわち蘇我《そが》蝦夷《のえみし》・入鹿《いるか》親子が暗殺された年、葛城王子の次女として生を受けた。

同母姉の大田《おおた》とともに大海人に嫁いだのは、十三歳のとき。十四年長の叔父との婚姻は、父である葛城が積極的に進めたものであった。

「二人とも、よく聞くのじゃ。乙巳《いつし》の変よりすでに十余年。昨今、あちこちで起こる怪火、盛んに流行る妖歌《およずれうた》からも察せられるように、新たな国制に対する百姓《ひゃくせい》の不平不満は大きい。じゃがそれよりなお問題なのは、昔ながらの特権を取り上げられた豪族どもが、民の鬱屈を煽り立て、この改革を阻止せんと企てておる事実じゃ」

父の言葉通り、改新政治に対する反発は、年を追って激化する一方であった。

一昨年の冬には、皇居・飛鳥板蓋宮《いたぶきのみや》が失火で全焼。一部でこれは、豪族の不穏分子による放火と囁かれていた。

これまでの朝廷は、大王を中心に据えた畿内諸豪族の連合体。その調和を崩し、大王を絶対的支配者とした集権体制を目指す改革派は、大半の豪族には裏切り者とすら考えられていたのである。

「おぬしらと大海人との婚媾《こんこう》によって、大王一族の結束は強くなる。王親を増やすことはすなわち、わたしが目指す 政《まつりごと》の確立につながるのだ。よいか、おぬしらはこの倭の礎になると心得よ」

父の険しい声に、十四歳の大田は、小作りな顔におびえを走らせた。だがそのかたわらで讃良は、姉とは正反対な彫りの深い口元にわずかな笑みすら浮かべていた。

姉妹の祖父は大化の改新の功臣の一人、左大臣《ひだりのおおおみ》・蘇我倉山田《くらやまだ》石川麻呂《いしかわまろ》。蘇我の血族でありながら蝦夷・入鹿の抹殺に加担した彼は、その四年後、謀叛を疑われて自害に追い込まれた。

石川麻呂は、貴賤の誰からも慕われる温厚な人物。そんな彼がどうして、叛意を抱くであろう。

なるほど彼は、臣下としては有能。しかし蝦夷たち亡き後も、諸豪族中最大の権勢を保つ蘇我氏は、新体制派には何より邪魔な存在だった。葛城たちが目指す集権体制をより確固たるものとするため、石川麻呂は冤罪を着せられたのである。

讃良たちの母は、父と一族の惨死を知るや床に就き、そのまま帰らぬ人となった。つまり父は理想の国家を築くため、母とその血縁を謀殺した。そして自分たちが年頃になった今度は、娘すら捨石にせんとしている——大田のおびえは、そんな恐怖に依拠していた。

だが讃良は、姉とは違った。

生まれつき聡明な彼女は、父が目指す国家の意味を理解し、世の趨勢を冷徹に観察していた。骨がないかと思われるほど華奢な姉に比べれば、讃良は大柄で、顔立ちも華やぎに欠ける。しかしその気性は父に似て激しく、女らしからぬ芯の強さすら備えていた。

葛城の厳しい激励に接した少女はそのとき、女ながら国の一端を負う使命に奮い立ったのであった。

そんな讃良を試すかのように、婚儀から三年後、この国に未曽有の国難が降りかかった。

百済より使者が来着し、新羅が大唐と提携して百済を侵略。王都・泗沘《しひ》は業火に包まれ、国王以下王族重臣の大半が俘虜《ふりよ》となったと訴えたのである。

半島では長らく、百済・新羅・高句麗の三国が覇権を巡って争っていた。共同戦線を結んだ高句麗と百済に危機感を抱いた新羅は、大唐の協力を得て、百済を攻撃。古《いにしえ》より友好関係にある百済王朝の危難に、朝堂が心を痛めていた矢先の急報であった。

新羅王武烈《ぶれつ》は領土拡大の野心を抱く人物。彼が百済を倒した後、わが国を次なる標的とする可能性は大きい。

廟堂中が狼狽する最中、百済の遺臣・鬼《き》室福信《しつふくしん》からの第二使が来訪。倭に滞在中の百済王子豊璋《ほうしょう》を旗印と立て、故国を再興せんとする福信の援軍要請に、朝議は沸騰した。

「百済の危難を見過ごせば、敵はやがてわが国にも侵攻するやもしれぬ。ここは兵を派し、百済を援けるのじゃ」

当時帝位にあったのは、葛城・大海人の母である宝王女《たからのひめみこ》。彼女の号令一下、五千余人の援軍が出立したが、百済の再興運動は捗々《はかばか》しく進まなかった。

しかも出兵の四か月後には、九州朝倉宮《あさくらのみや》に動座していた宝王女が急逝。葛城は突如、大海人を片腕に、政府および遠征軍の統率を担わざるをえなくなった。

このとき讃良は夫に従って、筑紫にいた。陣中で草壁王子を産んだものの、迫り来る国難を前にした葛城や大海人は、彼女の出産にほとんど興味を示さなかった。

（王親を増やし、国の中枢を固めるのも、所詮は外憂なき時の話なのだ。この国が滅んでしまえば、そもそも父君たちの改革すらが水泡に帰す——）

粗末な萱葺の産屋《うぶや》で赤子に乳を含ませながら、讃良は胸の中でそう呟いた。

新羅の武烈王は親唐派。隋・唐を模範とした律令制と、新羅伝統の貴族の合議制「和白《わはく》」を融合させた新たな執務体制で、国内に強力な支配を敷いているという。かような国に、わが倭は勝利できるだろうか。

耳を澄ませば、甲冑の鳴る音が四方から潮騒のように響いてくる。その音が何故か海底に沈む兵たちの歔欷《きょき》の如く思われ、彼女はぞっと背中を粟立たせた。

半島の戦況に苛立った葛城は翌年、第二次救援軍として二万七千人を派兵した。しかしそんな尽力をよそに、新羅軍は破竹の勢いで百済勢の城を急襲。唐からも相次いで援軍が送り込まれ、各地の戦闘は激化する一方であった。

頽勢《たいせい》に陥った倭軍は水軍を仕立て、百済復興軍の最大拠点・周留《する》城下の錦江《きんこう》河口付近——俗にいう白村江で唐・新羅連合軍を迎え撃つ作戦を立てるも、百七十隻の堅陣の前にあえなく惨敗。周留城は陥落し、百済はここに完全に滅び去った。

亡命を希望する人々をともない、ほうほうの体で帰国した倭軍がもたらした百済滅亡の報に、国内の恐怖は頂点に達した。

「新羅と唐は必ずや余勢を駆って、わが国に攻め寄せるに違いない。さすれば男は殺され、女は婢《はしため》としてかの国に連れてゆかれよう。悠長に田畑など耕している場合ではない。いつでも山に逃げ込めるよう、支度をしておくのじゃ」

半島からの攻撃を防がんと、葛城は北九州各地に烽《とぶひ》と水城《みずき》を設置。加えて内陸である近江国大津への遷都を断行した。だが、ただでさえ侵攻の恐怖に震え上がっていた民衆に、この遷都は更なる動揺をもたらした。

なにせ京《みやこ》が飛鳥界隈を離れた例は、これまで皆無に近い。そうでなくても大陸への派兵、北九州への防人《さきもり》配置と度重なる徴用で、人心は疲弊している。またしても怪しい童謡《わざうた》が流行し、日々夜々、放火が頻発した。

葛城王子が大海人を王太弟に任じて帝位を踏んだのは、そんな最中。これまで強引に押さえつけてきた豪族勢力の巻き返し……戦後処理に追われながら、それを何とか封じ込めんがための即位によって、廟堂は一旦は平静を取り戻した。

しかしすでに四十三歳と老齢に近づきつつあった彼の即位は同時に、新たな政変の火種を孕んでもいた。ここに来て、葛城と大海人との仲が急速に冷え込んできたのが何よりのその証拠であった。

「おぬしは先だっての宴での騒動を聞いたか。ほれ、鳰《にお》の海《うみ》（琵琶湖）を一望する高殿で、葛城さまが秋の名月を愛でようと開かれた夜宴の席での話じゃ」

「おお、知っておるわい。なんでもその夜、大海人さまは宴の始めより、ひどく不機嫌でおられたとか。それが突然立て続けに盃をあおると、高殿を守る舎人の手から長槍を奪い、大王の膝先の敷き板をぐっさり貫かれたと申すではないか」

「さっと顔色を変えられた大王は、これは叛逆じゃと叫んで、大海人さまを捕らえんとなさった。幸い鎌足《かまたり》さまの取り成しで事なきを得たが、あの思慮深い大海人さまのご挙措とは思えぬ。いったいどうなさったのであろう」

「おや、おぬしは知らぬのか。最近、葛城さまは大海人さまではなく、愛子《めぐしご》の大友さまに帝位を譲ろうと考えておられるとか。おおかたその取り沙汰がお耳に入っての憤懣であられようよ」

「帝位を大友さまにじゃと――」

「おおよ。大友さまはすでに二十二歳。葛野王子《かどののみこ》という立派な男子もなしておられる。大王とて人の子。王位を継がせるなら、やはり血を分けたわが子にと考えられるのは当然だわい。されど長らく葛城さまの右腕として働いてこられた大海人さまからすれば、さような変節はたまったものではないわなあ」

近江宮は狭い。口さがない舎人《とねり》や采女《うねめ》たちを中心に、この噂はあっという間に広まった。

しかもその直後、葛城は大友を太政大臣に任命。これは大友が次期王位継承者に任じられたのと、ほぼ同じ意味を持つ。葛城のあからさまな変心を知った諸豪族は、次々と大海人を見限り、大友に露骨な阿《おもね》りを示し始めた。

（されどこの十年あまり、陰に日向に政《まつりごと》を補佐してきたのはわが背。父上もその業績を忘じられたわけではあられますまい。つまりは父上も結局、ただの愚かな親であられたのですね）

西の山から吹き下ろす風に項《うなじ》をくすぐられながら、讃良は眼下に広がる野面《のづら》に眼を投げた。峻険な比叡の山々と広大な湖に挟まれた大津は、平地が少ない。このため大海人はあえて京の西はずれ、小高い丘の中腹に自邸を構えていた。

瀟洒な屋敷の南側には、一面の笹原が広がっている。絶え間ないそのそよぎを見つめる讃良の眼は、その更に奥にある何かをじっと睨み据えていた。

一人息子の草壁は、八歳になった。四書五経を読み、剣や弓の稽古を始めたわが子を見れば、葛城の父性愛は理解できぬでもない。

だがなまじ国政の中枢におらぬがゆえに、讃良には父の強引さと無謀さが如実に看取できた。古来、大王の座は三十代、四十代で踏むのが慣例である。まだ改革が途上にある今日、二十歳そこそこの大友が、王位の重みに耐えられるとは考え難い。

加えて彼の母は、伊賀出身の采女。かたや大海人の母は、帝位を二度踏んだ宝王女。王親政治の重要性に鑑みれば、どちらが葛城の後継者に相応しいか、思い悩むことすら愚かであろう。

内臣《うちつおみ》の中臣《なかとみの》鎌足は最近病がちで、床に就く日が増えている。今は彼が二人の仲を取り持っているが、鎌足が卒《しゅっ》すれば、両者の対立はますます激化するであろう。そうなったとき、果たして自分はどちらに味方すべきか――いや、比べるまでもない。

（倭を大唐にも劣らぬ、強き国となす――）

百済は滅んだが、大陸ではいまだ戦塵の尽きる気配がない。昨年冬には、高句麗が唐の大軍に敗北。その直後、新羅は唐との講和を破棄し、現在両国は半島の方々で、旧高句麗・新羅領を巡る争いを繰り広げている。加えて高句麗再興を目指す遺臣たちの動きも活発で、半島はまさに群雄割拠のありさまを呈していた。

戦に巻き込まれ、亡国の憂き目を見ぬためには、わが国は少しでも早く、大唐や新羅にも劣らぬ強国にならねばならぬ。そう、今以上に官司制を整え、面従腹背する諸豪族を屈服させ、完全なる中央集権体制を作り上げねば。

そのためには年若な大友如きに、帝位は渡せぬ。葛城の改革を引き継げるのは夫しかいないとの確信が、讃良の全身を静かに浸していた。

白村江の敗戦後、笹の葉の如き小船にすがって、百済から続々と押し寄せた流民の列。故国では王侯貴族の地位にあった者たちも、そこには多く含まれていた。

無事に逃げおおせた者はまだいい。王都を焼き尽くす猛火の中で息絶えた、数万の衆庶。幼少の身で敵国の奴隷となり、今なお苦役に喘ぐ貴族の子弟たち。彼らの無残な境遇に思いを馳せ、讃良は紅で整えられた唇を強くかみ締めた。

今、この国が乱れれば、他国は必ずやそれを好機と取るだろう。落ち延びてきた幾多の百済人のためにも、倭が彼《か》の国と同じ道をたどるわけにはゆかぬ。

父は自分に、国の礎となれと告げた。ならばそのためには自分は父に、弟に、背いてみせる。

いつしか秋の陽は比叡の山嶺に傾いている。讃良は胸の前で両手を固く組んだまま、暗い朱色に淀む笹原を、瞬き一つせず見つめ続けた。

湖面からの照り返しが、その半身を石造りの楼台に、まるで彫像のように浮かび上がらせていた。

——鎌足が没したのは、その三月後であった。直後、大海人は自ら願い出て出家。大勢の妃《みめ》の中から讃良にのみ供を命じ、吉野山深くに隠遁した。

間もなくもたらされた葛城の訃報、大海人の蹶起《けつき》と近江京攻め……俗に言う壬申の大乱の最中でも、讃良は常に大海人に随従し、彼の戦いを最も近くで見つめてきた。

大海人には讃良の他に九人の妃がいたが、大王たるもの多くの妃嬪《ひひん》を持つのは当然。十数人の腹に二十人近い子女を生した父の例もあるだけに、女子の数に嫉妬したことはない。夫の雌伏の時代から彼を支えてきたとの自負は、讃良の意識をただの妃から、一人の執務者へと変貌させていたのである。

大海人もまたそんな彼女を信頼し、よき助言者として扱った。讃良を正妃である后《おおきさき》に立てたのは、彼女の中に流れる葛城の血を重んじてでもあろう。しかし何よりも、讃良は大海人の第一の腹心。そして改革の先覚者たる葛城の志を継ぐ、何者にも代えがたい同志であった。

「讃良さま、いくら大海人さまの求めとは申せ、女だてらに政に口を出すのはいかがなものでございましょう。女子の務めは、子を産み、育てることに尽きまする。讃良さまはまだお若いのですから、もっとお子を生すことを考えられませ」

讃良の乳母《めのと》の黒穂《くろほ》は、事あるごとにそう苦言を呈した。だが、平凡なこの老女には分かるまい。

子を産み、育てるのは確かに尊い営為。されど子を孕む女は、自分の他に幾らでもいる。己の務めはそれよりも、生まれ来る子らのための国を築くことなのだ。

とはいえ大海人や草壁に先立たれ、黒穂すらこの世を去ると、讃良は自分がたった一人、果て無き戦いを続けている気がしてならなかった。

半島ではいまだ、新羅と唐の間に小競り合いが続いている。高句麗の遺臣の抵抗運動も盛んな上、つい先日には営州（遼寧省朝陽）において、契丹《きったん》族が唐に叛旗を翻した。不安定な海外情勢にいつ倭国が巻き込まれるか知れぬのは、今も昔も変わっていない。

しかしそれにもかかわらず、人々は三十年前の国難を早くも忘れ果てている。大陸でいかなる戦乱が起きようとも、それがこの辺東の小島にまで及びはすまいとたかをくくり、中央集権体制など必要ないと言い張っているのだ。

諸大臣とともに政務に加わっている王親とて、それは同じであった。

草壁と大津亡き今、廟堂で信のおける王族は、太政大臣の高市《たけち》のみ。病弱で出仕もままならぬ舎人王子《とねりのみこ》をのぞけば、残る大海人の息子たち――刑部《おさかべ》、磯城《しき》、長《なが》、穂積《ほづみ》、弓削《ゆげ》、新田部《にいたべ》の六人は、壬申の乱後に生まれたせいか、いずれも腹の括りようの足りぬ、浮ついた貴公子に育っていた。

父帝の逆境の時も、わが国に迫った危難も知らぬ王子たちが、この国がどこに向かうべきか、理解できようはずがない。体ばかり大柄で、中身の乏しい息子たちを見るにつけ、讃良は涙が出るほどの情けなさに襲われた。

そんな心中が、何となく察せられるのだろう。刑部以下の王子たちはみな、讃良によそよそしい。

「讃良さまのあの男まさりは、まったく気詰まりでならぬ。父君はどこがよくって、あの方を后になさったのだろうなあ」

「本当だ。だいたい父上が亡くなられたときだって、讃良さまは涙一つこぼされず、すぐさま大津の処刑を命じられたじゃないか。あの方の体にはきっと、温かい血なんか通ってないのさ」

そんな陰口が耳に入ってくるたび、讃良は彼らを殴りつけたい衝動をぐっと抑えねばならなかった。

「それればかりじゃない。草壁が死んだときも、あの方は令《りよう》を大急ぎで完成させ、ほんの半年で自ら王位に就かれた。夫ばかりか血を分けた実の息子の死すら、讃良さまには大した事件じゃないのさ」

この世のどこに、わが子に先立たれて哀しまぬ者がいよう。そんなことすら推察できぬ彼らの愚かさに、讃良は絶望すら覚えていた。

高市は折ごとに彼らを叱責し、その心得違いを諭しているが、生まれついての愚かさは容易に矯《た》められるものではない。もはや自分の味方は宮城内では高市、城外には葛野王しかおらぬと覚悟すれば、悲嘆も少しは薄らいだ。

草壁の死は、讃良にはまさに青天の霹靂《へきれき》であった。

葛城と大海人は、中央集権体制を築くための先達。二人が膨大な犠牲を払って礎を築いた国家は、草壁の即位によって完成する——そんな目論みが、彼の死によってもろくも崩れ去ったのだ。

もしここで争いが起これば、この国はまたかつての時代に戻ってしまう。それだけに彼女は萎《な》える心を励まし、政局の打破に奔走した。急いで飛鳥浄御原令を仕上げさせて公布したのも、全国に戸籍作成と兵士徴用を命じ、自ら大王位に就いたのも、それゆえであった。

だがそれはあくまで、改革を続けんがための中継ぎの即位。決して、自ら望んでではない。

即位礼の朝、黒穂は手塩にかけた彼女の晴れ姿に、さめざめと涙をこぼした。傍目《はため》にうれし泣きと映ったであろうそれを、これからの困難な人生を案じてと理解していたのは、讃良だけだったであろう。

夫を亡くした日も、息子を亡くした夜も、自分には嘆く暇などなかった。涙を流す猶予すら与えられず、背に数々の罵倒を受けながら走り続けた日々。月日が流れ、ようやくその死に向き合う余裕が出来た頃には、愛しい者たちの遺体はいつも、すでに墓の奥深く納められていた。

王者とは孤独なもの。国と天下万民のために身を捧げ、私《わたくし》には何一つ許されぬ。そう悟ってはいても、義理の息子たちの無能ぶりは、執務に奔走する讃良の孤独をますます深めさせた。

(特に長と弓削はいかん。刑部や磯城たちの如く、ただの能なしでいてくれたほうがよっぽどましじゃ)

吊り眼に細い鼻梁、ともに狐によく似た容貌の長・弓削兄弟の母は、讃良の十歳年下の異母妹大江王女《おおえのひめみこ》。華美好みで目立ちたがりの彼女は昔から、

「わたくしとて葛城大王の娘。后に立てられているとはいえ、異母姉上《あねうえ》にこびへつらう必要などないわ」

と公言し、事あるごとに讃良に反発してきた。

そんな彼女の所生《しょせい》だけに、長と弓削は讃良はもちろん、高市を含む他の異母兄弟たちをも見下すきらいがあった。唯一、彼らに比肩する血統を有するのは、やはり葛城の娘である新田部王女を母とする舎人のみ。だが具合の悪いことに、彼はここ数年病に臥せり、二人を押さえ込むだけの覇気がない。

しかし讃良が何よりも許しがたいのは、長・弓削兄弟が大納言大伴御行《おおとものみゆき》の娘たちを娶っている事実であった。

驕慢なあの二人はもともと、帝位に野心がある。御行は兄弟の野望を見抜き、同志である丹比嶋《たじひのしま》や阿倍御主人《あべのみうし》とも謀った上で、わが方へと引き込むべく、彼らに娘を奉ったのだ。何か事があれば兄弟のどちらかを擁し、讃良に退位を迫る腹であろう。

父帝の苦労も知らず、嶋たちの言うがままになっている継子《ままこ》どもの愚かさに、讃良はこれが本当に大海人の息子か、ひょっとして大江王女は姦通でもしていたのではとすら疑っていた。

されど――と、讃良は暮れなずむ空を見上げた。

この春で、自分は五十二歳になった。在位七年目、まだ病みつく気配はないが、日に日に衰える身体を慮れば、そろそろ帝位から降りる頃合いだ。

四十三歳の高市は思慮深く、臣下からの人望も厚い。十九歳で壬申の大乱に接し、父の苦労を間近で見てきた彼であれば、この国の集権体制を必ずや完成に導くであろう。

（そう、高市であれば、なんの問題もない。さすがの嶋どもや長、弓削も文句は言えぬはずじゃ）

己にそう言い聞かせながらも、讃良の胸には小石を飲み込んだようなわだかまりが、ことりと音を立てて沈んでいた。

高市にはすでに、長屋王《ながやおう》と鈴鹿王《すずかおう》という二人の息子がいる。どちらも父親に似て英敏だが、ことに十三歳の長屋王の聡明さは、宮城でも評判であった。

父が即位すれば、王位はおそらく子息に引き継がれる。それを嘉《よみ》すべきと知りつつも、ある顔が眼裏に浮かぶたび、讃良の心は激しく騒いだ。

（珂瑠《かる》、そうなればそなたは生涯、古王子《ふるみこ》のまま朽ちることとなろう。心を摩耗するばかりの醜悪な政の場。そこに曳き出されずとも済み、そなたは喜ぶか。それともあたら春秋に富んだ身を埋もれさせたと、この祖母を恨むか――）

このとき、背後に軽い足音が響いた。わずかな風が立ち、芳しい香の薫りが夜の底に静かにたゆたった。

「お祖母《ばあ》さま、そろそろ宮にお戻りなさいませ。夏とはいえ、夜風はお身体に毒でございます」

涼やかな声に振り返れば、水色の纐纈《こうけち》の衣をまとった娘が、小さな笑みを浮かべている。たった今、眼裏に思い浮かべていた愛孫、珂瑠王子の姉・氷高《ひだか》であった。

「お祖母さまは本当にこの庭がお好きですのね。夕刻はいつもここから、薬師寺を眺めておいでですもの」

「薬師寺ばかりではないよ、氷高」

氷高は十七歳。三歳下の珂瑠、七歳下の吉備王女《きびのひめみこ》とともに、亡き草壁の忘れ形見である。父親ゆずりの華奢な面差しと、しなやかな痩軀。豊満を尊ぶ当世の美の基準には合わぬものの、宮城を彩る可憐な名花として、貴族たちの賞賛を一身に受ける美女であった。

「あの楼閣に上れば、京の一切が手に取るように眺められる。大路を行き交う男女、荷牛の立てる砂埃……この庭には風に乗って、町の喧騒までが届いてくる。わたくしはここからいつも、京の者たちの暮らしに思いを馳せているのだよ」

かつて大鷦鷯大王《おおさざきのおおきみ》（仁徳天皇《にんとく》）は立ち昇る炊煙の少なさから民の窮乏を知り、六年間、諸国の税を免じた。天下の百姓は国の大御宝《おおみたから》だ。大王は彼らから国を預かり、それと引き換えに租庸調の税を徴している。万民を守るのは、王たる者の第一の務めである。

このため讃良は事あるごとに行幸を行い、庶民の生活に接するよう努めていた。忍裳《おしも》を京の内外に遣わし、民の声を集めさせるのも、世情を知らんがため。もっとも丹比嶋たちからすれば、それすら百姓相手の機嫌取りと映るようではあるが。

「ところで今日、珂瑠はどうしておる。ここ数日、顔を見ておらぬが」

つい尋ねた讃良に、氷高は楽しげに目元を和ませた。

「お祖母さま、珂瑠はここのところ、弓に夢中なの。今朝も早くから阿騎野《あきの》に出かけ、つい先ほど戻ってきたばかりなのよ」

「ふむ、狩りは構わぬが、ちゃんと供はついておろうな。落馬など致し、阿閇《あべ》を狼狽させてはならぬぞ」

「大丈夫よ。兵衛の腕ききが固めていますし、ああ見えて、馬だけは得意なんだから」

珂瑠王子は讃良にとって、血を分けた唯一の男孫である。幼い頃は身体が弱く、すぐ熱を出して母の阿閇王女を青ざめさせた少年も、最早十四歳。少々骨細ながら背丈はすっきり伸び、顔立ちは驚くほど亡き草壁に似始めていた。

もともと高市は草壁が没したとき、

「珂瑠さまは、大海人さまと讃良さまの血を引くお方。それがしを太政大臣に据えなどせず、珂瑠さまを太子と定められるべきではございませぬか」

と主張した。

しかし太子は大王を補佐する重職、まだ七歳の童には荷が重過ぎる。加えて讃良には、愛する孫を政局の渦中に巻き込むことへのためらいがあった。

廟堂は、ただ陰謀が渦巻くだけの場ではない。それはともすれば肉親の情も、人の義も踏みにじりかねぬ恐ろしい坩堝《るつぼ》。百姓人臣のためと言いながら、自らの手を血で染めねばならぬことも珍しくない戦場である。出来れば珂瑠に平穏な人生を送ってほしいと考えるのは、祖母としては当然であった。

さりながらその一方で、この数年で童子から少年、そして青年へと近づきつつある孫を目にするたび、

（惜しい。実に惜しい——）

という感情が、寄せては返す波のように湧き起こるのもまた、隠しようのない事実であった。

父と夫が志向した集権国家は、着々と完成しつつある。諸国を統率する国評制と戸籍、大唐の京にも伍する都城の造営は既に成った。あとは不完全な令を改め、百官をその膝下に組み込みさえすれば、文物の儀は全て備わる。そうすれば長らく国交が絶えたままの大唐も、倭を独立した国家と認識せざるをえなくなるだろう。

ここまで成長した国を、易々と高市に譲っていいものだろうか。父と夫、それに自分が、人生のすべてを賭けた理想の国。それを愛孫に継がせたいとの思いが、讃良の心を時に激しく揺るがせた。

（いや、待て。それをしては、父や背の君の轍《てつ》を踏むばかりじゃ）

そうだ。仮に珂瑠を強引に即位させたなら、長や弓削、丹比嶋たちはどれほど反発するだろう。自分ですら、彼らにはこれほど手を焼いているのだ。幾ら高市が後見したとしても、ひ弱な珂瑠が翻弄されるのは、火を見るより明らかであった。

（やはり跡継ぎは、高市しかおらぬか）

渋々諦めをつける点、讃良は葛城や大海人よりはるかに冷静であった。

「ところでお祖母さま。今朝方、百騎ほどの兵卒が佐伯門《さえきもん》から出て行きましたが、なにか騒動でもございましたの？」

辺りはいつしか夜の帳に覆われ、気の早い星が二つ、三つ、濃紺の空に瞬いている。わずかな星影に、三重塔の甍《いらか》が濡れたように光っていた。

「ああ、あれは竹内峠に出没する盗賊を捕縛するため、右兵衛府から兵を遣わしたのじゃ。そういえば忍裳、首尾はどうなったのであろうか」

回廊の隅に片膝をついていた忍裳が、はい、と顔を上げた。塑像の如く整った顔が夜目にも白く、闇の中で百合がほころんだかのようであった。

「夕刻、計六名の賊を捕縛したとの知らせがございました。今宵は衛府の獄に入れ、明日、造寺司に戻した上で、糾問を行うそうでございます」

「それはよかった。これで往来の者どもも安堵するであろう」

忍裳は化粧っけのない顔に、控えめな笑みを浮かべてうなずいた。

讃良は女が嫌いだ。ことに血筋のよい女性は質《たち》が悪い。高い地位に驕《おご》り、何をめざし何のために生きるかの信念を持たぬ彼女たちが、時折、喧しく吠える犬と映る。

大津の同母姉、伊勢神宮の斎宮《いつきのみや》に任ぜられていた大伯王女《おおくのひめみこ》は、弟の死後、任を解かれて帰京した。現在、畝傍山《うねびやま》北麓の邸宅に暮らす彼女は、讃良の悪口を放言して憚らず、傍仕えたちの手を焼かせていると仄聞する。

他の妃の所生である義理の娘たちを見るにつけ、讃良は己が女児を産まなかったことを天に感謝せずにはいられなかった。

彼女らは世の大義を悟らず、己の分を弁《わきま》えず、ただ自らの欲するがままに泣きわめく。女子がいなければ人種《ひとだね》が絶えるのは道理。されどこと国政に関する限り、この世から女さえおらねばと感じた折は数えきれない。

もしかしたら女子は、子種を宿す大役と引き換えに、世の理性には従わぬよう、生まれついているのではないか。だとすれば子を一人しか生さず、その息子にすら先立たれた自分は、もはや女でありながら女ではないのかもしれぬ。

だが、忍裳は違う。肉体こそ女であるが、その性は男とも女とも異なる。

大唐には、宦官《かんがん》という性差を超えた臣下がいると聞く。言うなれば彼女は、讃良の後宮における宦官であった。

そう、女子は嫌いだ。感情と私情に左右される彼女たちは、政の世界には向かぬ。だからこそ讃良は帝位について以来、身辺から可能な限り宮人《くにん》を遠ざけていた。ただ一人、忍裳をのぞいては。

「盗賊征伐ですって？　京のすぐそばでそんな騒ぎが起きるなんて、まるで物語みたいね。捕まったのはどんな者たちなのかしら」

両手を打ち鳴らしてはしゃぐ氷高に、忍裳は苦笑いを振り向けた。

「捕縛したのは、造薬師寺司から逃亡した役民《えだちのたみ》たちです。馬も容易に入れぬ山中での捕り物は大変な苦労。楽しげな物言いはお慎みください」

「もう、忍裳はどうしていつも、そんなに落ち着いていられるの。その言い方なんて、本当にお祖母さまそっくりだわ」

唇を尖らせながらも、氷高の機嫌はよい。才色兼備のこの宮人は過ちを言わぬと、頭から信じているためである。

忍裳から年相応の華やぎを奪い、男の官服を与えたのは、他ならぬ讃良。とはいえ花鈿《かでん》一つ、釵子《さいし》一本その身に施さずとも、唐渡りの磁器の如く整った面は、宮城の誰より美しい。

(八束《やつか》とか申したか。高市の舎人と添えなんだのは、天命だったのであろうか)

女の幸せを得るのであれば、それはそれで構わぬと思っていたが、相手の男はすぐに不慮の死を遂げた。自分同様、やはりこの娘にも、女子としての幸せは望めぬのだろう。それが政に関わる女の定めやもしれぬと、讃良は哀しい諦めをつけていた。

忍裳が出仕してきたのは、十年前。大海人が健在だった、最後の春であった。

その日、柿本人麻呂《かきのもとのひとまろ》を連れ、ほころび始めた庭の梅を愛でていた讃良は、法官の官衙《かんが》から響いてきた怒声に、軽く顔をしかめた。大勢が立ち働く宮城内で、喧嘩は珍しくない。ただそこに女の金切り声が混じっているのは、どういうわけだ。

「これは、讃良さま――」

恐懼《きょうく》する官人たちを制して踏み込んだ殿舎では、真新しい制服姿の娘たちが、不安げに肩を寄せ合っていた。いずれも宮仕えに出たばかりの氏女《うじめ》らしい。その中でまだ十三、四歳と思しき少女だけが、貧しげな衣裙《いくん》のまま、人垣の中央に端座していた。

「どうして制服を着ぬのです。出仕した以上、そなたとて宮人の端くれ。上役たるわたくしに背くのは許されませぬッ」

高い声で叫んでいるのは、新参氏女の教育係の宮人であった。ぽっちゃりとした頰を震わせ、彼女は少女に指を突きつけた。

「わたくしの命《めい》が聞けぬのなら、すぐさま故郷《くに》に送り返してもいいのですよ。氏の者たちの顔に泥を塗りたくなければ、さっさとその汚い衣を脱ぐのです。他の氏女の衣とともに、焼き捨ててやりますゆえ」

「確かに宮人さまの目には粗末と映りましょうが、これは母がわたくしのために縫ってくれた衣。この身には、どんな絹よりもありがたい品でございます」

静かな声で反論した少女に、讃良は興味をそそられた。

畿内諸国から集められた彼女たちにとって、後宮の宮人はまさに雲上人《うんじょうびと》。それに物怖じせずに口答えするのは、並々ならぬ度胸である。

「なにを言うのです。大王に仕えるのに、かような貧しい衣でよい道理がありますまい」

「大王は確かに、天つ神に等しいお方。ですがその方に仕えるわたくしを産み、育ててくれたのはわが母。この京へと送り出してくれたのは父に連なる一族。みなの恩を忘じぬためにも、わたくしはこの衣を捨てませぬ」

凛とした彼女の声に、周囲の氏女たちが青ざめた顔を見合わせた。中にはその場の雰囲気に呑まれ、涙ぐむ娘すらいた。

「宮人さまは先ほど、実家より持ち来たった品々を焼き捨てるのは、わたくしたちに里心がつかぬようにするためと申されました。ですがこの大八洲《おおやしま》の国を一つにまとめ、より確然たる支配をと望まれる大王にお仕えする身が、どうしてさよう弱き心を持ちましょう。父母の恩と大王の御心に応えんと思うからこそ、わたくしは懸命に宮仕えができるのです」

氏女は聡明で容姿端麗な娘の中から選ばれる。このため淡々と反論する彼女もまた、肌の色が抜けるように白い美少女であった。

さりながら讃良の目を惹いたのは、その面差しではない。

他の娘たちが美しく着飾り、念入りに化粧を施した中にあって、紅一つ差さぬその少女は、野の花の如く清冽《せいれつ》であった。小刀で刻んだかのような目鼻立ちは、触れれば手が切れそうな鋭さすら帯びている。

これは他の女子とは違う、との直感が胸に兆した。

「ええい、減らず口ばかり叩いて。出仕致したからには、ここではわたくしがそなたの母代わり。言うことを聞けぬのであれば――」

言葉と同時に宮人の手がひらめき、高い音が弾けた。だが彼女は打たれた頬に手を当てもせず、青い焔のような眸《め》で相手を見上げた。

「な、なんですか、その眸は。何か不平があるのですか」

「おやめ。この娘は、わたくし付きの女孺《めのわらわ》といたします」

振り返った宮人は、思いがけぬ讃良の姿に、ぽかんと口を開けた。誰もが一斉に低頭するのに目もくれず、讃良は人垣の中心に坐す少女に歩み寄った。

女は嫌いだ。ましてや心神移ろいやすい小娘など、苦手でならない。

しかし目の前の少女は先ほど、親の恩と大王の御心に報いんがために宮仕えをすると口走った。華やかな制服を拒み、理路整然と親子の親《しん》、君臣の義を説いた。

大抵の氏女は、華やかな京に上った途端、生まれ育った家を忘れる。己を育んだ草深い鄙《ひな》を恥じ、それらを糊塗するかのように、顔に厚い化粧を施す。

だが親の恩を忘じた者が、国に忠誠を尽くすわけがない。きらびやかな宮城に浮かれる宮人たちはみな、生きる意味も持たずその日その日を送る狂者《たぶれもの》だ。

「聞こえなかったのですか。この娘は今日から、わたくしの女孺です。わかりましたね」

まだ伸び盛り前なのか、立ち上がらせた少女の背丈は讃良の肩にしか届かず、胸は板のように薄っぺらい。だが自分を見上げるその眼の底に、讃良は生硬な白珠にも似た魂を見た気がした。

もともと讃良は、口数が少ない。宮に連れ帰る道すがら、少女からその境涯を聞き出したのは、もっぱら人麻呂であった。

「ふむ、摂津国武庫評《むこのこおり》より来られた、三宅連《みやけのむらじ》忍裳どのと申されますか。武庫評と申さばその地名の通り、古来、武勇に優れた者の多い評でございますな」

「ありがとうございます」

「かつて百済救援に赴いた兵の中にも、武庫評の者が多数加わっていたとか。将軍をよく支え、最後まで勇猛果敢に戦ったとうかがっております」

「はい、わたくしの祖父も朴市秦造《えちはたのみやつこ》田来津《たくつ》さまの右腕として白村江に赴き、数十人の敵を屠《ほふ》って、戦死を遂げたそうでございます」

淡々とした少女の言葉に、讃良と人麻呂は驚いて目を見交わした。

朴市秦造田来津は葛城の信頼厚く、百済王子豊璋の帰国に従って半島に渡った武人。その随将だったとすれば、忍裳の祖父はさぞ名だたる豪の者だったに相違ない。

「祖父の死後、父は右兵衛府の武官となりましたが、壬申の乱の折、京の守りに就いて斬り死に致しました。わたくしは当時、母の腹におりましたゆえ、父の顔は存じません」

「そなたの祖父を戦地に追いやったのは、わたくしの父。また父御の守る大津の京を焼いたのは、わたくしの背の君です。そなた、それを恨んではいないのですか」

讃良の問いに、忍裳は形のよい眼をきらりと澄ませ、静かに首を横に振った。

「確かに数々の戦がなければ、祖父や父は命長らえたでしょう。ですがわたくしは母から、それらは倭のために必要な戦いであったと教えられました。百済を救うべく出兵せねばこの国は新羅や大唐に蹂躙され、また大海人さまが挙兵せずば、国内は麻の如く乱れたに違いない、と。ですからわたくしは幼い頃から、祖父や父の志を継ぐため、大王にお仕えすると心に決めておりました」

「そなたの母御はそのように――」

数万の兵卒を失ったとはいえ、白村江の戦はまだ誰にも理解できる守国の戦であった。しかし壬申の乱を、国を二分せぬためのやむなき戦いと解する者は少ない。自分の知らぬところで、国のありようを冷静に分析する者たちはいるのだ。忍裳とその母の聡明さに、頭の下がる思いであった。

田来津たちが渡海した当時、百済の敗色は濃くなる一方であった。事態を打開すべく、錦江下流域の州柔《つぬ》から南方の避城《へさし》への遷都を図る豊璋に、田来津は「州柔は天然の要害たり」と反対した。

「確かに州柔は痩土磽确《そうどぎょうかく》の地。城も質素な山城でございます。ですが防ぎ戦うには、これ以上の適地はございませぬ。ここが京であっては民が飢えようとのお言葉は、確かに道理。されど飢えは後の危惧、国の亡びはそれより先に参ります。百済という国さえ残れば、人民は国土を耕し、命長らえられるのです。今、我らは護国こそ第一と考えねばなりませぬ」

だが豊璋は彼の意見を無視して、遷都を断行。その直後、新京は田来津の予言通り新羅の猛攻を受け、百済軍の更なる弱体化を招いたのである。

しかし田来津とその部下は、それでも最後まで百済のために戦い抜いた。そして船端に打ち寄せる波が朱に変じるほどの白村江の激戦の中、押し寄せる乱刃に一人、また一人と膾《なます》の如く切り刻まれ、海の藻屑と消えたのである。

この海戦は勝者である唐・新羅連合軍の船団にも、甚大な損害を与えた。田来津たちの命を賭した戦いぶりがなかったなら、連合水軍はそのまま海を渡り、倭に攻め寄せたであろう。いわば彼らは国を守る御楯《みたて》となって、北の海に沈んだのだ。

そんな彼らの思いを胸に刻んだ娘――この娘が男であれば、との思いが脳裏をかすめた。

(――いや、待て)

自分は女の身で、長年、夫を支え続けてきたではないか。要はどれだけの覚悟を持っているかが問題であって、肉体の性など些事《さじ》に過ぎぬ。

大海人は既に、五十路も半ばを過ぎた。もし彼が没すれば、自分は草壁と手を携え、次なる難局を乗り越えねばならない。そのために優秀な人材は、幾らいても足りなかった。

讃良は回廊のただなかで振り返り、忍裳の肩を両手で摑んだ。

「忍裳、そなたの志、よくわかりました。ならばそなたはそのために、女子の身を忘れられますか」

細い項を仰向けて讃良を見つめる目の底に、隠しきれぬ動揺がちらついた。

「国を整え、守るためには、男だの女だのと申してはおられませぬ。政に携わる者は自らを捨て、国に身を捧げねばならぬ。そなたにその腹構えがありますか」

もし覚悟がないなら、しばらく宮仕えをした後、適当な官人と結婚するなり、故郷に戻るなりすればよいのだ。血塗られた国事に生きるより、一人の女としての平凡な人生を追い求めるほうが幸せなのは明白である。

やめよ、という声が耳の底で響いた。

だが忍裳は長い睫《まつげ》を一瞬伏せると、すぐに顔を上げ、はい、ときっぱりうなずいた。

「讃良さま、わたくしはこの国が好きです。大海人さまや葛城さまは、美しき倭が異邦の民に蹂躙されぬために、数々の改革を断行なさったとうかがいました。ならばわたくしも、多少なりともそのお手伝いを致したく存じます」

「ではそなたは今日から、女を棄てるのです。そしていずれの爵位にも属さぬ、わたくしの腹心となりなさい」

かたわらで人麻呂が息を呑む気配がした。

忍裳は唇を強く引き結んだ。そのまま二、三歩後ろにしさると、敷き詰められた磚《せん》の上に跪き、膝の前に小さな手をそろえた。

「畏まりました。弱年非才の身ではございますが、この三宅連忍裳、讃良さまに粉骨砕身の覚悟でお仕えさせていただきます」

——それが、讃良と忍裳の出会いであった。

爾来、十年間、忍裳は漆黒の官服に身を包み、讃良に影の如く寄り添い続けている。

讃良の直感に違わぬ——いやそれ以上の聡明さと武芸の腕は、黒衣の宮人に対する人々の口をつぐませるに充分であった。

間もなく訪れた大海人の薨去《こうきょ》。父の後を追うかのような、草壁の急逝。波乱に満ちた日々を乗り越えて来られたのは、忍裳や人麻呂の尽力あればこそだ。

しかしそんな戦いの日々も、間もなく終わりを迎える。

自分は中継ぎの大王の身で、少々でしゃばりすぎた。諸大臣が自分を憎み、改革に悉《ことごと》く異を唱えてきたのも理解できぬでもない。

さすがの彼らも、宮城の内外から信望を集める高市には、同じ手向かいはせぬだろう。彼が新律令撰定を命じれば、渋々従うしかないはずだ。

(帝位を降りた後、高市が新律令を施行させるところまで見届けられれば幸せじゃが。そこまで望むのは贅沢か)

自室に戻った讃良は、氷高と忍裳を下がらせ、四囲を玉簾《ぎょくれん》で囲った寝台に横たわった。

やはり夜風に当たりすぎたのか、普段なら涼やかと感じる玉の音が妙に耳に障る。それをかき消すかのように鼓楼の鐘鼓が鳴った。

葛城大王が時を計る漏刻を造らせてからこの方、宮城では西の大楼に守辰丁《ときもりのよぼろ》を置き、二刻《ふたとき》ごとに報時鼓《ほうじこ》を打たせる決まりとなっていた。

当初こそ、

「あの鼓の音はどうも落ち着かぬ。一日を六つに区切って暮らすなど、せかされているようで気持ちが悪いわい」

と文句を言っていた京の者たちも、三十余年のうちにすっかり慣れ、

「報時の鼓が聞こえる町辻こそ、真の京。いくら羅城の内でも、鼓も届かぬ果ては京とは呼べぬ」

とその音を誇るまでになっていた。

大唐では、民に時を知らしめるのは天子の務め。いわば報時鼓は大王の定めた秩序の中に、京の民を組み込む行為でもあった。

慣れ親しんだ鼓の数を数えながら、讃良はめっきり白髪の増えた頭を絹の枕に据え、

(やはり次なる御座居《みくらい》は高市のもの。それでよろしゅうございますな、背の君)

眼裏に浮かぶ大海人の幻に、弱々しい呟きを投げた。

(わたくしはもう、疲れました。高市であれば父君やわたくしどもが目指してきた国の姿を、全《まつた》きものとしてくれましょう。そろそろあの者に、後事を託したく存じまする)

一人の女に戻りたいとは思わない。だが夫や子を失っても嘆く暇すら与えられぬ毎日は、讃良の心身を実際の年齢以上に老け込ませていた。

(わたくしはこれまで、政の世界にのみ生きて参りました。あとは珂瑠や氷高とともに、穏やかな余生を過ごさせてくださいませ)

淡い光をまとった夫の幻影は、まだ髪も髭も黒々としている。

大海人に先立たれ、すでに十年。床の中で亡き夫に語りかけるのは、讃良の哀しい癖であった。

だが普段であれば夢の帳《とばり》の向こうで小さく笑うだけの大海人は、今日に限って、讃良の言葉に太い声を返してきた。

(さようなことはあるまい。たとえばそなたは朕《ちん》の死後、挽歌を詠んでくれたではないか。三十年も連れ添いながら、朕は讃良にそのような歌才があったとは知らなんだぞ)

その一言で讃良はふと、長い年月が目の前に一度にたぐり寄せられたように感じた。暖かい寝所がいきなり、小暗い秋の野山に転じた。

(やすみしし　我が大君の　夕されば　見したまふらし　明け来れば　問ひたまふらし　神岳《かむおか》の　山の黄葉《もみじ》を　今日もかも　問ひたまはまし　明日もかも　見したまはまし　その山を　振り放《さ》け見つつ　夕されば　あやに悲しみ　明け来れば　うらさび暮らし　荒たへの　衣の袖は

乾《ひ》る時もなし──讃良は知るまい。そなたが棺の前でこう詠唱したとき、朕はつくづく、そなたを妃とした我が身を幸せと思うたのじゃ）

我が大君が夜にはご覧になり、朝にはわたくしに様子をお尋ねになった、あの神岳の紅葉。今日も大君が生きておいでなら、きっと同じようにお尋ねになったでしょう。明日もご覧になったことでしょう。その山をわたくしは仰ぎながら、夜になればひどく悲しみ、朝が来れば寂しく過ごし、喪服の袖は涙で乾く間もありません──。

大海人が息を引き取ったのは、怖いほどよく晴れた晩秋の朝であった。だがその日、京の北東にある神岳を彩った紅葉の色を、讃良は覚えていない。

彼が息絶えた瞬間から、この身を怒濤の如く襲った多忙な日々。彼を安置する殯宮の建造を急がせ、東国の三関に固関《こげん》を命じるとともに、大津を如何に抹殺するかとの密謀を巡らす明け暮れは、讃良から一切の余裕を奪った。

移ろう山々に目を向ける暇が出来たのは、大津王子を斬首し、草壁に朝堂の一切を引き継がせた後。その頃には山の紅葉は落ち尽くし、小高い丘では裸の木々が寒風に枝を鳴らすのみであった。

讃良が挽歌に歌ったのは、普通の女子であれば身を投じられたであろう、夢想の光景だったのだ。

思い返せば、大海人と錦繡の山々や降り積もる雪を愛でた覚えは、一つとしてない。夫に従った吉野の夜々、即位した彼のかたわらに后として坐し続けた日々。同じ場所、同じ時を共有しながらも、自分たちが見ていたのは美しい倭の山河ではなく、大陸からいつ押し寄せるかしれぬ敵軍の刃の輝き、国を蝕みかねぬ豪族たちの醜い顔ばかりであった。

瞬く間に過ぎ去った三十年の歳月が、色のない景色となって讃良を苛んだ。

(讃良、多忙ゆえに叶わなんだが、朕はそなたと神岳の紅葉を眺めたかった。北山にたなびく雲を、空にかかる月星を見たかった。同じことをそなたも思っていてくれたのじゃな。それを知り得ただけで、朕は幸せ者じゃ)

ついに夫と見ることのなかった秋の山々。手に入らなかった——いや、入れることが許されなかった幸せを挽歌に詠むしかなかった哀しみが胸を塞ぎ、讃良は涙を湛えた目で大海人を見つめた。

(では背の君、わたくしはもう朝堂から、退いてもよろしゅうございますな。後はすべて、高市がうまく計ろうてくれましょう。あれはあなたさまに似て、出来がようございますゆえ)

(うむ、されどな)

駄々をこねる子どもを宥《なだ》めるように、大海人は軽く腰をかがめた。

(時節は常に推移するものじゃ。ましてや人の命数は、我らには計り難い。いつ、如何なる事態が生じても構わぬよう、心せねばならぬぞ)

それが何を意味するかを悟った途端、背筋に寒いものが走った。薬でも盛られたかのように、問いかける舌がもつれた。

「わが君は——わが君は、高市がわたくしに先んじて没するやもしれぬと申されるのですか」

刻々と温《ぬく》みを失ってゆく、草壁の身体。取りすがる阿閇の涙。何が起きたのかわからずきょとんと立ちすくむ珂瑠。

しかしあの時、自分はまだ若かった。この老いた身でまた、肉親を奪われるのか。悲鳴に似た声が、讃良の喉をふさいだ。

「高市はわたくしの右腕、あれが薨《こう》ずれば、わたくしの味方は朝堂に皆無となります。わが君はまだこの身に、戦い続けよと申されるのですか。わたくしは……わたくしは息を引き取るその時まで、安寧の時を与えられぬのですかッ」

恐ろしい孤独が、全身を凍りつかせた。だが思わず袖にすがった指は宙を摑み、叫んだ声に返事はなかった。

かすんだ目を拭って見回せば、四囲に巡らされた玉簾がさらさらとそよぐばかり。夫の姿は影も形もない。

枕元に置かれた白磁の水指が、闇の中で薄い光を放っている。かたわらの玻璃《はり》碗になみなみと水を注ぎ、讃良は一息にそれを飲み干した。

全身がぐっしょりと汗ばんでいるのに、身体の芯は歯の根が合わぬほどに冷えている。小さく揺れる玉簾の向こうに、凝然と目を据える。まだまだ休めはせぬぞと告げに来た夫の魂が、深い闇の奥にまだ隠れている気がした。

いま高市が亡くなれば、自分たちの志を継ぐべきは、十四歳の珂瑠しかおらぬ。さりながら彼を帝位につけようとすれば、丹比嶋たち議政官はあらゆる手を使って、それを阻むだろう。

どうやらこの国を真の集権国家として完成させるまで、讃良の戦いは終わらぬらしい。これまで続けてきた変革を完了させ、次なる大王にこの国を全き形で譲り渡すのが、この身の役目というわけか。

だとすれば、成すべき務めはまだまだ山積している。官吏制の再編、大陸諸文化の導入、貨幣経済の促進――だが自分の残り少ない命数を思えば、最大の急務はやはり新律令の策定だろう。

そのためには、膨大な事業を牽引する人材が必要。とはいえ法令殿で研究を続けさせている学者たちは、それを国家事業として成し遂げる指導性には欠けている。誰か適当な者はおらぬかと、讃良はめまぐるしく頭を働かせた。

いつの間にか夜は白み、寝台の中はうっすらと明るみ始めていた。しかしそれはあくまで余人にとってのこと。血塗られた己の夜は、まだまだ明けぬ。

（いや、ひょっとしたら自分は十三の歳から息を引き取るその日まで、この赤い闇の中でもがき続ける宿命にあるのかもしれぬ――）

讃良は涙に濡れた顔を、片手で乱暴に拭った。長く伸ばされた爪が肌を抉り、滴り出したものが皺に覆われた頬を伝って、真っ白な寝台を朱に染めた。

第四章

その日、廣手《ひろて》は葛野王《かどのおう》家の井戸端で、顔を洗っていた。

京《みやこ》は牟婁《むろ》に比べ、秋の訪れが足早らしい。暦はようやく七月に入ったばかりなのに、井戸の傍らでは気の早い芒《すすき》がもう穂を伸ばしている。吹き過ぎる風も、日ごとに冷たさを増す一方であった。

この二か月、廣手は暇さえあれば田辺史首名《たなべのふひとおびな》と誘い合い、互いに親交を深めていた。首名は廣手より一歳上。幼い頃から藤原不比等《ふじわらのふひと》の従僕として、彼の小間用を便じているという。

「不比等さまは今はただの判事でおられるけど、決してそれで終わられる方じゃない。いずれは納言《ものもうすつかさ》、いや大臣《おおおみ》の座にも登られると、僕は信じているんだ」

判事は訴訟・裁判を始め刑事全般に携わるものの、その地位は決して高くない。むしろ出世街道から外れた専門職であった。

不比等はすでに三十八歳。藤原一族の中では高位だが、今から太政官の高位を望むには少々薹《とう》が立っている。

だがよほど主に心酔しているのだろう。首名はそんなことは関係ないと断言した。

「見てろよ、廣手。あの方は、いずれ宮城の全てを動かすお方に決まってるんだ」

首名の国政に関する洞察は、不比等の影響が根底にあるらしい。だがそれのみならず、実際彼は驚くほどの勉強家でもあった。

三省六部の役所から成る大唐の官僚機構はもちろん、隋・唐歴代の律令に関する造詣も深い。片言ながら唐語を学び、疏《そ》（律令の註釈書）まで読みこなす友に、廣手は己の浅学を恥じずにはいられなかった。

ただ一方で首名の論調は時に奔放に過ぎ、政論に馴れぬ廣手を戸惑わせることも多かった。つい先日も共に北市に出かけた際には突然、

「新羅や震《しん》国（後の渤海《ぼっかい》）はもちろん、大唐とすら対等に渡り合えるだけの国力を身につけなきゃ、この国は滅びてしまう。そう、他国のように唐にへつらうだけじゃ駄目なんだ」

と言い出し、廣手を驚かせもした。

「待ってくれ、首名。新羅は昔からわが国に朝貢してきたから、まだいい。だが唐は、古来わが国が宗主国として仰いできた相手だぞ。一度は百済をめぐって激しく争ったが、それでも彼《か》の国に比べれば、わが国なんてちっぽけなもの。あっさり敗北し、今だって大唐の顔色をうかがって怯えているのが実状じゃないか。そんな状態で、どうやって互角に付き合おうっていうんだい」

「ああ、もう。これだからわが国の人間は駄目なんだ」

整った容貌にそぐわぬ乱暴さで吐き捨て、首名はがりがりとこめかみを掻いた。

仲良くなって知ったが、これは首名の興奮した時の癖。そのせいで彼の袍《ほう》の肩はいつも真っ白で、廣手は時折それを払ってやらねばならなかった。

「いいかい。確かにわが国は彼の国から文字を伝えられ、仏教や儒学、また国の統治機構の基本を教えられてきた。いわばこの国の文物の大半は、大陸から学んだと称しても過言ではない」

大仰な身振り付きで熱弁をふるう首名を、道行く人々が遠巻きにしている。首まで羞恥に赤らませながら、廣手はしかたなく、うん、と相槌を打った。

「そんなわが国を、漢や魏《ぎ》をはじめとする大陸の各王朝は、『倭国《わこく》』と呼んで侮った。いいか、倭だぞ、倭。我々が矮人《わいじん》ゆえにそう呼んだのか、はたまた阿《おもね》るさまを指して委ねる者と思ったのかは知らないが、この字は蔑字じゃないか。こんなふうに見下されて、君は平然としていられるのか」

話すほどに怒りが募ってきたのか、首名はいらいらと足踏みをした。

なるほど古よりの呼称である倭は、本来、大陸側から付けられたもの。このため朝廷は自国をそう称するとともに、倭の字を汎用して畿内中心部を「大倭国《やまとのくに》」と呼びもした。

つまり「倭」は現在、この国を狭義・広義ともに表す語となっているわけだが、首名が言うとおり、語源は決して美しくない。

それゆえ時に朝廷は、多くの島々を意味する「大八洲国《おおやしまぐに》」という国名を用いもしたが、残念ながらこちらはさほど人口に膾炙《かいしゃ》していない。「倭」の名はそれほど人々の心底に深く染みついていたのである。

「国号は国の誇り、民の拠って立つべき標《しるべ》だ。それを他国から勝手に決められ、君は平気なのか。僕は、僕は絶対に不承知だ」

「不承知と言われてもなあ……」

首名の怒りは理解できぬでもない。しかし自分が物心つくはるか以前から使われていた国の名を、今更簡単に変えられるだろうか。だいたいどんな国号にすれば満足なんだと尋ねると、ううん、と首名は頭を抱えた。

「そこまでは、僕も考えてはいない。けど今、言いたいのはそれだけじゃないんだ。本邦はかつて、半島で大唐と新羅連合軍に大敗を喫した。とはいえ唐の国はわが軍の戦いぶりに、海の果ての小国がこれほどの戦をするとはと瞠目したはずだ。実際それ以後、大唐はこちらに攻撃を加えてこないじゃないか。つまりわずか数十年で着々と力を蓄えつつあるこの国に、大唐は一定の敬意を払っているんだよ」

「ああ、なるほど。つまり首名は、わが国は唐と対等の外交をしてもやっていけると言いたいんだな」

「もちろんだ。ああ、でもそうなると、やっぱりちゃんと国号を定めるべきだよな。かつて大《おお》海人《あま》さまは、倭に代わる新たな国名を定めよと命じられたそうだけど、結局、佳き名は挙がらなかったらしい。もし新律令が制定された暁には、わが国の新たな名も明記していただかなきゃなあ」

「新しい国号か。そんなこと、考えもしなかったな」

「うんうん、これは楽しみだ。その昔、遣隋使の小野妹子《おののいもこ》さまが煬帝《ようだい》に献じられた国書には、『日《ひ》出《いず》る処《ところ》の天子』なる語があったらしい。確かに大陸の東に居ますわが国としては、日の字は欠かせないよな。なあ、廣手はどう思う」

こめかみを掻きつつ眼を輝かせる首名は、これまで幾度となく法令殿に忍び込もうとして、そのたび番兵につまみ出されていた。それがあまりに度重なるせいで、とうとう不比等にまで連絡が行き、主からこっぴどく叱られてもいた。

「僕が律令編纂にかける思いは充分承知しておられるだろうに、不比等さまは頭ごなしに怒るばかり。まったく、そこだけは嫌になっちゃうよ」

それは別に不比等が石頭だからではなく、法令殿が讃良《さらら》の直轄で、他の官吏の関与が許されぬ学問所ゆえである。

詠《えい》にさりげなく尋ねたところ、さすがに外薬官《とのくすりのつかさ》の医師としてほうぼうの官司に赴く彼は、法令殿の内実にも多少通じていた。

彼によれば、法令殿に所属するのは、七十余歳の翁である薩弘恪《さつこうかく》を筆頭に、在唐経験のある白猪史《しらいのふひと》宝然《ほうねん》・土部宿禰《はじのすくね》雄伊《おい》、刑官《うたえのつかさ》から派遣されている少録《しょうさかん》数名、それに図書官《ふみのつかさ》や大学官から招集された調忌寸《つきのいみき》老人《おきな》・鍛造《かぬちのみやつこ》大角《おおすみ》などの学者たち。彼らは日がな一日、大陸からもたらされた書物を研究し、激しい議論を戦わせているという。

「されど廣手、おぬし、なぜかようなことを尋ねるのじゃ」

「い、いいえ。そんな官司があると人づてに聞いたもので」

「人づて、のう――」

詠は無精髭を一撫でし、じろりと廣手を睨みつけた。

「おぬし、最近、藤原不比等公の従僕と親しくしているそうではないか。差し詰めその者に吹き込まれたのであろうが、あそこには興味本位で近づくではないぞ。宮城には、法令殿の学者たちを面白く思わぬ御仁も多い。下手に関わっては、おぬしばかりか葛野王にもご迷惑がかかりかねぬでなあ」

「それは丹比嶋《たじひのしま》さまたちの事を申されているのですか」

思わず反問すると、詠はおや、存じていたかとばかり、太い眉を撥ね上げた。

「有体《ありてい》に申さばその通りじゃ。讃良さまはいまも宮城の奥深くで、豪族のお歴々と、この国の行方を巡る争いを続けておられる。法令殿の学者どもはいわば、そんな大王《おおきみ》の直臣《じきしん》。嶋さまたちには目の上のたんこぶじゃでなあ」

法令殿の者たちが、直接の嫌がらせを受けることはない。しかし他の官吏と交わらず、ひたすら唐律唐令に耽溺する彼らの動向は、右大臣たちのみならず、様々な人々から注目されている様子であった。

この国初の、体系的法典を作る——。

あまりに壮大すぎるその計画は、いつ始められるのだろう。

漠然とした憧憬と恐れを抱くうちに季節は移ろい、京を取り巻く山々はわずかに朱に染まり始めていた。

ここのところ葛野王邸は何かと忙しく、今日は半月ぶりの非番である。午前は自室の掃除をし、正午《ひる》を過ぎたら不比等邸に首名を訪ねよう。天気もいいし、甘樫丘《あまかしのおか》付近まで散策に出てもいいかもしれない。

そんな計画を立てながら切りっぱなしの麻布で顔を拭いた廣手は、時ならぬ馬の蹄の音におや、と耳を澄ませた。激しい跫音《あしおと》は驟雨《しゅうう》の勢いで、西一坊大路をどんどん北上してくる。それも一騎二騎ではなく、十数騎と思しき数だ。

何しろ葛野王邸は、常は人の出入りすら稀な静かな屋敷。それだけに時ならぬ騎馬の音は、ひどく不穏な気配を伴って辺りの空気を揺さぶった。

「開門、開門じゃ！　宮城より火急の使者でござるッ」

そのうちの一騎であろう。馬の嘶《いなな》きと野太い声が正門の方角で上がる頃には、非番の朝寝をむさぼっていた同輩の大舎人《おおとねり》たちが、それぞれの部屋から寝ぼけ顔をのぞかせていた。

上半身裸の詠が診療室から飛び出してきて、廣手の腕を摑んだ。

「なんの騒動じゃ。騎乗の使者とは、穏やかではないぞ」

「わかりません。様子を見て参ります」

だが幞頭《ぼくとう》もかぶらぬままに駆け出した廣手はすぐに、家宰《かさい》の角敬信《ろくけいしん》の大声に、たたらを踏んだ。

「廣手、おい待て。おぬし、今日は非番であったな。せっかくの休みを悪いが、急ぎ身形《みなり》を整えよ。葛野さまが参内なされる。他の大舎人とともに、お供を致すのじゃ」

「承知いたしました。ですが敬信さま、表の騒ぎは何事でございます。宮城よりの使者と聞こえましたが」

騎馬隊はどうやら周辺の邸宅の門を、片っ端から叩いているらしい。蹄の音こそ止んだが、土塀の向こうではまだ、馬の嘶きや男たちの大声が交錯している。頭上を飛び交う蜻蛉《あきつ》が、それらの音に驚いたように、ついと高く舞い上がった。

「うむ、実は太政大臣の高市《たけち》さまが、昨夜、衝心《しょうしん》の発作で薨去《こうきょ》なされたそうじゃ。使者はそれを告げるべく遣わされた、兵衛府《つわもののつかさ》の武人たち。諸王及び直位《じきい》以上の諸臣は、急ぎ参集せよとの勅命じゃ」

衝心の発作とは、心の臓の病。突然激しい胸の痛みに襲われ、十人のうち九人までがその場で落命するこれは、働き盛りの男に稀に起こる悪病であった。

「高市さまが――」

太政大臣にして讃良の右腕、次の大王とも目されていた人物の突然の死である。

(――何かが起きる)

突然空いた日嗣《ひつぎ》の座を巡って、思いもよらぬ争いが生じるに違いない。それは絶対的な確信であった。

「されど困った。馬で参内していただこうと思うたところ、馬丁どもがすべて秣刈《まぐさ》りに出払っておる。これでは葛野さまの轡を取る者がおらぬわい」

葛野王家の馬はなぜか癖馬ぞろいで、並の舎人にはなかなか従わない。うっかり近づいた従僕が肩や腕を噛まれる騒ぎが、これまで幾度も起きていた。

「河内《かわち》に命じられてはいかがでございます。あやつはしばしば厩の手伝いをしており、馬にもよく懐かれております」

「おお、それは名案じゃ。確か河内は今、家政所で帳簿付けをしておったな。よし、あやつに頼むとしよう」

河内は年の割に要領がよく、邸内の皆に可愛がられていた。馬の世話から庭の草引き、果ては経理を預かる家政所の手伝いまでこなし、わずか十歳ながら葛野王家の資人《しじん》に近い待遇を受けている。

「思わぬ騒動に、厨女《くりやめ》どもは怯えておろう。さしたることではないと皆に告げ、急ぎ身支度をするのじゃ」

「かしこまりました」

駆け戻って詠に事の次第を述べると、廣手は急いで着替え、威儀を正した仲間の列に加わった。

仕官して三月が経つが、葛野王が随従を伴って参内するのは今日が初めてである。このため供の大舎人たちの間には、緊張の気配が濃かった。

葛野王は覇気の薄い顔を彼らに振り向け、「では、参るとするか」と実に仕方なさげに葦毛《あしげ》の馬にまたがった。

急な参内のせいであろう。常なら必ず供を命じられる尺麻呂《さかまろ》の姿はなく、代わりに河内がすまし顔で馬の轡《くつわ》を握っている。借り物らしい袍の袖をたくしあげ、腰高に帯を結んださまが、珍しく彼を年相応の少年に見せていた。

大路ではあちらこちらの屋敷の門が開かれ、輿や馬に乗った高官が続々と宮城に向かっていた。赤紫や緋色、緑色の官服が秋晴れの空に映え、爽やかな風までが五色の色をまとったかと錯覚するほどのあでやかさである。ついそれらに見とれていた廣手は、

「おい、ぼんやりするな。置いて行かれるぞ」

と、同僚に小脇をつつかれ、慌てて皆と足並みをそろえた。

参内の人波は宮城に近づくにつれて増え、大伴門の前はすでに立錐の余地もない雑踏と化し

ていた。

「おい、あれを見ろよ。刑部王子《おさかべのみこ》に、磯城王子《しきのみこ》だぞ」

「あちらにおわすのは、主立った官司の督《かみ》さまがたじゃないか。すごいな、お歴々がこうもそろって参内なさるとは」

周囲の囁きに、廣手はきょろきょろと四方を見回した。

官人は毎朝、第二開門鼓以前の参集が義務づけられているが、各官司の督や太政官の顕官はその限りではない。下級役人が執務を始めた後、のんびり宮城に向かうのが常だけに、これほど多くの高官が一堂に会するのは、稀有な事態であった。

彼らはこれより讃良から、高市王子の訃を告げられる。その後、葛野王を含めた諸王は別室で、新太子選出について協議を行うのであった。

誰もが予想だにしていなかった、高市の急逝。それだけに高官たちはいずれも今後の混乱に思いを馳せ、どう身を処すべきかと頭を働かせている面持ちであった。

「おい、あれはどなただ。それ、あの黒毛の駒に乗ったお方だ」

「なんだ知らぬのか。刑官の判事、藤原朝臣《あそん》不比等さまじゃないか」

「あれが乙巳の変の功臣、中臣鎌足《なかとみのかまたり》さまのお子か。なんだかひどく癖のあるお顔だなあ」

同輩の視線の先には、逞しく肥えた黒馬に騎乗した、壮年の男の姿があった。

頼りなげに繋った頬髯のせいで一見老成して見えるが、肌の艶はひどくよい。細い目とそれに不釣り合いなまでに大きな鼻。長い顔と紅を含んだように濡れ濡れとした唇が目を惹く、実に特異な顔立ちの人物であった。

首名が側にいるのではと目を凝らしたが、あまりに人が多すぎてよくわからない。なにせぼんやりしていると、他家の資人に足を踏まれたり、隣の馬からむわっと生温かい息を吹きかけられるような有様なのだ。

だが不比等は周囲の混雑にはおかまいなしに、左手でしきりに頰髯をかきむしりつつ、細い目をじっと正面に据えている。

はっきり言って醜男《ぶおとこ》である。加えてせわしく髯をむしっては捨て散らかすさまが、何とも子どもじみている。しかしそれでいてかような動作が妙にしっくりくる、不可思議な男であった。

そうこうするうちに、葛野王一行は人波に押されながら大伴門をくぐり、宮城の外郭である広場へと進んだ。

広場の東西には幅五間、長さ十二間の朝集堂《ちょうしゅうどう》が構えられている。本来、官吏らはここで出仕前の身支度を整え、朝堂の門が開くのを待つのである。

「お待ちいたしておりました。葛野王でございますな」

待機していた法官《のりのつかさ》の役人が走り寄り、河内から轡を引き取った。

「ここより先は、わたくしどもがご案内いたしまする。随従の方々はこの場にてお控えくださ
い」

「さようか。ご苦労じゃ」

葛野王は無表情にうなずき、大舎人たちを見廻した。

「帰りは夕刻となろう。兵衛《とねり》に送らせるゆえ、そなたらは先に戻っておれ」

高市の後嗣を決める協議は、そう簡単に終わるまい。ひょっとしたら、数日がかりの会議と

なる可能性もある。

主が宮城の奥に去ると、舎人たちは溜息をついて互いの姿を見つめ合った。

「やれやれ、ひどい目に遭ったぜ」

「ああ、袖が取れちまった。たまのお供と思ったら、えらい迷惑だ。こりゃあ、縫女《ぬいめ》に繕わせなきゃな」

前後左右から押されたせいで官服や幞頭は歪み、中には転んだのか泥まみれの者すらいる。そんな中で河内だけがまともな姿を保っているのは、要領のよさゆえであろうか。

帰路につく各邸の舎人や資人で、周辺はごったがえしている。心得たもので、法官の使部《つかいべ》がそこここに立ち、彼らを宮城の外へ誘導していた。

その流れに加わろうとして、廣手は背後を振り返った。朝堂院の屋根の向こうで、大極殿《だいごくでん》が秋空に巨大な甍《いらか》をそびえさせている。

一介の大舎人が宮城に入る機会は、さほど多くない。噂に聞く法令殿。七年もの間、律令の研究を重ねるそこがどんな場所なのか、覗き見してやれとの好奇心が胸に兆したのである。

だが廣手が仲間の列からこっそり外れ、西朝集堂の裏へ向かいかけたとき、

「あっ、廣手さま。どこに行かれるんですか」

という声が背後で弾けた。

見れば河内が長すぎる袴の裾を両手でたくし上げ、小走りに駆けてくる。大きすぎる袍の袖が風をはらんださまが、まるで羽をふくらませた雀だ。

「そっちは西大溝《にしのおおみぞ》、行き止まりです。この路地を北に行くと小橋がありますから、それを渡れ

ば西の官衙《かんが》に着きます。ですがいったい、どこに何のご用なんですか」

詠に瓜二つの丸い目で見上げられ、廣手は言葉に窮した。

自分はどちらかと言えば口下手。頭のいいこの少年を、うまく誤魔化せる自信がない。下手な隠し立てをするよりは、むしろ事情を話してしまったほうがよいのではないか。

しかし次の瞬間、

「退《ど》けっ、小僧ッ」

怒声とともにひゅっと風を切る音が響き、河内の小さな身体がもんどりうって倒れた。

皮甲に身を固め、跑足《だくあし》で庭を横切ってきた十騎ほどの集団。その先頭にいた男が通り過ぎざま、彼を馬上から笞打ったのである。

人波は先ほどより引いたが、それでも広場にはまだ何百人もの随従が右往左往している。そんな中で行く手を遮っていたわけでもない河内に、あまりの非道である。

男は倒れた少年には目もくれず、そのまま仲間とともに朝集堂脇の厩に向かおうとしている。

「待てッ、おぬし今、この河内に何をいたしたッ」

廣手は馬列の前に躍り出、両手を広げて彼らの行く手を阻んだ。

手綱こそ引きそばめたものの、男たちはいずれも尊大な顔つきで廣手を見下し、ふんと鼻を鳴らした。

「何をとは、知れたことを。そこな小僧が邪魔だったゆえ、笞で退けただけだ」

「邪魔だと。この混雑した庭を跑足で進むとは、もし誰かを蹄にかけたらどうするつもりだったのだ」

「どうもいたさぬわい。むしろ本日のような日に、のんびり間抜け面で歩いている者のほうが悪いのじゃ」

身形からして、どこかの屋敷の資人らしい。それにしてもおそろしく傲慢な態度であった。

「わしらは御主の大納言《おおいものもうすつかさ》・大伴御行《おおとものみゆき》さまのご下命を受け、お屋敷よりはせ参じた兵衛府の府生《ふしょう》。おぬしごとき若造に、邪魔立てされる筋合いはないわい」

府生は兵衛府の兵士の一種。ただし諸国評司《こおりのつかさ》の子弟が任じられる兵衛とは異なり、貴族や王族の資人との兼任を許された職掌である。宮仕えのかたわら、有力者の家従となり、出世の縁故を得ようとする者は珍しくない。目の前の彼らもどうやら、そういった手合いらしかった。

「ひ、廣手さま。僕は大丈夫です」

河内が顔を押さえながら立ち上がり、袖を引いてくる。だが柘榴《ざくろ》の如くぱっくりと裂けた頬を目にした途端、廣手の頭にかっと血が上った。

「どちらの従者であろうが、ここは心直《す》ぐなる官吏が集うべき朝集堂。かような狼藉は慎まれるべきでしょう」

突然の騒動に、周囲には早くも人が集まりつつあった。なんじゃ、なんの騒ぎだという野次馬たちの声が、ますます彼の頭を熱くした。

「なんだと――」

「見たところ、屋敷勤めの大舎人じゃな。主家はいずこじゃ」

ひときわ年嵩の一人が、いきり立つ仲間を抑えて問うた。

答えてよいのかとの躊躇が、一瞬、喉をふさぐ。だが、こちらは何も悪くないのだ。廣手は昂然と顔を上げた。

「僕は葛野王にお仕え致す、阿古志連《あこしのむらじ》廣手と申します」

「葛野王じゃと。あの近江の朝廷《みかど》の生き残りか」

「阿古志連とは聞かぬ姓《かばね》だが、どこの田舎の出じゃ。なるほど借り着姿のその小童《こわつぱ》といい、いかにもあの無官の古王子《ふるみこ》にふさわしいわい」

府生たちはどっと声を上げて嘲ったが、廣手に主家を問うた一人だけは、日焼けした精悍な顔をにこりともさせなかった。えらの張った顔に太い眉。荒削りな目鼻立ちと骨太な四肢が、如何にも武人然とした男である。

「阿古志連廣手――」

なぜか男は廣手の名を口の中で転がし、眉をひそめた。そしてまだ傷口からぽたぽたと血をしたたらせる河内を一瞥すると、彼を笞打った若い男に馬を寄せ、いきなりその横っ面を殴り飛ばした。

「何をなさいます、大麻呂《おおまろ》どのッ」

同輩たちが驚愕の声を上げるのと、男がどおっと音を立てて落馬したのはほぼ同時だった。背中を打ったのだろう。鈍い呻きを漏らす若い男には目もくれず、彼は廣手と河内に向き直った。

「この者の無礼は、幾重にもお詫び申し上げる。それがしは大伴御行さまにお仕え致す、山口《やまぐちの》忌寸《いみき》大麻呂。そこな童の怪我とは比べものにはなりますまいが、何分急いでおりましたゆえ、これでお許しいただきたい」

鞍上で慇懃《いんぎん》に低頭され、廣手は返す言葉に詰まった。

先ほどの勢いはどこへやら、府生たちは馬上で顔をひきつらせるばかり。地面にぐったりと伸びた仲間を助け起こす者はいなかった。

「いかがいたした。いったい、なんの騒ぎだ」

ひどいしゃがれ声とともに、人垣がぱっと二つに割れた。黒毛の駒にまたがった藤原不比等が、顎鬚をむしりながら無遠慮な目でこちらを眺めていた。

「これこれおぬしら、仔細は知らぬが、朝集堂の庭で喧嘩沙汰とは穏やかではないぞ。ましてや高市さまの喪が、間もなく触れ出される今日。どちらに非があるにせよ、騒擾《そうじょう》はまかりならぬ」

言葉面こそ厳めしいが、鬚をむしりむしりの言い様には、威厳の欠片《かけら》もない。その癖のせいか顎はあちらこちら赤く腫れ、わずかに血がにじんでいる。まばらに伸びた鬚と相まって、それがどこか馬の面に似ていることに、廣手はようやく思い至った。

「もし不服があれば、双方、門外に出て取っ組み合いでもするのじゃな。外での揉め事なら、わしの関わり知らぬところじゃわい」

とうてい刑官の判事とは思えぬ言い様である。

大麻呂が急いで馬から下り、その場にさっと片膝をついた。腰に佩《は》いた大刀の鞘が、乾いた地面に白い筋を描いた。

「判事さまの申される通り、時節を弁《わきま》えぬ騒動を起こし、申し開きのしようもございませぬ。お咎めは慎んでそれがしが蒙りまする」

そんな彼に不比等は実にめんどくさげに片手を振り、親指の先についていた鬚をふっと息で吹き飛ばした。

「ああもう、堅苦しい詫びはよいわい。どのみち本日から三日間、高市さまの喪に服するため、朝堂は休み。裁きも停止《ちょうじ》となる。いまの騒ぎ、わしは何も見ておらぬことに致す。よいか、そこな大舎人もさよう心得るのじゃぞ」

不比等に指差され、

「は、はい。かしこまりました」

廣手は慌てて背筋を伸ばした。

不比等はそんな彼にはもはや興味を失った顔付きで、顎先をぼりぼりかきながら、再び大麻呂に目を転じた。

「ところで、大麻呂。よいところで会うたゆえ尋ねるが、おぬし、いつまで衛府勤めを続けるつもりじゃ。再々、御行さまを介して誘引しておる通り、いい加減に刑官に転属致さぬか。おぬしほどの才があれば、すぐさま望むままの役職を与えられように」

「その件はすでに、御行さまにお断りいたしましたが」

太い眉をひそめ、大麻呂は不比等を見上げた。

「うむ、確かに聞いておる。されどなあ、大麻呂。わしはつくづく、おぬしの知才が惜しいのじゃ。なるほどおぬしは、武人としても勝れておる。されど剣や弓に卓越した者など、兵衛にごまんとおろう。おぬしの如く唐語はもちろん、百済や新羅、更には契丹、突厥《とっけつ》の言語にまで通じた者は、京中探しても二人とおらぬのじゃ」

「それがしのこの技は、正しい修学によって身につけたものではございませぬ。過ちも多く、到底、刑官のお役には立ちますまい。ご免くだされ」

口早に言い放つなり、大麻呂は馬を引いてすたすたと歩き出した。巌のように盛り上がった肩には、拒絶の気配がはっきりとにじんでいる。見る間に小さくなる背を見送り、

「まったく、惜しいのう――」

と不比等は太い溜息をついた。

「新益京《あらましのみやこ》の人口は、いまや五万あまり。そこには倭の言葉もろくに操れぬまま海を渡ってまいった外《と》つ国の商人や、半島からの帰化人も多く含まれておる。どういうわけか、言葉を解さぬ者に限って、騒動を起こすのが世の常。されど唐語や百済語はともかく、契丹や突厥の言葉を知る者は、わが国にはほとんどおらぬ。大麻呂の如き男が刑官の役人であれば、京職《みさとのつかさ》や囚獄司《ひとやのつかさ》はずいぶん楽になるのじゃが――そういえば、おぬしは唐語を解すか。別に契丹語でも新羅語でも構わぬが」

いきなり話を振り向けられ、廣手は首を横に振った。何もかもがすべて、ひどく唐突な人物である。

「いいえ。申し訳ありませんが、いずれもまったく存じませぬ」

「さようか。まあ、普通に宮仕えをするのであれば、さようなものは要らぬわなあ」

「不比等さま、僕は韓《から》の言葉なら、百済語・新羅語のどちらもわかります」

河内がいきなり、はい、と行儀よく手を上げた。出血は止まったようだが、薄青色の袍の襟はぐっしょりと赤黒く染まっている。

不比等はほう、と鬚を撫で、河内を興味深げに見下ろした。

「まだ小童の身で韓の語を解するか。察するにおぬし、百済からの渡来の民じゃな」

「はい、僕の名は高河内《こうの》。父は楽浪郡の出で、高詠と申します」

「おお、外薬官の医師の息子か。ふむ、年は十歳とな。ちょうどよい、いま右京職の獄に新羅商人がぶち込まれておるのじゃが、こやつの言っていることが京職の訳語《おさ》（通訳）ではまったくわからぬ。必死に何かを訴えておるのは知れるが、なにせ訛りがひどくてのう。おぬし、これよりわしとともに、右京職に参れ」

「はい、喜んで。半島の語であれば、少しぐらいの訛りはどうにかなると思います」

ぱっと顔を明るませる河内の袖を、廣手は急いで引き戻した。

「申し訳ありませぬ、不比等さま。偉そうな口を叩きましたが、この者は所詮、倭の生まれ。また、刑官のお役に立つにはあまりに幼すぎましょう。どうぞお許しください」

「何を言うんですか、廣手さま。確かに僕は倭国で生を享《う》けましたが、半島の言葉は父仕込み。会話はもちろん、読み書きだって人に引けは取りません」

「廣手とやら。外つ国の言葉の上手下手は、長幼で定まるものではないわ。詠医師のお子であれば、出自も文句ない。まあ駄目で元々と思うて、とりあえず半日ばかり、この者をわしに貸してくれ。なにせ異国語を操る人材は、諸官衙で引っ張りだこじゃでなあ。京職などには、ろくな者が回されてこぬのよ」

馬上から軽く低頭され、廣手は狼狽した。

あまりに磊落《らいらく》な物言いと、威厳とは程遠い容貌のせいで失念していたが、相手は刑官の判事。

一介の大舎人に過ぎぬ廣手が、抗弁できる相手ではない。

「大丈夫ですよ、廣手さま。こう見えても僕、言葉には自信があるんです」

「おお、それは頼もしいのう。ではしばし、この童を借りて参るぞ」

言うが早いか、不比等は河内の身体を片手で鞍橋《くらばね》にすくい上げ、止める間もなく大伴門を出て行ってしまった。

不比等の言う通り、大陸との往来が盛んな今日、異国語に通じた人材は宮城の各官衙で引く手あまた。もし河内が詠仕込みの語学力を活かしたいなら、訳語となるのはよい手段《てだて》だ。だがいずれにしてもそれは成人後の話であって、今から京職の手伝いなどせずともよかろう。

廣手は急いで葛野王家にとって返した。しかし詠は意外にも、廣手の話にほとんど驚く様子を見せなかった。

「そうか、河内がのう」

薬研《やげん》から顔すら上げぬ彼に、廣手は思わず詰め寄った。

「先生、相手は獄の犯科人ですよ。人を殺したか盗みを働いたか……とにかくそんな奴が万一、糾問の際に暴れ出し、河内を傷つけでもしたらどうなさるのですか」

いつもにこにこと屈託のない河内を、廣手は自分の弟のように思い始めていた。五瀬《いっせ》の娘の件からも知れるように、京の治安は決してよくない。あの明るい河内の心が傷つけられねばよいがとの懸念が、胸をふさいだ。

そんな彼に、詠は軽く鼻を鳴らした。腰の晒《さらし》で手をぬぐい、ようやくめんどくさげに身体を起こした。

「ふん、仮に重罪であっても、京での事件なら、せいぜい二、三人を殺《あや》めた程度じゃろう。河内はそんな些事で動じる子ではないわい。なにせ幼い頃より、わしが見聞きした逐一を語り聞かせておるでなあ」

「逐一、と申されますと――」

戸惑う廣手に、詠はふっと真顔になった。

「以前から思うていたのじゃが、おぬしはさしたる苦労もなく、まことにすくすく育ってきたのじゃなあ。その愛づるべき真直《ますぐ》さが、時に憎らしくなるわい」

さしたる苦労もなく――の語に、廣手は八束《やつか》の苦悩に気付かなかった己の愚かさを指摘された気がした。だが詠はやれやれと首を振ると再び薬研に向かい、生薬を磨り始めた。

「それともこの国の若人は、すべておぬしの如く健やかなのか。ともあれ亡国の憂き目を知らぬ民は幸せじゃ。わしなぞあれから三十年余りが経ちながら、いまだに毎夜、泗沘《しひ》が落城した日の夢を見て飛び起きるというに」

傍らの籠から摑み取った薬草を、彼は無造作に薬研に放り込んだ。生薬の濃厚な薫りがぱっと立ち、廣手の視界を小さく歪ませた。

「泗沘は百済の王都。都城の三方を滔々たる白馬江に囲まれ、北に王城をいただく扶餘山《ふよさん》、南に悠々たる丘陵を擁した、それは美しい街であった。今でも目を閉じれば、麗しき街並みの向こうに、青々と茂る松林に彩られた王城のさまが浮かんで参る」

百済の優花と謳われた泗沘が、大唐・新羅の連合軍八万に囲まれたのは、三十六年前の秋七月十三日の払暁であった。

百済国王義慈《ぎじ》は大軍の侵攻を知るなり、錦江上流の熊津城《ゆうしん》に逃亡。置き去りにされた太子隆《りゅう》と大臣らは降伏し、泗沘の民の命を救わんとしたが、彼らの願いは空しく退けられた。

山肌に沿って建つ王城と都城には火が放たれ、城下は瞬く間に略奪と殺戮の坩堝《るつぼ》と化した。王都の美しさを妬んでであろうか。寄せ手の暴虐はすさまじく、都を取り巻く白馬江の流れはたちまち紅に染まった。立ち昇る黒煙が日輪を覆い尽くし、その悪逆非道ぶりに天までが顔を背けたかと疑うほどであった。

「扶餘山の麓には、王城に仕える高官たちの邸宅が建ち並んでおった。折しも秋風が立ち、山々では紅葉が始まる季節。じゃがあの時、錦繍の木々よりもなお赤かったのは、そこここの屋敷を焼き尽くさんとする劫火。そして敵の手にかかるよりはと自ら命を絶った、貴族たちの血じゃ。おぬしには想像がつくか。母が娘を、祖母を刺し殺し、錦の帯を梁にかけて縊《くび》れるさまが。年端もいかぬ幼児の首を刎《は》ね、かえす刀でわが胸を貫く若き公達《きんだち》の姿が――」

だが彼らにも増して悲惨を極めたのは、王城に取り残された宮女たちであった。山裾から山頂へと焼き進む猛火に追われた彼女らは、白馬江を臨む絶壁に築かれた楼閣に追い詰められ、そこから次々と身を投げた。

ある者は衣の裾で顔を覆い、ある者は友と手を取り合って楼の高欄を乗り越える。黒煙に覆われた空に色とりどりの裙《くん》がひらめき、宙に黒髪が長々となびいた。人の減った楼台では、老女官が頑是ない女孺《めのわらわ》たちを眼下の淵へと突き落とし、最後に自らも短刀で喉をついて息絶える。そのあまりに美しく凄絶なさまには、勇猛果敢な新羅の将兵すら声を失ったという。

「わしはその時ちょうど、今の河内と同じ年。法部の官僚であった伯父の養子になり、泗沘の学問所である文纈堂《ぶんえいどう》に通っておった」

養父は家司に命じ、詠を密かに故郷の楽浪に逃がそうとした。されど時すでに遅く、王都は大唐・新羅連合軍に攻め込まれ、混乱の極みにあった。

逃げ惑う人波で家司とはぐれた彼が伯父の屋敷に駆け戻ると、養父とその一族は自裁し、庭の松には伯母や従姉をはじめ、下女や住込みの織女たちが擦り切れた幡《ばん》の如くぶらさがっていた。

死後なお、辱めを受けまいとしてであろう。女たちの顔はいずれも鼻を削がれた上、縦横に切り裂かれていた。血塗られ、面相も判別できぬ顔の中央で、ぽっかりと開いた鼻の孔の黒さが妙に際立っていた。

「攻め寄せる軍勢を見、飛び交う箭《や》の音、兵卒どもの雄叫びを聞いたはずじゃが、それらは一切覚えておらぬ。ただ記憶にあるのは、伯母が腰に佩《お》びていた玉鐸《ぎょくたく》がわずかな風に鳴っていたこと。それに早くも死臭を嗅ぎ付け、頭上を飛び交っていた鴉《からす》どもの羽音じゃ。それゆえわしは今でも、鴉が苦手でならぬ。一族とともに啄《ついば》まれる夢にうなされ、毎夜、汗まみれで眼を覚ますわい」

どこをどうして泗沘を脱出したのであろう。気が付いた時には、見知らぬ人々とともに小船に乗り込み、倭に向かっていた。詠はそう、乾いた声音で語った。

「それからの日々は、語るほどの事もないわい。一度は亡き一族の菩提を弔おうと出家なぞしたものの、考えてみればそれで失った国が戻るわけでもない。ならば似合わぬ看経読誦《かんきんどくじゅ》なぞまっぴらと医術を学び、流れ流れて葛野さまのお世話になっておる次第。風の噂によれば、新羅軍は故郷の楽浪すら蹂躙し、村々は悉《ことごと》く焦土と化したとか。わしの両親もおそらく、とっくにこの世にはおるまい。河内の母はやはり百済から落ち延びてきた娘であったが、あれが二歳の折、流行病《はやりやまい》で亡くなった。つくづくわしは、肉親の縁が薄い男じゃ」

訥々と語る詠の顔は暗く淀み、わずかな間に十歳も二十歳も老け込んだかのようであった。

「――先生がご覧になられた泗沘落城のありさまを、河内はすべて知っているのですか」

「そうじゃ。あやつが物心つく前から、毎夜毎夜子守唄の如く、枕許で語り聞かせてやったわい」

「なぜさような真似を」

「知れたこと。我らの亡国の恨みを、決して忘れぬためじゃ」

濁った眼を底光りさせ、詠はきっぱりと断言した。

「倭国に暮らしておるが、我らの体には百済の血が流れておる。異境に根を下ろし、朽ち果てようとも――いや、そうなるがゆえになおさら、我らは国を失った悔しさを忘れてはならぬ。それが生き残った、我ら百済の民の務めじゃ」

「先生のお怒りはごもっともです。ですが、それを何も知らぬ河内にまで伝えずともよろしいでしょう」

鋼のように静かな迫力に気圧《けお》されながら、廣手は懸命に反論した。

少年の身で、この世の地獄に立ち会った詠。そんな彼の抱く恨み哀しみは、理解できぬでもない。だが、怨恨は何も生まぬ。むしろ、更なる苦しみを再生するだけではないか。それを若き世代に語り継ぐことが正しいとは、廣手にはどうしても思えなかった。

「河内は聡明な子、先生の苦しみは必ずや理解しておりましょう。ですがかようなことをなさって、いったい何の得があるのです。彼の心を傷つけるような真似は、どうかおやめください」

「わしは二度と故国に帰れぬ。河内とておそらく生涯、楽浪の地を踏むことはなかろう」

詠の声はひどく乾いていたが、それがかえって、平静を装うしかない深い哀しみを如実に物語っていた。海東の小国に身を委《ゆだ》ねて、三十余年。詠は荒れ狂う哀しみを押し殺し、懸命に己をなだめて生きてきたのだ。

「故郷を追われ、荒れ狂う秋の海を越えてまいった我らにとって、倭は唯一の拠るべき地。我らの暮らす国は、もはやここしかない。ならばあの塗炭《とたん》の苦しみを二度と繰り返さぬためにも、わしらはこの倭を雄々しい大国に変えねばならぬ。百済の民がなぜ惜しむことなく、この国に多くの知識と技術を授けたのか、おぬしには分かるか」

返答する間もなく、詠は一息に続けた。

「それらは全て、倭を大唐や新羅に負けぬ大国とするためじゃ。我らは己が敗残の身を寄せた倭が、強き国となることを望む。そして自らの恨み哀しみを、そのための肥やしといたす。仮に河内がその意志を継げなんだとしても、河内の子が、孫が、わしの思いを実らせてくれよう。それゆえにわしたちは決して、亡国の苦しみを忘れてはならぬのじゃ」

ああ、と廣手はよろめくように、かたわらの胡床《こしょう》に腰を下ろした。

ここにもまた、国を変えねばならぬと信じる者がいる。

詠の言う通り、自分はあまりに苦労知らずなのだろう。しかしそれを言えば、有史以来、他国の侵略を受けることなく、四季の恵み豊かなこの国で育ってきた若者たちの誰が、詠の苦しみを真に理解出来よう。

異境の生まれであるからこそなお、詠が倭にかける期待はこれほどに大きく、激しい。この国を大唐や百済にも負けぬ強国にせねばとの誓い。それは望みをかけるべき故郷を失った詠の、たった一つの見果てぬ夢に違いなかった。

愛すべき国土と言語を奪われ、三百年の歴史を有する百済は地上から姿を消した。流民となった百済人をわが国に受け入れるとは、彼らをただ国内に住まわせるだけの行為では済まされぬ。

失われた国よりも更に強靭なる国を樹立し、彼らを守る。それが亡命百済人を受け入れた国の責務だ。ならばその京に仕える一人として、自分も詠の夢を叶えるべく尽力せねばならぬ。

(倭を他国に脅かされぬ大国となす……)

そのために行うべきは、水城《みずき》建造や防人《さきもり》徴用など、目に見える国防措置だけではない。天下の百姓《ひゃくせい》を収攬する揺るぎなき支配体制と、一つの遺漏も許されぬ確固たる文書行政。そして貴族を——いや、大王をも規律の内に収める網羅的な典《のり》と、国家の官吏たる自覚を有した役人たち。それらを完成させて初めて、この国は大陸諸国に肩を並べ得る強大な国家へ変貌するのだ。

数十年に及ぶ改革によって、その基は既に築かれている。残るは国のすべてを包括する律令だけだ。

詠の告白が、あまりに衝撃的だったためだろう。その夜、廣手は明け方近くの浅い眠りの中で、遠き泗沘の夢を見た。

真っ白な土塀に焔が照り返し、豪奢な宮殿が斜《なぞえ》に建ち並ぶ小高い丘は、巨大な松明の如き火炎を噴き上げている。だがそこここで黒煙立ち昇り、何万もの兵が羅城に迫っているにもかかわらず、辺りは不思議な静寂に包まれていた。

そんな中でたった一つ、鈴の音にも似た妙音が、廣手を誘《いざな》うかのように響いている。

いや、違う。音に誘われ、人気の絶えた屋敷の奥へと進んで行くのは、太い眉と大きな目が印象的な少年。あれは、幼い日の詠だ。

音はゆっくりと、鳴り続けている。引き裂かれた絹の帳《とばり》、倒れた卓。それらを押しのけ、中庭へと進んで行く背中に、やめろ、とかける声がかすれた。

庭の池は、天を焦がす火勢のために干上がり、磚《せん》が敷き詰められた底で、数匹の鮒が白い腹を見せている。かたわらの松には、色とりどりの衣をまとった女たちがぶら下がり、吹き荒れる熱風に布沓《ぬのぐつ》の足を揺らしていた。

詠はしばらくの間、雷に打たれたように木の下に立ちすくんでいた。やがて足元に転がる椅子を起こしてその上に爪先立ち、下枝に下がった小肥りの女の足を抱え込んだ。

彼女の帯の端から、風鐸型に彫られた碧玉がのぞいている。それが詠の手の中に納まった瞬間、霊妙たる音がふっと絶えた。

椅子を蹴飛ばして地面に飛び降り、詠はひどく澄んだ眼で、彼女を凝視した。そして肩で大きく息をつくと、懐に玉鐸を突っ込み、踵を返して駆け出した。

(詠先生──)

遠ざかる背に呼びかけた己の声で、廣手ははっと目を覚ました。

全身がおそろしく強張り、じっとりと汗ばんでいた。

既に空はうっすらと明るみ、狭い自房は湿気を帯びた熱に包まれつつある。梁が剝き出しのままの天井を、廣手はじっと見上げた。

(あの玉鐸……そうか、あれは)

詠が常に腰に佩びて離さぬ玉の鐸は、積年の塵と脂に薄く濁りながらもなお、澄明な音を奏で続けている。詠にとっての国、それはまさにあの碧玉の如く硬く、何物にも冒されぬ神聖な存在に違いない。

開け放たれた小窓の向こうの空で、一つ、また一つと星が消えてゆく。

遠くで気の早い鶏が一声啼き、何かに怖じけたかのようにすぐに嘴《くちばし》をつぐんだ。


高市の薨去の翌日から、葛野王は終日、宮城に詰めることとなった。

誰を高市に代わる日嗣とするか。讃良臨席の協議はまったく進展せず、連日連夜、いつ果てるとも知れぬ議論が続いたのである。

「なにせ上は讃良さまから、下は京の童までが、次の大王は高市さまとばかり決めていたからのう。おかげで朝堂は天地がひっくり返ったような騒ぎ。長《なが》さまと弓削《ゆげ》さまの舅でおられる大伴御行さまなど、なんとか婿どのを高市さまの後釜にせんと、躍起になっておられるそうな」

「確かに血統は申し分ないが、あのお二方の背後には、右大臣《みぎりのおおおみ》嶋さま一派がついておられる。讃良さまがそう容易に認められるわけがあるまい」

葛野王家の詰所では、大舎人たちが寄るとさわるとそんな噂に花を咲かせている。王親の一人であっても、葛野王に大王の座が廻ってくることは到底ありえない。それだけに彼らの口振りには、他人事の気配が濃かった。

「どうだお前たち、どなたが次の日嗣となられるか、一つここで賭けようじゃないか。なあ、廣手も一口乗るだろう」

同輩に臂《ひじ》で突かれ、廣手は飲んでいた白湯《さゆ》にむせた。だがそんな仲間を遮るように、向かいの大舎人がされどなあ、と声を上げた。

「血筋を言うのであれば、舎人王子《とねりのみこ》がおられるぞ。年齢も長さまより、三歳も上でいらっしゃるわい」

「じゃが舎人さまはこの数年ずっと、病に臥せっておられるではないか。高市さま薨去の折も、当日こそ無理を押して参内なさったものの、翌日にはまた高熱を出してしまわれたとか。かような御仁を大王にするわけにはいくまい」

「いやいや、しばしお待ちくだされ。そなたさまたちは草壁《くさかべ》さまの忘れ形見の珂瑠王子《かるのみこ》を、失念しておいでですよ」

思いがけぬ新説に、誰もがえっと声の方角を振り返った。先ほどまで詰所の片隅で黙々と書き物をしていた大舎人が筆を置き、瞬きもせずに同僚たちを見つめていた。

寸詰まりな丸顔に、飛鳥仏の如く整った巴旦杏《はたんきよう》形の目。容姿だけは妙に人好きのする書庫担当舎人、狭井宿禰《さいのすくね》尺麻呂であった。

「おい、尺麻呂。お前は讃良さまが大海人さまのお子がたを差し置き、わずか十四歳の王子を太子になさるというのか」

「いくらなんでも、それは強引すぎるだろう。だいたい他の王子がたが納得なさるまい」

口々の反論に、彼は形のいい眼をわざとらしく見張った。おもむろに居住まいを正し、こほんと小さく咳払いをする。

「確かに御座居《みくらい》に関心がある方々は、珂瑠さまの立太子に反論なさるでしょう。ですがよくお考えください。わが国の王位は古来、子孫相承する時には世鎮まり、兄弟相続する時には天下荒廃して参りました。ここで数多くおられる兄弟がたから一人を選べば、世はまたしても乱れるに相違ありません」

ぷくぷくと白い指を振って目を細める尺麻呂に、大舎人たちは顔を見合わせた。

普段、尺麻呂は屋敷の片隅にある書庫に籠りきり。他の舎人とも最低限しか交わらず、常に仲間から距離を置いている割に、時折、今のように唐突な言葉を吐く。どこかもったいぶった仕草とつるんとした顔立ちのせいで、一事が万事、摑みどころのない男であった。

だが彼らを驚かせたのは、尺麻呂の能弁だけではない。

天下を二つに割った壬申の大乱は、確かに兄弟継承がこじれた末の戦。当今のご夫君の治世をそう断言した大胆さに、全員、言葉もない顔つきであった。

「確かに十四歳というお年は、日嗣としては弱年です。されど幸い讃良さまはまだまだご壮健。あと三、四年、頑張っていただけば、珂瑠さまもちょうどよいお年になられましょう。ここで下手に壮年の御仁を選ばれ、またしてもぽっくり先に逝かれてはかないませんからねえ」

ひどく不遜な言葉を吐き、尺麻呂は壁際に据えられた几《つくえ》に再びくるりと向き直った。先ほどまでの躁気味な口調とは、正反対のそっけなさ。丸めた背に「偏屈」の二文字がありありと書かれているかのような、取りつく島のない態度であった。

廣手を含めた誰もが言葉を失っていると、ぱたぱたと軽い足音がして、河内が詰所に駆け込んできた。よほど急いできたのか、白い頬を真っ赤に上気させている。

あの日、京職の獄に赴いた河内は、日がとっぷり暮れた頃になってようやく帰邸した。新羅商人の訛りの強い言葉を見事通訳し、役人たちを瞠目させた彼は以来、三日に一度ずつ、刑官に出仕している。

「わしは元々、河内を医師にしようとは考えておらなんだ。わしが医術を学んだのは、あくまでこの国で生き抜く身すぎ世すぎ。もしあやつが官吏として役立つのであれば、わしを受け入れてくれた倭に、多少なりとも恩返しができるのう」

それはどうやら、詠の偽らざる感慨らしかった。

河内は汗ばんだ顔で大舎人たちを見回し、声変わり前の甲高い声を張り上げた。

「皆さま、ただいま葛野王がお戻りになられました。すでに御門をくぐられ、ご自室でお休みになっておられます」

「な、なんだって」

大舎人たちは一斉に、そそくさと居住まいを正した。

「突然のお戻りだな、いったいどういうわけだ」

「ひょっとして、次の日嗣が決まったのか。思ったよりも早かったなあ」

「いいえ、そういうわけではなく、お客人を連れて来られただけのようです」

口々の問いに首を横に振り、河内は突然、廣手を指さした。

「というわけで廣手さま、葛野さまがお召しです」

「僕をだって？」

自分の存在を覚えているのかも怪しい主である。声を筒抜かせた廣手に、同輩たちの視線が集中した。

「はい。正確には、葛野さまがお連れになられた三宅連忍裳《みやけのむらじおしも》さまと申される女君《おんなぎみ》が、廣手さまに御用だそうです。急ぎ、お居間にお運びください」

何故、忍裳が自分を訪ねてくるのだ。何が何やらわからぬままに腰を浮かした廣手に、仲間たちが、「おい、ひょっとしていい仲の女子か」「葛野さまの仲立ちとはどういう次第だ」と次次からかいの声を投げた。

「ば、莫迦、そんなのじゃないんだ」

八束の墓参に出かけた翌日、廣手は法官を通じて忍裳に礼状を出した。普通の官吏なら所属の官衙に宛てるべきだろうが、忍裳は讃良の直臣。どこに送ればと迷い、とりあえず人事を預かる法官ならどうにかなろうと考えた末である。

だが半ば予想していた通り、それに対する反応は皆無のまま、すでに二月が過ぎつつあった。それだけに思いがけぬ彼女の来訪に、彼は少なからず胸を弾ませた。しかし勇んで葛野王の自室を訪れたものの、出迎えた忍裳の顔つきは以前同様淡々として、親愛の情めいたものは一片も見当たらなかった。

連日の協議で疲れているのだろう。葛野王は青白い瞼を強く閉ざし、壁際の榻《とう》にしどけなくもたれている。廣手が「失礼します」と声をかけても、わずかに目を開けたきり、うなずきすらしなかった。

「先日は初瀬に行かれたそうですね。あの方も喜んでおられましょう。今日は廣手どのに頼みがあって参りました。あなたさまを八束どのの弟御と見込んでの事でございます」

本当にこの女が兄の恋人だったのかと疑いたくなるほど、そっけない口調であった。男ばかりの家で生まれ育ったせいか、廣手はこと女性に関して晩熟《おくて》であった。それだけに眉一筋動かさず亡き恋人の名を口にする忍裳には、真っ先に当惑を覚えてしまう。

女子とはみな、かように冷徹なのか。それとも漆黒の官服をまとう彼女は、心まで男の如く雄々しいのか。

いや、こちらの礼に返事一つ寄越さぬそっけなさからして、忍裳はもともと感情の起伏が乏しい性格なのかもしれない。

「お願いとはなんでしょう。僕が忍裳どののお役に立てるとも思えませぬが」

そうだ、相手が女子だと思うから心惑うのだ。要は自分より勤めが長い大舎人と考えれば、何の違和感もない。そう思いつくと不思議なもので、整った目鼻立ちが少年のそれとも見え、相手の一挙一動に心動かされるのが愚かしく思われてきた。

「はい、実は廣手どのに、宮城内のある部署に異動していただきたいのです。無論、これは葛野王もご承知でございます」

「勤めを変わるとなれば、この屋敷に住まわせるわけにはゆかぬ。幸い、家を借りるだけの手当は出るそうじゃ」

葛野王が妙にしみったれた言葉を挟んだ。

ただの大舎人の人事に、主や忍裳が出張ってくる道理がない。いったい、どういうわけだ。

廣手は二人の顔を交互に眺めた。

何気なさを装っているが、彼らの顔にはどこか緊張がうかがわれる。ただの異動要請でないことは、明白であった。

「行っていただくのは法令殿と申す、讃良さま直属の学問所です。構いませんね」

「法令殿ですと――」

我知らず呟いた口調に、何も知らぬわけではないと看取したのであろう。忍裳は細い眉をわずかに動かした。

「待ってください。僕は法典など、まったく存じません。たしなみがあるといえば、筆よりもむしろ剣《つるぎ》。そんな身でお役に立てるかどうか」

何故よりにもよって、自分に白羽の矢が立てられるのだ。それならいっそ首名を推挙しようと思ったとき、

「それでよい。いや、むしろそのほうがよいのだ」

億劫そうに身体を起こしながら、葛野王がうなずいた。

「深くは語れぬが、そなたに期待しているのは律令編纂事業の手伝いではない。むしろ、その逆と申すべきかもしれぬ」

「どういう意味でございます」

彼は忍裳にちらりと目を走らせた。それに心得顔でうなずき、廣手に向き直った彼女の顔は、

先ほどよりも更に表情が薄かった。

「――廣手どのを見込んでお話しいたします。実は法令殿の内部に、讃良さまへの叛意の疑いがございます」

「いま、なんと?」

予想だにしていなかった話に、廣手は己の耳を疑った。今、忍裳は何と言った。叛意だと。しかも、飛鳥浄御原令編纂所の流れを汲む法令殿の中にか。

「待ってください。法令殿は大王直轄の学問所。名だたる学者の方々が、新律令編纂の準備を続けている所ではないのですか」

「そうです。ですが如何に律令に通じた学究でも、皆が皆、讃良さまのお志を解しているわけではございません」

忍裳の述べた法令殿の内情は、詠から聞いたそれとさほど異なっていなかった。ただ一点大きく違うのは、浄御原令策定の最大の功労者である薩弘恪が、このところ足腰も覚束なく、法令殿の実質的な責任は半年ほど前から、白猪史宝然なる学者が負っている点。

そしてその宝然が、

「どうやらひそかに、丹比嶋さまたちに通じている様子なのです」

と、忍裳は言い切った。

「それは事実なのですか」

白猪史宝然といえば、飛鳥浄御原令編纂時から法令殿に在籍する人物。薩弘恪の信任厚いとも聞く彼が、そう簡単に嶋一派に転ぶものだろうか。あまりの意外さに、聞き返す声が喉にからんだ。

「はい、間違いありません。それが証拠に弘恪先生が休みがちとなられて以来、法令殿での律令研究は遅れ通し……宝然どのは、さほど重要とも思われぬ条文の解釈に幾日も費やしたり、現在、わが国でもっとも必要とされる官員令《かんいんりょう》の分析を、後回しにしたりしているそうです。その恣意的な方針には、法令殿の中からもすでに不満の声が上がっているとか」

「実のところ法令殿では、この数年、新たな律令制定作業が少しずつ進められていたのじゃ。されど弘恪が隠居同然となって以降、作業は遅々として進まず、今や停滞寸前。それもこれもすべて、弘恪に代わって法令殿の主導者となった宝然の差配らしい」

葛野王が簡潔に状況を説明した。

加えて三月前、これまでしばしば宝然と対立していた調忌寸老人と鍛造大角が突然、法令殿から画工司《えだくみのつかさ》・主鷹司《たかのつかさ》に左遷された。画工司は宮城の絵画制作を、主鷹司は鷹狩に使う鷹の飼育や訓練を担当する官司。どちらも宮城内でも低位の役所で、長年律令研究を務めてきた彼らにはふさわしくない。

だが誰がなぜ、二人を転出させたのか。忍裳たちがいくら調べても、命令の出所ははっきりしなかった。

「なるほど、確かに面妖。何者かが宝然さまの邪魔をするお二人を、厄介払いしたわけですな」

嶋一派の法令殿への関与を疑う気持ちが、ようやく理解できてきた。

「わたくしどもは調忌寸老人どのたちからも、ひそかに話を聞きました。結果、浮かび上がってきたのは、宝然どのの不可解な態度……ですが飛鳥浄御原令の編纂に尽力した御仁が、何の理由もなしに節を枉《ま》げる道理がありますまい」

以来、忍裳は宝然の動向を事細かに調べ上げた。その甲斐あって、宝然が月に一度程度、太政官の下官と接触している事実を確認。しかもその下官が嶋直属の部下であったことから、彼の内通が知れたのである。

いくら嶋一派に同調しても、法令殿を内部から瓦解させるのは困難。そこで宝然は責任者の権限を用いて、あえて律令編纂を遅らせているのだろう。いかにも学者らしい姑息なやり口だと、彼女は憎々しげに吐き捨てた。

「老人どのによれば、宝然どのがかような振る舞いを始めたのは、法令殿での律令研究の大半が終わり、条文の検討が始められた矢先。あの御仁がかような真似をせねば、本邦の律令は今頃、わずかなりとも形を見せていたでしょう」

頼みとは他でもない。法令殿に使部として入り、宝然の動向を探って欲しい。裏切り者は宝然一人か、少録たちは宝然に手懐けられていないかを見極めたいと忍裳は告げた。

「そればかりではありません。この六年間に行われた律令研究の成果が、法令殿には蓄積されているはず。わたくしが指示を出したら、それらの資料をこっそり持ち出していただきたいのです」

「わかりました。ですがそれは何のためでございます」

廣手の問いに、忍裳は我が意を得たりとばかりにうなずいた。

「宝然どのを一味とし、嶋さまたちは法令殿を――ひいては我が国の律令策定事業を手中に奪ったと、安堵しておられましょう。ならばこちらはそれを逆手に取るのです。近々、讃良さまは正式に、法令殿に律令編纂の指示を出されます。だがそれはあくまで表向き。同時に、法令殿とは異なる編纂所を内密に立ち上げ、そちらで真実の律令を作らせる計画です」

つまり法令殿を眼くらましに、嶋一派を欺く腹である。

かねてからの編纂所が敵の手に落ちたのなら、別に新たな組織を立ち上げてしまう。その計画の壮大さが、讃良の律令にかける意気込みをはっきり物語っていた。

彼女はなんとしても、律令を完成させる腹なのだ。廣手の胸の底でなにか渦のようなものが、ごおっと音を立てた。

「廣手、気が進まねば、断ってもよいのだぞ。宮城の揉め事に首を突っ込んでも、よいことなどないからのう」

実にやる気のない声で、葛野王が割って入った。

「葛野王は、また投げやりなことを仰せられて――」

「されど忍裳、無理無体な命令は気の毒ではないか。おぬしの背の君とて、高市から数々の密命を仰せつかっていたゆえ、あのような死にざまをしたのであろう。兄に次いで弟まで非業に死なせでもしたら、牟婁の評督《こおりのかみ》どのに申し訳が立たぬぞ」

「葛野さま、今はさようなことを話す時では――」

忍裳が珍しく狼狽ぎみにさえぎったが、彼はそれには構わず、更に声を張り上げた。

「わたしは讃良さまを尊敬しておる。諸豪族の力を削ぎ、大王による支配を確立するのは、わが祖父以来の悲願だ。されどそのためなら他人を苦しめ、自らも傷ついても厭わぬそなたのやり方は如何なものか」

「お待ちください、葛野さま。今のお言葉はどういう意味でございます」

まるで八束の死が事故ではなかったかのような言い様に、廣手は思わず立ち上がった。

「どういう意味も何も、すべて申した通りだ」

葛野王は一重瞼の眸《め》を、意味ありげに光らせた。

「あのような死にざまとは、何ですか。牟婁評では父も僕も、八束の死は新益京《あらましのみやこ》造作中の事故と聞かされました」

「ああ、それは誤りではない。確かにおぬしの兄は、建造中の兵庫近くで、崩れてきた木材の下敷きになったのだからな。されどあの日、匠たちは間違いなく、方三寸の木材を荒縄で縛って帰ったと申しておる。それを断ち切り、馬で通りかかった八束の上に倒した者がいるのだ」

「なんですと――」

忍裳はもともと白い顔を蒼白に変え、唇を真一文字に引き結んでいる。凍てついたその表情が、葛野王の言葉が真実だとありありと語っていた。

廣手は卓を叩いて、彼女に詰め寄った。

「いったい誰が、何ゆえ兄を殺めたのです」

答える声はない。卓を廻り込み、廣手は葛野王の足許に膝をついた。

「お教えください、葛野さま。兄はなぜ、さような目に遭ったのですか」

「八束どのは――」

忍裳がようやく、乾いた声を絞り出した。

「八束どのは、高市さまの腹心でございました。当時、高市さまは大伴御行卿の娘婿であられる長・弓削両王子を、朝堂から遠ざける口実を見つけ出すため、八束どのにお二方のご身辺を探らせておられたのです」

廣手の顔を見ぬまま、彼女は硬い口調で続けた。

「八束どのの死が、御行卿や長さまたちの仕業との確証はありません。ですが匠どもが結わえていった縄を、何者かが切ったのは事実。当時あの方は畿内諸国の監察と称し、高市さまの許を離れておられました」

八束はおそらく、嶋一味に致命的な事実を知ったのだ。そしてそれを敵に察知され、謀殺されたに違いない。

葛野王は長い指をゆっくりと組んだ。

「大伴家は古来、武芸の家柄。邸内の資人はいずれも、手練《てだれ》ぞろいと聞く。かような者たちがおぬしの兄者を殺めたとすれば、鮮やかな手並みも合点がゆこう」

廣手は先日、朝集堂で河内を笞打った府生たちを思い出した。彼らは確か、大伴御行に仕えていると名乗らなかったか。

ひょっとしたらあの中に、八束を手にかけた人物がいたのやもしれぬ。山口忌寸大麻呂と名乗った男の魁偉な姿が、脳裏をよぎった。

「断っておくが廣手、兄の仇を討とうなどと考えるではないぞ。忍裳は八束の弟なら、必ずや自分たちの計画に加担してくれるはずと申し、おぬしを法令殿に送り込む間者に推挙致した。されど兄者は兄者、おぬしはおぬしじゃ」

葛野王の背後で、何か暗い影がふらりと鎌首をもたげた気がした。決して声を荒らげたわけではない。むしろ常よりも静かな声音が、彼にこれまでにない威を添えていた。

「恨みを晴らしたとて、死者は甦らぬ。ましてやそれで残された者が苦しみ、傷を負うようでは、彼岸に渡った死者はいつまでも浮かばれぬわ。よいか、生き残った者が出来るのはただ一つ。亡き者が心おきなく旅立てるよう、安穏な日々を過ごす、それだけじゃ」

それは父を失い、近江朝廷の生き残りとして後ろ指さされる歳月の中で、彼が見出した真実なのであろう。

壬申の大乱の折、葛野はたったの四歳。二十余年の人生の間には、大海人の治世に不満を持つ人々から父の仇を討てと使嗾《しそう》される機も、また宮城の顕官となり、国政を導けと求められる折もあったに違いない。だが彼は数々の誘惑をすべて断り、ただ浮世との関わりを絶つことに終始した。

人の幸せは、権勢や財力で決まりはせぬ。慎ましくはあれど、平穏な暮らし。それは葛野の父・大友が果たし得なかった、まことにささやかな望みに違いなかった。

「わたしを惰弱と誹《そし》りたければ誹れ。されど生き残った者が互いに仇を討ち合っていては、この国から争いは絶えぬ。わたしが夢見るはたった一つ、人が他人を追い落とさずとも済む、安らかな日々じゃ。倭国の権力がすべて大王の下に集い、鄙《ひな》の島々にまでその統治が行き渡れば、少なくともわたしのような思いをする者は減ろう。それゆえ、わたしは讃良さまにご助力いたす。仇を取るだの、恨みを晴らすだのと血腥《ちなまぐさ》い騒動はご免だわい」

「ですが、葛野さま。僕はいま、兄の死の真実を知ってしまいました。それが何者かの手になる以上、僕は彼の仇を討たずにはおられません」

「おぬしがさよう望むのなら、好きにすればよい。なれど忘れるな。生者は死者に囚われてはならぬ。恨みを晴らすのは、亡者のためではない。おぬしがこれからの歳月を生きるための行為なのだ。よいな」

兄の仇を取らねばとの思いに突き動かされ、葛野王が何を言いたいのかはよく分からなかった。とはいえ、もはや後には引けぬ。廣手は忍裳に向き直った。

「忍裳どの、よろしくお願いいたします」

忍裳はようやく、彼の顔を正面から見た。

小さなその顔が、ほんの一瞬、頑是ない童女のように頼りなげに揺れたのは、気のせいだろうか。だが、おやと瞬きをする間に、白い顔は再び表情を失い、元の少年めいた硬質なそれに戻った。

「――わかりました。こちらこそよろしくお願いします」

夕刻に近づき、表では風が出てきたらしい。梢が激しく鳴る音が、廣手の耳を叩いた。

突風にもぎ取られたのであろう。椎《しい》の実か、それとも欅《けやき》の実か。小さな木の実が窓の桟に降り注ぎ、雷鳴に似た激しい音を立てた。

第五章

じた。

高市薨去《たけちこうきょ》の一月後、すなわち治世十年八月十日、讃良《さらら》は詔して、法令殿に新律令の編纂を命じた。

法典に限らず、国史や戸籍などの編纂には、王族の中から総裁たる督《かみ》（長官）を、官僚の中から実務担当官たる佐《すけ》（次官）を選ぶのが慣例である。だが律令に関わり、丹比嶋《たじひのしま》たちとの軋轢に巻き込まれたくないのだろう。日嗣《ひつぎ》を巡る協議の席でそれとなく持ちかけても、大海人《おおあま》の遺児たちはみなあからさまに視線をそらし、督になろうとする者は誰一人いなかった。

律令編纂は彼らの父・大海人の宿願でもある。それを厄介としか考えぬ態度に、讃良は激しい怒りを覚えた。

病気がちでこの場にいない舎人《とねり》は、しかたがない。讃良に常々反抗的な長王子《ながのみこ》と弓削王子《ゆげのみこ》の行動も理解できる。さりながら刑部《おさかべ》や磯城《しき》、穂積《ほづみ》たちまでがそれに同調するとは、どういうことだ。

見かねた葛野王《かどのおう》が名乗りを上げなければ、讃良は忿怒《ふんぬ》のあまり、なさぬ仲の息子たちを怒鳴り付けていたかもしれなかった。

「葛野、まことによいのか。政《まつりごと》の矢面に立つのは、おぬしの最も厭《いと》うところではないか」

自室に召して問うと、葛野は影の薄い笑みを浮かべた。

そんな笑い方は、大友《おおとも》にそっくりだ。あのあまりに柔順で、そのために死に追いやらねばならなかった異母弟に。

少なくとも讃良は決して、彼が嫌いではなかった。

「もちろん、本意ではありませぬ。ですが讃良さまが孤軍奮闘しておられるのに、これ以上、見て見ぬふりはできませぬ。高市がおらぬ今、どうやら王親でお力添え致すのはわたしだけのようですから」

この甥が政治になんの野心もないことは、讃良が誰より承知している。そして彼が安寧だけを望み、この年まで生きてきたことも。

そんな彼の力を借りねばならぬ己の非力さが、ひどく情けなかった。

「そのかわり、わたしは名をお貸しするだけ。佐には、優れた人材を抜擢してください。まあこれまで長らく逼塞《ひっそく》してきたわたしが物の役に立とうとは、誰も考えますまいが」

「優れた者のう。さような人材がいるであろうか」

「いなければ、探さねばなりませぬ。ましてや法令殿が嶋たちの手に落ちた現在、それなりの腹芸のできる人物を」

白猪史宝然《しらいのふひとほうねん》の内通が発覚したとき、忍裳《おしも》や人麻呂《ひとまろ》は法令殿を解散させ、彼を放逐すべきと主張した。しかし讃良はそれらを退け、法令殿に内偵を行えと指示したのであった。

どんな悪人でも、使い方次第で何らかの力を発揮するものだ。ましてや宝然は、在唐二十五年に及ぶ遣唐学生。唐の動向や法典に関する洞察力は、宮城でも一、二を争う。怒りに任せて法令殿を潰すのではなく、そこで蓄積された知識を秘密裡に取り込もうと目論んだのである。

このため法令殿を監督する人物は、讃良の計画を熟知している必要がある。だがあの嶋たちに背く硬骨漢が、果たしているだろうか。

「どうしても見つからねば、いっそ編纂の詔《みことのり》だけを先に発布なさってはいかがでしょう。ひょっとしたら詔に応じて、奮起する官僚がいるやもしれませぬ」

「ふむ、おぬしの申す通りじゃ」

ところがいざ律令編纂命令を下すと、そうでなくとも停滞していた日嗣選びは、ますます紛糾する一方となった。

これまでの一月で、讃良の意が継子《ままこ》たちの上にないことは、周知となっている。

「おそらく讃良さまは、珂瑠王子《かるのみこ》を次なる大王《おおきみ》に望まれているのじゃ。なにせ珂瑠さまは草壁《くさかべ》さまの忘れ形見、讃良さまの唯一の男孫だからのう」

加えて、ここで膨大な時間と手間のかかる律令編纂事業が開始されたことで、彼女が譲位後も隠然たる勢力を保ち続ける腹らしいとの不信が、王子たちの間に蔓延し始めたのである。

元々彼らは、義母を疎んでいる。全員が珂瑠の排除にかかるのは、必然であった。

讃良の最大の弱みは、十四歳という珂瑠の若さ。大海人がそうであったように、古来、太子は大王の輔佐役を兼ね、三十代、四十代の者が就くものだ。その問題をいかに克服し、彼らを黙らせるか。侃々諤々《かんかんがくがく》と続く協議を見下ろしながら、彼女はめまぐるしく頭を働かせていた。

本来、即位の第一条件は血統である。

太子に立てられていた草壁を尊重するなら、日嗣には珂瑠こそが相応《ふさわ》しい。しかし王位に就かなかった草壁を無視し、大海人との血のつながりを重視するならば、大海人の残る息子から一人を選ばねばならぬ。

その場合、豪族出の女を母とする刑部や磯城たちは選に漏れる。残るは新田部王女《にいたべのひめみこ》の子である舎人と、大江王女《おおえのひめみこ》を母とする長と弓削。だが舎人は誰もが知る病弱な人物。そうなれば長幼の順からして二十三歳の長王子こそ、もっとも日嗣に相応しい理屈である。

このため、王子たちの中にはさっさと後継者争いから離脱し、長に追従し始める者も増えつつあった。

いくら讃良が珂瑠の立太子を望んだとて、世の道理は覆せぬ。

珂瑠の乳母《めのと》が讃良を訪ねてきたのは、日に日に強まる長擁立論に、さすがの讃良も焦りを濃くしつつある最中であった。

「そなたが顔を見せるとは珍しい。珂瑠の身に何かあったのか」

愛孫の乳母である宮人・県犬養三千代《あがたのいぬかいのみちよ》は三十歳。十五歳で阿閇王女《あべのひめみこ》の宮に出仕し、以来、献身的に珂瑠を育ててきた女性である。

草壁の没後は気弱な阿閇を励まし、珂瑠ばかりか氷高《ひだか》・吉備《きび》姉妹にも慕われる彼女は、後宮屈指のやり手。それだけに女孺《めのわらわ》や宮人の中には、その辣腕ぶりを疎ましがる者も多かった。

讃良の不審に、三千代は丸々とした顔に笑みを浮かべ、いいえ、と首を横に振った。

頬骨の位置に点じられた花鈿《かでん》は、十六、七の娘が使うような濃い朱色。そうした年甲斐のなさが、三千代が目下の者に嫌われる原因でもあった。

「ご多忙中、大変申し訳ありません。実は讃良さまにお目通りを願う者がいるのでございます。差し支えなければ、どうかご引見をお許しくださいませ」

「今すぐにか」

反問したのは、すでに短い秋の日は落ち、庭には篝火《かがりび》が点されていたからだ。

連日の協議で、讃良は疲れ切っている。内心、日を改めて欲しかったが、三千代は讃良の声ににじんだ忌避を露骨に無視した。

「さほどの時間はお取り致しませぬ。何卒、お願いいたします」

三千代は万事押しが強く、時には阿閇王女にさえ一歩も譲らぬ頑固さを見せる。珂瑠がおとなしい性格に育ったのは、彼女の強引さに圧倒されてではとの風評すらあるほどだった。

「さりながら、そなたはわたしに誰を引きあわせようとしているのじゃ」

「はい、刑官判事の藤原朝臣不比等《ふじわらのあそんふひと》さまでございます」

こってりと朱を刷いた唇でその名を告げた彼女に、讃良は思わず胸の中で舌打ちをした。

(まったくこれだから女子は――)

三千代は若い頃に結婚し二男一女を儲けたものの、数年前に離婚。そんな彼女がこのところ藤原不比等とただならぬ仲にあることは、宮城では知らぬ者のない公然の秘密であった。

不比等は年齢や出自の割に、出世が遅い。おおかた世話女房型の三千代が恋人の不遇にやきもきし、この顔合わせを仕組んだのであろう。どこかの役所の高職、さもなければ大国の国宰《くにのみこともち》にでも任じてくれというわけか。まだ夫婦でもないのにこの口出し。まこと、女子とは度し難い。

だが渋々目通りを許した不比等は、意外にもまず真っ先に、三千代に席を外させた。そして腫れぼったい目で辺りを見回し、

「お疲れと拝察し、手短に申し上げます。先だって撰定を命じられました新律令編纂事業に、臣《やつがれ》をお加えいただきとうございます」

とせっかちな口調で切り出した。

「そなたを律令制定に参与させよと――」

「さようでございます」

反復したのをどう解釈したのか、彼は大きな顎を反らして讃良を見上げた。

「自ら述ぶるも憚られますが、臣はこれでも刑官屈指の判事。本邦大唐双方の明法《みようぼう》制法に通じ、かつ学者たちを束ねられる者は、京《みやこ》広しといえどもこの不比等しかおりますまい」

「なんとまあ、大きな口を叩くものじゃ」

「さよう、臣の口は己の拳すら飲み込める大きさでございますれば」

分厚い唇をにっと歪めて笑ったものの、その目は妙に醒めた光を湛えている。彼の言葉が文字通りでないことは、明白であった。

夫・大海人が中臣《なかとみ》（藤原）一族を遠ざけたこともあり、讃良はこれまで不比等という男にさしたる注意を払ってこなかった。そして実際、鎌足《かまたり》の息子という血統を別にすれば、彼は決して際立った存在ではなかったのである。

彼女の眼には、刑官の他の判事たちのほうがよほど才気走って映った。思い返せば不比等はいつも人目を避け、宴の席でも声高に放吟する同僚を、壁際からにこにこと見守るばかりだった気がする。

だとすれば、目の前のこの男は何者だ。まるで従順な犬に成りすましていた狼が、突然その偽りの皮を脱ぎ捨てたようではないか。

緋色の官服をまとった姿はひどく大きく、威圧的ですらある。腰に佩《お》びた黒作大刀《くろつくりのだいとう》の冑金《かぶとがね》が、燭台の灯を映じて鋭く光った。

「――望みはなんじゃ」

低い問いに、不比等は細い目をわざとらしく見開いた。

「はて、望みと仰せられますと」

「この時勢、よりにもよって律令策定に加わりたいと申すからには、何か目論みがあろう。有体に申せ」

「困りましたなあ。一介の判事に過ぎぬ臣に、大それた思惑のある道理がございますまい。そう、強いて願い事をいたしますれば――」

不比等は腰の大刀を外し、讃良の足元に進めた。

黒漆塗の鞘と把《つか》の黒鮫皮が、五色《ごしき》の平緒《ひらお》の色を際立たせている。長さ五尺余り、黄金製の冑金や櫓金《やぐらがね》に獅子が彫り出され、そこここに紅と碧の玉が散らされたきらびやかな大刀であった。

「この刀を珂瑠さまに献上いたしたく存じます。どうぞ大王より、お口添えをお願いいたします」

「これを珂瑠にじゃと」

珂瑠は馬こそ好むが、大刀技は不得手。それを知らぬわけでなかろうに、かように絢爛な武具を奉る真意はどこにあるのだろう。

「はい、ただそれに際して、申し上げたき逸話がございます。この黒作大刀はかつて草壁さまが交野の我が別宅にお越しの折、臣にくださった品。臣は世々変わらぬ忠節の証として、草壁さまの忘れ形見であられる珂瑠王子に、この懸佩大刀《かけはきのたち》をお戻しいたしたく存じまする」

「草壁がそなたに下賜したとな――」

紅を差しているわけでもあるまいに、不比等の唇は濡れ濡れと赤い。それがするすると淀みなく動くさまは、人体の一部というより別の生き物のようであった。

草壁が壮健だった頃、不比等はまだ出仕もならぬ無官の身であった。そんな男に、どうして草壁が大刀を下賜しよう。すべてが口から出まかせであるのは、確認するまでもなかった。

(面白い――)

讃良は息だけで呟いた。

不比等は冷遇されていた己の過去を作り変えようとしている。草壁から佩刀を下賜されるほど信頼されていたと喧伝し、己の珂瑠への尽力は亡き彼の遺志と主張せんと企んでいるのだ。

藤原家は壬申の乱後、没落の一途を辿っている。氏族のうち幾人かは官途に就いているが、その爵位はいずれも低い。内臣《うちつおみ》にまで昇った鎌足の功績が華々しかっただけに、現在の凋落ぶりは哀れですらあった。

どうにか浮かぶ瀬を探そうにも、長・弓削両王子は嶋一派に籠絡され、他の王子たちは軒並み腰抜け。そこで輔佐すべき臣のいない珂瑠に近接し、出世の足掛かりを得ようというわけだ。

そして珂瑠への接近はすなわち、讃良への同心を意味する。彼が律令編纂への協力を願い出たのは、大いなる賭けに違いなかった。

讃良の冷徹な視線を、不比等は恐れげもなく正面から受け止めた。

ここで彼と手を携えれば、今後不比等は――いや藤原氏は、自分たちを脅かす太い藤蔓となり、宮城に繁茂するかもしれない。されど律令という世々不倒の幹さえ打ち立てれば、いかなる蔓も容易にそれを枯らせはすまい。

後に来るかもしれぬ、藤原氏との戦い。だがそれはあくまで、後世の大王が取り組むべき課題だ。白村江の戦で斃《たお》れた朴市秦造《えちはたのみやつこ》田来津《たくつ》の言葉を借りれば、衰退は後の危惧。国の亡びはそれより早く来る。この国難の時代、今は彼の力を得て、五百年千年崩れぬ強い国を築くのが先決であった。

幾度遷都を繰り返しても、亡霊さながら付きまとう豪族どもの権威。それを一掃するには、不比等のように強引で斬新な手段が必要なのかもしれない。その上、珂瑠王子に玉座を与えられるのなら、なにを躊躇う必要があろう。

後宮では夫に愛想を尽かした三千代が、不比等をたぶらかしたのだとの風評がしきりだが、それは誤りだ。彼はいつか訪れるこの日のため、珂瑠の乳母である彼女を籠絡したに違いない。男の野心に気付かぬ――もしくは気付いていてもそれから目を逸らす女の愚かさを、讃良はわずかに憐れんだ。

草壁が存命だった過去、目の前の刀がもたらす未来。この男は珂瑠の来し方行く末を掌握し、宮城に新たな勢力としてのし上がろうとしている。

讃良は黒作大刀を静かに取り上げた。袖にくるんで胸に抱き、傲然と顎を上げた。

「この剣は確かに返してもろうた。わたくしが直々に阿閇の宮に届け、そなたと草壁との交わりを、とくと珂瑠に語ってきかせようぞ」

「はっ、ありがたき幸せにございます」

「不比等、そなたの爵位を直廣弐に進めるとともに、資人《しじん》五十人を与える。また法令殿の佐として、新律令撰定に尽力するのじゃ。これは勅命である」

「かしこまりました。臣藤原朝臣不比等、謹んで拝命いたしまする」

不比等は決して、信頼に足りはせぬ。だが彼であれば、嶋に掌握されつつある法令殿をうまくあしらってみせるだろう。

この蛇の如き狡猾さ、狐の如き周到さ。長年、凡才の皮をまとい、宮城で爪を砥ぎ続けてきた不比等こそ、起死回生を目指す機にはふさわしい。

しかし不比等との一部始終を聞かされるや、葛野王は眉をひそめ、

「なんたる奸計を巡らす男やら。茫洋とした面に、まんまとだまされました。されどかような者を用いられるのは、いかがなものでございましょう。臣は気に入りませぬな」

と吐き捨てた。

「実務に長けた男を佐にと申したのは、そなたであろう。不比等は一筋縄では行かぬ男。だまされたふりもうまく演じようぞ」

「讃良さまがかよう仰せられるのなら、否やはございません。好都合なことに、不比等は刑官の判事。律令制定に携っても、なんの不自然もありませぬ。嶋たちもよもや、讃良さまとの間にかような密約があろうとは考えますまい」

葛野王は卓上の蘭の茶を一息に飲み干して立ち上がった。

すでに窓の外はとっぷりと暮れ、警固の兵衛たちの挂甲《かけよろい》の音が、遠くから聞こえてくるばか

りである。

「今日はこれより屋敷に帰るのか」

「いいえ、今からでは家従にかえって迷惑をかけますゆえ、今宵も宮城に泊まる所存でございます」

讃良に一揖《いちゆう》して、葛野王はふと身動きを止めた。

「讃良さまがかように腹をくくられたのであれば、臣もいつまでも日和見を決め込んではおられませぬな」

とぼそりと呟き、そのまま、足早に回廊を立ち去った。

遠のく足音を聞きながら、讃良はかすかな不安を覚えた。葛野王のいつになく硬かった横顔が、陶器の破片のように胸の底をざらつかせた。

(何か、妙なことを考えねばよいが――)

葛野王はもともと、諍いを好まぬ男。高市亡き後ついつい彼を頼り、葛野王も讃良に数々の助力をしているが、これは本来、双方が望まぬ有りようである。一日も早く、あれを元の暮らしに戻してやらねば、亡き大友に申し訳が立たぬ。

そう、本来自分は一人でこの難局を乗り切り、珂瑠に帝位を譲り渡さねば。されど老いた身に廟堂の雨風はあまりに激しく、世の謗《そし》りは冷たい。そして不比等は役に立つかもしれぬが、ともすれば主の手を嚙みかねぬ狂犬だ。もうしばし、温和な甥の蔭に憩いたいと思うのはしかたのないことであった。

彼の言葉の意味は、翌日になって知れた。

例によって朝早くから協議が開始されるなり、いきなり葛野王が立ち上がり、四方をぐるりと見回したのである。

「一言、申し上げたき事がありまするが、よろしいかな」

官職も持たず、政とは縁の薄い彼である。讃良と親しいとは知っていても、まさか旗幟《きし》を鮮明にはすまい。そんな侮りの気配をにじませる面々を尻目に、葛野王は軽く咳払いすると、いきなり滔々たる弁舌をふるい始めた。

「この一月あまり、衆議は乱れ、いっこうに決着の様子がありませぬ。そこで臣が考えまするに、子孫相承して王位を継ぐのが、わが国の神代よりの法。兄弟の相続は乱の起こるもとでござる。なれば臣は珂瑠さまを、次なる太子に推挙いたしとうございます」

常とはうって変わった堂々たる物言いに、一瞬、信じられぬという気配がその場に満ちた。いや、呆気に取られたのは、讃良も同様であった。

昨夜の言葉は、これを指していたのか。二十余年、ひたすら目立たぬように生きて来た彼には、律令編纂事業の総裁になるだけでも、崖から飛び降りるほどの決心だったはず。それを諸王相手にいきなり、珂瑠の名を出すとは。

「お、お待ちください」

真っ先に弓削王子が我に返り、胡床《こしょう》を蹴立てて立ち上がった。顎のとがった癇性な顔が、醜く歪んでいた。

「今のお言葉、聞き捨てにはできませぬ。葛野王はわが父の即位に、含むところがおありなのですか」

「いいえ、さようなつもりはございませぬ」

「詭弁《きべん》を弄されますな。葛野どのは壬申の大乱で、わが父があなたさまの父上から王位を奪ったことを恨み、今のお言葉を述べられたのでしょう。あの折、大友さまが即位さえしていれば、自分が大王にもなれたものをと――」

「ええい、ごちゃごちゃとうるさいッ。言いがかりも大概に致せッ」

葛野王はいきなり怒鳴ると、弓削の胸倉を両手で摑み上げた。

万事控えめで、忘れられがちな古王子《ふるみこ》とは別人のような態度に、弓削ばかりか居合わせた全員がぎょっと息を呑んだ。

「よろしいか。王位とは王族ではなく、天下万民のためにあるもの。この国を平和裡に治め、守らんがために大王はいるのじゃ。それをまあ、どなたもこなたも利己心に駆られてばかり。大海人さまはじめ、歴代の大王がたに恥ずかしいとは思わぬのかッ」

「お、落ちついてください。葛野どの」

「そうです、ここは讃良さまもご出御の協議の場。手荒な真似はどうぞお控えを」

周りの王親たちが彼らを引き離そうとした。しかし葛野王は彼らを無視して、弓削王子をぎろりと睨み据えた。

葛野王はもともと、葛城《かつらぎ》や大海人の志も知らず、あっさり大伴御行《おおとものみゆき》の娘婿に収まった長と弓削を嫌っている。長年腹の底に溜めていた怒りが、ここに来て一挙に噴出したようであった。

「かように長々と協議を続けては、いずれ国政にも影響が出ましょう。ここは私利私欲を棄て、国のため、誰がもっとも大王にふさわしいかを考えねばならぬ。そのためには諍いの少ない父子相続が穏当だと言っているのが、わからぬのかッ」

「さ、されど、珂瑠王子はまだ弱年。天下に並びなき帝位を享《う》けるには――」

言いかけた弓削の喉が、ぐうっと鳴った。葛野王が彼の胸元を摑んでいた両手に、更に力を込めたのである。

「今、わが国の制度は整えられつつある。それが全き形となれば、上つ方がどれほど幼くとも、官吏たちがしっかり政務を行うわい。それを知りながら年齢がどうこうと申されるとは、弓削どのは讃良さまが目指される国制を疎かになさるおつもりか」

「さ、さようなつもりは――」

「なれば、若輩ゆえ太子に向かぬなどという戯言《ざれごと》は、申されぬがよろしゅうござるな」

葛野王がゆっくり手を離すと、弓削王子はへなへなとその場に坐り込んだ。

兄の長王子を筆頭に数人が駆け寄り、彼を支える。葛野王はそれには知らぬ顔で誰にともなく静かに一礼し、隅に設えられていた己の座に退いた。

長年、朝堂の諍いを避け、平穏な暮らしだけを望んでいた葛野。その彼が長や弓削、丹比嶋をはじめとする諸大臣を敵に回してまで、珂瑠を太子に推した事実に、讃良は眼頭が熱くなるのを止められなかった。

そう、誰もが葛野王は政に興味がないと知っている。だからこそ他ならぬ彼が推した珂瑠の名は、他の諸案を退けるだけの重みがあった。

「た、確かに葛野王のお言葉通りでございますする」

この一月余りずっと、隅で縮こまっていた桑田王《くわたおう》が、恐る恐る手を挙げた。彼は田村大王《たむらのおおきみ》

（舒明天皇《じょめい》）の曽孫。葛野同様に官職を持たず、どの派閥にも属さぬ王族である。

「珂瑠さまはまだ少年でおられますが、性聡明にして温和。そして何よりも讃良さまと大海人さまの血を受けた、唯一の男児でいらっしゃいます。一月もの間、議論百出したことから推測するに、大海人さまのお子のいずれを太子としても、悶着が起きるは必至。なればこの場におられぬ珂瑠さまこそ、次なる大王にふさわしいやもしれません」

至極理屈の通った彼の主張に、その場はしんと静まり返った。

どう考えても王位が転がってくるはずのない刑部や磯城などは、ここで下手に反対し、讃良からいらぬ恨みを買ってはならぬと、算を置く顔になっていた。

「お待ちください。それはあまりに短兵急なご意見ではありますまいか」

このときまたしても弓削が反論を始めた。だがすぐさま傍らの長が、

「やめよ、余計な口を叩くな」

とそれを強引に押しとどめた。

「されど、兄者」

「うるさい、おぬしはもはや黙っておれッ」

兄弟そろって傲慢ではあるが、怖いもの知らずの弓削に比べ、長はまだ周囲の状況をいくらかうかがう知恵を持っている。

何か見えざる流れが、小さな部屋に渦巻き始めている。自分たちを取り囲む情勢が急激に変化しつつあることを、彼は早くも感じ取った様子であった。

「珂瑠は今日は、いかがしておる」

讃良は傍らに控えた忍裳を振り返った。

「はい、ご自室にて孝経《こうきょう》の素読に励んでおられます」

「すばらしい。これぞまさに帝器と申すべきではございませぬか」

葛野王が突然、大声で叫んだ。

「我こそ帝にという野心を、微塵もお持ちでない。これぞ生知《せいち》安行《あんこう》、王者の行いと申せましょう」

十四歳の少年が学問に励むのは、当然の話である。だが葛野王がそれを大仰に持ち上げ、誰も異を唱えなかったこのとき、太子の座に誰が坐るかは決まったも同然だった。

長と弓削の驕慢さは、皆が承知している。確かに先々、あのどちらかが大王になるぐらいなら、いっそ柔和な珂瑠のほうがまし。扱いやすさは段違いである。加えて、まだまだ死にそうにない讃良の恨みも買わずに済むとの計算が、居合わせた王族の脳裏で置かれる音が聞こえるかのようだった。

長と弓削の顔は、今や完全に血の気を失っている。それを視界の端に捉えながら、讃良は黒檀の胡床の肘置きを強く握りしめた。

この間に、忍裳の指示を受けた衛門府《ゆげひのつかさ》の兵士たちが、珂瑠王子を協議の場に召すべく、輿を仕立て、阿閇王女の宮に向かっていた。

草壁似のほっそりした顔立ちに、しなやかに伸びた手足。一筋のおくれもなく結い上げた髪を秋の日に輝かせた姿は年より若干幼く見えるが、いかにも品よく、貴公子然としている。

輿から降り立った彼を、柿本《かきのもとの》人麻呂をはじめとする舎人がうやうやしく迎え、讃良たちの待つ一室へと導いた。それは早くも彼を太子として遇し始めたかのような、ひどく丁重な扱いであった。

物事とは長い間滞留していても、一度、流れがついてしまえば、後は誰にも止められぬ速さで進むものである。

二か月後、讃良は珂瑠を太子とする旨を正式に布告。同時に腕利きの官僚を東宮《みこのみや》の官人に抜擢し、着々と譲位の支度を整え始めた。

無論、この動きに反対する向きがなかったわけではない。実際、丹比嶋などは公然と、

「珂瑠さまは、父君に似てご病弱。いくら讃良さまがごり押しなさったとて、帝位の重みに耐えられるご器量ではないわい」

と周囲に触れて憚らなかった。

だが穂積たち王位に遠い王子は、天下の趨勢をすばしこく読み取り、我先にと珂瑠擁立派に転向。加えて舎人王子までが、彼の登極に病床から賛同したとあっては、いくら嶋が反対しようとも勝機はない。

かくして高市の死から一年後の八月一日、珂瑠は讃良女帝の譲位を受けて即位。史上例を見ぬ十五歳の若き大王がここに誕生した。

前帝が存命中の譲位は、難波宮珂瑠大王《なにわのみやかるのおおきみ》（孝徳《こうとく》天皇）から宝女帝への譲位に続き、二例目。ただこれが乙巳《いつし》の変後、改革を滞りなく進めるためであったことを考え併せれば、今回の即位は全くの新例とも言えた。

葛野が内々に讃良を訪ねてきたのは、即位礼を十日後に控え、宮城中があわただしい気配に

包まれている最中であった。

「ねだり事と思われるのは心外なのですが、わたしに何か官職をお与えください。珂瑠さまの治世に、少しでも力添えいたしたく存じます」

立太子を巡る協議を終えた葛野王は、法令殿の監督もほとんど不比等に任せ、再び自邸に引きこもっている。外出も滅多にせぬのであろう。もともと白い顔は、日陰の瓜の如く水っぽい。だがその物静かな顔には再び、決然とした表情がにじんでいた。

「どのような微官でも構いませぬ。ただ珂瑠さまの朝廷を支え、少しでも讃良さまのお側におりたく存じます」

珂瑠の登極後、讃良がすぐに引退するわけではない。

漢の高祖劉邦《りゅうほう》の皇后・呂雉《りょち》は、夫の死後、太后として息子の恵帝《けいてい》を支え、権勢を恣《ほしいまま》にした。彼女の悪例に倣うつもりはないが、少なくとも律令が完成するまでの数年間は、自分が陰から孫を支えねばなるまい。

なにせ次なる大王は讃良の望み通りとなったが、嶋たち諸大臣は、いまだ平然と朝堂に居座っている。孫の治世がまだ定まらぬ現在、無理に彼らを逐《お》い、政情を揺るがすわけにもいかぬ。大王の座に珂瑠が収まっても、嶋一派との争いはまだまだ続くに違いなかった。

いずれ自分はこの世を去る。その後の珂瑠のためを思えば、葛野王が官途を求めてくれたことは非常な喜びであった。

「すまぬな、葛野。そなたを朝堂の諍いに巻き込んでしもうて」

「なにを申されます」

葛野王はわずかにためらってから、讃良の皺だらけの手を取った。

「わたしがこれまで平らかに暮らしてこられたのは、大海人さまや讃良さまが倭国を変えて下さったゆえ。その改革がいよいよ大詰めとあれば、力をお貸しするのは当然でございます」

かくして葛野王は法官《のりのつかさ》の督に任ぜられ、讃良ともども、少年新帝の補佐をすることとなった。珂瑠の即位に驚く者は多かったが、誰よりも狼狽したのは、他ならぬ珂瑠の母親・阿閇王女であった。彼女は葛城の第四王女。讃良には異母妹、葛野王とは実の叔母・甥の間柄である。早くに夫を亡くした阿閇は、三人の子の成長だけを楽しみに日を過ごす、慎ましやかな女性であった。それが突然、大王の実母に祭り上げられる事態となったのだ。自分たち母子にふりかかった大任に驚き、恐懼《きょうく》するのもしかたがなかった。

「葛野どの、息子をよろしくお願いいたします」

「ご案じなさいますな。臣だけではなく讃良さまも後見にお付きになられます」

「ですが――」

有為転変甚だしい葛城の宮に生まれ育った阿閇は、政争の激しさを肌で理解している。おろおろと気を揉む母よりも、

「もうお母様ったら、そんなに心配ばかりなさっては、お身体に障りますわ」

「そうですとも。わたしは何事もお祖母様の申される通りに従うつもりです。さようご案じなさいますな」

氷高や珂瑠の方が、若いだけに怖いもの知らずであった。

「そうはいっても珂瑠、政とは大変なものです。国を荷うとはどういうことか、これからじっ

くり考え、徳政を敷かねばなりません」

「わかっています、母上。これから諸大臣を始めとする皆から、学ぶ折も増えましょう。葛野王、どうぞよろしくお願いいたします」

　珂瑠の口振りは穏やかである。幼時から廟堂の争いとは無縁に育ってきた温順さが、挙措の端々ににじみ出ていた。

　讃良は彼にはわざと、嶋一派との対立や法令殿を巡る駆け引きを告げていない。まだ政の血腥さを知らぬ孫を、可能な限りのびやかにいさせたいゆえであった。

「律令編纂は、わたしが監督いたす。そなたはまず一日も早く、政務に慣れるよう努めよ」

「はい、お祖母様」

　こうして各々の思惑はさておき、表向きは諸豪族の代表たる議政官たちと葛野、それに前大王の讃良に支えられる形で、珂瑠新帝の治世はゆるやかに出発した。

　だが即位礼がつつがなく執行されたわずか二十日後、またしても人々の耳目を引く事態が勃発した。藤原不比等の十二歳の娘・宮子《みやこ》が、紀朝臣竈門娘《きのあそんかまどのいらつめ》・石川朝臣刀子娘《いしかわのあそんとねのいらつめ》ともども珂瑠の後宮に入ったのである。

　大王の妻には后《おおきさき》・妃《ひ》・夫人《ぶにん》・嬪《ひん》の四種があるが、古来、后には王族の女人が立つのが慣例。このためとりあえず后・妃の位は空席のまま、宮子は後宮第三位である夫人、紀朝臣竈門娘と石川朝臣刀子娘は第四位の嬪に任じられた。

　臣下からの妻妾選出は、帝との婚姻に伴う王親勢力の増大を防ぐ効果がある。それにしても三人の中で唯一、宮子だけが夫人に据えられた事実は、珂瑠の背後に不比等が外戚として控えることを明確に物語っていた。

「あの男、何ゆえ突然、法令殿の佐に取り立てられたのかと訝しんでおったが、なるほど裏でこんな画策をしておったのか」

「高市王子亡き今、讃良さまの股肱《ここう》の臣は少ない。おおかた珂瑠さまへの助力を条件に、宮城での勢力伸進をもくろんだのじゃろう。ひと癖あるとは睨んでいたが、まったく食えぬ狐じゃ」

「されど右大臣《みぎりのおおおみ》の丹比嶋さまは、讃良さまの譲位後も宮城に留まられるのだな。あの方ももはや七十も半ば。いい加減、負けを認めて引退なされればよろしいのになあ」

「それがあの方のしぶといところさ。ここで自分が致仕《ちし》すれば、諸豪族の勢力は衰微する一方。讃良さまの目指す律令体制が、あっという間に完成してしまう。それを防ぐために、なんとしても大臣として、珂瑠さまの御世に楯突くおつもりなのだろうよ」

五十を越えれば老人と言われる時代、齢七十四になりながらいまだ衰えを見せぬ嶋は、畏敬を通り越して恐怖の対象ですらあった。

同時にそんな彼に代表される豪族勢力を屈服させようとする讃良もまた、一人の女というよりなにか目に見えぬ力の権化の如く、官吏たちには受け止められていた。

その不屈の志に感嘆し、彼女の目指すものを理解しようとする者も、宮城に少しずつ増えつつあった。

「仔細まで得心できているわけではないが、諸豪族から土地や人民を取り上げ、国の管理下に置く方針は、どうやら是《ぜ》とすべきもののようだ。あちらの里とこちらの里で税が異なるという不公平だけは、少なくともなくなったものなあ」

「聞いた話だが、律令とやらが定まれば、わしら役人の手当や勤務評定も、基準が明確になるそうだぞ。なにしろ今は上役に賄賂を贈った者が出世し、貧しくてそんな余裕がない者はいつまでも卑官のまま。締め付けが厳しいのはかなわんが、富む者ばかり優遇される世は、もう御免だわなあ」

「律令とはあれか、讃良さまが昨年、策定を布告なさったやつか」

「そうだ。どうやらそれこそが、葛城さま以来続いてきた国制改革の要らしい」

特に低位の官吏の間で律令の名が囁かれるにつれ、法令殿の周囲は騒がしくなる一方であった。

そうでなくとも、とかく噂の多い葛野王と藤原不比等を長官・次官にいただいているのである。どんな場所だと見物にくる人々で周囲はごった返し、使部《つかいべ》となった廣手《ひろて》は毎日、野次馬の整理に大忙しであった。

そうでなくとも、使部の仕事は多い。図書官から貸借中の本の整頓、筆や紙の購入とそれに伴う帳簿付けはもちろん、各官衙《かんが》からの出向者の名簿管理や、法令殿の人々の昼食《ちゅうじき》（昼餉）の算段……仕事内容は多岐にわたり、上役の額田部連早志《ぬかたべのむらじはやし》と二人では全く手が足りない。実際のところ、内偵をする暇などほとんどなかった。

異動からの一年で把握したのは、帳簿付けの方法と他官衙への書簡の送り方。それに必要物資を請求する際の、うまい口実ぐらいであった。

（まったく、僕は何のために、法令殿に送り込まれたんだか）

葛野王は自分の剣の腕が必要となるやもと言ったが、今のところそんな機会はまるでない。事務の手腕ばかり確実に上がる自分が、少々情けなかった。

幸いなのは上司の早志をはじめ、法令殿で働く事務官吏たちがみな、心温かな人物だったこと。そうでなければ山積する雑務に、廣手はすぐに音を上げていただろう。

額田部連早志は四十代半ば。長年図書官で紙や墨、筆の管理にあたっていた実直な役人である。万事細やかで眼の行き届く人柄からして、どうやら廣手とは違い、純粋に事務能力を買われて出向してきた様子であった。

「十六の年に図書官の直丁《つかえよぼろ》に雇われ、以来三十年。埃と墨にまみれ、ようやく大属《だいさかん》まで登ったんだ。書庫のどこに何の書物があるか、いずこの国の墨と紙がもっとも上質かといった知識なら、誰にもひけは取らぬさ」

とはいうものの、学者たちがどんな討論を行い、策定事業がどれほど進んでいるかといった事は、一介の使部の身ではなかなかうかがい知れない。同じ雑用係でも、文書に接する機会の多い史生《ししょう》に格上げされれば、殿内の事情もいくらか知れるのだが。

忍裳とは半月に一度、南苑の片隅で落ち合い、様子を知らせる手筈となっている。彼女はそのたび、「焦らずとも構いません。じっくり腰を据え、宝然どのたちに怪しまれぬようにしてください」と諭すものの、いつまでもこのままでいるわけにもゆかぬ。なんせ肝心の宝然とも、ほとんど顔を合わせぬ毎日なのだ。

(なんとかして、自由に殿舎へ出入りできればいいんだが)

故郷の父をはじめ、詠《えい》や首名《おびな》には、「しばらくご領地の明石評《あかしのこおり》に行くよう、葛野さまより命

じられた」と告げてある。そうまでしての内偵だけに、季節が秋から冬へと移り変わる頃には、

（いっそ、夜中にこっそり法令殿に忍び込み、中の様子を探ってやろうか）

と大胆な思案を巡らせることもしばしばであった。

法令殿に所属する学者は白猪史宝然と土部宿禰《はじのすくね》雄伊《おい》の二人のみだが、助手として刑官から派遣されている人員は二十人近く。そこに書記役の史生、廣手や早志のような使部、力仕事担当の直丁や奴《やっこ》を加えれば、その賑やかさは他の役所を圧するほどであった。

「以前はもう数人、学者先生がおられたとうかがいましたが」

京の春は遅い。正月を過ぎても片付けられぬ火鉢に手をかざしながらそれとなく問うと、早志はしっと廣手を制し、素早く辺りを見回した。

法令殿に付属する、連子房の一室。廣手たちの控室は、湿気を含んだ寒さに覆われている。庭を挟んだ本堂ではすでに今日の作業が始まっており、学者たちの声がぼそぼそと聞こえてきていた。

彼らが出勤し、編纂作業を始めるまでが、廣手たちにはもっとも多忙な時。それまでに墨や筆を整え、前日に命じられた書物さえ揃えておけば、昼過ぎまでは少し身体が空く。こうして控えの間で餅を焼き、白湯をすする暇も出来るのであった。

「鍛造《かぬちのみやつこ》大角《おおすみ》さまと調忌寸《つきのいみき》老人《おきな》さまのことだろう。お気の毒になあ、お二方とも宝然さまと仲違いなさった末、律令とはまったく関係ない官司に飛ばされたそうじゃないか」

二人は渡唐経験こそないものの、大学官出の優秀な若手学者。それぞれ律令には一家言ある人物だったという。

「あれはまあ俗に言う、馬が合わぬというやつかなあ。特に生真面目な老人さまと宝然さまは、一目でそれとわかる犬猿の仲。条文の解釈を巡る怒鳴り合いの喧嘩も、一度や二度じゃなかったからな」

調忌寸老人は、渡来系氏族である東漢氏《やまとのあやうじ》の出身。三十六歳と学者としては若輩だが、数々の書物の編纂に携わり、大学官の教員としても優れた実績を上げてきた男である。

だが、宝然はそんな彼を悪し様に貶《けな》してやまなかった。その罵詈雑言はあまりに激烈にすぎ、時には土部宿禰雄伊すら眉をひそめたと語る早志の声音には、明らかな同情の気配があった。

「されどその頃にはまだ、薩《さつ》先生がおいでだったでしょうに。宝然さまの行状をお咎めにならなかったのですか」

「薩先生もすでに相当、弱ってらしたからなあ。出仕しても、自ら筆を執られることはほとんどなく、日当たりのいい一角でうたたねばかりしておられた。言っちゃなんだが、頭のほうもかなり耄碌《もうろく》しておられたらしいぞ」

宝女王の御代に来日した薩弘恪《こうかく》は、すでに高齢。仮に頭が明晰だったとしても、宝然のやりすぎを止めさせるのは難しかっただろう。

また、宝然の同輩である雄伊は、ひどい引っ込み思案。人前に出ることがとにかく苦手で、終日、法令殿の片隅で書物に耽溺している。常に身拵えのいい宝然に比べて風采も上がらず、それと教えられなければ、史生かしらんと見間違えるほど貧相な人物であった。

なるほど、嶋たちは賢い。いまや宝然は名実ともに、法令殿の絶対的な支配者。彼を取り込んでしまえば、嶋一派は法令殿そのものを掌握したといっても過言ではなかった。

「それにしても、編纂事業は進んでいるんでしょうか。思ったよりも、紙や墨の減りが少ない気がするのですが」

いきなり本題に斬り込むと、早志はううむ、とうなって腕を組み、指先で廣手を招いた。

「いいか、誰にも言うなよ。これは史生のお一人から聞いた話だが、宝然さまは今、新律令の条文作りを止めさせておられるらしい」

「なんですと――」

驚きの声を上げる廣手の口を、彼はあわててふさいだ。

「しっ、大きな声を上げるな。法令殿では長年、唐律令の研究を続け、いくつかの令はもう条文の素案が出来ている。さりながら宝然さまはそれらを不出来と仰られ、再度の研究を命じられたのだそうな」

つまり律令策定の詔から一年以上が経ちながら、宝然はいまだ、唐律唐令の研究をしているばかり。肝心の条文を一向に仕上げていないのである。

法令殿では律令編纂に際し、大唐の武徳《ぶとく》律令・貞観《じようがん》律令・永徽《えいき》律令・垂拱《すいきよう》律令の四律令を参考としている。唐の歴代皇帝によって制定されたこれらは、新羅でも積極的に学ばれた律令だが、いずれも二十巻を超えるという膨大さ。それをまたしても研究していては、いつまで経っても本邦の律令が完成する道理がなかった。

廣手の呆然とした顔に驚いたのか、早志は口早に言葉を補った。

「心配するな。戸令《こりよう》や田令《でんりよう》などいくつかの編は、下書き段階まで進んでいるらしいぞ。あの宝然さまのことだ。念入りな準備を終えられた後は、必ずや目を見張る勢いで律令を完成なさるに決まっているさ」

戸令は戸籍や編戸に関する規定。また田令は田租、各種田の班給規程などを定めた編目である。国の根幹たる戸籍や田に触れている点では、これらは確かに重要な令。しかし戸籍や田の収受については、これまでも数多くの詔が発せられ、その機構はほぼ確定している。

それよりも今のわが国に必要なのは、役人の官位・職務を定めた官員令や、行政の有り方を規程した公式令《くしきりよう》ではないか。宝然に新律令を編纂する技量が欠けているのでなければ、わざと手を抜き、やりやすいところから作っているとしか思われなかった。

「ですがいくらなんでも、これほど時間がかかるのは、妙ではありませんか」

「そうか？」

胸にこみ上げるものをぐっとこらえ、廣手は可能な限りさりげない声で不審を口にした。しかし根が能天気にできている早志は、宝然の方針に何の疑念も抱いていなかった。

「わしは仕方がないと思うぞ。なにせつい三月ほど前には、最新の垂拱律令が大唐よりわが国に渡来した。学者たるもの、やはりそれも隅々まで学ばねば、安心できぬのではないかのう」

唐では、律令は皇帝の代替わりごとに作り替えられる習わし。最新の律令を学ばねばとの口実は一見もっともだが、そんなことをしていては二年、三年の月日はすぐさま流れてしまう。

讃良はいつ病に倒れてもおかしくない年齢である。それを知りながらまた唐律令の研究に戻るのは、やはりどう考えても不自然であった。

(忍裳どのは、もう一つの編纂所では、着々と律令編纂が行われていると申されていた。事業開始から足掛け三年。あちらでは今、作業はどこまで進んでいるのだろう)

かなうなら法令殿で煩瑣な仕事に追われるのではなく、もっと有意義な作業に携わりたい。だがその一方で、何とかして宝然の尻尾を摑んでやりたいとの意地も胸底にはあった。

「とはいえ、宝然さまがちと慎重に過ぎるのも確かだな。念には念をとのお立場は理解できぬでもないが、一方であれほど癇性なお方も珍しい。大学官の教官ならともかく、律令編纂は大勢で行う共同事業だ。あのようにお一人で突っ走ったり止まったりを繰り返されては、付いていく者も次第と減ろうになあ」

「ふむ、なるほど。わたしはそのように見られているのか」

突然の戸口からの声に、廣手と早志はぎょっと腰を浮かせた。

振り返れば当の白猪史宝然が、外からの寒風に首をすくめ、面白くもなさげにたたずんでいる。

筆墨を事としながら、手指や爪には墨の汚れ一つにじまず、それでいて背筋は板を差し込んだがごとくぴしりと伸びている。角を曲がるときも、差し金で測って歩むのではないかと思われるほど学問に凝り固まった、ある意味人間性の薄い男であった。

今も、あからさまな悪口を耳にしながら、別段怒りの気配を見せない。下官を叱るのを良しとせぬというより、自分以外の者にあまり関心がないのである。

「ほ、宝然さま」

「幾ら呼んでも応《いら》えがないゆえ来てみれば、こういう次第か。まあよい。それより大壺の墨が切れておる。廣手、急いで摩《す》りに参れ」

「は、はい」

法令殿の本殿では、壁際に一抱えもある大壺が据えられ、常に口許近くまで墨汁が満たされている。夏の腐敗、冬の凍結を防ぐため、毎朝直丁が二人がかりで墨を摩る決まりだが、どうやら今朝はそれがなされていないようだ。

急いで詰所を飛び出す廣手の後ろを、宝然は木靴をかぽかぽと鳴らしながら付いてくる。官吏はおおむね布製の沓《くつ》を用いるが、宝然はなぜか間抜けた音を立てる木靴を愛用しており、それが彼の性格の頑なさをよく示していた。それでいてその他の身形《みなり》は常に整い、一分の隙もないのだから何ともわからない。

階《きざはし》を登りかけた足を止め、彼は井戸へと走る廣手を振り返った。

「そういえばおぬしは、大舎人官《おおとねりのつかさ》から参った使部であったな。どうだ、仕事には慣れたか」

「は、はい、なんとか」

葛野王との関わりを悟られては厄介なため、廣手は大舎人官から直接、法令殿に遣わされたことになっている。官吏の勤務状況が一元管理されていないからこそまかり通る嘘であった。

一年余りの勤務の間、宝然と二人きりになったのは今日が初。そうか、とうなずいて本殿に戻る背に、廣手は思い切って、「あの、宝然さま」と呼びかけた。

「なんじゃ」

「僕は以前から、法典に興味があるのです。出来れば是非、本殿でも働かせていただきたいのですが」

「ほう、それは殊勝な」

うなずく顔はつるりとして、少しの疑念も浮かんでいない。つくづく感心した様子で、宝然は階下に立つ廣手を見下ろした。

「長らく平和裡に治められてきたせいで、この国に確たる法典がないと知る者は少ない。そんな中で律令に興味を抱くとは、誰か身近に、その必要性を説く者がいたのか」

冷たいものが背中を走った。だが宝然の語調はあくまで静かで、鎌をかけた気配は皆無である。努めて平静を装い、廣手は「そういうわけではありません」と首を横に振った。

「ともあれ、そう申してくれるのはありがたい。おぬし、読み書きは得意か」

人並み程度にはと答えると、宝然は満足げにうなずいた。

「十分だ。律令編纂の詔より一年余りが経つが、大陸の律令は難解で、分析するだけでもひと苦労。律十巻十三篇、令十巻三十篇との計画で制定を進めているものの、唐の律令を抜き書きするだけでも大変な手間がかかる。加えて、疏《そ》まで踏まえるとなれば、時間と人手はいくらあっても足りぬからのう。おぬしには書物の出納など、法令殿内の小間働きをしてもらおう。しっかり務めるのだぞ」

かくして翌日から廣手は史生に格上げされ、学者たちが几《つくえ》を並べる本殿で働き始めた。史生の仕事は蔵書整理や資料の仕度が中心。また律令や借用していた書物の筆写を命じられることもあった。

先輩史生にあれこれと教えられる中で気付いたのは、編纂事業は細部まですべて宝然が把握しており、他の人員は皆、現在、法令殿で何がどう進められているのか、ほとんど理解していない事実であった。

たとえば誰かが書物の書写を命じられても、それが何のためであるのかは、まったく説明されぬ。仕事だけは多いが、横のつながりがないので、殿舎全体の動きが実に把握しづらい。朝から晩まで几に向かいきりの宝然が何をしているのかもわからず、十数人の学者・史生たちがひどくちぐはぐな作業を続けている印象であった。

早志は、田令と戸令の草稿は完成していると言った。しかし幾度か、学者や同輩たちが帰った後にあちこちの櫃《ひつ》を探ったものの、作業の進捗工合を示す品は何一つ見つからなかった。

「つまり、各令の素案すら、存在するか怪しいわけですね」

廣手の報告に、忍裳は苦々しげに溜息をついた。

すでに日はとっぷりと暮れ、手燭の灯りだけが彼女の顔を闇の中に浮かび上がらせている。午後に降った通り雨のせいで、庭園の夜気は水の匂いが濃く、名残の蛍が二つ、三つ、木間《このま》を飛び交っていた。

もともと南苑は禁園で、一般官吏の出入りは許されていない。それだけに苑内の木々は京のただ中とは思われぬほど深く繁り、時に藪陰を狐や狸が走るほどであった。

「ただ、早志どのが間違いを申されるとも思えません。もう少し調べてみます」

「わかりました。判断は廣手どのにお任せいたします。ですがやはり、法令殿には期待せぬほうがよさそうですね」

忍裳は、宝然に軽い憎悪すら抱いているらしい。出来ることなら、彼を一刀両断に斬り捨てたいような口調であった。

廣手からすれば、あえて法令殿に派遣されている身の上は、なんとも面白くない。自然、「ところでいったい僕はいつまで、法令殿にいなければならぬのです。もう一方の編纂所では、作業は進んでいるのですか」

といらついた声が漏れた。

「僕は兄の仇を討つため、法令殿に潜入したのです。それが来る日も来る日も木簡と書物に囲まれてばかり。これでは何のために葛野さまの許を離れたのかわかりません」

語気を強めて詰め寄ると、忍裳は怯えたふうもなくあっさりうなずいた。

「お怒りはごもっともです。されど法令殿の動きを探るのも、律令編纂のためには不可欠。もう一方の編纂所の仕事は、着々と進んでいます。廣手どのはこちらのことは気になさらず、内偵に励んでください」

まるで弟を諭すように言われては、ぐうの音も出ない。

「ですが——」

「八束《やつか》どのの死に嶋さま一派が関与した証拠は、まだ何一つないのです。腰を据えて先方の動きを監視せねば、捕らえられる魚も逃がしてしまいますよ」

完全にやり込められて別れたものの、それが正論だけに、腹の底には口にできぬ憤懣ばかり溜まってくる。

(なんだよ、女のくせに。可愛げがないったらありゃしないよなあ)

香具山にほど近い長屋に戻った廣手は、寝台に大の字にひっくり返り、天井を見上げた。

井戸を挟むように建てられた長屋は、五軒一棟。両隣も向かいの住人も全員、独身の下級官吏である。深更近い時刻だけに、薄い壁の向こうからは隣人の鼾がごうごうとひびいてくる。

それをぼんやりと聞きながら、彼は大きな舌打ちをした。

（顔かたちは綺麗だけど、兄者はあんな女のどこがよかったんだろうな）

付き合いが深まれば深まるほど、目につくのは忍裳の冷徹な態度ばかり。見慣れれば、整った容姿にもさして興味を抱かなくなる。一度はその目鼻立ちに魅かれたことなど、とうの昔に忘れ果てていた。

内偵と聞いたときには胸が躍ったが、その実はただの下働き。讃良に目通りが叶うわけでも、剣を振るう機会があるわけでもない。八束の形見の刀も、鞘の中でさぞ泣いているだろう。

だが忍裳の言う通り、まだ八束の仇が誰と判明したわけではない。結局今は彼女に従うしかなかった。

（そういえば今日は五月十三日、兄者の月違いの忌日か……）

夏の夜は短い。白々と明け始めた窓の外を眺めながら、ぼんやりとそんなことを考えているうち、宮城の方角で出勤をうながす第一開門鼓が鳴った。

普段通り勤めに出るのなら、そろそろ身支度にかからねばならない。しかし昨夜の忍裳とのやり取りを思い出すと、なにやら出かける気力が萎えてきた。

頑健な体軀が幸いしてか、京に上ってからこの方、廣手は無遅刻無欠勤を貫いている。ここらで一度ぐらい、怠けても構わぬだろう。

「おおい、法令殿にこれを届けてくれないか」

あり合う紙に欠勤届を記し、廣手は表の井戸で顔を洗っている隣人を呼び止めた。

「どうした。今日は休むのか」

「うん、頭が痛くてならないんだ。手間をかけるが、よろしく頼む」

「最近、急に暑くなったからな。おおかた日頃の疲れが出たんだろう。わかった、引き受けたぞ」

大膳職《おおかしわでのつかさ》で働く四十すぎの男は気のいい顔でうなずき、届を懐に無造作に突っ込んだ。

住人たちが相次いで出てゆくと、長屋は火が消えたように静まり返る。第二開門鼓を聞きながら釜に残った飯を掻きこみ、廣手は人気の絶えた長屋をぶらぶらと後にした。

とはいえ、別に行くあてはない。葛野王家の詠や河内《かわち》、また不比等家の首名は、自分が明石評に遣わされていると信じており、迂闊に訪ねることもできない。昼日中から酒家に繰り出す気にもなれず歩き回った末、廣手は夏日が爆《は》ぜる七条大路を西へたどり、右京七条二坊の薬師寺へ向かった。

蟬の声が耳を聾するばかりに谺《こだま》する境内には、木材がそこここに積み上げられ、上半身裸の工人が大勢うろうろしていた。

薬師寺の中核である金堂は八年前、本尊もろとも失火で焼失。このため造薬師寺司は講堂及び東西二基の塔が完成した二年前から、金堂再建に全力を尽くしているのであった。

しかし全焼した金堂は、桁行十三間の大伽藍《だいがらん》。その再興は容易ではない。

ようやく棟木が載せられたばかりの屋根に数人の工匠が取りつき、方四寸余りの垂木《たるき》を組んでいる。こめかみから縮れ毛をはみ出させた大柄な男が、地上から指図を片手に、彼らを叱咤していた。

とはいえ幾ら立派な堂舎が再建しても、肝心の本尊が無くては画竜点睛を欠く。おそらく造寺司は、金堂落慶と本尊の開眼供養を同時に執行する腹なのだろう。匠たちのかたわらでは鋳《いも》師《じ》と思しき数人が、金堂を指差しながら何やら語り合っている。金堂にも負けぬ巨大な仮屋が境内の端に組まれ、盛んに入り口から炭の熾る音を洩らしていた。

この頃の仏像はおおむね、鋳造仏。稀に塑像や木像が作られはしたが、薬師寺の如き大寺に安置するのは金銅仏と相場が決まっていた。

仏像の鋳造にはまず、芯となる骨柱を竹や木枠で囲んで粘土を盛り、おおよその形を拵える。そしてその上に蜜蠟を塗り、鉄篦《てつべら》などを用いて精緻な仏の像を彫成。完成像と等しい像が出来たなら、さらに土を一尺ほどの厚さに塗付して、数日がかりで乾燥させる。十分に型が乾いた後、全体を加熱して蜜蠟を溶かして流し出す。内部の土像を内型《なかご》、外の土を外型《そとご》と呼ぶが、そうして出来た両者の間の空白に溶かした地金を流し込み、はじめて仏身が完成するのであった。

無論、仏像が大きければ大きいだけ、鋳造には高度な技術が必要。このため造仏には仏像の儀軌に通じ、造形を指示する仏師や僧侶だけではなく、優れた鋳師の力が不可欠であった。

「やいやい、てめえら。もっと力を入れて風を送らねえか。それじゃあ、いつまで待っても銅が溶けねえや」

このとき、作事場の喧噪を圧して響き渡った声に、廣手ははて、と首をひねった。あの微塵の遠慮もない声には、聞き覚えがある。

「けど五瀬《いつせ》、これ以上温度を上げたら、炉の方が壊れてしまうぞ」

「この野郎、なんでそんな生っちょろい炉を拵えたんだ。三尊合わせて、重さ三万斤の鋳銅が要るんだぞ。これしきの銅が熔かせねえなら、仮屋ごと建て直しちまえッ」

熱風荒れ狂う仮屋をのぞくと、甑炉《こしきろ》と呼ばれる溶鉱炉の傍らで、太い杖にすがった男が手下にどなり散らしている。

汗まみれの奴《やっこ》どもが炉に風を送る巨大な蹈鞴《たたら》を踏むたび、炭が真っ赤な焔を上げて燃え盛る。木炭の粉と火の粉が飛び散り、耳を聾するばかりの鞴《ふいご》の音が響く仮屋は、地獄の釜もかくやと思わせる熱気と轟音に満ちていた。

「五瀬、五瀬じゃないか」

不機嫌な顔で振り返った五瀬は、そこに立つのが廣手と気付くなり、汗と炭の粉で光るしかめっ面をくしゃりと崩した。

「廣手さまじゃねえですか。こんなところでいったい、何をしてなさるんで」

「それはこちらの言葉だ。ひょっとしてお前、三尊像の鋳造を命じられたのか」

「へえ、その通りでさ。こんなところで立ち話もなんでしょう。ちょっとあちらに出ましょうぜ」

てめえら怠けるんじゃねえぞ、と手下たちを一喝し、五瀬は廣手を外へとうながした。

仮屋に足を踏み入れたのはほんのわずかの間だが、すでに全身は火照り、首筋にはたらたらと汗が流れている。楠の木陰に並んで腰を下ろした途端、涼しい風が一度に身体を冷ました。

五瀬は廣手が法令殿に異動する直前、葛野王家から忍海《おしうみ》の里に戻っていた。身体はとうとう元通りにはならなかったが、杖を使えば一人でも歩け、今では鍛冶司《かぬちのつかさ》での仕事にもさほど障りがないという。

「もともと、鞴を踏んだり炭を熾すのは、奴の仕事ですからね。今じゃ厄介な型取りなんかも雑戸《ざっこ》仲間に任せ、鋳掛けや型持《かたもち》作りなど細かい作業だけをやってまさあ」

それがただの謙遜であることは、彼が金堂三尊像の鋳造を主導している事実から知れる。首名は五瀬を、金銀の精錬から仏像や雑器の鋳造、更には繊細な細工までこなす天才と呼んでいた。京周辺に鍛戸《かぬちべ》は多いが、巨大な金銅仏の鋳造が出来る鋳師は、限られているに違いない。不自由な身体を物ともせぬ五瀬に、廣手は率直に畏敬の念を抱いた。

彼によれば、鋳造中の三尊像は本尊が丈六尺、脇侍が丈一丈。画工司《えだくみのつかさ》の画師《えのし》が大唐から将来した図像を元に原案を作り、入唐僧《にっとうそう》・道昭《どうしょう》が監修に当たっているという。

「道昭さまは口で言うだけだから楽でさあね。やれ中尊は堂々たる像容にして巍巍蕩蕩《ぎぎとうとう》たる様を表せだの、両脇侍は首と腰を軽くひねって、天竺《てんじく》の図像に似せて作れだのと命じられ、そのたび走り回らされるのは全部こっちでさ」

愚痴をこぼしながらも、五瀬の顔はひどく誇らしげであった。

なにしろ三万斤もの銅を費やしての大鋳造である。これほどやりがいのある仕事には滅多に出会えぬだろう。

鋳る仏が大きければ、その分鋳造の工程は増える。また中型と外型の間には両者の接触を防ぐ銅の型持が嵌められるが、これがあまりに多くては熔銅の温度が下がりすぎ、少なすぎては甑炉から熟銅を流し込んだ際、型がずれてしまう。

鋳造の間、外型と中型は土中に埋められ、細かな様子はうかがえない。型同士はずれていないか、隙間から熔銅が漏れていないか、銅の温度が足りずに気泡が生じていないか……一度では鋳造できない上腕部や手首などを鋳継ぐ間も、鋳師たちは不安に苛まれながら、作業を見守るのであった。

「けど今回は、型持にちょっとした工夫をこらして、中型にずっぽり打ち込むようにしてあるんでさ。ですから少なくとも、型がずれるなんて無様な失態はねえはずですぜ」

よほど自信があるのか、五瀬は鼻の下をこすりながら軽く笑った。煤《すす》で黒ずんだ顔の中で、白目の明るさだけがひどく際立っていた。

すでに薬師寺には高さ三丈の繍仏《しゅうぶつ》を始め、多くの仏像が寄進されている。しかし今回着工したのは、生銅熟銅合わせて約三万斤、白鑞《しろめ》（錫と鉛の合金）五千斤、鍍金《ときん》に用いる金だけでも数十両に及ぶ巨大な三尊像。見事完成した暁には、天下無二の偉仏となることは想像に難くなかった。

畿内ではこの数十年間、あちらこちらで相次いで官寺・私寺が建てられ、造仏も盛んである。中でも荘厳随一の名声をほしいままにしているのは、十三年前に開眼した飛鳥・浄土寺（山田寺）の丈六金銅薬師如来仏。だが五瀬は、

「今回の薬師さまの出来は、あの比じゃありませんぜ。まあ楽しみにしていてくだせえ」

と、自信満々に断言した。

「完成はいつ頃なんだ」

「秋の大海人さまの忌日までには、三尊像と金堂両方を作り上げろってお達しでさあ。けど仏像はともかく、金堂のほうはどうですかねえ」

大海人の忌日は九月九日、なるほどあと四か月で巨大な金堂が落慶できるとは、素人目にも考え難い。いくら盛夏とはいえ、壁土を乾かすだけでも半月や一月はかかる。その上、瓦を葺き、扉や柱に丹《に》を塗るとなれば、どれだけ日数がかかるやら知れなかった。

「少し前にもお役人が作業を急かしに来られやしたが、まあどう頑張っても無理でしょうな。だいたいああいう方々はみんな、頭でっかちでいけねえ。同じ役人でも玄蕃助《ほうしまらひとのすけ》の伊吉連博《いきのむらじはか》徳《とこ》さまって御仁は、そりゃあ話のわかる素晴らしい方でしたぜ。けどなんでもこの二年ほど、お身体が悪いとかで出仕しておられないそうでさ」

伸び放題の髭をかきながら、ああいう方がおられれば、こっちのやる気だって違ってくるんですがねえと五瀬はぼやいた。

「ともかく金堂が完成すりゃあ、薬師寺の造営は終わったも同然。落慶法要はこれまでにねえ盛儀になるに決まってますぜ。そのときには是非、見に来てくだせえ」

「来られればいいけど、多分、無理だろうな」

「詠先生に聞きましたが、廣手さまは今、明石に遣わされておいでだそうで。海ばっかりの田舎暮らしは、さぞご不自由でしょう。今日はこれから王家にお戻りですかい」

明石から新益京《あらましのみやこ》までは、徒歩で三日の距離。この盛夏に旅をしてきたのなら、真っ黒に日焼けしているはずだが、廣手の肌の色は生っ白い。それを奇異とも感じず、詠から聞かされたままを信じている様子であった。

「い、いや。兄の墓参りで戻っただけだから、このまままっすぐ明石に戻るつもりだ」

「そうですか。立ち寄って差し上げりゃ、詠先生もさぞお喜びになられるでしょうに」

「葛野王家には時々、顔を出しているのか」

「俺は平気なんですけどね。先生のほうが足腰の具合が心配らしく、ちょっとうかがわねえと口うるさく怒られるもんで」

「そうか。先生にもよろしくお伝えしてくれ」

詠の四角い顔が、ふと懐かしくなった。もし自分が置かれた状況を打ち明ければ、彼は何と言うだろう。律令は国の基、それを完成させるためにも辛抱して内偵を続けよと励ますか、それとも一人で兄の仇を捜せと叱るか。

見上げた夏空には、巨大な白雲が湧き出している。くっきりと庭に落ちた回廊の影が、照り付ける陽光の眩しさをいっそう際立たせていた。

五瀬の頭上の梢に止まった蟬が、工人たちを叱る棟梁の声に負けまいとばかりに、やかましく鳴き続けていた。


この年は西国を中心に旱魃《かんばつ》が続き、五穀の実りは夏の時点で既に絶望的と予想されていた。そのため朝廷は諸社に幣帛《へいはく》を奉るとともに、葛木《かつらぎ》・宇陀《うだ》の各水源や吉野・長谷《はせ》などの名山でも降雨を祈禱。併せて諸国に使者を派遣し、亢旱《こうかん》の実情を調査させた。

「そうでなくとも、西国は昨年も雨不足。早くも民は飢え、牛馬すら食らう有様との奏《そう》ももたらされている。讃岐・阿波・伊予、それに備前・備中・周防《すおう》の各国に対しては、前年同様、税を免除せよ」

讃良や不比等たちの薫陶の甲斐あって、珂瑠新帝は英邁《えいまい》な大王に育ちつつあった。

朝は早くから大極殿に出御し、各官司や諸国からの訴えに自ら目を通す。続々ともたらされる飢饉の報にも危機感を示し、早々に課税の免除や賑恤《しんじゅつ》に踏み切った。

「最初は年若と案じていたが、存外、しっかりしたお方じゃないか」

「お顔は草壁さまに生き写し。そしてあのご決断の速さは、讃良さま譲りでいらっしゃる。いくら葛野王や不比等さまの輔弼《ほひつ》があるにしても、やはり血は争えぬものだ」

若き大王の采配は、官吏からもおおむね好意的に受け止められていた。だが如何に珂瑠が優れていても、作物の出来だけは意のままにならない。

米の不足は米価高騰を招き、それは諸物価の急騰にも直結する。価長《あたいのおさ》がいくら必死に眼を光らせても市の値《あたい》はうなぎ登りに上がり、市価で儲けが出せぬ店は相次いで場外での立売りに転じた。

「おかげで図書官に納入される筆や墨の価までが、天井知らずの有様だ。まったく、嫌になっちまう」

早志が愚痴る通り、旱天の影響は法令殿にも及んでいる。毎夜、無造作に溝に流していた墨は、樽に移して翌日も使い、軸の折れた筆は細竹で接ぎ直すなどの倹約が奨励された。だがそれらを厳密に守ったとて、捻出できる費用はたかが知れている。資材管理の使部が頭を抱え、早志とともに算木《さんぎ》を置く姿が毎日のように見受けられた。

やがて大路に秋風が立つ頃、諸国に遣わされていた監察使が次々と帰京した。彼らは口をそろえて荒旱の被害を報じたが、中でも越後・近江・紀伊に派遣されていた使者は、国内各地で疫病が蔓延している事実にも触れていた。

全身に激しい疱瘡《とうそう》が発生し、高熱に苦しみながら息絶えるこの病の正体は何か。医学の知識に乏しい使者の報告はまったく要領を得なかったが、珂瑠はすぐさま疫病の発生した国に医師を派遣するよう指示。葛野王家の詠も命を受け、狗隈《いぬくま》を伴に紀伊に発った。

「いくらお医師でも、詠先生とて生身の人間。病に罹患なさらなければよいのですが」

例によって南苑の亭で、忍裳から詠の出立を知らされ、廣手は眉を曇らせた。しかし忍裳は、

「今から百年以上昔、宮城が訳語田幸玉宮《おさだのさきたまのみや》に置かれていた頃、百済や新羅からもたらされた豌《わん》豆瘡《ずそう》（天然痘）が広まり、京に瘡発《かさい》でて死《みまか》る者が急増したそうです。巷の者どもは今回の疫病はこれと同じではと囁いておりますが、越後はさておき、大陸と交易のない紀伊や近江に、疫瘡が飛び火するとは思えません。ご心配なさる必要はないでしょう。それよりも廣手どの、法令殿で動きがあったとはまことですか」

と、いつもの如く冷静に、その懸念を一蹴した。

男のくせになにを不安がって——と言わんばかりの冷たい目に、廣手はまたしても沸きかえりそうな腹をぐっと抑えねばならなかった。

まったくいつもながら、可愛げのない女である。とはいえ少なくとも今日は、彼女を感心させるだけの自信がある。廣手は強引に気持ちを切り替えた。

「はい、実は昨日、宝然さまと雄伊さまが、戸令の条文を巡って議論をなさったのです。それからうかがい、やはり法令殿では田令と戸令はすでにある程度、草稿が整っている様子です」

何がきっかけでそうなったのかまでは、わからない。ともあれ気が付いたときには、宝然と雄伊は几上に幾本もの巻子《かんす》を広げ、殿舎中に聞こえる大声で激論を繰り広げていたのである。

彼らの争点は、相続財産の分配比率を定めた戸令応分条《おうぶんのじょう》らしかった。

「宝然、考えたが、やはり僕は君の意見には従い難い。死者の財産は唐令に倣い、子らの間で均分とすべきじゃないだろうか」

「なにを言うか。わが国には古来、嫡子に厚く、庶子には薄くという慣例がある。それを戸令に適用することは、君も以前、納得しただろう。なにゆえ今さら、ごちゃごちゃ言うのだ」

口ごもりながら自説を述べる雄伊に、宝然は晒した紙のように白い顔を向けた。

「それにしても、あまりに不平等。せめてもう少し比率を穏やかにしてはどうだ」

とは、あまりに不平等。せめてもう少し比率を穏やかにしてはどうだ」


「うるさい。弘恪先生からも、戸令と田令の草案はこれでよいと許可を得ているのだ。今さらそれを変えようとは、どういう了見だ」

もともと雄伊は口下手である。一歩も譲る気のない宝然にやりこめられ、すごすごと己の席に戻って行った。

この当時の嫡子とは法的な継承者を指し、現在の嫡出子の意味ではない。

確かに倭では古くより、継嗣者を優遇し、他の子どもを低く扱う傾向がある。もし有冠《うかん》の人々の遺産分配比率を定めた戸令応分条に、嫡庶異分主義が明記されていれば、それは相続ばかりかあらゆる点にも影響を及ぼす。雄伊はおそらく以前から、宝然が主張する嫡庶異分主義に異を唱えていたのだろう。ともあれ彼らが戸令の草稿の存在に言及したことは、思いがけぬ収穫であった。

彼の説明に、忍裳は無言で耳を傾けていた。やがて「わかりました」とうなずき、怜悧な目を上げた。

「廣手どの、これよりわたくしとともに撰令所《せんれいじょ》においでください。今の話をもう一度、お聞かせいただきたく存じます」

耳慣れぬ名に、廣手は目をしばたたいた。

「前にお話しした、讃良さまが別に律令編纂を命ぜられた官衙です。束ねをしておられる伊吉連博徳さまに、法令殿のさまをお話しください」

「伊吉連博徳さまですと――」

真実の律令を作る殿舎に伴われると知り、廣手の胸は高鳴った。しかもその主導者が、伊吉連博徳とは。これまで幾度となく、能吏として聞かされてきた男の名に、彼は驚きを隠せなかった。

「確か博徳さまは体調がお悪いとかで、最近は出仕もしておられぬとうかがっていましたが」

「それは口実。実際は一昨年から撰令所の主宰として、律令編纂のために奔走しておられます」

伊吉氏は大唐・長安出身の渡来氏族。外交官として数々の功績を立てた博徳は京を空けがちだったため、嶋一派はもちろん諸豪族との関わりが薄い。

律令編纂に必要なのは、唐の政治機構に対する知識と、論理的な思考。その双方を備え、海外情勢にも通じた彼は、撰令所を主導させるには確かにうってつけであった。

南苑の門外には、簡素な手輿が二挺据えられていた。考えてみれば人目の多い宮内で、内密の仕事が出来るはずがない。

二人を乗せた輿は、官衙や朝堂院からもっとも遠く離れた山部門《やまべもん》から宮外に出た。幾度か大路を曲がった末に止まったのは、うらさびれた寺院の門前である。

京内には薬師寺、大官大寺、元興寺《がんごうじ》、弘福寺《ぐふくじ》のいわゆる四大寺の他、紀寺や軽寺などの私寺も多く営造されている。察するにここもそんな寺の一つであろう。

輿を降りた忍裳は小狭な境内を突っ切り、経蔵の裏に建てられた僧房に向かった。石の上に直に材木を組んだ、粗末な長室《ながむろ》。その一室で、白髪の男が背中を丸め、小さな灯りを頼りに何やら書き物をしていた。

狭い板間はそこここに書物が積み上げられ、足の踏み場もない。加えて、壁という壁にはすべて書架が巡らされ、窓一つ開けるにも苦労しそうなほどであった。

数人の学者が整然と編纂に勤しむさまを思い描いていた廣手は、毒気を抜かれて立ちすくんだ。

天井から吊り下げられた籠に、墨壺と筆が無造作に放り込まれている。誤ってこぼしたと思しき墨の跡が、床に濃い染みを作っていた。

ようやく男が顔を上げ、軽い舌打ちとともに二人を振り返った。

「なんじゃ、誰かと思えば女舎人《おんなとねり》どのか。そこに立たれると手許が暗うなって叶わぬ。さっさと中に入れ」

「博徳さま、かつてお話しした、法令殿の史生どのをお連れ致しました」

「法令殿の史生じゃと。ああ、少し前にそんなことを申したが、もはや用は済んだぞよ。今さら人を連れて来られても、かえって迷惑じゃわい」

廣手を頭の先から足の爪先までじろじろ眺め、博徳はふんと鼻を鳴らした。

実務官僚としてはそれなりの高職にあるはずだが、官服はおろか幞頭すらかぶっていない。一つに結わえた蓬髪に、胸元まで伸びた長い鬚、胼胝《たこ》だらけの手に筆を握りしめたさまは、どこから見てもただの畸人。いや、一歩間違えば狂人にも見まごう、恐ろしく強圧的な老人であった。

「なんじゃ、その面は。かように貧乏ったらしい私寺の隅で天下国家を動かす律令が作られているとは、信じられぬと言いたげじゃな。まあ、あの老獪《ろうかい》な丹比嶋を誑《たぶら》かすには、これぐらいせねばなるまい。もっともそのおかげで儂《わし》はこの二年、女っ気のない寺に閉じ込められ、今にも枯れてひからびそうじゃ」

口汚く罵りながらも、追い返す気はないらしい。床の書物を無造作にかき寄せ、博徳はかろうじて二人が座れる空間を作った。

よほど長い間掃除をしていないのか、部屋の隅には丸い埃が吹き寄せられている。尻の下で砂がざらざらと音を立てた。

「こやつが、法令殿に忍び込ませている大舎人か。はてさて、何とも凡庸な顔立ちの男じゃのう」

渡海三回、遣新羅正使にも任じられた逸材とは思えぬ悪態である。それとも対外交渉とは、これぐらい豪胆でなければやってゆけぬのか。

彼の態度には慣れ切っているらしく、忍裳は極めて慇懃《いんぎん》に双方を引きあわせた。

「こちらは阿古志連《あこしのむらじ》廣手どのと申されます。廣手どのによれば、法令殿ではどうやら田令と戸令の二編は、草案が出来ている様子。その他、なにかお聞きになりたいことはありませんか」

「ふん、法令殿の動向など、儂は端っから気にしておらぬわ。白猪史宝然如きがどう逆立ちしても、儂のそれに勝る律令を作れるとは思わぬでなあ。じゃがそれでもわずかなりとも草稿を仕上げたとは、いやはや感心、感心」

いつの間にか博徳は左手に木椀を摑んでいた。どうやら中身は酒らしい。

「それで博徳さま、編纂は進んでおられますか」

「心配されずとも大丈夫じゃ。律六巻十二篇及び令十一巻二十八篇のうち、律はまだ骨組みだけじゃが、令はほぼ半ばまでできておる。それ以外の部分の素案も、ずいぶん書き溜めた。そろそろ一人では手が回らなくなってきたわい」

がははと笑うと、彼は木椀の中身を一気に飲み干し、無造作に袖で口許を拭った。

「ならば二、三人、人手を増やしましょうか。すでに人選は終えておりますので」

「ふん、儂についてこられるだけの人材であればな」

「もちろんです。その点に抜かりはありません」

「儂がとやかく申す筋合いではないが、さればぼちぼちこの仕事を、表沙汰にしてもよい時期ではないか」

垢じみた襟元をがしがしと掻き、博徳は忍裳に探るような眼を向けた。

「人員を増やせば、それだけ人の目につく。遅かれ早かれ、ここで何をしているか、気付く者も出てこよう。無論、嶋さまをはじめとする諸臣を欺きたいとの讃良さまのご意志もわからぬではない。じゃがかよう寂しげな寺では、万一、何かが起きたときに防ぎ切れぬ。儂一人が命を落として済むならよいが、手伝いの者まで巻き添えの災に遭わせては気の毒じゃでなあ」

「つまり博徳さまは、宮城内で仕事をさせよと仰られるのですか」

「うむ。あそここそ安心とは申せぬが、少なくとも胡乱《うろん》な者は入って来られまい。放火でも押し込みでも、とりあえず騒ぎになればすぐ、兵卒が駆けつけてくれるわい」

即位から丸一年、今のところ官民を問わず、珂瑠新帝への評判は上々である。昨冬には新羅からの使者が来着し、正月の拝賀礼《はいがれい》に参列して帰国した。外国使節が朝賀に参加した例はかつてなく、官吏の間ではそれもこれも珂瑠の威光あればこそとの声も高かった。

若き大王の背後に讃良や葛野王、不比等が控えていることは、万人が承知している。しかしなるべく表に出ず、目立たぬように彼を支える三人の方針もあって、人々の賞賛はもっぱら珂瑠にのみ注がれていたのであった。

嶋たちがそんな状況に大人しく甘んじているのは、ひとえに法令殿が手中にあると信じているため。だがもし讃良が伊吉連博徳に律令策定を命じていると知れば、彼らは全力でそれを阻止するだろう。

「虎穴に入らずんば、虎児を得ずとの語もある。確かにここに留まり、儂一人で編纂を行っておれば平穏であろう。されどそれではどう急いだとて、完成まであと数年はかかってしまう。ここは撰令所の存在を表沙汰にした上で、一気呵成に仕上げにかかるべきではあるまいか」

「それはわたくし一人では決められませぬ。讃良さまや葛野王にもお諮りせねば」

「おお、もちろんじゃ。もしそうなったら、あの宝然はどういう顔をするであろうなあ。儂はそれが何より楽しみじゃ」

にやりと人の悪い笑みを浮かべ、博徳は手許に引き寄せた壺から新たな酒を汲んだ。

博徳はもともと、外交担当官司である玄蕃官の訳語《おさ》見習いとして、宮仕えを始めたという。直後、訳語生として遣唐使に加えられたのを皮切りに、唐使の接待や送唐客使など外交面で手腕を発揮。そのまま、玄蕃官の次官まで昇ったのであった。

「自分で申すのもなんじゃが、わしは生来の癖馬。国使相手の慇懃な応対など、性に合っておらぬのじゃがなあ」

そんな彼が重用されたのは、ひとえに海外情勢に対する洞察力ゆえであった。

彼が最初に大唐に渡ったのは、唐が新羅との連合を決意し、百済遠征を実行に移さんとしていた最中。このため百済への情報漏洩を恐れた皇帝高宗《こうそう》は、遣唐使五十余名を長安の一画に軟禁。二年もの間、帰国を許さなかった。

誰もが異国での虜囚暮らしに不安を募らせる中、博徳だけは持ち前の好奇心を発揮して、長安宮内をうろついたり、あちらこちらの寺を訪ね歩き、高僧に教えを乞うたりして日を過ごした。律令疏義はもちろん、およそ役に立ちそうもない唐楽や、開宗したばかりの浄土教にも首を突っ込んだ。ほうぼうの書肆《しょし》を巡り歩いて買い求めた書籍も数知れない。そんな体験や実学に基づいた博覧強記の人材なればこそ、

「国の基となる律令を編む力もあろうと、讃良さまたちに見込まれたわけじゃ。聞いたところでは、宝然は唐の律令をかき集め、それらの集大成たる法典を作ると申しておるそうな。おおかた大言壮語して律令完成を遅らせる腹であろう。まあ仮にそうでないとしても、難解な律令はあやつ如きの頭脳で作り上げられるものではないわい」

宝然が大唐の四種の律令を参考にしているとの廣手の説明に、

「律令の名を冠していても、武徳律令と貞観律令はもはや時代遅れ。また垂拱律令は巻数も多く、内容も一見華やかじゃが、その実は手筥《てばこ》の隅をつつくが如き煩瑣な条目ばかり。所詮は永徽律令に及ぶものではないわ。多数の書物を閲《けみ》するのはよいが、それぞれの重要性を、きちんと踏まえねばならぬわなあ。幾ら時間稼ぎの手立てとしても、これでは己の無知を喧伝しているようなものじゃ」

と、彼はせせら笑った。実に情け容赦のない悪口であった。

「さようなやり方をしておっては、本邦の法典は大陸の猿真似の域を出られまい。古来、わが国にはわが国の独自の理《ことわり》がある。それを踏まえずして、何のための律令か。まあ、あの男が嶋さまについたのはかえって幸いじゃ。まったく、ろくでもない法律をわが国の律令としてしまうところだったわい」

忍裳は用があるとかで、先に帰って行った。僧房の周りは森に囲まれ、梟《ふくろう》が寂しげに鳴いている。なんとなく取り残された感のある廣手に、博徳は椀の酒をすすりながら続けた。

「例えばこの国には古《いにしえ》からの氏族制が、いまだ厳然と残っておる。これを法典によって瓦解させるのは容易《たやす》い。されど京から遠く隔たった地にまで支配を及ぼすには、評督の管理による氏族制を認めるのが一番。そのためには評督に氏族制の長であると同時に、律令体制の官僚になってもらわねばならぬ。つまり太政官と国宰による律令制を基本としながら、同時に地方の支配理念として氏族制を残存させる二重構造が、倭には必要なのじゃ。唐制をそのまま受け継ぐだけでは、この国はうまく治められぬわい」

その発想は地方豪族の出である廣手には、非常によく理解できた。

「似たことは律にも言える。そもそも律とはなにか、おぬしは理解しておるか」

「もちろんです。刑罰に関する法典を指すのでしょう」

「ふむ、その答えは誤りではない。ただ、さよう単純に考えておっては、律令の本質を見誤ってしまうぞよ」

律とは本来、法律以前の社会規範である「礼」を冒した者に対する罰則。すなわち社会の根幹を守る基本理念であるとともに、皇帝を中心とした組織を保護する法典である。これに対して令は律を執行する行政組織・規律を定めており、あくまで律の補足的条目にすぎぬと彼は語った。

「されど大陸の礼を受容せずとも、本邦には元より固有の慣習法がある。それを無視して律を強要するのは、国そのものの否定にもつながりかねぬ」

「では博徳さまは、倭国に律は不要と仰るのですか」

廣手の問いに、博徳は小壷から何杯目かの酒を注ぎながら苦笑した。

「そうではない。どのみち世の中に、刑罰は必要じゃ。されど大唐の如き厳罰主義は、我らが国風には合わぬと申しているまでよ。これを見よ」

と、博徳は黒ずんだ巻子を開き、中の一条を指し示した。

「これは永徽の職制律《しきせいりつ》。わしが大唐から抱えて帰った書物の一つじゃ。ここには皇帝の乗る船の作り方を間違えた者は絞《こう》。すなわち絞首に処せとある。されど幾ら不敬とはもうせ、匠の失態にかような重罰を与えるのは非道。ここは徒《ず》（懲役）三年か五年が適当であろう。ふむ、まあ五年もの長きも気の毒じゃ。ここは三年にしておくとしよう」

どこからともなく木簡を取り出すと、博徳は顔に似合わぬ流麗な筆跡で、

——凡《およそ》御幸舟船《ごこうのしゅうせん》、誤《あやまちて》不牢固者《かたくせずば》、工匠《こうしょうは》徒《ず》三年《さんねん》。若不整飾及闕少者《もしととのえかざらずおよびけっしょうせらば》、徒《ず》一年《いちねん》。

と書きつけ、背後の几に放り投げた。

「現在、刑官の判事は永徽律を参考にしつつ、罪を大唐のそれから二等から三等減じるのを慣例としておる。斬（斬首刑）とある場合を遠流《おんる》に、杖百とある場合を杖七十に変じるという調子じゃな。あやつらは律令の意義などよく知らねど、わが国の慣習と大陸の律をうまくすり合わせて裁きをしているのよ」

博徳の説明は、明快かつ斬新であった。

倭の特質を残しながらの律令継受方法など、廣手はこれまで考えもしなかった。二年も法令殿にいながら何を見聞きしてきたのかと、己の間抜けさに呆れもしていた。

「讃良さまが儂に白羽の矢を立てられたのは正解じゃ。宝然には、かような洞察力はあるまい。ごく単純に法典を丸写しし、あちらこちらで混乱を起こすのは目に見えておるわい」

先ほどから、博徳は宝然にひどく手厳しい。どうも、満更知らぬ仲ではなさげであった。

「博徳さまは宝然さまをご存知でいらっしゃるのですか」

「知っているもなにも、あやつが遣唐留学生であったことは、おぬしも聞いておろう。宝然の入唐の折、同じ船に乗っていたのはこの儂じゃ。まだ片言の唐語しかしゃべれなんだあやつを、幾度助けてやったことか」

今から四十年近く昔。博徳は二十二歳、宝然は十三歳の少年だったという。

「渡唐した船でそのまま帰国する遣唐留学生は、滅多におらぬ。普通は三年、五年もの間、大

唐に留まり、次回、次々回の船で帰るものじゃ」

幾多の危難を越えて渡った大唐である。来た船で戻る慌ただしい学問ではなく、大陸にじっくり腰を据えて知識を吸収するのが、留学生の務めであった。

このため二年の軟禁を経てようやく一行の帰国が許されたとき、宝然は躊躇した。半島への侵攻を開始した長安には、干戈《かんか》の響きが絶えない。倭は百済の同盟国、大唐が彼の国に攻め込んだ今、母国との正式通交はいつ途絶してもおかしくない。今、皆とともに帰国せねば、次回いつ遣唐使がやってくるか、知れたものではなかった。

だが軟禁されつつの年月は、まとまった修学にはあまりに不充分であった。このため宝然は周囲の心配を押しきり、単身、唐への残留を決意したのである。

「この戦はさほど長引きはしないでしょう。大陸は広く、学ぶべき事績は多い。ゆっくり腰を据えて、次の船を待ちますよ」

しかしそれから十年、十五年の月日が流れても、故国からの使船はいっこうにやってこなかった。

倭国ではその間、百済への出兵・敗戦を皮切りに、葛城の死没、壬申の大乱と世情の混乱が続いていた。ようやく政権を握った大海人も国内の改革に手いっぱいで、大陸に目を向ける余裕などなかったのである。

「迎えを待つことに倦み果てた宝然が新羅経由で帰国したのは、渡海から二十五年も後。故国の甚だしい変化に、あやつはさぞ呆然としたであろうのう」

博徳の物言いには、わずかに同情の気配がにじんでいた。

なるほど長い異郷暮らしの果て、四十路を目前にようやく帰国してみれば、自分を新たな体制の担い手と送り出した葛城はすでに亡く、その後を襲った大海人は遣唐留学生になど頼らず、数々の変革を敢行している。若い歳月を大陸で費やした宝然が、神とも謳われる大王の前で立ちすくんだことは想像にかたくなかった。

「そう考えれば宝然もまた哀れじゃ。帰国が許されたあのとき、儂はどうしてあやつを無理やりにでも船に乗せなかったのじゃろう。括州《かつしゅう》(現在の浙江省麗水)の港でいつまでも手を振っていた姿を思い出すたび、儂は今も胸が痛んでならぬ」

もちろん大海人も、長年唐で研鑽を積んできた彼を疎かにしたわけではない。しかし新設されたばかりの大学官の教官に任ぜられた宝然は、その後、ひどく頑なな、世を斜めに見る男となった。務めをそつなくこなし、四書五経を語りながらも、そこには熱意の欠片《かけら》もうかがわれず、若い学生《がくしよう》たちを当惑させた。

二十余年の歳月を擲《なげう》って学んだ国家機構は、すでに大海人によって体現されつつある。自分は何をしていたのだとの自嘲が、彼を虚無のただなかに投げ込んだのである。

元留学生仲間の雄伊が見るに見かね、着手されたばかりの浄御原令の編纂に宝然を引っ張り込まねば、彼はいずれ官を辞していただろう。唐語しかしゃべれぬ薩弘恪と馬が合ったのか、それともひたすら書物だけに向き合う日々がよかったのか。その後、宝然は少しずつかつての穏和さを取り戻し、やがて法令殿の事務を任されるまでになったのである。

宝然が帰国した時、博徳はすでに辣腕の官吏として、京と大宰府《だざいふ》の間を忙しく飛び回っていた。かつての紅顔の少年の去就が、気にならなかったわけではない。だが外交の第一線で活躍する彼には、宝然を訪《おとな》い、長年の在唐を労う余裕はなかった。——いや、違う。

博徳は長い鬚を揺らし、ゆるゆると首を横に振った。

「そうではないな。儂は宝然に会うのが怖かったのじゃ。変わり果てたあやつを目にするのが恐ろしく、あえて顔を合わせまいとしたのじゃろう」

だからこそ宝然が浄御原令に引き続き、新律令の編纂に関わると知った時、博徳は心からそれを喜んだ。だが間もなく密かに讃良の許に召され、彼が意図的に編纂を滞らせていると聞かされ、老いた胸の底で何かが弾けた。

喧騒に満ちた括州の港で、宝然は船が出るまでの間、不自然なほどよく笑い、濶達に振る舞っていた。

たった一人、異国に留まることが心細くないわけがない。おそらくは若者らしい意地が、不安と故国への望郷の念を覆い隠していたのだ。当時の自分はどうして、それを見抜けなかったのだろう。

宝然は才弾けた少年であった。もしあの船でともに帰国していれば、自分をも上回る能吏になっていたかもしれない。しかし歳月は無情に流れ、十五歳だった彼は老学生となって故郷の土を踏んだ。己の華やかな経歴を振り返るにつけ、もはや取り返しのつかぬ日々が悔やまれてならなかった。

「ひょっとしたら宝然は、己が異国にある間に進められた改革を憎んでいるのではなかろうか。そうでなければ、あやつが右大臣さまたちに加担する理由が見つからぬ。だとすればもしあの時、儂が宝然を連れ戻していれば、奴はかような真似をせなんだじゃろう。宝然に道を踏み外させたのは、この儂じゃ」

「博徳さまはそれゆえ、律令編纂を請け負われたのですか」

「そうじゃ。宝然がかような真似をするのであれば、儂が身を以てそれを止めねばならぬ。それがかつての己に対する、罪滅ぼしじゃわい」

いつの間にか博徳の椀は空になっていた。傍らの小壺も底を見せていると気付き、彼は舌打ちをしてその場にごろりと横になった。

「ええい、酔いに任せて、言わずもがなの話をしてしもうた。今日はもう帰れ。また用事が出来れば、忍裳どのを通じて呼び出すゆえ、心しておれよ」

「はい、承知いたしました」

寺の門外には、手輿も舁《か》き手たちの姿もなかった。秋の闇は深更を迎えてますます深く、見上げれば空には満天の星が輝いている。吹き過ぎる風が寺門の左右に繁った楠の枝を騒がせ、酒の香と顔の火照りをあっという間に消し去った。

宝然とて当初は、倭国を強く、雄々しい国にせんとの大志を抱いて大唐に渡ったはずだ。だが故国から見捨てられた二十余年の月日は、彼に改革自体を憎悪させる結果となった。

(律令は国政変革の象徴。宝然さまはひょっとしたら変わりゆくこの国を怨むと同時に、ご自身でもどうしようもない憧れを抱いておられるのではなかろうか——)

もし心から改革と律令を憎んでいるのであれば、六年もの間、法令殿で働きはすまい。

倭に望みをかけ、裏切られ、絶望したからこそなお、まばゆいそれに惹かれずにはおられない。まだ見ぬ律令を弄玩し、政争の具に使うことで、宝然は何物にも代えがたい至高の宝を掌中に収め続けているのかもしれない。
廣手の推測を肯《うべな》うかのように、また風が吹いた。

第六章

その日、大納言《おおいものもうすつかさ》・阿倍御主人《あべのみうし》は早朝から不機嫌であった。

内陸の盆地である新益京《あらましのみやこ》は、冬ともなれば朝晩、厳しい寒さに包まれる。もともと御主人は寒さに弱く、晩秋から新春にかけてはあれこれ口実を設け、朝堂に出仕しない日も多かった。とはいえ太政官の一員ともなれば、政務や儀式を怠けてばかりもいられない。ましてやそれが日蝕ともなれば、なおさらであった。

半年前、陰陽官《おんみようのつかさ》の天文博士たちが、

「暦によれば本年十一月丁巳《ひのとみ》の正午、日蝕《は》ゆるとのことでございます。何卒、諸社諸寺に修祓《しゆうふつ》読経をお命じくだされ」

と奏上してきた。

数ある異常気象の中で、日蝕は暦算に照らして予知しうる現象。それゆえ原因こそ不明ながら、廟堂はこれを一つの天体現象と理解し、さしたる異変とは見做していなかった。

しかし昨年からの旱魃《かんばつ》で諸国は飢え、世情は不安に満ちている。そこにもってきて日が欠ければ、百姓《ひやくせい》が恐れおののくのは確実である。間の悪い知らせに、太政官たちはうんざり顔を隠せなかった。

だが、博士らが「大唐渡来の暦を使いましたゆえ、万に一つの間違いもございませぬ」と太鼓判を捺したにもかかわらず、この日、待てど暮らせど太陽は一向に欠けなかった。

小雪の舞う大極殿《だいごくでん》の庭では、陰陽官の官吏が機器を持ち出し、天体観測に余念がない。珂瑠《かる》は出御しなかったものの、太政官の面々には事態を見届ける責務がある。寒さに震えながら大極殿の庇《ひさし》に居並ぶ彼らをからかうかのように、日は薄雲におおわれた空を悠々と横切って西に沈み、諸大臣は皆、あての外れた顔でそれぞれの屋敷に引き上げたのである。

「ええい、もっと炭を足さぬか。わしに風邪をひかせるつもりか」

家従たちを怒鳴り付けた御主人は、真っ赤に炭を熾《おこ》した火舎《ほや》を抱え込むようにしながら、胡床にどさりと身を投げ出した。

長年の痛飲のせいで、顔色は目立ってどす黒い。数年前、朝議の最中に激しい下腹部痛で倒れ、医師から禁酒を言い渡されながらも、

「ふん、酒はわしの命の種。それを断つくらいであれば、さっさとあの世とやらに赴いたほうがましじゃ」

と言い放ち、一向に行いを改めぬ酒豪であった。

黒貂《くろてん》の皮の温衣を羽織り、侍女が急いで運んできた酒を立て続けにあおると、冷え切った身体がようやく温まってきた。そうでなくとも御影石の火舎のおかげで、室温は汗ばむほどに高い。こすりあわせていた指先を解き、御主人は忌々しげに顔をしかめた。

実のところ、陰陽官の奏が外れることはさして珍しくない。朝廷ではこの十年近く、大陸渡来の元嘉《げんか》暦と儀鳳《ぎほう》暦を併用しているが、これらの暦は大唐の長安を基点とするため、天文現象の的中率は非常に低かった。かろうじて朔望月《さくぼうづき》の長短こそ逸脱せずに済んでいるものの、日蝕

などは当たる方が稀である。
(これだから大陸の文物はあてにならぬ。唐の事績が万事優れているとは、妄言も甚だしいわい)

彼の不興は、それだけが理由ではない。殿舎の庇にずらりと坐した顕官たち。そこに含まれていた藤原不比等《ふじわらのふひと》の血のにじんだ馬面を思い出し、御主人はちっと舌を鳴らした。

不比等が娘の宮子《みやこ》を珂瑠の後宮に入れ、世間の注目を集めたのは昨年八月。その際、彼が献上した草壁王子《くさかべのみこ》の佩刀にまつわる逸話に、鼻白まなかった者はいない。

なにしろ不比等は長らく官職すら与えられず、ようよう出仕が許されても一介の判事に過ぎなかった男。そんな彼が草壁に信頼されていたはずがないと、皆が承知していたからだ。

だがそれを讃良《さらら》と不比等が仕組んだ芝居と、一笑に付すことは出来なかった。なぜなら数か月後、彼は突如中納言《なかのものもうすつかさ》に昇進。太政官の一員として、政界の中枢に華々しく躍り出たのである。

中納言は言うまでもなく、先年、左大臣《ひだりのおおおみ》に進んだ嶋《しま》、大納言の御主人と大伴御行《おおともものみゆき》に次ぐ要職。これまで反讃良派で占められていた太政官に投ぜられた一石に、嶋たちはこぞって色を失った。ありうべきことに、珂瑠は宮子をひどく寵愛している。これでもし男子が生まれでもすれば、不比等の力はますます増大しよう。

一方、不比等とともに珂瑠を補佐する葛野《かどの》王《おう》は、法官の督《かみ》に任ぜられてからというもの、これまでとは別人のような辣腕を揮い、被官官司の綱紀粛正に努めている。公平無私な彼の態度に影響され、自分たちに批判の目を向ける官吏は増える一方。嶋たちの立場がじわじわと脅かされつつあることは、もはや目の背けようのない事実であった。

(やはりあのとき、珂瑠さまの立太子を許したのは過ちだったわい)

長大な堤も蟻の一穴から崩れる。葛野王の能弁に負け、むざむざ太子の座を逃した長《なが》と弓削《ゆげ》の不甲斐なさが、御主人には歯がゆくてならなかった。

しかし過去を悔やんでもしかたがない。どうにかして再び、朝堂の勢力をわが方に傾けねばと嶋や御行と謀議を巡らせていた矢先、またしても彼らを驚愕させる事態が起きた。

玄蕃助・伊吉連博徳《いきのむらじはかとこ》が突如、讃良に奏を提出。以前より「私的に」編纂していた令五巻をお目にかけたいと言い出したのである。

「臣《しん》博徳、謹んで奏上す。本邦弘化《ほんぼうこうか》遍《あまね》くして、帝恩四《ていおんし》海《かい》に及ぶと雖《いえど》も、惜しむらくは此国、未だ確たる法典を懐《いだか》ず。凡そ天下百法は定鼎《じょうてい》の基に等しく、無窮の業《わざ》、斯《こ》れにしくはなし」

——わたくし博徳が申し上げますに、大王《おおきみ》の治世はこの国に遍く、その恩は四方の海にも及んでおります。さりながら惜しむらくはこの国は、未だ確たる法律を備えておりません。およそ天下において法典は京を定めることと等しく、並ぶもののない無窮の業であります。

このため非才の身ではあるが、律令計十七巻のうち令五巻十二篇を私に編纂し、奏上致します。もしこれを嘉《よみ》せられるのであれば、臣は薄才を以て、更になお、この業に励むでしょう

——堂々たる四六駢儷体《しろくべんれいたい》で記された彼の上奏文に、御主人たちは腰が抜けるほど驚いた。

法令殿における律令編纂は、百官周知の事業。それを無視して、まさか一人で法典を作る者がいようとは、夢にも思わなかったのである。

しかも本来ならその傲慢を叱責すべき讃良は、博徳を退けるどころか、撰進された令五巻を

手ずから紐解き、一条一条を丁寧に通読した。そして薩弘恪《さつこうかく》と白猪史《しらいのふひと》宝然《ほうねん》を召し、博徳と法令殿、双方の撰上した律令を比べた上で、どちらを施行するか決めると宣じたのであった。

「ど、どういうことでございますか――」

弘恪は虚ろな面持ちで、床に視線を落としている。おそらく、自分がなぜここに呼び出されたのかも理解していないのであろう。代わって宝然が狼狽した声で詰め寄ると、讃良は傍らの忍裳が捧げた令を目顔で示した。

「博徳が申した通り、法典は天下の至宝、国の基じゃ。法令殿に編纂の詔《みことのり》を下して、早二年。されどいっこうに律令が完成せぬ事実を、そなたはなんと心得おる」

「お言葉ですが、法典は一度定めれば二度と改めがたきもの。一分一厘の過ちも許されませぬ。そのためには三年、いや五年の歳月がかかろうとも当然と存じまする」

「宝然、そなたの言い分もわからぬではない。されど朕《わたし》はそろそろ年じゃ。この目で律令の完成を見ねば、死んでも死にきれぬ」

一同を見廻し、讃良はきっぱりとした口調で続けた。

「もはや律令策定を、法令殿だけに任せてはおけぬ。博徳、そなたに史生《ししょう》五名と使部《つかいべ》三名を与えよう。宮城内に一殿を授けるゆえ、そこで律令撰定を行うがよい。督《かみ》と佐《すけ》には法令殿と同じく、葛野王と藤原朝臣不比等を配することと致す。残る細かな事は追って申し伝える」

「はっ、ありがとうございます」

「お、お待ちください、讃良さま」

「くどいッ、下がりゃ」

取りすがる宝然を一喝し、讃良は足早に奥へ姿を消した。

「――我らは欺かれておった。讃良さまはとっくに、こちらの企みに気付いておられたのじゃ」

「されどそこで、伊吉連博徳を引っ張り出すとはのう」

不比等や葛野王には注意していたが、よりにもよって実務に長けた博徳を味方に引き入れるとは考えもしなかった。律令を作るには学者とばかり思い込んでいたが、外交に通じ、大唐の実状にも通じた官僚でもなんら不足はないことに、三人は毛筋ほども思い至らなかったのである。

まったく、どこまでも邪魔ばかりする女だと、嶋たちは苦々しげに顔を見合わせた。

この上奏から間もなく、調忌寸老人《つきのいみきおきな》・鍛造大角《かぬちのみやつこおおすみ》の二人が博徳の配下に抜擢された。かつて宝然と対立した学者たちの再登用に、法令殿では動揺が広がった。加えてその数日後には、刑官《うたえのつかさ》の役人が相次いで博徳のもとに出向。法令殿からも数人の史生が引き抜かれた。

博徳の律令編纂を知って以来、宝然はどこか投げやりに日を過ごしている。法官から告げられた部下の異動にも、無表情に許可を与えるだけであった。

もともとさしたる仕事をしておらぬため、人員削減は別段、問題ではない。とはいえ博徳を筆頭とする撰令所の勢いだけは、何としても止めねばならなかった。

（わが国が大唐の如き官制を敷くなど、決してあってはならぬ）

だいたい白村江で倭が大敗したのも、百済からの救援要請に安易に応じたのが悪かったのだ。少し落ち着いて考えれば、あの大唐に勝てるわけがないと思い致ったはずだ。

わが国は何百年もの間、大王と各豪族の首長が協力して統治を行ってきた。それを大王に従う官僚などという機械的な存在に編成して、何の得があろう。自分たちの如き畿内の豪族や諸国の氏族の力なくしては、この京の存在すら覚束ぬのに。

強引に大唐の官僚制を取り入れても、百害あって一利なし。だいたい倭と大唐とは国の成り立ちからして異なる事実を、讃良は忘れているのだろうか。

昨年からの旱魃に伴う巡監使の派遣は、珂瑠の聡明さを京の内外に広く告げ知らせた。だが御主人たちはそこに、地方支配構造の変化を鋭敏にかぎ取っていた。

かつて地方の政《まつりごと》はすべて、評督《こおりのかみ》の管轄であった。幾ら激しい飢饉が起ころうとも、中央は決して手を出さなかったものだ。

巡監使の派遣は言い換えれば、朝廷による地方支配権の侵害。それがこのまままかり通れば、いずれは自分たち畿内豪族の権限すら剝奪されよう。

刻々と迫りくる中央集権体制に、三人は激しい恐怖すら抱いていた。なんとかしてこの潮流を止めねばならぬ。これまで長きに亘り国を支えてきた氏族の長として、それは絶対的な使命であった。

苛々と盃を重ねていたためだろう。自室の入り口にたたずむ人影に、当初、御主人は気付かなかった。

「これはまたずいぶん、聞こし召しておられますな」

振り返れば、肩幅のがっしりとした男が苦笑いを浮かべている。同役の大伴御行であった。

若い頃、宮城の女官たちの熱い眼差しを集めた秀麗な眉目は、五十路《いそじ》にさしかかってもなお、そこここに名残を留めている。丹比嶋《たじひの》の如き飽食も、御主人の如き痛飲もせぬ代わりに漁色に明け暮れ、長と弓削に嫁がせた娘たちを含め、ほうぼうの腹に計十四人もの子女を産ませた男であった。

子息はみな父の威勢を借りて、各官衙《かんが》で順調な出世を重ねている。また娘のうち容姿に優れた者は王族や高官の閨房に、醜女《しこめ》に生まれた者は男子にも劣らぬ教育を施された上、女官として後宮各官衙に送り込まれていた。使える手駒をすべて駆使するその手腕は、左大臣の丹比嶋をして、

「あのような真似は、わしには到底出来ぬ。世が世であれば御行は、王親すべてを絡め取ったかもしれぬのう」

と、嘆息させる周到さであった。

「おお、御行どの。お呼び立てしてすまぬな」

大海人の没後、丹比嶋とともに手を携えてきた同志である。案内なしで私室に踏み入る不作法を責めもせず、御主人は彼に盃を勧めた。しかし御行はそれを断ると、革の手袋を外し、かじかんだ手を火舎にかざした。

大伴氏は古《いにしえ》より軍事を司る一族。その氏上《うじのかみ》である御行は武芸百般に優れ、どんなところにでも単騎、馬を駆って飛んでいく。

彼に言わせれば、

「供の馬を案じながらでは、気儘《きまま》に動けませぬから」

とのことだが、仮にも大納言の重職にある彼を、一人で外出させるわけにはいかない。従者

たちはいつも四半刻《しはんとき》も遅れ、あたふたと御行に追いつくのが常であった。

「急なご招命、何事でございます。内密の話とはいえ、宮城でも用は済みましたろうに」

「いや、城内ではどこに耳があるか知れぬ。嶋さまともご相談した末じゃ。まあその前に一献どうじゃ。相手がおらねば、酒も旨うないわい」

御主人が御行に、後ほど我が家まで来てくだされと囁いたのは、今日の退出直前であった。最近、宮城では自分たちに敵意を抱く官吏が増えつつある。今から御行に打ち明ける話についても、御主人はわざわざ嶋邸まで足を運び、密議を重ねてきたのであった。

「あまり聞こし召しては、またお身体に障りまするぞ。少しはお控えなされ」

「ふん、これが飲まずにおられようか。見たか、不比等のあの得意げな顔。まったく朝から夕まであの面と向き合わされるとは。それもこれも日蝕の奏上のせいじゃ。陰陽頭《おんみようのかみ》に会うたら、小言の一つも言わねばならぬ」

「法令殿を押さえたと得意になっていた我らの裏をかいたのです。自慢げな面にもなりましょう」

歯に衣着せぬ物言いは御行の癖。それを承知しながらも、どちらの味方やら知れぬ言いぐさに、御主人はますますいらつきを募らせた。

「おぬし、よくも平然としておられるな。あの博徳は大唐や半島の実状にも精通した男。このままでは遠からず讃良さまの満足なさる律令を完成させ、官制は大きく改められてしまうぞ」

葛城《かつらぎの》大王以来、希求されてきた中央集権体制の完成は、古より続く大王・豪族協力体制の崩壊を意味している。

阿倍氏は大倭根《おおやまとね》子《こ》日《ひ》子《こ》国玖《くにく》琉命《るのみこと》（孝元《こうげん》天皇）の末裔として、代々高官を輩出してきた名族。それが律令制の美名の下では、他の豪族ともども、等しく臣下として遇される。世々受け継がれてきた氏の矜持《きょうじ》も、領地への支配権も奪い取られ、身分のみ高けれど他の官吏たちと変わらぬ一従者に堕ちるのだ。かような侮辱があってなるものか。御主人は膝の上で、拳を握りしめた。

だがこの密謀が成れば、形勢は一気に逆転する。

御行の護衛がようやく到着したのであろう。馬の嘶《いなな》きと武具の音を遠くに聞きながら、実は、と御主人は身を乗り出した。

「御行どのは、忍海《おしうみ》の五瀬《いつせ》と申す金工をご存知か。先月落慶成った、薬師寺金堂の巨大な三尊像。あれを鋳た、昨今、京で名高い匠じゃが」

聞きなれぬ名に、御行はわずかに眼を泳がせたが、すぐにああ、と軽く膝を叩いた。

「言われれば微かに覚えがありまする。確か落慶法要の折、褒賞に与《あずか》った雑戸《ざっこ》の一人でございますな」

薬師寺金堂が再興され、讃良と珂瑠、それに大勢の公卿列席の上、大々的な法会《ほうえ》が営まれたのは先月の三日であった。

同寺内にはすでに講堂・中門や東西両塔、多くの僧房などが建ち並んでおり、いわば金堂復興は造寺の集大成。それだけに讃良の喜びは一方ならず、金堂三尊像を監修した道昭《どうしょう》を始め、主立つ匠や工人にもおびただしい褒賞が与えられた。

完成した三尊像は、三十二相に基づいた輪宝《りんぽう》や卍花をそこここに線刻した、絢爛かつ巨大な金銅仏。ゆったりとした福々しい肉体、四神をはじめとする数々の吉祥文を施した裳懸座《もかけざ》のきらびやかさに、瞠目せぬ者はいなかった。

されどいくら名工とはいえ、雑戸は雑戸。御主人たちからすれば、土を喰らう虫けらの如き存在である。御行の顔にはありありと、そんな下賤がどうしたと書かれていた。

無理もない。御主人自身、最近資人《しじん》となった阿倍狭虫《さむし》から聞かされるまで、五瀬の名などまったく念頭になかったのだ。事細かな説明を受け、ああ、あの足をひきずっていた鋳師《いもじ》かとやっと思い出したほどである。

狭虫はその姓《かばね》の通り、阿倍氏の一族。長らく市司《いちのつかさ》の物部《もののべ》をしていたが、最近血縁を頼って、御主人邸の資人になっていた。

その狭虫がふと、

「あの五瀬という匠には見覚えがありますな。わたしが物部をしていた頃、手ひどく痛めつけてやった雑戸でございます」

と言い出したのは、薬師寺法要の翌日であった。

しかも彼がそういえば、と付け加えた一言に、御主人は頭を殴られたような衝撃を受けた。

「確かその後、あやつは葛野王家に引き取られ、一年余り、養生していたはずです。その間、藤原不比等さまの従僕がしばしば、五瀬の許を訪れていたと聞いた覚えもあります」

「なんじゃと、不比等の従者が――」

これは何かある。そう直感した御主人は狭虫を忍海に遣わし、不比等と五瀬の係わりを探らせた。結果、明らかになった事実に御主人はこれはいずこのご神助かと小躍りしたい気分となった。

「二年前の夏、不比等が五瀬とやらに、大刀の錺金具を作らせたですと――」

御行が聞き返すのに、御主人は胸の興奮を抑えて、そうじゃ、とうなずいた。

一昨年の夏といえば、高市薨去《たけちこうきょ》の直前。すなわち不比等が珂瑠王子への接近を目論み始めた頃であろう。

不比等が草壁の旧蔵と触れ回っていた黒作大刀《くろつくりのだいとう》は、金細工がふんだんに施された壮麗な品であった。時期は合致する。おそらくは五瀬とやらが不比等の依頼を受け、大刀錺を製作したに相違ない。

「だとすればその雑戸を捕まえて口を割らせれば、黒作大刀を巡る偽りが明らかとなるわけですな」

「そういうことじゃ。新作の大刀を草壁さまよりの下賜品と偽ったことが露見すれば、さすがの不比等も言い逃れできまい。亡父を思う御心につけこみ、新帝を誑《たぶら》かした慮外者として、あやつを糾弾することも出来よう」

御行はううむとうなり、太い腕を組んだ。

「話はそれだけでは終わらぬぞ。狭虫の調べでは、五瀬を助けた大舎人の名は阿古志連廣手《あこしのむらじひろて》。長らく法令殿で史生として勤め、最近、伊吉連博徳のもとに引き抜かれた男だそうじゃ」

「阿古志連廣手でございますと。それはあの小うるさかった、阿古志連八束《やつか》の血縁でございますか」

「阿古志などという姓《かばね》は、京に多くあるまい。十中八九、間違いないわい。まったく知らぬうちに、思いがけぬ者が宮城に入っていたものじゃ」

言いながら盃をあおる御主人の胸には、またしても新たな怒りがふつふつと湧き始めていた。ちょこまかと自分たちの身辺を探り、小鼠の如く目障りだった阿古志連八束。高市の走狗であったばかりか、あろうことか御主人たちが舎人王邸に潜ませていた侍女の素性まで洗い出した男。

あの者さえいなければ、世の趨勢は今頃まったく変わっていたはずだ。御主人は思わず拳で卓を叩いた。酒が満ちた盃が揺れ、酒がとぷんとこぼれた。

「あの八束のせいで、数年の間、舎人さまに行っていた置毒《ちどく》が露見してしまった。幸いなんの証拠もなかったゆえ、追及の手は我らの許に及ばなんだが――」

そう、舎人の病弱は生まれながらのものではない。草壁没後、数年越しで盛られていた胆礬《たんばん》が、置毒が止んでもなお、彼の身体を蝕み続けているのである。

御主人たち三人は早くから、長・弓削王子のいずれかを即位させるため、様々な策を巡らせていた。

讃良の次に高市が即位するのはほぼ確実。とはいえ彼が新たな後継者を模索する頃には、讃良はこの世を去っているであろう。その機を見澄まして長か弓削のどちらかを擁立すべく、彼らは大海人の遺児のうち最高の貴種たる舎人殺害を企んでいたのである。

本来なら高市を屠《ほふ》りたいところだが、彼は用心深く、婢《はしため》一人とっても、身許の胡乱《うろん》な者は邸に置かない。

「まずは確実に葬り得る方から、消えて頂くのが先決じゃ。いつ高市さまが亡くなられ、王位争いが始まるとも限らぬでなあ」

即効性のある唐渡りの鴆毒《ちんどく》ではなく、効能がゆるやかな胆礬を選んだのは、急激な死は周囲の疑念を招くと踏んでのこと。だがまさかそれが、ただの大舎人に暴かれるとは思いもしなかった。

おそらく高市は、異母弟の舎人の病に、かねてより不審を抱いていたのだ。そこで信頼する八束に、ひそかに調べるよう命じたに違いない。

舎人邸に潜入させていた女子が八束に捕らえられたのは、飛鳥京のはずれの河川敷。御行の部下から新たな毒を受け取る、待ち合わせの場であった。八束が部下を斬り、女子を拉致したと知った御行は、すぐさま彼の後を追わせた。

新益京視察中の高市の許に向かうと判断して待ち伏せを命じ、造作中の事故を装って二人を密殺。現場から女子の死体だけを持ち去り、すべての証拠を隠滅したのである。

八束の死に、高市は嶋たちの影を嗅ぎ取ったようだが、証拠がないため追及は中断。また女子の死によって、嶋一派は舎人への置毒を中止せざるをえなくなった。

だがそうまでしたにもかかわらず、帝位は珂瑠の懐に転がってしまった。まったく政局とは、本当に先の見えぬものである。

「八束の弟となれば、忍裳《おしも》辺りから、兄の仇は我らやもしれぬと聞かされておりましょう。法令殿でかような男を働かせていたとは、迂闊でございましたな」

それもこれもすべて、讃良の計略に違いない。なんとしても自分たちを屈服させせんとするあの執念は、いったいどこから来ているのだろう。

御主人は、讃良が大海人の後宮に入った頃を知っている。嫋々《じょうじょう》たる美少女だった大田《おおた》とは似ても似つかぬ、未成熟な果実のような小娘だった。

だがあの生木《なまき》の如く可愛げのなかった娘はいま、天を衝くほどの巨木となって、自分たちを押しつぶそうとしている。その根元には大海人と草壁の死体が埋まり、己が身を腐らせてなお、彼女に活力を与えている気がしてならなかった。

とにかく、と御行は思慮深げに続けた。

「第一に追及すべきは、五瀬と申す男でございますな。褒賞に与ったとはいえ、賤しい雑戸。難癖を付けてひっ捕らえたとて、どこからも苦情は出ますまい。嶋さまはこの件に関して、いかが申しておられます」

「うむ、おぬしたちの裁量に任せると仰られたわい」

「それはつまり、それがしの手勢を用いよということですな」

御行邸には、兵衛《つわもののとねりのつかさ》府の府生《ふしょう》を始め、京職の使部、弾正台《ただすのつかさ》の台掌《だいしょう》など、様々な職を兼ねる資人が雇われている。雑戸とはいえ、手向かいされれば厄介。五瀬の捕縛は御行に任せるのが良策だろう。

ではさっそくと、御行は庭先に向かって手を打ち鳴らした。すぐさまそれに応じて現れた中年の資人に、

「忍海の雑戸、五瀬とやらを捕らえてまいれ」

と命じた。

「雑戸でございますか――」

いかにも武人然とした資人は、四角い顔をわずかに傾げた。なぜよりにもよってかような者を、と言いたげであった。

「さようじゃ。どんな荒っぽい手を使っても構わぬが、決して殺すではない。息のあるまま、連れてまいるのだ」

「かしこまりました」

うなずいて去る男の胸板は厚く、二の腕など女人の腰ほども太い。襖《おう》に袴の資人姿より、甲冑のほうがよほど似つかわしげであった。

「されど御行どの、雑戸どもは下賤ゆえか結束が固く、事あらば必死に仲間を守ると聞くぞ。そうそう簡単に捕まえられますかな」

「ご案じ召されますな。大麻呂《おおまろ》は頭のよい男、まず失敗はいたしませぬ。なにせわが家の資人どもの束ねでございますれば」

御行は薄い唇をゆがめて請け合った。

火舎の炭はなおも激しく熾り、室内をむせかえるほどに暖めている。部屋に満ちた酒の香が妙に甘く、御主人の鼻腔をくすぐった。

明けて珂瑠治世三年の正月、廣手は出仕以来初めて、元日朝賀《ちょうが》に参列した。

朝賀とは元旦に大王が大極殿に出御し、百官の賀を受ける儀式。乙巳《いっし》の変の翌年を初例とし、国難・国忌のなかった年に限り行われてきたものである。

当日は早朝から百官の官人や在京中の評督が礼服に身を改め、威儀を正して宮城に参入する。

そして左右の衛府が物々しく警固する中、純白の冕服《べんぷく》をまとった大王を拝礼し、一年の安泰を寿《ことほ》ぐのである。

本来この儀式は、宮城の役人全員が参列するのが建前。だが何分、藤原宮の朝庭は狭い。実際には諸司の四等官までしか列席が許可されぬところに廣手を加わらせたのは、他ならぬ伊吉連博徳であった。

昨年秋、廣手は額田部連早志《ぬかたべのむらじはやし》とともに撰令所に転属となり、二人して史生に任ぜられた。調忌寸老人、鍛造大角といった学者はもちろん、刑官からも漢文の知識に優れた黄文連備《きぶみのむらじそなう》など選りすぐりの人材を投入した撰令所では、まさに夜を日に継ぐ勢いで編纂が進められている。それだけに早志の事務の手腕はひどく重宝がられ、廣手も法令殿での経験がそれなりに評価を受け、毎日を慌ただしく過ごしていた。

「やれやれ、こう忙しくては、いつ年が暮れても気付かぬほどでございますな」

「ふむ、道理じゃな。ところで廣手、おぬし、儂とともに元日朝賀に参加してみよ。何かと学ぶことも多かろうて」

一介の史生に過ぎぬ廣手の座は、百官中最後尾。おかげで薄暗い大極殿の奥、高御座《たかみくら》に座す珂瑠の龍顔など、仰ぐべくもない。

だが朝庭で繰り広げられた一糸乱れぬ盛儀は、そんな失望を容易に忘れさせた。図書官と主殿《とのもりのつかさ》官の役人が絶えず香を焚く中、召鼓に応じて参入する群臣たち。今日を晴れの日とばかりに着飾った奏瑞・奏賀の二人が詠む、美辞麗句で飾られた奏上文。高らかな声が春の空にこだまするたび、群臣が称唯《いしょう》再拝し、大王の御世を寿ぐ。

そのさまは普段の宮城の様とはまったく異なる、身ぶるいするほどのきらびやかさであった。

「どうじゃ、見事な儀式であったろうが」

撰令所に戻るなり、博徳は礼服の冠を解きながら、廣手を振り返った。

博徳たちに与えられた殿舎は、本殿の外に井戸や三道まで備えた立派な官衙。だが今や殿内にはそここに膨大な資料が積み上げられ、かつて博徳が一人で作業を行っていた僧房とさほど変わらぬ乱雑ぶりを呈している。早志が使部を叱咤して日々掃除に勤しんでいるが、まったく片付く気配はなかった。

「はい、あれほど晴れがましい儀式とは思いも致しませんでした」

昨夜は大晦日とは思えぬほどに冷え込み、朝庭にはうっすらと霜が降りていた。その寒ささら忘失させるほどの百官の礼服の美々しさ、大王の周囲を囲繞《いにょう》していた兵衛《とねり》の雄々しさを思い起こし、廣手は高ぶった声で応じた。

「されど、わが国の元日朝拝は、まだ恒例の儀式にはなっておらぬ。日像《じつしょう》月像《げつしょう》、四神を描いた幡《ばん》もなければ、蕃夷《ばんい》の使者たちも陣列しておらぬ。この辺りの細かい儀式次第も、令に記しておかねばのう」

言いながら、若い頃目にした大唐の元日朝賀のさまを思い起こしたのであろう。博徳はふっと遠い眼差しになった。

「よいか、廣手。如何に大唐の制度を取り入れたとて、わが国が自国に誇りを抱かねば、それはただの模倣に終わってしまう。律令成り、文物の儀が備われば、この国は東の小帝国となる。如何なる大国が相手でも、我らは日の国の民たる誇りを失ってはならぬのじゃぞ」

「日の国――でございますか」

「さようじゃ。この国を遍く照らす大王は、日の神・天照大神《あまてらすおおみかみ》さまのご末裔。なれば我が国は日の御子《みこ》さまが治《し》らす日の国に違いなかろう」

かつて大海人は天照大神を深く崇敬し、長らく絶えていた伊勢斎宮《いつきのみや》制度を復活。娘の大伯《おおく》を伊勢神宮の巫女《みこ》として奉仕させるばかりか、二十年ごとに神殿を建て替える式年遷宮制《しきねんせんぐうせい》を定めた。

生ける神と讃えられた大海人にとって、天空高く輝く日輪は祖先神であると同時に、自身の権化だったのかもしれない。だとすれば彼によってかつてない変革を遂げたこの国を、照り輝く日の国と呼ぶのはいかにも相応しい。

(日の国か――)

廣手が生まれ育った紀伊や伊勢は、古来、太陽信仰が盛んであった。天照大神が伊勢に祭られた理由の一つには、そういった土地柄もあるのであろう。

毎日、空と海を押し分けながらこの世に現れ、世々繰り返される人間の営みを、飽くことなく照らし続ける日輪の国。そのあまりに輝かしい印象は、廣手の中では日々濶達な議論が繰り広げられる撰令所の姿とも重なっていた。

博徳は磊落《らいらく》な物言いに似合わぬ慎重派で、撰令所の運用が正式に定まると、まっさきに鍛造大角と調忌寸老人に自分が編纂した令五巻を読ませ、

「異と思う点があれば、忌憚なく申してくれ。またこれから編纂にかかる律と令についても、どんどん意見を言うてほしい」

と彼らの知識を求めた。

一介の史生にすぎぬ廣手にも、再々、

「下働きとはいえ、法令殿に二年もおったのじゃ。何か気にかかる点があれば、遠慮なく申せよ」

と意見をうながすことからも知れるように、博徳は身分や出自、経歴などで人を差別せぬ平明さを持っていたのである。

それはおそらく、外交官として諸国を相手に渡り合った経験に基づくのであろう。ともあれ何事も身分出自で定められる宮城において、それは驚嘆すべき視座であった。

「人の優劣が生まれ育ちで決まるのなら、世に悪政は起こらぬ道理。かよう歴然たる事実があるのに、何故上つ方々は人を出自で分けるのであろうな」

「広く衆諸に意見を問えば、その是非を公平に判ぜねばなりません。ですが位の高い方々にのみ意見を求めれば、さしたる知識は要りますまい。こう申しては何ですが、知は身分に応ずると考えられるお方は、物事の是非を判別する目をお持ちでないのでしょう」

「ほほう、廣手。おぬし、最近、辛辣な口を利くようになってきたな。いや、結構、結構。それでこそ、法令殿より引き抜いた甲斐があるというものじゃ」

博徳の人柄ゆえであろう。撰令所には来客も多く、一度なぞ珂瑠大王までが、こっそり作業の様子をうかがいに来た。

「ああ、かまわぬ。そのまま仕事を続けよ」

舎人二人を従えて現れた珂瑠に、廣手たちは仰天した。だが彼は気楽な態度で軽く手を振り、調忌寸老人が広げていた巻子《かんす》を興味深げに覗き込んだ。

十七歳の痩軀はすっきりと伸び、若木に似た清々しさを漂わせている。残念ながら威厳めいたものは薄いが、優しげな面持ちの品のいい青年であった。

「これは律令のどの部分に当たるのだ」

柔らかに尋ねられたものの、老人は恐懼するばかりで満足に答えられない。年に比べて広すぎる額に、玉の汗が浮かんでいる。見かねた博徳が、臣《やつがれ》が代わりにと進み出た。

「これは賊盗律《ぞくとうりつ》と申しまする。賊は賊叛《ぞくはん》、盗は劫盗《ごうとう》（強盗）。謀反《むへん》をはじめ、反逆や殺人、呪詛などの罪と、それらに関係した事柄に対する法規でございます」

「話を聞くだけでも、随分長大な篇のようだね。一篇にまとめるのは大変じゃないのか」

「仰せの通りでございます。大陸では古く魏の李悝《りり》の手になる法経六篇の中に、盗法・賊法の二篇があったと申します。北斉《ほくせい》ではこれらを併せて賊盗律とし、後周《こうしゅう》では再び二篇に分けて賊叛律・劫盗律と名づけました。臣もこれを二分すべきかと迷いましたが、隋の開皇律《かいこうりつ》以来の諸律が二つを併せて扱うのに倣った次第でございます」

淀みなく応じる博徳にうなずき、珂瑠は背後の舎人を振り返った。

「人麻呂《ひとまろ》、博徳の博学はお祖母さまから幾度となくうかがっていたが、まこと本邦の宝と称すべき男だな」

柿本《かきのもとの》人麻呂は目を糸のように細め、にこにことうなずいた。まるで自らの孫を眺めているような顔つきであった。

「さようでございます。されど臣などは、その博徳さまに律令編纂事業を命じられた讃良さまの眼力もさすがと、感服いたしておりまする」

「律令はわが国の統治の基盤。それを作る人材がかくも揃っていることに、わたしは感謝せねばなるまいな」

「ごもっともでございます」

このとき、人麻呂の隣に控えていた若い舎人が、恐れながら、と低頭した。

年は二十歳前後。人麻呂とは対照的な丸顔にころころとした体つきが目を引く、色白な男であった。

「なんじゃ、憶良《おくら》」

「今の博徳さまのお言葉をうかがい、一首浮かびました。お耳汚しとは存じますが、披露をお許しいただきたく存じます」

「ほう、それは面白い」

宮城一の歌人と名高い人麻呂を前に、まったく怖《お》じける気配がない。それを面白がったのか、珂瑠は薄い唇に無邪気な笑みを浮かべ、憶良と呼ばれた彼にうなずいた。

「許す。歌ってみよ」

憶良は立ち上がって数歩退き、興味津々の撰令所の面々を見回した。珂瑠に深く頭を下げ、それまでとは打って変わった甲高い声で歌い出した。

――士《おのこ》やも　空《むな》しかるべき　万代《よろずよ》に　語り継ぐべき　名は立てずして
男と生まれたからには、空しく終わって良いものだろうか。万代に語り継いでゆく名を立てることなしに――。

まるで自らに対する誓いである。予想外の歌意に、誰もがきょとんと眼をしばたたいた。

しかしそれにはお構いなしに、憶良はやや調子はずれな節で同じ歌を二度繰り返すと、元の位置に退き、

「お耳汚しをいたしました」

と小声で詫びた。

「なんだ、憶良。撰令所の者たちを褒めるのかと思ったら、己への決意表明か。宮仕えを始めて、確かまだ半年。それでかよう大それた願いを致すとは、おぬし、なかなか野心家なのだな」

珂瑠の苦笑に、撰令所の皆がどっと笑った。

「はあ、申し訳ありません」

しきりに恐縮しながらも、歌の出来には自信があるのだろう。憶良は悪びれた様子もなく、にこにこと笑っている。どこか憎めぬ丸顔が、とぼけた愛嬌を醸し出していた。

「お許しください。撰令所の皆さまを見ているうち、才長けた方々がひどく羨ましく思えてきたのでございます。臣もいずれは天下に名を上げ、後世に知られる男となりとうございます」

「やれやれ、憶良はまことに率直な奴だな。少しは口を慎むことを覚えたほうがよいぞ」

珂瑠は上機嫌で帰って行ったが、後日、人麻呂は微かな苦笑とともに廣手にこう漏らした。

「あれは山於《やまのうえの》憶良と申し、昨年の夏、内舎人《うどねり》に任ぜられた男でございます。ご覧の通り、歌に長け口も達者ゆえ、珂瑠さまのお気に入り。ですが少々才走り過ぎたところも多く、臣などにはなにやら眩しく映りますわい」

「それにしても、なかなか度胸のある御仁でしたね。大王の前で、ああも堂々と歌を披露なさるとは」

「宮仕えには謙虚さが必要。憶良は確かに才弾けた男ですが、それをあのようにひけらかしては、いずれ足をすくわれましょうぞ」

人麻呂はやれやれと首を振って帰ったが、憶良の歌はその後も、不思議な力強さで廣手の胸に留まり続けた。

——士やも　空しかるべき　万代に　語り継ぐべき　名は立てずして
自分は語り継ぐべき事績を、世に残せるだろうか。博徳や老人、大角のような学識は廣手にはない。出来るのは彼らを支え、その用を弁ずるだけ。だがそれが果たして自分の真の務めなのか、廣手にはわからぬままであった。

田辺史首名《たなべのふひとおびな》が撰令所の人員に加わったのはそんな最中。殿舎の軒先に植えられた梅の枝に嫩《わか》葉《ば》が芽吹く、晩春の日であった。

一つの具申もおろそかにせぬ、博徳の態度ゆえであろう。調忌寸老人や鍛造大角もこの頃には目覚ましい活躍ぶりを見せ、それぞれが部下を従えて作業に当たるまでになっていた。

頭の鉢が大きく、見るからに生真面目な老人と、名前の通り大柄で豪放な性格の大角は、お互いの欠点を補い合う好一対。殿舎でも常に几《つくえ》を並べ、

「おい、老人。いつまで同じ条文に引っかかっているんだ。ちょっと見せてみろ」

「うるさい。大角に任せると、何でもかんでも一刀両断に決めてしまうだろう。だいたいこの間だって、なんだ禄令《ろくりよう》のあの規定は。おかしいと思って計算してみたら、身分が低い官人のほ

うが上司より高い禄をいただくことになっていたじゃないか」

「あれはその、ちょっと勘違いをしていただけだ。まあ、いいじゃないか。すぐに気付いたのだから」

「よくないッ」

とそれぞれの仕事に注意を配り合っていた。

いつしか撰令所には老練な博徳を中心に、若い頭脳を目まぐるしく活動させる老人と大角、それを支える廣手や早志たちという構造が出来上がっていた。

藍本《らんぽん》である永徽律令は律十三篇令三十篇。それらを一条ずつ、わが国の実状に即して検討し、前後の条文との矛盾、これまでの慣習法などを踏まえて勘案するには、膨大な見識が必要である。一度決まったはずの令文が後日、他の令文との関係で検討し直され、数日間、議論が繰り広げられることも珍しくなかった。

おかげで殿舎のあちらこちらには膨大な木簡が積み上げられ、日ごと夜ごと小さな加筆訂正が繰り返される有様。そこで増える一方の雑務に携わるべく投入された顔触れに、首名が含まれていたのであった。

「廣手！　廣手じゃないか。いったいどういうことだい。明石に行っていたんじゃなかったのか」

首名は昨年春から不比等邸を離れ、贓贖司《あがもののつかさ》の使部となっていた。贓贖司は刑官の被官官司、盗品や罪人の財物の管理・売却に携わる役所である。

「望めばどんな官司にだって、任官できたのだけどね。どうせなら律令に少しでも近いところに行きたかったんだ。それに贓贖司はけっこう暇で、その気になれば勉強する時間を幾らでも作れたし。度重なる異動願いの末、念願かなって撰令所に来てみれば、君がすまし顔で働いているという始末。さあて、どうしてこういうことになったのか、後でじっくり聞かせてくれよ」

二年振りの再会に、首名は軽く笑って廣手の腹を殴る真似をした。

だが不意に笑顔を拭ったように消して眉をひそめ、ところで、と声を低めた。

「そんなことよりも、大事な話があったんだった。廣手、君は最近、五瀬の消息を聞いてないか」

「五瀬だって。あいつなら先だって、薬師寺金堂の三尊像を完成させ、持ち切れぬほどの褒美を手に忍海に帰ったんじゃないのか」

法会にこそ参列していないが、金堂落慶供養の盛儀、三尊像の神々しさに称賛の声が天に轟いたとの噂は、ほうぼうから聞かされている。そうでなくとも五瀬は評判の匠だ。前代未聞の仏像を完成させ、多忙な日々を過ごしているのではと答える廣手に、首名は暗い顔で首を横に振った。

「実はここしばらく、五瀬の行方が知れないんだ。その言葉からすると、廣手にも便りはないんだな」

「なんだって。それはどういうことだ」

首名によれば、金堂落慶後、五瀬は以前同様、鍛冶司《かぬちのつかさ》に勤番していた。しかし年明け間近のある日、ぷっつりと工場に姿を現さなくなり、そのままもう四か月が過ぎるという。

奇妙にも鍛冶司内の工場には、線刻半ばの露盤が放置されていた。翌日も普段通り、出勤するつもりだったのだろう。彼の席に置かれた金床は綺麗に磨かれ、鏨《たがね》や鑢《やすり》、鋏《はさみ》の類も整然と並べられていた。

「五瀬は仕事には熱心な男。不比等さまも細工半ばで行方をくらますのは不審と仰られ、ほうぼうに探索を命じられた。だけど皆目、消息が摑めないんだ」

「ひょっとしたら、古々女《こごめ》とかいったっけ。市ではぐれた娘を捜しに行ったんじゃないか。たとえばどこか遠国《おんごく》にいるという話を聞いたとか」

「それは僕も考えた。けどそれにしたって、無断で姿をくらますのは変だろう」

鍛冶司の勤番は雑戸の義務。天下無二の名工とはいえ、怠れば厳罰が待っている。四月《よつき》もの月日を思えば、五瀬が自らの意志で姿を消したとは考えがたかった。

「それで不比等さまは何と」

「丹比嶋さまたちの仕業ではと疑っておいでなんだが、何しろ証拠がないだろう。どうにも手出しが出来ず、困っておられるんだ」

「嶋さまたちの仕業だって？」

「……」

「うん。あ、廣手は知らないかな。二年前、不比等さまが珂瑠さまに献上なさった黒作大刀だ」

「ああ、不比等さまがかつて、草壁さまからいただかれたという刀だろう。あれがどうしたん

「これは廣手だから打ち明けるのだけど、あの刀は本当は、刀身も何もかも、不比等さまが

様々な匠たちに作らせた新刀。草壁さまから下賜されたとの話は、まったくの作りごとなんだ」

口早に事の経緯を語り、首名は口惜しげに唇を噛んだ。

「もし嶋さまたちが五瀬を拐したとすれば、大刀の件を吐かせるために決まっている。だけどいくら不比等さまのお力をもってしても、まさか雑戸一人のために左大臣さまや大納言さまの邸宅に踏みこむわけにはいかない。下手をすれば何もかもぶちまけられ、朝堂で偽りを追及されかねないんだ」

讃良が嘘を承知で大刀を嘉納したにせよ、黒作佩刀の来歴が虚偽である事実に変わりはない。それが公にされれば、不比等は珂瑠帝を謀《たばか》った不埒者として、中納言の職を追われかねなかった。

「大丈夫さ。あの強情な五瀬が、そう簡単に口を割るわけがない。今ごろは攫《さら》った側が、手を焼いているさ」

そう言いはしたものの、廣手の胸には不安が墨をにじませたように広がり始めていた。

手を焼いているもなにも、すべて五瀬が生きていればの話だ。賤民に近い身分の雑戸。脅しても賺《すか》しても口を開かぬ歯がゆさに、邸内の奥深くで既に殺害されているかもしれぬ。

しかし首名はがしがしとこめかみを掻き、いいや、と妙に断定的な口調で言った。

「それは違う。嶋さまたちは今、不比等さまの台頭に戦々恐々としておられる。もし五瀬を殺《あや》めたのなら、刀匠や塗師《ぬし》などあの大刀にかかわった他の工人を探し始めるはずだが、いまだその気配はない」

「つまり――」

「五瀬はまだ生きている。きっとそうだ」

五瀬からすれば、嶋一派の一人である阿倍御主人は、自分を足萎《あしな》えとし、娘と引き離した狭虫の親族。まさかあっさり口を割り、嶋たちに加担したとは考え難い。だとすればおそらくは五瀬は今も、彼らの監禁下に置かれているに違いなかった。

だが下手に不比等が動けば、その身が危うくなる可能性は高い。それにひょっとしたら計算高い不比等は、五瀬がこのまま口を噤んで行方知れずのままいてくれれば、かえって好都合と考えているのではなかろうか。四か月もの間事態を静観しているのは、彼の存在とともに大刀の秘密を葬り去ろうと企んでいるのかもしれなかった。

「廣手、僕は五瀬が心配なんだ。確かに彼は卑しい雑戸。しかしだからといって、このまま見殺しにしていいはずがない。何か出来ることはないだろうか」

「わかった。何か手立てを考えよう」

だが五瀬の行方を求めようにも、しがない史生二人では、手掛かりはなかなか摑めなかった。五瀬は忍海の里外れに一人住まいしており、親しく交わる者もいない。近在の誰に聞いても、いつどうして姿を消したかは皆目見当がつかなかった。

拉致の黒幕を丹比嶋一派と疑っても、五瀬が現在も彼らの屋敷に幽閉されているとは限らない。なにしろ高官たちの屋敷はおそろしく広く、飛鳥や河内に別宅を持つ者も多いのだ。

忍裳にも事情を打ち明けて協力を仰いだが、廣手たちの焦燥を他所《よそ》に、五瀬の消息は依然として絶えたままであった。

仕事中もふとした折に、あの図々しい顔が脳裏をよぎって、手が止まる。筆写中の令文を間違え、木簡を削り直すことが増えた。

「おぬし、このところ、ずっとぼんやりしておるのう。何か心配事でもあるのか」

博徳に問われても、こればかりはおいそれと相談するわけにいかない。曖昧に誤魔化し、暇を見ては左大臣たちの屋敷の周囲をうろつくうちに、軒端の梅は葉を茂らせ、季節は夏へと移ろった。

博徳が妙に厳めしい顔で廣手と首名を呼んだのは、半月に及ぶ長雨が止んだ数日後であった。

「廣手に首名。ともに儂の部屋に参れ」

博徳の硬い声に、廣手は思わず首名と顔を見合わせた。嶋一派の身辺を嗅ぎまわっている件が露見したのではと、不安を抱いたのである。

「何をしておる。さっさと来ぬか」

殿舎と棟続きの細殿に二人を招き入れると、博徳は棚から真新しい巻子を取り出し、膝先に広げた。

冒頭には墨の色も黒々と、公式令《くしきりょう》――と記されている。

「これは――」

廣手と首名はそろって息を呑んだ。

公式令とは宮城内で用いる文書の様式やそれらの作成・施行にまつわる細則、また役人や服務規定など、政務の根幹に関わる諸令を収めた令である。これはいわば、律令制度の源《みなもと》。公式令が完成すれば、令二十八篇は大半が成ったも同然であった。

言葉を失う彼らを見やり、博徳はにやりと唇を一方に歪めた。

「どうじゃ、おぬしたちが何やらこそこそしておる間に、最早、令の基は完成してしもうたぞ」

「いつの間に、これほど大部の篇を仕上げられたのですか」

太い巻子を広げながら、首名が驚きの声を漏らした。官位令を筆頭とする他の篇がだいたい三、四十条の令文から成るのに比べ、公式令は総計八十九条。しかもその内容の煩雑さから、編纂の手間は並大抵ではなかったはずだ。

史生は学者の手伝いに当たるものの、彼らがいまどんな条文を勘案し、どの篇に取りかかっているのかまでは知らされない。この一月あまり、博徳や老人たちが事あるごとに激しい議論を繰り返していたのは承知していたが、まさかそれが公式令のためであったとは。

「ふん、儂の頭脳に老人や大角たちのそれを加えれば、さしたる苦労ではないわ。それよりおぬしら、一条目を早う読んでみよ」

廣手は慌てて、首名が広げた巻子を巻きとった。

公式令第一条の冒頭には、優麗な博徳の文字で、

——詔書式《しょうしょしき》
と記されている。

詔《みことのり》とは大王が勅命下達の際に用いる文書形式。数ある公式文書の中でも、もっとも格が高い。本条はその書式・発布方法を詳述した条目であった。

条令名に続く本文に、廣手は目を惹き寄せられた。幾つかの文字が、まるで光を放っている

かのように見えた。

——明神御宇日本天皇詔旨云云。咸聞。

「明神《あらみかみ》と御宇《あめのしたし》らす日本《ひのもと》の天皇《すめらみこと》が詔旨《おほむごと》らまと云々、咸《ことごと》くに聞きたまえ、と読む」

「日本——」

「さよう。この国の新しき国号じゃ」

威風辺りを払うその名を口にするとき、博徳はひどく誇らしげに胸を張った。

「この律令が完成すれば、わが国は大唐にも負けぬ帝国となる。日の御子たる天皇に守られた、日の本たる東の国。どうじゃ、これほど素晴らしき名はまたとあるまい」

また聞きなれぬ名が出てきたことに戸惑いながら、廣手は恐る恐る博徳に問うた。

「天皇とは、どなたでございます」

「おお、これもまだ聞かせておらなんだか。天皇とは大王のことじゃ。大唐では古来、天穹《てんきゅう》の星々を従える北極星を天皇大帝と呼び、宇宙における至高の存在と位置づけておる。いわば大空の大王の意味じゃな」

唐では上元《じょうげ》元年（六七三）、この「天皇大帝」にちなみ、時の皇帝高宗《こうそう》に「天皇」の称号を奉上。ただしこれは新たな君主号というわけではなく、あくまで高宗個人に奉られた尊号であった。

一方、倭にはもともと大王以前に、「天王《あまぎみ》」「天 兒《あめのたらしひこ》」という支配者を指す語があった。隋書東夷伝倭国条などに現れるこれらの語は、天より降臨した貴人の意であり、祖先神たる天照大神との関係を強烈に主張した尊名。博徳はこの古き称号に至高の存在を示す「天皇」を重ねあわせ、「天皇《すめらみこと》」の語を創出したのである。

「ミコトは貴人、すなわち王を指し、スメは天地を治《し》らす様を述ぶる言葉。いわばスメラミコトの一語には、大王が日の神の天孫としてこの国を治めるとの理《ことわり》が余さず含まれているのじゃ」

つまり、と博徳は続けた。

「この律令によって、本邦の主は大王より天皇に変わり、国そのものもまた、倭から日本へと改まる。この一条はその変革を示す、なによりの宣言じゃ」

日本——。

口の中で転がせば転がすほど、その言葉は甘美な酒にも似た豊潤さで、廣手の五体を満たした。

それはこれまでの倭国、大八洲国《おおやしまぐに》といった国号とはまったく異なる。海東の小国であるがゆえに、太陽に寿がれた国。日輪の輝かしさそのものの如く眩《まばゆ》き名に、廣手は思わず軽く鼻を啜りあげた。

いや、違う。しきりに鼻を鳴らしているのは首名だ。見れば彼は広げられたままの公式令の前に端坐し、見開いた両の目からぼろぼろと涙をこぼしていた。

「あ——ありがとうございます、博徳さま」

言うなり首名は床にうずくまり、わっと声を上げて泣き出した。

「ぼ、僕は嬉しいです。長らく大陸から侮られ、倭呼ばわりされてきた自国が律令を持ち、強靭なる大王に率いられた日本の国に変わるなんて——僕は、僕はこの国に生まれついたことを誇りに思います」

あまりに大袈裟な感動ぶりに、博徳は一瞬、呆気に取られた様子であった。だがすぐに我に返り、

「大王ではないぞ、天皇じゃ。間違えてはならぬ」

首名の背を優しく叩いて助け起こした。

「この令が施行された暁には、おぬしたちは天皇に仕える官人となる。天皇は北辰、すなわち天の枢《とぼそ》じゃ。衆星が四面に旋繞《めぐ》りて之に向かうが如く、文武百官は天皇に規律正しくお仕え申し上げねばならぬ。それがこの日本の新しき世じゃ」

そのとき廣手は眼裏に、童《わらべ》の頃、故郷の浜から眺めた日輪を見た。空と海との境も分からぬ闇が徐々に明るみ、やがて濃紺の視界を上下に引き裂くかのように、海面の一部が朱色に光り始める。真っ赤な血潮の中から生まるるかの如く、姿を現す太陽。その圧倒的な輝きに、幼い廣手は思わず顔を手で覆ったものだ。

しかしかたわらの八束はそんなときいつも、大きな目を細めもせずに、刻々と姿を現す日輪を凝視していた。そんな兄の横顔がひどく誇らしげで、雄々しさに満ちていたことを、廣手はよく覚えている。

あの赫々《かくかく》たる日輪は、すなわち我らが国であった。太陽が日々生まれ変わり続けるように、大唐や新羅よりも太陽に近い小国は、律令によって輝かしい国家に生まれ変わる。白村江の敗戦を乗り越え、諸外国にもひけを取らぬ強き国——天皇と官僚によって治められる「日本」へと。

それは他国から与えられた名でも、なりゆきで付けられた国号でもない。この国の民によって選ばれた、日の御子の治らす日の国の名。

いつか、国土が悉《ことごと》く焦土と変じたとしても、この辺東の小国の民は、必ずや日本の国号の下に集い、立ち上がるだろう。そう、日々新たな命を得る、あの力強き日輪の如く。

――右は、御畫日《ごえにち》をば、中務官《なかつかさ》に留めて案《あん》と為《せ》よ。別に一通写して印署《いんじょ》して、太政官に送れ。大納言覆奏せよ。可畫《かか》きたまふこと訖《おわ》りなば、留めて案と為よ。更に一通写して誥《こう》せよ。訖らば施行せよ。

条文には詔書の書式の説明に続き、その施行方法が記されていた。

――詔書は正文を中務官に留めて、案（保管文書）とせよ。別に一通を写し、天皇御璽《ぎょじ》を捺し、中務の官人が署名して、太政官に送れ。大納言は天皇から施行の確認をいただき、天皇が「可」とお書きになられたらそれを残して案とせよ。更に別に一通写して、布告せよ。終われば八省に下して施行せよ。

そして組織化された官司機構は、天皇の意志を国の隅々にまで行き渡らせる。それはあたかも天穹の高みから降り注ぐ陽光が、この小国を遍く照らすにも似た光景に違いない。

この国は日輪。そしてそれを定めた律令もまた、国の太陽なのだ。自分たちは今、まさに日輪が生まれ出る瞬間に立ち会っている。自然と熱くなる瞼を、廣手は瞬きして懸命になだめた。

「ただし困ったことに、この国号にはたった一つ、問題があるのじゃ」

「問題でございますと」

これほど素晴らしい国号に、どんな問題があるのだ。首名までが涙で濡れた顔を上げ、博徳の口許を気遣わしげに見つめた。

「国名には毛筋ほどの瑕瑾《かきん》もあってはならぬ。何しろこれからわが国は、諸外国と同等に肩を並べるのじゃからのう。いやあえて言えば、律令を備えた本邦は、これより東海の小帝国となる。日本の名の下においては、新羅はもちろん、大唐すら外蕃《げばん》の国じゃ」

隋や唐は自国を世界の中心とする中華思想に基づき、四国の異民族を蛮戎《ばんじゅう》・夷狄《いてき》と呼んで蔑視した。自らの国のみを文化的な国家と見なし、それ以外はすべて自国に服従すべき未開の国として扱ったのである。

だが大唐と同じく律令を備える以上、日本もまた中華——すなわち世界の中心だと博徳は断言した。

「いいのですか、先生。そんなことを申されて」

「別にかまわぬわい。かような気概なくして、この国を真の律令国家と改められるものか。天皇が大唐の皇帝に劣るなどと考えていては、日本の威信は保てぬ」

されどなあ、と博徳は溜息をついた。

「もし日本と似た音、似た字が外《と》つ国にあればいかがいたす。これらの語が他国において後ろ指指さるる名でないかを確認せねば、正式に令に採用するわけにはいかぬ。大角などは考えすぎじゃと申すが、これればかりは決しておろそかに出来ぬわい」

例えば新羅に「日本」という地名があれば、この名は国号には相応しくない。また同様に、「ひのもと」の音にも、注意を払う必要があった。

「わしの知る限り、唐語では日本やひのもとに相当する地名や言葉はない。また百済語に当てはめても大丈夫だと、刑官の訳語《おさ》からも保証されておる」

博徳の心配は、それだけでは拭いきれぬようであった。

「実は讃良さまには、既に内々にこの国号を上奏し、満足じゃとのお言葉をいただいておる。されどそれが、国内だけの満足であってはならぬ。長安・大明宮《だいめいきゅう》の含元殿《がんげんでん》で披瀝《ひれき》したとき、居並ぶ諸蕃の使者どもを一人残らず感嘆させずして、何の新国号であろう」

「つまりそのためには、他国の言語で日本の国号が問題ないかを、確認せねばならぬのですね」

首名が手巾で顔を拭いながら、くぐもった声で確かめた。

「それは新羅語だけでよろしいのですか」

ならば河内《かわち》に尋ねればよいと考えたのだが、博徳は、いいや、と気難しげに首を横に振り、広げたままの巻子を片付けにかかった。

「そうは参らぬ。大明宮には新羅はもちろん、契丹、突厥、吐蕃《とばん》、大食《サラセン》などさまざまな国の使節がうろうろしておる。これら諸国の語に当てはめ、遺漏がないと見定めぬ限り、日本を名乗ることは出来ぬわい」

すでに各国の使者を前にしたような確然たる眼差しで、博徳は虚空を睨み据えた。

正式な布告こそまだだが、朝堂では近々、大唐に使節を送るべく、随員の選抜が始まっている。実施されれば、実に四十数年ぶりの遣唐使差遣。そしてその派遣時にはおそらく使節は新律令を携え、国号及び大王号の変更を唐皇帝に告げ知らせることとなろう。

それはすなわち、この国の小帝国としての独立宣言。白村江の敗戦を乗り越え、国際社会へ華々しく再登壇するためにも、日本の国号には一つの過ちも許されなかった。

だが契丹、突厥に吐蕃、大食とは。それこそ名称しか知らぬ数々の異国に、廣手は絶句した。河内は、次の春で十四歳になる。今は宮城中最年少の訳語として刑官に籍を置き、遣唐使の随員候補に挙げられているとの噂もあった。

だが幾ら語学に長けた河内でも、文字からして異なる突厥や吐蕃、大食の言語までは知るまい。いや彼ならずとも、海山彼方数千里の異郷の言葉を解する人間が、この国にいるとは考え難かった。

「契丹、突厥、吐蕃、大食、ですか……」

見れば首名が難しい顔で、指を折っている。

「百歩譲って、突厥だけでもよいぞ。大食はあまりに遠方ゆえ、まず無理。また契丹と吐蕃は最近、大唐との抗争が絶えぬ。国自体、いつ亡くなるか知れぬでのう」

「突厥と契丹の語なら、お一人、心当たりがあります。ただ、お手伝いくださるかどうか
――」

首名の言葉に、博徳と廣手は一瞬ぎょっと目を見張り、次の瞬間、彼に向かって突進した。

「どういうことだ、首名」

「ど、どこの誰じゃ。ええい、じらさずにさっさと申さぬか」

興奮のあまり首名の襟元を締め上げる博徳を、廣手は慌てて引き剝がした。

「お、落ち着いてください、博徳さま」

「これが落ち着いておられるか。わが国の国号が定まるかどうかの瀬戸際なのじゃぞ」

揉みあう二人を尻目に、首名は何やら腕組みをして考え込んでいる。よほど厄介な相手なのかと見ていると、彼は突然「ええいッ」と叫んで天井を仰ぎ、両の手でがりがりと頭を掻きむしった。

「やっぱりだめだッ。どう考えても、その方がご助力くださるとは思えない。博徳さま、すみません。先ほどの言葉は忘れてください」

「いったい誰の話をしておる。交渉は儂がいたす。とにかく心当たりとやらの名を申せ」

「博徳さまは山口忌寸大麻呂《やまぐちのいみき》という御仁をご存知ですか。兵衛府の府生の任にあり、武芸百般の使い手として知られているお方ですが」

あまりの意外さに、廣手はぽかんと口を開けた。なぜ今ここで、あの男が出てくる。

「ふうむ、儂は武官とは付き合いがないでのう。その者が如何いたした」

「以前不比等さまから、この方は唐語は無論、百済や新羅、契丹、突厥の言語にまで通じておられるとうかがったことがあるのです。ただ惜しむらくは大麻呂さまは大伴御行公の腹心、おいそれとは協力してくださらないでしょう」

そうです、と廣手も急いで口をはさんだ。そもそも大麻呂は自分たちの敵、いやひょっとしたら八束の仇かも知れぬ人物ではないか。

「その方なら、僕も一度会っていますが、力添えしてくれる道理がありません。博徳さま、やはり他を当たりましょう」

「ええい、二人してなにをごちゃごちゃ尻込みしておるッ」

白い髭を震わせて吠え立て、博徳は廣手と首名をぎろりと睨みつけた。

「かようなことは尋ねてみねばわからぬ。その男、兵衛府の府生と申したな。むむ、この時刻であればおそらく、衛府の陣に詰めておろう」

言い捨てて駆け出そうとする博徳を、廣手は首名と二人がかりで抱きとめた。

「ま、待ってください、博徳さま。相手は大伴卿の資人ですよ」

「それがなんじゃ。おぬしらは今、大麻呂とやらを名うての武官と申したな。武官の務めとは、国を守る御楯となること。いわば彼らにとって主は国そのものであり、また天下の百姓でもある。それを知らず、金や名声のみで動き、一人の主のみに忠誠を誓う者は、いくら腕が立とうともただの人殺しじゃ」

博徳は忌々しげに二人を振り払い、乱れた冠を正した。

「儂が知で国を守るのであれば、兵《つわもの》は武で国を守る者。武勇で名高い男ともなれば、手段こそ異なれど、目指すところは儂と同一のはず。とにかく話だけでもして参る」

だが言い置いて飛び出して行った博徳は、わずか半刻足らずで撰令所に戻って来た。その苦々しげな顔だけで、廣手と首名は大麻呂との話し合いの決裂を悟らざるをえなかった。

「撰令所の伊吉連博徳と名乗っただけで、ぷいと顔を背け、詰所に戻ってしまったわい。人の話をまともに聞こうともせぬ。あのような男を雇っておるようでは、右兵衛督《みぎのつわもののかみ》どのの器量が知れるぞよ」

円座《わろうだ》にどかりと腰を下ろして吐き捨てる語調には、いつもの奔放さがない。大麻呂の取りつく島のない態度に怒りつつも、己の定めた「日本」号に、いま一つ自信を持ちきれぬ様子であった。

「されど首名、あの体軀から察するに、大麻呂とやらは叩き上げの武官であろう。かような者がどうして、数々の外《と》つ国の語に通じておるのじゃ」

「これも不比等さまからうかがった話ですが、かれこれ三十年近く昔、白村江の戦で捕虜となっていた方々が、九年ぶりに帰国なさった騒ぎがあったらしいですね」

「おお、葛城大王がまだご存命の頃の話じゃな。確か戻ってきたのは、土部連富杼《はじのむらじほど》、氷連老《ひのむらじおゆ》、筑紫君薩夜麻《つくしのきみさつやま》、弓削連元宝《ゆげのむらじげんぽう》の子息の四人。いずれも百済救援の将として渡海し、敵に捕らわれた者たちじゃ。もっともそのうち氷連老は、帰国後すぐに落飾し、世を捨ててしもうたが――」

混乱する大陸情勢に長く携わっていただけに、記憶をたどる博徳の横顔は感慨深げであった。

「その氷連老さまは、山口忌寸大麻呂さまの叔父御。捕囚として百済や大唐の各地を転々とする中で各国の言葉を学ばれ、帰国後、その知識を少年の大麻呂さまに余さず授けられたそうでございます」

氷連老は白雉《はくち》四年（六五三）渡海の遣唐留学生。語学に練達している点が評価され、帰国後、百済救援軍に加えられたのである。

しかし元々文知の人である老に、血で血を洗う戦は不向きであった。白村江の戦を前に新羅の捕虜となり、そのまま各地の軍陣を曳き回された。

当時、大唐は百済ばかりか高句麗・突厥・契丹の諸国とも、激しく争っていた。やがて唐軍に引き渡された彼が、他国の捕虜と獄を同じくし、さまざまな言語を身に付けたのは、自然の成り行きだったのである。

帰国後、老が出家したのは、異郷で空しく死なせた部下と、捕囚仲間から聞いた各国の戦死者への追悼の念ゆえであった。度重なる葛城の慰撫を無視し、二度と宮城に足を踏み入れなかった彼はその代わり、己が習い覚えてきた異国語を、親族の子らに伝えることに意を注いだ。

「国を守るには、武力だけでは足りぬ。剣持て戦う前に、諸外国との交渉に当たる知力が、国政には不可欠。そのためには大唐はもちろん、あらゆる異国の言葉を学ぶべきじゃ」

それにしても大唐・百済・高句麗はさておき、契丹・突厥などの言語はあまりに難解。唯一、老からすべての語を学び取ったのが、まだ少年の大麻呂だったのである。

「ただ大麻呂さまはどうやら、これらの語学を安易に利用しようとする方を毛嫌いしておられるご様子。卓越した語学力を欲する大学官や玄蕃官の誘いを撥ねのけて兵衛府に入られたのも、それゆえでございましょう」

老は帰国後間もなく病みつき、病床で数年を過ごした後、大麻呂が十七歳の時に没した。虜囚として過ごした九年の歳月は、その身をかほど深くまで蝕んでいたのである。

「なるほどのう。大麻呂とやらは、叔父御の境遇から、朝堂に遺恨を抱いているわけか。大伴卿の資人となっているのも、無理はない」

されど、と博徳は長い鬚をしごいた。

「その恨みは間違っておる。確かに老は百済救援に赴き、かの国で数々の辛酸を舐めた。されどあの戦がなければ、この国はとうに大唐か百済に滅ぼされていたであろう。彼らはこの国を守る尊い御楯であった。だからこそ葛城さまは帰国した老たちを厚遇し、幾度も出仕をうながしたのよ。叔父御の苦難を思いやるのはよいが、大麻呂とやらは怒りを向ける相手をいささか誤っておるのう」

「いかがなさいます、博徳さま」

几の上には、完成したばかりの公式令が置かれている。それを凝視し、博徳は大きな息をついた。

「この国にはまだ、律令の何たるか、国の何たるかを知らぬ者が多い。大麻呂もその一人じゃ。戦を厭《いと》い、政《まつりごと》を恨むのは容易い。されど他国からわが国を守るためには、時に剣を取り、血を流さねばならぬこともある。誰が戦など望むものか。ただ外なる憂いが故国に押し寄せれば、我らは否《いや》が応でも戦わねばならぬのじゃ。名うての武官、卓越した語学の知識の持ち主となれば、なんとかして眼を覚まさせてやりたいが――」

窓から差し込んでいた陽は薄れ、いつしか宮城の上には灰色の雲が低く垂れこめていた。近づきつつある遠雷から察するに、間もなく驟雨《しゅうう》がこの京に襲いかかるに違いない。

まだ夕刻とは思えぬ昏《くら》さに沈む室内で、博徳は白濁した眼をかっと見開き、几の前の巻子を見つめ続けた。

はるか遠くの雲を稲妻が引き裂き、西の山嶺を青く照らしつけた。


――どこからか、水の滴る音が聞こえる。だとすれば地上は今頃、雨が降っているのだろう。

幾ら耳をそばだてても地表を叩く雨音は聞こえず、静まり返った石牢に、ただ水滴の音がこだまするばかりである。それでもよくよく眼をこらせば、天井近くに水がにじみ始めているのが見える。

そうでなくとも湿り気がひどく、怖気《おぞけ》立つ寒さが身体を蝕む地下牢である。このままでは四半刻もせぬうちに、石敷きの床は水浸しになるだろう。

（ちぇっ、またかよ）

牢の端に置かれた尿壺《しとつぼ》を壁のくぼみに押し込み、五瀬は忌々しげに舌打ちをした。うかうかしていると流れ込んだ水が壺を浸し、狭い牢中を糞尿まみれにしてしまう。数日に一度、口の利けぬ婢が獄の掃除をしてくれるが、それまでの間、悪臭まみれで寝起きするのはまっぴらだ。

雑戸の生まれゆえ、飢えにも饐《す》えた寝藁の臭いにも慣れている。しかしあちらこちらに古血がこびりついた石牢でこれ以上の汚穢《おわい》に塗《まみ》れては、張りつめてきた意地が音を立てて切れそうであった。

「おおい、誰かいねえのか。ちっと、ここを開けてくれよ」

石牢は、五瀬がかろうじて身を屈めずにすむ程度の高さしかない。天井の一角に拵えられた木扉を拳で叩くと、荒々しい罵声とともにわずかにそれが開かれた。

「表はまた雨かよ。水がこうも入ってきちゃあ、寝床が濡れてならねえ。あとで藁を替えてくれよな」

「足萎えのくせに口ばっかり達者な男だぜ。文句があるなら、濡れねえように寝藁を抱えて立ってるんだな」

哄笑とともに扉が閉ざされるのはいつもの事だ。別に端《はな》から、期待はしていない。

だが五瀬がここに幽閉されてから、相当な月日が経つ。灯り一つない石牢で正気を保つためには、権柄《けんぺい》ずくな牢番でもいい、とにかく時折、誰かと言葉を交わす必要があった。

忍海から拉致されたのは、冬の終わり。それからいったい、何日が経ったのだろう。初めの一月ほどは、落ちていた土器《かわらけ》の欠片で壁に刻みをつけて数えたが、それから先は面倒になって止めた。

地下のせいか、牢獄の気温は当初からさほど変わらない。しかしそれでも朝晩の食事のたびに開かれる扉の向こうの空気は最近、確実に蒸し暑さをはらんでいる。この雨から察するに、そろそろ季節は盛夏、そして今は夕刻か。

攫《さら》われた当初こそ毎日行われた尋問も、数日前を最後に、ぱったりと止んでいる。口から出まかせを信じてくれたのはありがたいが、本当に対馬《つしま》に派遣される羽目になるとは夢にも思わなかった。

おそらく今日明日中にも、自分は無理やり京を発たされるのだろう。その前に一度、村に戻らせてくれと頼まねば、と彼は湿り始めた寝藁を積み上げながら考えた。

顔を布で覆った男たちが家に踏みこんできたとき、黒作大刀の秘密を知る自分が邪魔になった不比等が刺客を放ったのだと、五瀬は思った。だが翌日から始まった糾問は、その大刀にまつわる話ばかり。おかげでこれが丹比嶋を始めとする諸臣によるものと勘付いたが、そうなると次にこみ上げてきたのは激しい怒りだった。

丹比嶋と大伴御行に恨みはないが、阿倍御主人はあの狭虫の遠縁。この足を砕き、古々女と生き別れさせた首魁と呼ぶべき男だ。

新しい大刀をしれっと献上し、新帝の舅に収まった不比等に、正直いい感情はない。だが彼を引きずりおろさんとする相手が、自分の仇とその仲間となれば話は別。

殴られようが蹴られようが、

「そんな大刀なんか知らねえ。不比等さまなんてお方から、依頼を受けた覚えもねえ」

と否定し続けられたのは、彼らに対する恨みあればこそであった。

相手も強情な五瀬に、さすがに音を上げたのだろう。最近では苛酷な尋問は止み、なんとか錺《かざり》金具を作ったと言わせようと懐柔する方針に変じていた。

無論、嶋や御主人たちが姿を現すわけではない。糾問に当たるのはいつも、どこかの資人らしき男どもである。

言うことを聞けば、雑戸の身分から解放してやる。一生食うに困らないだけの褒美も取らせようとの彼らの甘言を、五瀬は腹の中でせせら笑って聞いていた。

雑戸とは畢竟《ひっきょう》、良戸に虐げられ、踏み付けられる存在だ。誰にも心を許してはならない。そんな獣の本能にも似た警戒心が、胸の奥で常に警鐘を鳴らしていたのである。

（うっかり口車に乗っちゃあ、利用された果てに、野っ原に引き出されてばっさりだ。なんとか時間を稼ぎ、逃げ出す手段を考えなきゃあな）

そんなある日、いつものように牢から引き出された五瀬は、糾問の男たちの落ち着かなげな様子に不審を抱いた。こっそり周りをうかがえば、帳一枚隔てた隣室に動く影がある。

（ははあ、あちらに親玉がおいでなさるんだな）

そう悟った五瀬は、男たちの勘問に応じながら、話をそれとなく望む方向へ運んでいった。

「俺もいい加減、こんなところに閉じ込められているのが嫌になってきやした。ねえ、一つ、取引をしねえですか」

男たちはそろって訝しげな表情を浮かべた。

「取引だと」

「へえ、旦那がたは最近、対馬で金が出たという話をご存知ありませんかね」

「金だと。そんなものがこの国に出るわけなかろう」

「ふふん、それがあったんですから、驚きじゃねえですか」

自信たっぷりの言い様に、彼らはちらりと驚きの眼を見交わした。

金は倭国では採れぬ、貴重な金属。その華麗さは世に比類なく、仏像の荘厳《しょうごん》にも欠かせぬ瑞宝である。このため黄金は盛んに大陸から輸入されたが、その値は桁外れに高く、流通量はさほど多くなかった。

新益京の鍛冶司に金鉱発見の報がもたらされたのは、五瀬が拉致される半月前。だが腕利きの精錬工を寄越してくれとの対馬国宰《くにのみこともち》の頼みに、鍛部《かじべ》たちはそろって疑いの声を上げた。

「対馬に金鉱があるとは、到底思えませんな。地勢から見るに、金が出るとすれば東国。それも陸奥や出羽といった奥地のはずでございます」

諸国から金脈発見の知らせが届き、そのたびに鍛部が無駄足を踏まされる騒ぎは、これまで幾度となく繰り返されていた。川砂に交じる雲母や黄鉄鉱、また岩石に混入する石英の破片が、素人目には砂金と映るゆえの過ちである。

そうでなくても冬から春にかけては、鍛冶司の最繁期。それだけに鍛冶正《かぬちのかみ》は対馬国宰からの書簡を黙殺したが、これはひょっとしたら本当の話かもしれぬと、五瀬は説いた。

「鍛部どもは対馬に金脈なんぞねえと言いましたけど、あっしはそうは思わねえ。だいたい出雲から長門、筑前界隈は、まだ知られてねえ鉱山がたんまりある地域。そこからほど近い対馬なら、金鉱があっても不思議じゃないですやね」

「おぬし、何が言いたいのだ」

五瀬の流暢な口ぶりに引き込まれたように、一人が尋ねた。

男たちはみな、目の前の雑戸が薬師寺の金銅三尊像を鋳上げたと知っている。自信たっぷりな態度に、あるいはと欲心を誘われた様子であった。

「いえね。国内での金発見は、天下の瑞祥。鍛冶正が握りつぶした訴えを取り上げ、見事金塊を京にもたらせば、帝はさぞ大喜びなさいましょうなあ」

この国の資源開発は、まだ途上にある。近年ようやく白鑞《びゃくろう》や鑞鑛、硫黄《いおう》などの鉱物が見付かったものの、どこにどんな鉱脈があるかはまだまだ未知数であった。

そんな最中、天下第一の鉱物たる黄金が貢納されれば、産出国の対馬はもちろん、献上した人物まで褒賞を受けるのは確実である。

男たちの顔つきがはっと変わった瞬間、五瀬は乾坤一擲《けんこんいってき》の賭けに出た。隣室の人物の耳にも届くよう、胸をそらして声を張り上げた。

「あっしをここに連れてきた方がどなたかは知りやせん。ですが有体に言って、左大臣さまはもうご高齢。ここで金の献上に一役買われれば、以後、帝の恩寵目覚ましく、もうお一方の大納言さまに先んじられるんじゃないですかねえ」

左大臣が自らの手を汚し、自分を攫うとは思えない。だとすれば隣にいるのは、阿倍御主人か大伴御行。

自分のような男をさらってまで、藤原不比等を追い落とそうと企てるほどだ。おそらく彼らは今の政情に、相当な不安を抱いている。ならばいっそ他の二人を裏切り、金献上を通じて彼らより——いや不比等より揺るぎない立場を築けばいいと、五瀬は持ちかけたのであった。嶋たち三人がどの程度の信頼で結ばれているかはわからない。だが阿倍御主人と大伴御行はともに古くからの名族。常に引き比べられてきた二人であれば、自分の甘言に乗るのではとの計算があった。

隣室はしんと静まり、咳払い一つ聞こえてこない。しくじったか、とさすがの五瀬も背筋に寒いものを覚えた直後、

「——まことにおぬしであれば、黄金を精錬できるのか」

押し殺した声とともに、妙に背格好のいい男が姿を見せた。若い頃はさぞ偉丈夫だったのであろう。衰えたりとはいえ、大振りな目鼻立ちは際立ち、声にも張りがある。

薬師寺金堂の落慶法要の折、高官の顔はだいたい見覚えている。大伴御行であった。

「もちろんでさあ。鍛部たちはどいつもこいつも、口ばっかり達者でいけねえ。実際は鉱脈がどうというより、対馬なんぞに行かされるのが面倒で、こぞって反対を唱えたに決まってますさあ」

ふうむ、とつぶやきながら、それでもなお疑念の残る目で、御行は五瀬をねめつけた。

「されどおぬし、なぜかようなことを言い出したのじゃ」

「そりゃ、地下牢に閉じ込められているのに、いい加減嫌気が差したからでさあね」

「なれば、先頃より申しておる通り、不比等が献上した大刀の銹を作ったと認めれば済もう。

それをなぜわざわざ、黄金の話を言い立てる」

御行の指摘は鋭い。五瀬はあえて乱暴に、

「いくらしがない雑戸でも、作っていねえものを作ったとは、口が裂けても言えませんぜ」

と言い放った。

「だったらむしろ、他の奴らがやってねえ仕事をしおおせて、皆の鼻を明かしてやったほうがましでさあ。どうですかい。悪い話じゃねえでしょう」

「もし本当に黄金を鋳《ふ》き立てられれば、おぬしはその精錬工として嘉賞に与ろう。雑戸からの解放も夢ではないな」

そして自分は金脈発見の功労者として、相役の阿倍御主人に一歩先んじられる。思いがけぬ誘惑に、御行はうなった。

撰令所の存在が公になってからこの方、長と弓削の舅である御行は、現状に御主人以上の危機感を抱いていた。

愛する者を次々と失っても、讃良は力強く立ち上がり、律令国家完成に向けた歩みを止めない。珂瑠の即位、着々と進む律令編纂事業、これらを冷静に観察すれば、更なる抵抗は無意味と思われた。

嶋はもう老齢。今更、後には引けまい。だが自分はまだ若い。この潮流が最早止められぬのであれば、一日も早く沈み行く船から逃げ出すべきではないか。

長と弓削に娘を奉ったのは、一族の繁栄を願えばこそ。それが災いを呼ぶとあれば、下手な情に囚われていてはならぬ。むしろ率先して、彼らとの関係を断つべきだ。

身の処し方を冷徹に考え始めた矢先の五瀬の甘言は、御行の心をあっけなく崩した。年も近く、相役として常に引き比べられてきた御主人への反発も、心のどこかにあった。

「わかった。その言葉を信じ、ここから出してつかわそう。対馬に行き、黄金を精錬して参れ」

嶋や御主人は、自分を裏切り者と罵るだろう。しかしそれは所詮、大事の前の小事だ。彼らは汚れ仕事をすべて、自分に押し付けてきた。ならば今度はそれを利用させてもらうまでである。

「ただし、そなたを一人で行かせるわけには参らぬ。見張りとして我が家の資人をつける。逃げられるとは思わぬことじゃ」

「へん、妙な心配はご無用ですぜ。立派に鋳き立てりゃ、雑戸の身の上から放たれるってえのに、誰がそんな莫迦をしますかい」

（――さて、厄介な話になってきたぞ）

実は対馬国宰は書状とともに、金の原石と称する石片を数個、鍛冶司に送ってきていた。割れば内部で砕片が光るそれは、鍛師の眼には一瞬でただの石くれと知れる代物。対馬に金鉱などないと考えるのは、五瀬も同じだったのである。

とはいえここまで来れば、もはや引っ込みはつかぬ。いやむしろ、嶋・御行・御主人の協力体制に楔《くさび》を打ち込めるのであれば、この機に乗じぬ理由はない。

文字が読めず、天下の情勢もよく理解できぬ五瀬には、讃良と嶋一派の対立もどこかよそ事と思われる。しかし自分を邸宅に置いてくれた葛野王は、嶋たちの敵と聞く。ならばそれだけでも、讃良前帝に加担する理由にはなろう。

拉致される半月ほど前、五瀬は阿古志連廣手がいつの間にか撰令所とやらで働いていると、風の便りに耳にした。

律令完成は讃良の悲願。以前から田辺史首名と二人で、あれこれ世の趨勢について語り合っていた彼は、この歪んだ世を糺《ただ》そうと奔走しているのだろう。自分の企みが、少しなりともその役に立てばよいが。

(ともかく、できるところまではやってやろうじゃねえか)

と五瀬は腹をくくった。

雨は半刻も経たぬうちに止んだらしい。それでも石牢は踝《くるぶし》まで水に浸かり、夏とは思えぬ寒さに覆われている。心なしか牢内の悪臭が薄らいだのが、唯一の救いであった。

「おい、飯だぞ。明日は暗いうちの出立だそうだ。今夜はしっかり眠っておけよ」

頭上の揚げ戸が開き、木椀に盛られた粟飯がぬっと差し出された時、五瀬は閉まりかけた扉に腕を突っ込んだ。

「待ってくれ。一つ、頼みがあるんだ」

「ええい、いつもいつもうるさい奴だな」

牢番は縁にかけた五瀬の手を、ぎりぎりと踏みにじった。しかし彼はそれにはひるまず、もう一方の手で扉を押さえてわめいた。

「俺を忍海に戻らせてくれ。対馬で使う道具を取りに行きたいんだ。なあ、頼む」

「道具だと。そんなもの、あちらにも何かあるだろう」

「寝言を言うな。鉄や銅ならともかく、金を治《う》つのにそこらの野良道具で出来るもんか」

いくら足蹴にしようがひるまぬ五瀬にあきれたのか、牢番はやがてちょっと待てと言い置き、一人の資人を連れて戻ってきた。これまでも幾度となく姿を見かけた、屈強な中年男であった。

「道具を取りに戻らせろとな」

揚げ戸の脇からこちらを見下ろす男の表情は、影になってよく見えない。だがその声音から五瀬は、この資人が自分を対馬まで連れていくのだと直感した。

「鉱脈の様子がわからねえから、大半の道具はあちらで調達しまさあ。けど金皿や裂き鎚など小さな道具ぐらいは、使い慣れているのを持って行かせてくだせえ」

「ふむ、確かにそれも一理ある」

男はしばらくの間、何事か考えていた。やがて牢番に命じ、牢内に木梯子を下ろさせた。

「上がってこい。私が連れて行ってやる」

「ありがてえ。恩に着ますぜ」

連れ出された庭には、とっぷりと夜の闇が這っていた。雲はまだ去らぬのか、空はどんよりと曇り、まとわりつくような熱気がたれ込めている。見る間に身体の冷えが去り、脇の下がじっとり汗ばんできた。

庭に馬を曳き出させた男は、五瀬を鞍橋《くらばね》に乗せ、その背後から手綱を取った。体躯の逞しさはとうに気付いていたが、いざ後ろに回られると、巨木を背にしたような圧迫感がある。五瀬は首をねじり、男の四角い顔を見上げた。

「さすが大伴卿のお屋敷の方でさあね。鞍腰の決まり方がすばらしいや」

「世辞を申しても何も出ぬぞ。それより落ちぬように気をつけておれよ」

言うなり男は馬の尻に激しく笞をくれ、夜の大路を駆け出した。

京では夜間の外出が禁じられているため、街衢《がいく》に人の姿はない。先ほどの雨でぬかるんだ土が激しく左右に飛び散り、静まり返った屋敷町に蹄の音がこだまする。逃亡するつもりはもとよりないが、この勢いでは馬上から飛び降りたくても不可能だ。

五瀬を勝手に連れ出したところからして、この男はよほど御行の信任が厚いに違いない。そんな資人に同道され、はたして対馬でどう振る舞えばよいだろう。

背中に男の身体の熱さを感じながら、そんなことを考えていたときである。路地から突然、小柄な影が飛び出し、疾駆する馬の前に両手を広げて立ちふさがった。

「お待ちくださいッ。大麻呂さまにお話がございますッ」

男がはっと手綱を引くのと、もう一つ別の影が馬前の人影を突き飛ばしたのはほぼ同時。馬が激しく嘶き、棹立ちになる。振り落とされまいと、五瀬は必死に馬の鬣《たてがみ》を摑んだ。

「駄目だ、首名。止めるんだ」

「うるさいッ。大麻呂どのッ、お願いです。話を聞いてくださいッ」

二つの影はぬかるみの中でしばらくもみ合っていたが、やがて一方が追いすがるもう一人を突き離し、ようやく体勢を立て直した馬に駆け寄ってきた。

全身泥に塗れ、大きく肩を喘がせているその姿に、五瀬は思わずあっと声を上げた。田辺史首名であった。

「い、五瀬じゃないか」

首名もまた、馬上の五瀬に気付き、目を見張った。

大麻呂と呼ばれた資人は、それを無視して馬を進めようとしたが、首名は急いで手綱にしがみつき、彼の行く手をふさいだ。馬が嫌がって激しく首を振る。今にも鞍によじのぼらんばかりの、強引な態度であった。

「やはり、五瀬は御行さまのお屋敷に閉じ込められていたのですね。そうとなれば話は早い。大麻呂どの、少しでいいのです。話を聞いてください」

「――おぬし、何者だ」

大麻呂の誰何《すいか》には、ひんやりとした剣呑さが漂っていた。しかし首名はそれを意に介さず、手綱を押さえたまま、馬上の大麻呂を見上げた。

「僕は撰令所史生の田辺史首名。あちらは同輩の阿古志連廣手です」

「止めるんだ、首名」

背後から臂《ひじ》を握る廣手の腕を、首名はふり向きもせずに振り払った。

「大麻呂どのが大伴御行さまの腹心でおられることは存じています。ですが少しだけ、その語学の才をお貸しください。僕たちには――いえ、この国にはあなたの力が必要なのです」

「私は御行さまの臣だ。それがなぜ、おぬしらに加担せねばならぬ」

「それは、この国が海東の強き帝国となるためです」

首名は泥に汚れた顔を昂然と上げ、大麻呂の視線をがっしりと受け止めた。

「乙巳の変より続く改革に、豪族の方々がご不満を持たれているのは承知しています。ですがいつまでも古の体制のままでは、わが国はいつか大唐を始めとする諸外国に攻め込まれ、亡びてしまうでしょう。あの百済の悲劇を繰り返さぬためにも、この国は律令に基づく体制を作り上げ、雄々しき国に生まれ変わらねばなりません」

「律令さえあれば、倭が強くなれるとほざくのか。さようなことは世迷言《よまいごと》だ」

「そうです、それは世迷言です。国が本当に変わるためには、官吏一人一人、百姓一人一人が大君《おおぎみ》を仰ぎ、国を支える民たる自覚を持たねばなりません」

ですから、と首名は一言一言区切るように続けた。風が出てきたのだろうか。このときさっと雲が切れ、一条の月光が首名の顔を照らし出した。

揺るぎのない眸《め》には、信念に裏打ちされた靭《つよ》い光が宿っている。冴え冴えとした星の輝きにも似た、澄み切った眸であった。

「大麻呂さまが御行さまにお仕えなさるのは、叔父上を戦に駆り出した末、幾年もの異国暮らしを強いた朝廷《みかど》に、遺恨を抱かれてでしょう。お気持ちはわからぬでもありません。ですがこの国に暮らす者が己の国を信じずして、どうして正しき政が行えましょう。葛城さまは決して、多くの民を異郷で無駄死にさせたわけではありません。それもこれも皆、我らが国を強くなさんがため。大麻呂さま、どうぞ信じてください。日本《ひのもと》の国はこの地に暮らす百姓のためにあるのです」

「日本の国、だと――」

呻くような声で大麻呂が呟いた。

「はい、そうです。日の御子によって統べられる日の基《もとい》の国。それがこの国の新たな国号です」

「日本、日本か」

大麻呂は幾度かその言葉を口の中で転がし、ふっと眼を細めた。

「よき名だ。私の知るいずれの国の言葉に当てても、悪称にはならぬ。むしろ、契丹や突厥、吐蕃の国々は、わが国を日輪に寿がれた国と羨むであろう」

「まことですか、大麻呂さま」

大麻呂は無言でうなずき、顔を喜色で輝かせる若者たちを交互に見比べた。

「私は決して、朝廷を恨み、御行さまにお仕えしているわけではない。武官である以上、上つ方の命に従うのは当然の理。私はただ、忠実に主にお仕えしているだけだ」

「お言葉ですが、それは少々間違っておられます」

今度は廣手が、大麻呂の言葉を遮った。

「大麻呂さまは今、ご自分を武官と申されました。武官であれ文官であれ、それらは等しく国家の官吏。ならば真に主と仰がれるべきは、御行卿個人ではありますまい」

廣手の語調もまた、首名の眼差しに劣らぬほど決然として、一分の淀みもなかった。

「大麻呂さまほどの知才をお持ちの御仁が、一私兵に堕ちてはなりませぬ。この国を、そこに住まう民を守る武官として、何卒、ご助力をお願いいたします」

「――そうか、思い出した。おぬしとは以前にも、顔を合わせているな」

馬上から振り向けられた硬い眼差しに、廣手ははい、と背筋を伸ばした。墨を流したように深いその眸を見た瞬間、廣手は直感的に、目の前の彼こそが八束の仇と気付いた。

そう、最初に朝集堂の庭で出会ったあの時から、大麻呂は自分を八束の肉親と勘付いていたに違いない。そうでなければ、この射抜《いぬ》くような眼差しの理由がつかぬ。

廣手は後方に飛びすさり、腰の刀に手をかけた。銅製の把《つか》のひんやりとした感触が、掌を冷やした。

「ひ、廣手、どうしたんだ。いったい」

首名の驚きの声が、大路に響いた。だが大麻呂は毛筋ほどの動揺も見せず、自分を見下ろしている。落ち着き払ったそのさまが、廣手の推測をはっきり裏付けていた。

「なぜ、わが兄を殺したのですか」

「私に理由はない。先ほども申したであろう。私は武官、上つ方の命に従っただけだ」

「それは――それは過ちでございます」

「なるほど、そうかもしれぬ。だがおぬしの兄者を手にかけたのは、まぎれもないこの私。それを知ってなお、おぬしは私に国家の官吏たれと言うか。兄の仇と知りながら、国のために働けと申すか」

斬れ、と言わんばかりの声に、廣手はぐっと把を握りしめた。

大麻呂は帯剣しているが、刀に手をやる気配はない。ここで大刀を抜きざまに斬りつければ、確実に命を奪えるだろう。

「どうした。斬らぬのか。仇を前に怖気づいたのか」

違う。斬ってはならぬ。

廣手はゆっくりと大刀から手を離した。大麻呂の双眸が、わずかに見開かれた。

「僕は……僕は大麻呂さまを斬れません」

語尾が微かに震える。自分はなにを言おうとしているのだとの声が、胸の奥底から響いた。だが廣手はそれをぐいと飲み下し、両脚をふんばって大麻呂を見上げた。

「大唐の律は私闘を禁じております。兄を殺めたお方を恨む思いは、無論ございます。されどその咎は僕個人が与えるのではなく、律によって下されるべきもの。撰令所の史生である僕が、法を犯すわけには参りません」

決して、怖じけたわけではない。

ただ、私闘はそれ自体が罪。ましてや天下の武官である大麻呂を、私怨で殺めるわけにはいかぬ。加えて諸外国の言語に通じた彼は、国家の宝だ。個人の恨みから、国益を損ねることは出来ない。驚くほどの自制が、廣手の復讐心をねじ伏せていた。

大麻呂は馬上で大きな息を吐いた。馬がぶるっと鬣《たてがみ》を振るうほどの、長い吐息であった。

「……私を殺したいとは思わぬのか」

「大麻呂どのは先ほど、武官は主の命のままに動くが務めと申されました。もし仮に恨みを晴らすことが許されるなら、それは大麻呂どのの御主に向けるのが筋。またあなたさまが誤った御仁を主と仰いでおられるとすれば、それを糺すことが肝要でございましょう」

廣手は、目に見えぬ誰かが自分の口を借りてしゃべっているような錯覚に襲われていた。それは博徳だろうか、八束だろうか。いやひょっとしたら、この日本を導かんとする大いなる意志そのものかもしれない。

「僕は兄を殺した御仁を恨みます。ですがその恨みは、僕が晴らすべきものではありません。もし——もし大麻呂どのが僕の意を汲んでくださるのであれば、あなたさまもまた、僕と同じ日本の官吏として働いてください。それが兄の仇を討つよりも、僕が願うことです」

「私は八束どのを殺したのだぞ。その首を取らぬというか」

「あなたさまを殺しても、兄は帰ってまいりませぬ。むしろ仇であったお方が兄の遺志を継がれることを、僕は望みたいのです」

故郷を去り、日に日に造営成る京に望みを託した八束の遺志。それは新益京が栄え、大陸にまでその名を轟かせることだったに違いない。

大麻呂の唇の端に、ふっと淡い笑みが浮かんだ。面白い、という呟きが微かに聞こえた。

「私を仇と知りながら、すべてを国に任せ、味方になれと申すか。まこと若人とは向こう見ずで、恐ろしいものだ」

小さな笑みがひどく哀しげに見えたのは、何故だろう。国の何たるかを知らず、私欲にまみれた人物を主として仰がねばならなかった日々を、大麻呂が悔いているように思われた。

国とは善人悪人を問わぬ、天下の万民全てのものだ。ただ惜しむらくはそれを知る民は少なく、国家のために身を捧げる官吏は更にわずかである。だからこそ自分たちは律令を作らねばならぬ。それを以て人々を教化し、国を根本から変革せねばならぬ。撰令所の務めは、決して律令の完成によって終わるわけではない。廣手はそう、唐突に思った。

五瀬は鞍にしがみついたまま、事の成り行きに固唾《かたず》を呑んでいる。その肩を軽く叩き、大麻呂は突然、「降りろ」と言った。

「御行さまには誤って逃がしたと申し上げる。忍海には二度と帰らず、京を離れてどこか遠くへ行け」

えっと声を上げる廣手たちにはお構いなしに、大麻呂はもう一度、五瀬の背を叩いた。

「四十路を越え、そなたたちのような若者に道を諫められるとは思わなんだ。されど我が手はすでに血に汚れ、辿ってきた道は骸で埋め尽くされておる。ならばせめて、これ以上の悪事に加担せぬことが、私なりの償いだ。――どうした。さっさと参らぬか」

肩越しに大麻呂を振り返った五瀬は、にっと笑って、頭を横に振った。どこか開き直ったような、不穏な笑みであった。

「お気持ちはありがてえのですけどね。俺には俺なりの、やり方があるんでさ」

「どういう意味だ、五瀬」

「そうだ、お前、今まで半年もの間、御行さまのお屋敷に閉じ込められていたのだろう。大麻呂どののお言葉通りにすればいいじゃないか」

口々に叫ぶ廣手たちを、五瀬はにんまり笑って見回した。

「別に御行さまのご命に従うわけじゃありませんぜ。とにかく大麻呂さまとやら、俺を忍海に連れて行ってくだせえ。後はそこでお話ししまさあ」

忍海にたどりつくと、五瀬は里はずれに馬をつながせ、静まり返った集落を足早に抜けた。ようやく雨雲が去ったのだろう。星明りのせいで道は明るい。集落のもっとも奥に一軒だけぽつりと離れて立つ陋屋《ろうおく》に、彼は三人を導いた。

半年の留守の間に、狭い家は荒れ、板敷きの床はところどころ抜けている。突然の闖入者《ちんにゅうしゃ》に、鼠が二匹、梁の上を走って逃げた。

しばらくの間、五瀬は闇の蟠《わだかま》る壁際でごそごそと何かを探していた。やがて、

「これでさあね」

と振り返り、三人に小さな袋を差し出した。およそ雑戸の家には相応しからぬ、大人の掌ほどの錦の小袋であった。

「さっきからの話を聞いていると、大麻呂さまは外つ国の言葉が得意のようですな」

五瀬の問いに、大麻呂は言葉少なに、ああとうなずいた。さすがの彼も、五瀬がなにを考えているか、測りかねている気配であった。

「だったら俺を対馬に連れていってくだせえ。あそこは昔っからの交易の要衝。半島から来た商人が、常にうろうろしているって話でさ。中には一人や二人、金石を持っている奴もいるに違いねえ」

「どういうことだ、五瀬」

廣手に詰め寄られ、五瀬はこれまでの経緯を手短に述べた。そして再び不敵な笑みを浮かべ、掌中の小袋を強く握りしめた。

「対馬に金鉱などありゃしねえ。だから俺が交易商から金石を買って、それをわが国産出の黄金でございと言い立ててやるんでさ」

金というまたとない瑞宝献上によって、大伴御行は珂瑠と讃良の側に付く。確かに三人の閣僚の紐帯《ちゆうたい》を乱すには、もっとも効果的な手段《てだて》であった。

「待て、五瀬。金といえば、銀や銅の何十倍も高価な品。しかも精錬したものと嘘をつくには、相当の量が要ろう。お前はどうやってそれを買い求めるのだ」

「へん、見くびらねえでくだせえよ、大麻呂さま。俺はこれでも、天下の鋳師。高一丈の金銅仏だって、過たず鋳る男ですぜ。それぐらいの財物は、貯えていまさあね」

言うなり五瀬は、小袋の口を開けた。輝く砂金が口許までぎっしり詰まっているのが、暗い室内でもはっきり知れた。

「薬師寺三尊像鋳造の褒美に、頂戴したお宝でさ。この家にはあと数個、同じ袋が隠してあります。それを全部取り出せば、十斤や二十斤の金石には替えられまさあね」

持ち帰る金塊はなるべく大きいほうがいいが、別に上質である必要はない。それに対して砂金は、純度の極めて高い金。交易商はむしろ、ありがたい取引とほくそ笑むだろう。

次々床板を上げ、五瀬は計四つの砂金の袋を掘り出した。それらを大事そうに懐に収め、胸元を両手で押さえて大きな息をついた。

「いいのか、五瀬。せっかくの褒美をすべて、こんなことに使って」

「へえ、構いませんさ」

廣手に寂しげに笑いかけ、五瀬は小さく目をしばたたいた。

「いつか古々女《こごめ》が見つかったとき、これであいつを買い戻すつもりでした。けど、あれからもう三年。もしまだ京にいるのだとしたら、どこかで見かけねえ道理がありやせん」

普段の胴間声が嘘のように、五瀬の声は白々と乾いていた。

人の住まぬ家は荒れると言われる通り、草葺の屋根は透き、狭間《はざま》から薄い星明りが射している。舞い上がった埃がかそけき光を受け、金の粉のように光った。

「多分古々女は、東国か西国に売り飛ばされたんでしょう。けど、あっしは雑戸。一生、京につながれ、他国に出られねえ決まりでさ。だとしたらもう、こんな金、持っていてもしかたねえやね」

語尾が不明瞭にかすれ、五瀬の喉から獣のような呻きが漏れた。激しい啜り泣きに混じって、すまねえ、すまねえ古々女、という言葉にならぬ声が聞こえた。

仮に金鋳造の功績によって雑戸から解き放たれても、この国はあまりに広い。たった一人、茫漠たる世間に放り出された娘を見つけ出す。そんな儚い夢を抱くには、五瀬は世の汚穢を知りすぎていた。

父と娘、たった二人の穏やかな暮らしを望んだだけだった。もしこの身が雑戸でなければ、阿倍狭虫があんな暴虐な男でなければ、自分たちは生き別れずに済んだだろう。だがそれを恨んだところで、過ぎた日はもはや取り戻しようがない。ならばまだ夢を抱ける者たちに、己の全てを賭けてもよいはずだ。

涙と泥でまだらになった顔を両手でこすり、五瀬は廣手と首名を見比べた。

「廣手さま、首名さま。頭の悪いあっしは、あなたさまたちが何をなさろうとしてるのか、よくわかっちゃいやせん。けどここで大納言さまたちの足を引っ張れば、世の中は少しぐらいよくなるんでしょう」

「あ――ああ、そうだ」

「だったらあっしは、お二方を信じまさあ。廣手さまたちはきっと、あっしみたいな目に遭う者が一人でも減る世を作ってくださるはず。しがねえ雑戸ですけど、少しだけその手伝いをさせてくだせえ」

いつか日本の隅々にまで律令に基づく統治が行き渡れば、親と子が引き裂かれ、人々が相争うことはなくなるかもしれない。

それがどれだけ先になるのかはわからぬ。しかし少なくとも自分たちがその理想を棄てては、この国は世々永劫変わらぬままだろう。

廣手は無言で五瀬を助け起こした。首名がよろめくその腰を支え、そんな三人を大麻呂が静かに見守っている。

「――さて、対馬国は遠いぞ。かような宝物を抱いての旅とすれば、私も気を引き締めてかからねばなるまいな」

大麻呂が腰の刀に手を添え、破れた天井を見上げた。

ぽっかりと空いた屋根の隙間で、数多の星を従えた北辰が、ひときわ冴えた輝きを放っていた。


――同じ頃。

草生《くさむ》した破《や》れ寺の奥、傾きかけた僧房の一室で、伊吉連博徳は乾魚を肴に酒を飲んでいた。開け放した木扉の向こうでは、気の早い虫がすだいている。秋を想うには少々元気すぎるその声を聞きながら、博徳は髭についた雫を手の甲で拭い取った。

「ふうむ、大麻呂を説諭してしまうとはのう。まだまだ青二才と思うていたが、存外侮れぬ奴らじゃわい」

「ですがもし彼が耳を貸さねば、二人はともに斬り捨てられていたかもしれませぬ。特に首名どのの向こう見ずぶりは、まったく目に余りまする。廣手どのも、もう少し友を選ばれるべきです」

憤懣やるかたない口調で反論したのは、砂だらけの縁側に折り目正しく坐った忍裳である。闇に溶け込みそうな漆黒の官服のせいで、白い顔と両の掌だけが周囲から浮かび上がっていた。

「されど忍裳どのとて、二人が大麻呂に会うため御行卿の屋敷を見張っていると知りながら、彼らを制止しなかったのじゃろう。ならばそなたとて、あやつらと同心じゃよ」

「最初から無謀をすると知っていれば、止めておりました。まさか疾駆する馬を強引に止め、真正面から用件を切り出すとは――」

言いながら忍裳は、膝先に置かれていた盃の中身を少々乱暴に呷《あお》った。

「まあ、終わりよければ全てよし。うむ、そういうことに致そう」

空には満天の星が煌めいている。板間に寝そべって夜空を見上げ、しかしなあ、と博徳は呟いた。

「若人とはげに恐ろしいものじゃ。歳のせいであろうか。わしは律令の完成を目指しても、それを官吏一人ひとりに敷衍《ふえん》することまでは、念頭になかった。じゃが、あやつらは違う。国の体制が変わった後、自分たちを含む官吏が如何にあるべきかまで考え始めておるわい」

博徳の語調には、深い疲労と未知なるものへの興味がない交ぜになっていた。

「律令が完成しても、それですんなり国が変わるわけではない。膨大な法典の一条一条に込められたものを全ての民に叩きこむには、膨大な時間がかかろうでな。ひょっとしたら法令殿はそのためにまた、一肌脱がねばならぬやもしれぬ。されど廣手たちの如き若き官吏がいれば、それもさしたる苦労ではなかろうて」

「律令が施行されれば、様々なものが変わります。無論、宮城内でも」

盃一杯で酔ったわけでもあるまいに、忍裳の語尾が珍しく不自然に途切れた。博徳はそれには無関心に、腹這いのまま盃を重ねている。やがて酒壺が空き、藪陰の虫までがそれに合わせたようにすだきを止めると、彼は素焼きの盃を庭にぽいと投げ捨てて起きあがった。

「新しき国号は定まった。後は条文の体裁を整え、語の統一を行うのみ。忍裳どの、讃良さまにお伝えくだされ。日本の法典《のり》が成る日は遠くないと」

「かしこまりました」

いつしか星明りは薄らぎ、空の一角がほの明るくなり始めている。短い夜は去り、新たな日輪がまた新益京を照らし出そうとしていた。

もし自分が志半ばに世を去ったとしても、後はあの若人たちが継いでくれよう。ひねくれ者の性《さが》であろうか。そう安心するとかえって新たな活力がみなぎってくるようで、博徳は裸足のまま、荒れた庭に降りた。

闇の消えゆく空は紺青に澄み、去り損ねた暁星が一つ、戸惑うように西空に淡い光を留めていた。

第七章

庭に差し込む陽射しが、日ごとに澄明さを増してゆく。時折宙を横切る蜻蛉《あきつ》の腹の赤さが、秋空の明るさをなおさら際立たせていた。

――秋立ちて　幾日《いくか》もあらねば、この寝《い》ぬる　朝明《あさけ》の風はたもと寒しも

七月に入って早々、宮城で催された宴で、弱冠十三歳の安貴王《あきおう》がそんな秋景を見事に詠み、満座からやんやの喝采を浴びた。

安貴王は葛城《かつらぎ》の第七子・志貴王子《しきのみこ》の孫。志貴を筆頭に、その子息の春日王《かすがおう》、湯原王《ゆはらおう》たちはすぐれた歌人として知られており、安貴王もまたそんな才を継いだのであろう。幼い時から数々の名歌を作り、大伯母の讃良《さらら》にも大層可愛がられている少年であった。

秋になって幾日も経たぬのに、この寝起きの風は寒いほどに袂を揺るがすよ――という寂びた歌は、十三歳の作にしてはあまりに枯淡。だがそんな落差がかえって人々の興を誘い、同席していた多褹《たね》・夜久《やく》・奄美《あまみ》・度感《とかん》の朝貢使たちまでが、

「故郷へのよい土産話が出来ました。聞けば京《みやこ》では、上は大王《おおきみ》から下は貧しい民草までが歌を詠み、風雅を愛でられるとやら……それもこれも上つ君の徳が衆庶に及んでおられればこそでございましょう」

と口を極めて追従した。

この多褹（現在の種子島）・夜久（屋久島）・奄美（奄美大島）・度感（徳之島）四島からの使者は、昨年四月、南西諸島に発遣された使節の慰撫に応じたもの。当時、朝廷は南西諸島の支配強化に力を入れており、この十五年後には沖縄諸島の球美《くみ》（久米）島・八重山諸島の信覚《しがく》（石垣）島の人々が上京する。

しかし一口に朝貢といっても、もっとも近い多褹島ですら陸路二十日海路二日の距離。それだけに珂瑠《かる》は彼らの来貢をひどく喜び、米や布など多くの下賜品を授けるとともに、帰路の無事を願う盛大な宴を設けたのであった。

すでに宴席は賑わい、至る所で朗らかな笑い声が起きている。しかし周りの浮き立った気配とは裏腹に、弓削王子《ゆげのみこ》の胸裡はどす黒いもので埋め尽くされていた。

こまっしゃくれた安貴王の歌までが、讃良が仕組んだ筋書きかと疑われてくる。つんと取り澄ました小さな顔を見るにつけ、その細首をねじ上げてやりたい衝動に襲われた。

珂瑠は四島の使節を左右にはべらせ、機嫌よさげに盃を重ねている。

本当ならあの座には、兄の長《なが》が着くはずだったのだ。それを妨げた讃良、また居並ぶ廷臣の中で馬面をさらしている藤原不比等《ふじわらのふひと》にも、弓削はいまだ深い遺恨を抱いていた。

いや、含む所があるのは、彼らだけではない。

半月ほど前から宮城では、舅の大伴御行《おおとものみゆき》が珂瑠帝に接近を図っているとの噂がしきりだった。しかも彼は対馬国で腕利きの鋳師に金を鋳させ、帝に献上する心積もりだという。

対馬のような僻地で、金が取れるものか。だいたい舅が自分たちを裏切り、珂瑠に膝を屈するわけがない。そう否定しても不安を払拭できぬのは、このところ御行が体調を崩し、ほとんど宮城に姿を現さぬからだ。

御行は本来、頑強な質《たち》。その彼の珍しい病臥を、自分や丹比嶋《たじひのしま》、阿倍御主人《あべのみうし》を避けての仮病ではと疑うのは、至極当然であった。

御行の娘である妻に見舞いに行かせたが、容色を飾ることにしか興味のない女子では、ろくに間者の役目も果たせない。家令にあしらわれ、目通りも許されぬまま帰ってきた妻を、弓削は苛立ちのあまり、力まかせに撲《なぐ》り付けた。翌日、妻は病と称して、西二坊大路の別宅に移ってしまったが、それすら最早気にならぬほど、彼の焦燥は激しかった。

宴席に列していても、自然と不機嫌な顔になってくる。口をぐいと曲げ、ひたすら大盃で酒を呷る弟に、長王子が小声で注意を加えた。

「おい、いくら何でもその態度はあんまりだぞ。外に出て、酔いを覚ましてきたらどうだ」

「生憎ですが、酔ってはいませんよ。考えることが多すぎて、酔う暇なぞありません」

長は二十三歳の弓削より、三歳上。母譲りの驕慢さは共通しているが、万事、短気な弓削に比べ、物事をじっくり観察する冷静さも有している。

さりながら兄のそんな悠長さも、弓削は気に入らない。高市《たけち》亡き後の協議の席でも、長は周囲の状況を窺い、みすみす太子の座を逃してしまった。葛野王《かどのおう》が珂瑠を推した際とて、抗議の声を上げたのは自分一人。長は一言の抗議も口にせず、不平を言い立てようとした自分を叱り付けた。

舅の御行は以前から、そんな兄より自分を頼もしがっていた。もしこんな右顧左眄《うこさべん》する男が兄でなければ、今頃、帝位に就いていたのは自分だったかもしれない。

一度そう思い至ると、己とよく似た狐面までが疎ましくなってくる。兄から顔を背けるようにして盃を干し続けたが、元々、弓削はさほど酒に強くない。資人《しじん》たちに支えられようよう帰邸したものの、翌日はひどい宿酔に苦しめられ、寝台の上で輾転《てんてん》反側するばかりであった。

ようやく酒気も抜けた午後になって、そんな彼の許を左大臣丹比嶋が訪ねてきた。

「お加減が悪いとうかがいましたが、いかがでございますかな」

七十六の高齢にもかかわらず、嶋の顔はつやつやと赤く光り、でっぷりとした体軀ははちきれんばかり。酒浸りの阿倍御主人のほうがよっぽど早死にしそうに見えるほどの壮健ぶりであった。

「いいや、昨晩、酒を過ごしただけだ。気遣ってもらうほどのこともない」

「それはいけませぬな。弓削さまは我々にとって大事なお方。くれぐれもご養生くださいませ」

言いながら嶋は瞼の垂れさがった眼を、ぎらりと底光りさせた。

左大臣の重職にある嶋が自ら足を運ぶには、何か理由があるはずだ。案の定、この部屋は人払いしてあると告げると、嶋はのっそりと弓削の寝台に近づいた。大きな蛙が羽虫を狙って腹這うような動きであった。

「ところで今日はこの老いぼれ、弓削さまにお詫びとご相談があってまいりました」

「詫びだと」

「はい、まず大伴御行の件でございます。おそらく王子もすでに、ご不審を抱いておいででございましょうが」

嶋はずばりと、弓削の懸念を言い指した。

「あの者が金を鋳させている工人は、もとは藤原不比等お気に入りの雑戸《ざつこ》。里から連れ去り、不比等を陥れるために利用するはずが、どうしたわけかそやつに金を精錬させ、珂瑠さまに献上する運びとなってしまいました。御行が寝返るとは、臣《やつがれ》たちにも寝耳に水。ともあれかような男を同志としていた我らを、どうかお許しください」

「御行は……御行はやはり、裏切ったのか」

まだ信じられぬ弓削に、嶋は重々しく首肯した。

「御行と弓削さまは、義理とはいえ親子。信じ難いお気持ちはお察しいたします。されど昨今、あやつの屋敷には撰令所の官吏たちが出入りし、対馬に遣わした鋳師もすでに帰京した模様。あとは律令の編纂が終わる頃にでも、恭しく黄金を奉る腹でございましょう。なにせ黄金発見という瑞兆は、珂瑠さまの御世を言祝《ことほ》ぐにはもってこいでございますからなあ」

「法令殿の学者どもはどうしておるのだ。撰令所で編纂が着々と進んでおるのを、よもや指をくわえて眺めておるわけではあるまい」

「もちろん、今も作業は継続しております。ですが史生《ししよう》や使部《つかいべ》を幾人も引き抜かれた上、相手は大陸の情勢にも明るい伊吉連博徳《いきのむらじはかとこ》。正直、白猪史宝然《しらいのふひとほうねん》ではなんとも太刀打ちできませぬ」

平静を装いながらも、嶋の内奥には激しい憤懣が荒れ狂っていた。

あれほど眼をかけてやったにもかかわらず、このところ宝然は、魂が抜けたような状態で日を過ごしている。

なるほど渡海三回、大唐や新羅を相手に堂々たる交渉を果たしてきた博徳は稀代の鋭才。とはいえ学識だけなら、宝然とて別段劣りはすまい。

だがいくら叱咤激励しようが、宝然はうつろに首を振り、「私如き浅学は、博徳さまには到底かないませぬ」と繰り返すばかりであった。

「漏れ聞いた限りでは、博徳さまは大唐の条文を丸写しにするのではなく、わが国の国情に即した律令を志向しておられるとか。幾ら私が精進しても、本邦の国号を新たに定め、倭を東の小帝国として輝かせるような文言は書けませぬ」

利に転ぶかと見えて、つまりは宝然もまた、一人の学究に過ぎなかった。圧倒的な博徳の知才に接するや否や、彼は自らの無学を悔い、博徳の目指す高みに恐れおののいてしまったらしい。

（まったく、あの役立たずめが――）

在唐二十五年の経歴は華々しいが、要は学問を切り上げる頃合いすら計れなかった愚か者。あんな腰抜けをわが方へ引き込んだのが間違いだった。さりながら、それを悔いてもしかたがない。

嶋は大きな顔をずいと突き出した。

「高市さま薨去《こうきよ》の折、長さま擁立に失敗したのは、この嶋、一生の不覚でございました。こうしている間にも律令は着々と完成に向かっております。かくなる上は、我らに残された手段《てだて》は一つしかございません」

「そ、それはどういう意味だ」

かすれた声で聞き返す弓削に、嶋は意味ありげな目を注いだ。

「これはつれないお言葉でございますな。それがしは葛城さまに蹶起《けっき》をうながした中臣鎌足《なかとみのかまたり》の如く、この老身を擲《なげう》つ覚悟と申しますに」

ごくり、と唾を飲み込む弓削を見つめる嶋の眼は、羽虫を一口に捕らえんとする蝦蟇《がま》のそれとそっくりであった。

なるほど宝女王《たからのひめみこ》を傀儡《かいらい》に、蘇我蝦夷《そがのえみし》・入鹿《いるか》親子が専横を極めたかつての世は、珂瑠の身辺を讃良や不比等、葛野王が固める現在と類似していなくもない。だとすれば世を糺さんと入鹿を討った葛城は、差し詰め弓削王子という役どころか。

「讃良さまと珂瑠さまの御世に対する不満は、京の内外に満ちております。弓削さまがお立ちになられれば、それをお助けし、あなたさまを王位に据え奉るは易きこと。そして二十歳にも満たぬ珂瑠さまより、また万事慎重な長さまより、臣は勢い盛んなること若獅子の如き弓削さまこそ、我らが大王に相応しいと思うております」

それはあまりに恐ろしく、また甘美な囁きであった。

思えば同じ葛城の娘を母としながらも、長・弓削兄弟と草壁《くさかべ》の扱いには、幼い頃から雲泥の差があった。しかし血の正しさなら、自分たちは異母兄に少しもひけを取らぬ。つまりはあの讃良が自分たちを疎んじ、帝位から遠ざけたのだ。

「されどかような真似を致し、勝機はあるのか」

蠱惑《こわく》に満ちた言葉に心動かされつつも、弓削は震える声で問いただした。

壬申の大乱から二十数年が過ぎ、京を揺るがす大乱は久しく絶えたままである。

邸内に百人程の私兵を擁しているものの、弓削自身は戦に出たことがない。一縷《いちる》の躊躇が、かろうじて彼を踏みとどまらせていた。

「もちろんでございます。こう見えてもこの老いぼれ、壬申の乱の折にはいち早く大海人《おおあま》さまの許に駆けつけ、東国諸国の鎮圧に当たりましたでな。まあ大船に乗ったつもりでおいでくだされ」

長年、表向きだけとはいえ讃良に臣従してきた嶋にとって、これは断崖から飛び降りるほどの決断のはず。それほどに彼らは、迫りくる中央集権国家の足音に追い詰められているのであろう。

だが豪族だけで蹶起しても、担ぐべき旗印がなければ、それはただの謀叛となってしまう。彼らの結束を固める王族が求められていると悟った時、弓削の腹は決まった。自分が世を改める王となるとの誤った自負が、若い彼を幻惑してもいた。

日に日に大人びてゆく珂瑠の顔が、脳裏でぐるぐると回っている。数年後には嶋はこの世を去り、珂瑠にも世継ぎが生まれよう。今が最後の機会であることに、疑いはなかった。

——翌夜半、二挺の手輿が人目を忍ぶようにして、東三坊大路に面した弓削の屋敷に入って行った。前後を厳重に固めさせ、人気の少ない路地を選んでやってきたそれは、空の一角が明るみ始めた頃、ようやく弓削邸を後にした。

涼しげな秋風に眠気を誘われたのだろう。往路は眼光鋭く辺りを睥睨していた従者どもも、帰路はみな眠たげに眼をしょぼつかせている。このため彼らは弓削邸を出た直後から自分たちを尾ける二つの影に、まったく気付かなかった。

輿は大路をまっすぐ東に進み、西二坊大路で北と南に分かれた。尾行者たちは無言で小さくうなずき合うと、二手に分かれてそれぞれの輿を追った。

北に向かった輿は、明るむ空に怯えるように道を駆け、やがて葛野王家にほど近い邸宅に吸い込まれるように消えた。

男は――いや、廣手《ひろて》は物陰に身をひそめて、その屋敷を見詰めた。初めて京に出てきた日、ここから出てきた手輿に大路を行く人々がこぞって跪礼を送った記憶が、まざまざと甦った。

今頃首名《おびな》は、阿倍御主人邸に行き着いているだろう。丹比嶋に阿倍御主人、そして弓削王子の三人が、いったい何を語らっていたのか。少なくともそれが、自分たちにとって喜ばしい話でないことだけは明らかだった。

(やっぱり忍裳《おしも》どのはすごいな。あの嗅覚はどこで身に付けたものなのだろう)

認めるのは悔しいが、こと世の情勢に対する彼女の敏感さには、舌を巻かざるをえない。男顔負けとは、まさに忍裳のためにある言葉であった。

「律令が完成に近づき、大伴御行さまを寝返らせた今こそ、油断は禁物です。昨日、丹比嶋さまが内密に弓削さまの屋敷を訪《おとの》うたとの情報もあります。追い詰められた彼らが何を謀《はか》るか、慎重に監視せねばなりませぬ」

今朝、撰令所にやってきた忍裳は、硬い顔つきでこう切り出した。さすがにそれは勘ぐり過ぎではないかと首を傾げる廣手に、厳しい声音で畳みかけた。

「廣手どのは宮城の諍いを、あまりに軽く見ておられます。偶然この十年ほどが太平だっただけで、これまでここでは常に血の雨が降り続けてきたのです。それをしっかりお心に刻みつけてください」

「ならばどうしろと仰られるのですか」

どうも自分は、つくづく忍裳と相性が悪いらしい。顔を合わせるたび腹を立てているなと思いながら、廣手は投げやりに聞き返した。

「しばらくの間、弓削さまの身辺を監視していただきたいのです。事が起きるとすれば、あの方が中心のはずですから」

「承知致しました。では首名と二人で張り込みましょう」

渋々うなずいたものの、まさか初日にこんな場面に遭遇するとは。

暦を推し測れば、月を愛でての酒席と思われぬでもない。されど人目をはばかるあの出で立ちは、いかにも不審。やはり彼らは、律令の完成を妨げんと密謀しているのだろうか。

だが翌日以降も見張りを続けたものの、彼らの会合は当初の一晩のみでぱたりと絶えた。

「気を抜いてはなりません。むしろこの静謐さこそ、奇異と考えるべきです」

忍裳にそう釘を刺されながら、見張りを続けて五日目の朝。寝不足気味で撰令所に出仕した廣手は、両手を振り回しながら階を駆け降りてくる額田部連早志《ぬかたべのむらじはやし》の姿に、ぎょっと立ちすくんだ。

「や、やったぞ、廣手。ついにやったぞ」

「な、なにがですか」

あまりの剣幕に後ずさった彼は、早志の肩越しに、撰令所の者たちの弾んだ顔を見た。庇では使部たちが抱き合って、喜びの声を上げている。その向こうでは鍛造大角《かぬちのみやつこおおすみ》が大きな拳を瞼にあて、おいおいと男泣きに泣いていた。

「律令の草稿が完成したんだ。いま図書官《ふみのつかさ》から写書手《しゃしょしゅ》が召され、清書の相談が始まっている」

「なんですって」

廣手は沓《くつ》を脱ぎ捨て、階《きざはし》を駆け上がった。

なるほど殿舎の奥では、博徳が数人の写書手・装潢手《そうこうしゅ》と打ち合わせをしている。廣手の姿に気付いてにやりと笑う傍らには、十七巻の巻子《かんす》が山積みにされていた。

――時に珂瑠大王治世三年七月十九日。讃良によって律令制定作業が命ぜられてから、丸三年が過ぎようとしていた。

写書手とは図書官に所属する、筆写専門の技術者。また装潢手は、巻子の装丁や用紙の染色を行う技師である。

いくら律令が完成しても、ありがちな巻子に書いたそれを、珂瑠や讃良の叡覧に入れるわけにはいかない。これから写書手と装潢手は撰令所に詰め、律令全巻を美々しく飾る作業にかかるのであった。

「されど、清書や装丁は三月もあれば済む。律令はもはや完成したも同然だ」

調忌寸老人《つきのいみきおきな》が成稿を見つめて呟く傍らでは、刑官から出向してきた黄文連備《きぶみのむらじそなう》が装潢手の一人を摑まえ、細かな注意を与えていた。

「料紙《りょうし》に用いる黄蘗《きはだ》を、惜しんではならぬぞ。もっとも濃い色を出すのは、春先に採取した黄蘗。なんとしても良品を集め、紙を染めるのだ」

殺虫作用のある黄檗の樹皮の煮汁で染めた紙は、虫害に遭いにくい。もともと黄文連氏はその名の通り、装潢を主な職掌とする氏族。転じて、学問に秀でた人材を多く輩出する家柄であった。

「色止めもけちってはならぬ。もし苦情を言うようなら、わたしが直に図書頭どのに掛け合ってやるからな」

「はいはい、わかりました。ご心配なさらないでください」

備の遠縁なのだろう。若い装潢手はすでにうんざりした面持ちであったが、備はその袂を引き留め、更なる注意を与えていた。

無論、これはあくまで草稿の完成に過ぎない。だが讃良はこの日のうちに人麻呂《ひとまろ》を通じて、撰令所に内々の褒詞を下賜。加えて撰令所の督《かみ》と佐《すけ》の任にある葛野王や不比等までが姿を見せると、小さな殿舎には自然と賑やいだ気配が満ちた。

「聞いたか、廣手。大伴御行さまは律令が上奏されるのに併せて、例の金塊を貢上されるおつもりらしいぞ」

首名が頰を紅潮させながら、廣手の背中を叩いた。

「そうか、ようやくあいつの出番だな」

五瀬《いつせ》と大麻呂《おおまろ》はすでに先月、新羅商人から金塊を買い受けて帰京している。それを本邦産出の金として献上すれば、律令の完成はいっそう華やぐだろう。

「上奏の支度が整うまで、約三月。いや、少し遅らせればちょうど年も改まるな。讃良さまは如何なさるだろう」

首名は早くもその日を指折り数えている。律令公布の盛儀を夢想し、廣手も一時、嶋たちの存在を忘れた。

弓削邸に異変が起きたのはそれから二日後、七月二十一日の夜半であった。

その夜、廣手と首名はいつもの如く、人気のない物陰に身をひそめていた。見張りを始めて七日目……そろそろ気の緩みが出る頃合いである。昼間の疲れもあり、うつらうつらと船を漕いでいた二人は、門内のただならぬざわめきにはっと身を起こした。

先程宮城の報時鼓が丑《うし》ノ一剋《いっとき》（午前一時）を告げたばかり。夜明けまではまだ相当の時間がある。

高い塀に遮られ、邸内の様子はうかがえない。しかし馬の足掻く音、挂甲《かけよろい》や刀剣が立てると思しき金属音は、屋敷の中で何かが起こっているとはっきり物語っていた。

忍裳から幾ら諭されようとも、讃良に弓引く者が本当に現れるとは考えてもいなかった。激しい震えが、廣手の背中から爪先へ走った。

「叛乱だ——」

そう呟く首名の顔もまた血の気を失い、強張っている。だが我にかえったのは、ほんのわずか、彼のほうが早かった。

「ここは僕が見張っている。廣手は早く宮城に戻り、忍裳どのにこのことをお伝えしてくれ」

「わかった。一人で大丈夫か」

「兵の支度が整うまで、少しは時間があるだろう。それまでには必ず戻ってきてくれよな」

首名にうなずき、廣手は大路を駆け出した。夜気は秋とは思えぬほどに冷え込み、吐く息を白く染めている。人気の絶えた街衢を駆け抜け、宮城の建部門《たけべもん》に至る五条大路に出た瞬間、目の前に広がった光景に、彼は我が目を疑った。

大路の果て、二重の土塀と濠の向こうがわずかに明るみ、一筋の黒煙が立ち昇っている。火事である。しかもその煙の源は間違いなく、撰令所の方角であった。

「開けてくれッ。自分は撰令所の史生だッ」

城外には早くも、火事に気付いた野次馬が押し寄せている。その人波をかき分けて門を殴打すると、廣手は小さく開かれた門の内側にまろび入った。

宮城内ではあちらこちらで悲鳴と叫び声が交錯し、水桶を抱えた兵士たちが宮城の一角へと殺到している。

「火元は佐伯門《さえきもん》近くの撰令所だッ。手近な官衙《かんが》は崩してかまわぬ。火を決して大溝の東に渡すなッ」

官衙や大極殿《だいごくでん》の屋根に上り、火の粉を払うのであろう。筵《むしろ》や梯子を抱えた奴《やっこ》たちが、兵士に率いられて走って行く。万一の類焼に備えてか、内裏に向かう一団もいた。

井戸からひっきりなしに水を汲みあげる使部。火に驚いて、厩の中で泡を嚙み、鬣《たてがみ》を震わせる馬たち……。それらを横目に官衙の建ち並ぶ小路を駆け抜け、廣手はその場に棒立ちになった。

空を焦がす火炎が、真っ赤な滝となって彼の眼を射た。

低い土塀に囲まれた殿舎が、燃え盛る松明の如き猛火を夜空に噴き上げている。庭の梅の木はすでに焔に包まれ、樹皮の隙間から水っぽい湯気を吐いていた。細い枝先はいずれも真っ黒に変じ、季節外れの紅の花をそこここにまとわりつかせている。

(油断だったッ！)

まだ秋のことゆえ、撰令所に火の気はない。そうでなくとも博徳は普段から火の用心にやかましく、どうしても夜遅くまで居残る場合は、灯火の一本一本の始末を自ら改めるほどであった。

律令完成を目前に、牙を剥いた嶋一派……彼らは今夜、弓削王子を擁し、宮城に攻め入る腹に違いない。撰令所は、その贄《にえ》として火を放たれたのだ。

宮内には常時三千の兵が詰め、十二の宮門も厳重に固められている。だがこの火事で浮足立ったところを攻められれば、どうなるか知れたものではない。

「退《ど》け、邪魔だッ」

衛士の一人に突き飛ばされ、廣手は我に返った。

そうだ。博徳は、老人たちは何をしているのだ。無事に律令の草稿を持ち出せたのか。忍裳は、人麻呂はいないのか。

この間にも、嶋たちの軍勢が津波の如く、宮城に押し寄せてくるかもしれない。なんとしてもその前に討手を繰り出し、彼らを殲滅せねば。

「廣手ッ、そこにおるのは廣手か」

息せき切った声が、周りの喧騒を圧して響いた。

「博徳さまッ」

全身煤だらけの博徳は、両手に七、八本の巻子を抱え、激しく肩を上下させている。火事を知り、燃え盛る殿舎に飛び込んだのだろう。自慢の鬚は半ば焼け、袍《ほう》や表袴は焼け焦げだらけであった。

「博徳さま、残りの巻子は」

「持ち出せたのは、これだけじゃ。残りはまだ、儂の几《つくえ》の上に置かれておる」

喘ぎ喘ぎうめく博徳を嘲るかのように、撰令所の南庇がどうっと地響きを立てて崩れ落ちた。ぱっと火の粉が飛び、まだかろうじて無事な屋内を明るく照らし出した。

だがそこに到る階はすでに燃え落ち、屋根には火が蛇の如くまとわりついている。駆け出そうとした廣手の後ろ襟を、これまた煤まみれの老人が摑んだ。

博徳同様、撰令所に飛び込んだらしく、両の手は真っ赤に腫れ、顔にもひどい火傷を負っていた。

「もう駄目だ。中はすでに火の海、いつ床が抜けるか知れたものではない。もはや諦めろ」

「ですが、老人さま」

「命さえあれば、また律令は作り直せる。そのためにも今は、愚かな真似をしてはならぬ」

老人の声が無残に詰まり、激しいむせび泣きに取って代わった。がっくりと地面にくずおれ、焼け爛れた両手で庭砂をかきむしる彼の薄い背を、紅蓮《ぐれん》の焰が赤く染め上げていた。

ごうごうと渦巻く焰の音は、今や耳を聾するばかりである。雨あられと降り注ぐ火の粉が髪を焼き、衣に黒い焦げを作る。

昼間のような明るさに目眩すら覚えながら、廣手は博徳の袖を握った。

「先生、これは放火です。撰令所を快く思われぬ丹比嶋さま一派が命じられたに違いありませぬ」

「なんじゃとッ」

「弓削さまのお屋敷では今、手勢が軍備を整えています。火事で宮城内が浮足立つのを見澄まし、一気に嶋さまたちの軍勢とともに攻め寄せる腹と思われます」

混沌たる政局を長年眺めつづけてきた博徳は、ただちに廣手の言葉を理解した。すぐさま手近な兵卒の首根っこを捕らえ、

「兵衛督《つわもののとねりのかみ》はどこじゃ。いや、この際、衛士府《とねりのつかさ》でも衛門府《ゆげひのつかさ》でもよい。とにかくすぐに軍勢を集めねばならぬ。さっさと誰か呼んでまいれッ」

とその尻を蹴飛ばした。

周囲では、兵士たちが類焼を防ぐべく、隣接する官衙を大槌で崩している。水を運ぶ衛士の手から、廣手は桶を奪い取った。

「なにをする、廣手ッ」

頭から水をかぶり、取りすがる老人の手を振り払ったときである。

「どけどけ、邪魔をするなッ」

袍の袖をからげた男が一人、廣手や消火に当たる人々の間を縫って、燃え盛る撰令所に突進した。

ひょろりとした上背、かぽかぽと鳴る木靴。この世の物ならざる美しさで舞い散る火の粉が、作り物めいた横顔をくっきりと照らし出した。

「博徳さまッ、残る律令は私が守りまする。どうぞご心配なさいますなッ」

驚き立ちすくむ彼らの耳を、甲高い声が叩いた。

「ほ、宝然ではないかッ」

双の眼をぎょっと見開いた博徳の叫びが、熱風とともに夜空に舞いあがった。

「あ、あの愚か者が、何を考えておる。一人で十巻もの巻子を運べるものか」

足をもつれさせながら殿舎に近づく博徳を、廣手は老人とともにあわてて引き止めた。

空はもはや火の粉と黒煙が入り乱れ、星影など望むべくもない。狭い庭にもきな臭い濃煙が立ち込め、息をするのも困難なほどであった。

四方の柱はまだ無事なのか、屋舎そのものはまだ形を留めている。だがあまりに激しい火勢のせいか、それとも辺りを蓋う煤煙のためか。宝然の姿はすでに見えず、大きな屋根が身震いするかのように揺らぎ始めていた。

もはや、一刻の猶予もならない。廣手は両袖を力任せに引きちぎった。

「老人さま、博徳さまを頼みます」

「愚か者、おぬしまで命を落とすつもりか」

「死には致しません。必ずや生きて戻ります」

腰帯から大刀を外し、取りすがる老人の胸元に突きつける。剣の重さによろめく相手を押しのけ、焔に赤々と照らされた殿庭に飛びだした。

燃え盛る殿舎に近づくほどに、火炎が全身を焦がす。しかし意外にも、熱さはほとんど感じなかった。階の焼け落ちた庇に取りすがり、沓履《くつば》きのままそこによじ登った。

ほうぼうの柱は火柱に変わり、天井の板の隙間からも紅の舌がのぞいている。足裏がひどく火照るのは、縁下に廻った火のせいだろう。

室内には一面煙が満ちていたが、焔のため視界は悪くない。煙で痛む目をしばたたかせながら殿舎を奥へ奥へと進む。真っ赤な滝に変じた書架を背にした宝然の姿が、そこにあった。

「愚か者、わたしに任せておけと申したのに、何をしに参った」

宝然は大きな布袋を広げ、目の前の几からそこに巻子を移している。急いで手伝おうとして、廣手ははたと周囲を見回した。

焔の音とは違う激しい家鳴りが、殿舎をぎしぎしときしませている。おそらく今、この撰令所はそれ自身が巨大な火柱と化しているのだろう。いつ天井が落ちてきても、不思議はなかった。

廣手の様子を眼の端でうかがい、宝然は小さく含み笑った。

「なんだ、廣手。ここまで来て、死ぬるが恐ろしいのか」

最後の一巻を乱暴に放り込み、彼は麻とも絹ともつかぬすすけた灰色の袋の口を縛り上げた。どっかりと胡坐をかいて、膝の上にそれを抱え上げる。いつ梁が崩れ、床が抜けるか知れたものではないのに、ひどく悠然とした態度であった。

「これはわたしが大唐で買い求めた火浣布《かかんぷ》だ。いかな劫火でも、これで包まれた品を焼き尽くせはせぬ。唐で気まぐれに購《あがな》った品が、まさか役に立つとはな」

宝然は端から、ここを生きて出る気はなかったのだ。廣手は彼の腕にとりすがった。

「なりません、宝然さま。生きてここから戻りましょう」

「ふん、何を申す。せっかくよい死に場所を得たのに、おめおめ生き延びてたまるか」

邪慳に廣手を振り払い、宝然はかけがえのない珠玉をいつくしむように、膝に抱えた袋を撫でた。

なるほど彼の言葉通り、降り注ぐ火の粉は袋を焼かず、布に触れるや否や黒い煤となって消えてしまう。

火浣布は大陸南方に棲む火鼠の皮とも、火山国の火中に棲息する白鼠の皮とも伝えられるが、実際は石綿で織られた布。西域では火蜥蜴《ひとかげ》の皮と呼ばれる珍品である。

袋に優しく掌《てのひら》を添えたまま、宝然は遠い目をした。

「わたし如き浅学が律令など作れはせぬと、最初から承知していたのだ。されど弘恪《こうかく》先生が弱り始められた折、あまりの栄誉につい、先生の代理を引き受けた。そして気が付いたときには滞る一方の作業の言い訳が欲しくて、思わず嶋さまの甘言に従うてしもうたわけじゃ」

どこかで建物が崩れる激しい音が上がり、背後からごおっと熱風が吹きこんできた。だが宝然はそれをまったく意に介さぬまま、ぽつりぽつりと言葉を続けた。激しい熱風が彼の言葉を散らし、廣手にはそれが啜り泣きながらの独白とも聞こえた。

「わたしは己の愚かさを認められぬ、うつけであった。もしそれが出来たなら、もっと違う術《すべ》で、律令編纂に携われたであろうに」

ある可能性に思い至り、廣手は愕然とした。

「ひょっとして――ひょっとして宝然さまは、嶋さまたちに加担したゆえに、律令編纂を遅らせていたわけではなかったのですか」

「確かに、左大臣さまたちに加担は致した。されどそのために、わざと作業を遅らせたのではない。その逆じゃ。わたしは自分の力不足による作業の遅れを、あの方々に従うたためだと周囲を騙しておったのだ。法令殿の律令編纂の遅れは、すべてわたしの力が足りぬゆえ。わたしは己の未熟さの言い訳が欲しくて、たまたま声をかけてこられた嶋さまの言いなりになってしもうたのだ」

それはあまりに思いがけない告白であった。

考えてみれば天下の碩学《せきがく》たる博徳ですら、完成まで三年の歳月を要した困難な作業。普通の学者であれば、その重責になすすべもなく立ちすくんで当然なのだ。

さりながら、と宝然は焔の音にまぎれそうな溜息をついた。

「かような偽りの日々ももう終わる。博徳さまの律令を守って死ぬるのであれば本望。これがわたしの成すべき務めだったのであろう」

学者である以上、己の力不足を認めるより、変節を装った方がはるかに楽だ。宝然の学究としての矜持は、律令策定を果たせぬ自分を、どうしても認めたくなかったのだ。

異国で長い年月を過ごした宝然。彼にとって律令とは、あまりに輝かしく、また己の人生を狂わせた憎むべき存在だった。それを己が手で作り上げ、屈服させようとした彼は、反対に律令に完膚なきまでに打ち負かされ、その事実をごまかすため、律令の破壊者に従った。これほど激しく律令に恋着した男が、かつていたであろうか。

恐怖とは異なる戦慄が、廣手の背中を貫いた。

「どれだけ足掻いたとて、わたしは律令の作り手にはなれなんだ。ならばせめて律令を守り、ここで焼け死ぬほかあるまい」

宝然はちらりと顔を上げた。黒い眸《め》が燃え盛る焔を映じ、金粉を蒔《ま》いたように光った。

「今ならまだ間に合おう。さっさと去《い》ね。心配せずとも、火浣布はこの程度では焼けぬ」

「な、なりません、宝然さま。生きてください。ともに律令完成のその日を、見届けるのです」

熱いものが双眸に溢れ、熱風に吹かれてすぐに乾いた。ひりひりと焼けつく肌がかえって、自分が生きていると伝えてくる。涙をこぼせばこぼすほど痛む頬が、廣手の意識をひどく清明にしていた。

人は皆なにかしら、望めども果たせぬものを抱いている。八束《やつか》はこの新益京《あらましのみやこ》に拠り所を求めつつ、志半ばに横死した。五瀬は古々女《こごめ》を取り戻さんと願いつつも、それを諦めざるをえない。だが少なくともこの世にある限り、自分たちは手に入れられぬ夢を抱き、望みに向かって足掻かねばならぬ。それを途中で諦め、死を願うのは、ただの怯懦《きようだ》だ。

そう、夢叶わず息絶えた人々のためにも、自分たちは生き延びねばならぬ。生きて、律令が施行される様を見極めねば。

「死んではなりませぬ。宝然さまが望まれた律令がようやく完成しますのに、それをご覧になられずして如何なさるのです」

「望んだ、か。確かにそうじゃ。されどそれは同時にわたしの愚かさを天下に知らしめるものでもある。さあ、行け。もはやこの愚か者を休ませてくれ」

このとき突然、廣手の脳裏に、一条の条文が雷光の如く甦った。

――凡応分者《およそぶんすべくは》、家人奴婢田宅資材《かじんぬひでんたくしざい》、嫡子取倍庶子分《ちやくしはしよしぶんのばいをとれ》。嫡母《ちやくも》・継母《けいぼは》同　嫡　子《ちやくしとおなじうせよ》。妾《しようは》同　庶　子《しよしとおなじうせよ》。

博徳が記した、戸令応分 条《こりようおうぶんのじよう》の文言であった。

博徳は財産の分与に関して、昔ながらの嫡子相続を念頭に置きながらも、庶子の相続分にも一定の配慮を示した。

嫡子は庶子分の倍量の財産を取れ。すなわち嫡子の権利を保障しながらも、庶子にも相当分の配分を命じたこれは、均分を旨とする大唐と嫡庶異分を旨とする本邦の中間を取った制度と言えなくもない。

だが法令殿で、雄伊《おい》はこの条文について何と述べただろう。

(それにしても、家・家人・奴婢の全部と財物の半分を嫡子が取り、残りを庶子全員で分けるとは、あまりに不平等。せめてもう少し比率を穏やかにしてはどうだ)

そうだ、彼は宝然が嫡庶異分主義を採用したと語っていた。それから推測できる条文は――。

「応分者《ぶんすべくは》、宅及家人奴婢並入嫡子《たくおよびかじんぬひはならびてちやくしにいれよ》。財物半分《ざいもつははんぶん》。一分庶子《いちぶんをしよし》均分《きんぶんせよ》……」

分与する財産のうち、邸宅・家人・奴婢は全部嫡子に与えよ。財物は半分を嫡子が取り、残りを庶子で均等に分配せよ――。

廣手は頭に浮かんだ一文を、思わずつぶやいた。

宝然が目を見張り、信じられぬと言いたげに口許を震わせた。

「おぬし、なぜそれを知っておる。それはわたしが記した応分条ではないか」

博徳が起草した同条は、嫡母・継母・女子や妾など女性の取り分にまで言及しているが、嫡庶子異分主義的性質は薄い。一方、宝然のそれは非常に簡略化された内容ながら、わが国古来の財産分与法をしっかり明文化している。

そう、この一条に関しては宝然の作った条文の方が、はるかに倭の実状を反映しているのだ。

再び目頭が熱くなるのを、廣手は止められなかった。

宝然は博徳と同様に、律令を本邦固有の法典とすべく奮闘していたのだ。哀しいかな律令全巻を完成させる力量はなかったとしても、彼は彼なりに正しい律令を作らんと試みていた。長大な公式令を苦もなく作り上げた博徳にも、苦手分野はある。戸令応分条の曖昧な規定が、その証拠だ。そして宝然は、博徳の不得手を補い得る人材なのではないか。

廣手は宝然の右脇に肩を突っ込んで立ち上がらせた。そのまま、強引に戸口へと歩き出す。

「な、なにをする、廣手」

「宝然さま。死んではなりませぬ。新しき世の律令にはやはり、あなたさまの力が必要です。博徳さまもきっとそう申されるはずです」

宝然は田令《でんりよう》と戸令の二篇の草稿を完成させている。計八十条あまりの条文には、博徳が学ぶべき箇所が多々あるはずだ。

宝然は決して博徳と道を違《たが》えたわけではない。ただ律令のあまりの眩しさに憧れ、それを憎んだがゆえに、心ならずも隘路に踏み込んだだけだ。

悔いて、許されぬ罪はない。己の過去を責むるのであれば、むしろその才知を活かさずしてどうする。

「あなたさまの草稿はきっと、わが国の律令を完璧なものとします。そのさまをどうか、ご自分の目で見届けてください」

宝然は無言で天井を仰いだ。熱気に乾いた眸が、何かに潤されたように硬い光を放った。

だがその足が弱々しくはあれど、床を踏みしめて歩み出した瞬間、背後ですさまじい轟音が響いた。振り返れば先ほどまで宝然が坐していた付近の床が焼け落ち、赤黒い焔が渦を巻いている。

幾重もの紅の帳《とばり》の向こうに、先程よじ登った庇が見える。だがそれが分厚い氷でも透かしたように歪んで映るのはどういうわけだ。

「二人では抜け出せまい。やはりわたしを置いてゆけ」

「ですが――」

反論する端から激しい熱風が吹き、廣手の語尾を吹き散らした。

「今おぬしは、わたしが新しき世の律令に必要と申したな。それを耳に出来ただけで充分だ。さあ、参れ」

このとき、熱気で歪んだ視界を影がよぎった。見ればあまりの熱でなにもかもが歪む中、漆黒の小柄な姿が不思議にくっきりと、火炎の彼方に佇立していた。

「廣手どのッ、北の庇まではまだ火が回っておりませぬッ。早くこちらからお逃げくださいッ」

忍裳の声が、辺りの轟音を圧して響いた。冠は脱げ落ち、腰までの長い髪が熱風にたなびいている。大きな眸をうるませ、泣き出しそうな顔をした彼女は、灼熱の地獄に場違いなほど美しかった。

(兄者――)

廣手は八束が愛した女の姿を、はじめてそこに見た気がした。

白い面《おもて》を煤で汚し、唇を蒼白に変じた姿は驚くほどか弱げで、道に迷った童女のようにも思われる。

女でも男でもない宮人《くにん》……いや、違う。そこにいたのは紛う方なき、ただの一人の女人であった。

「早くッ。早く出てきてくださいッ」

忍裳の位置からこちらの様子は見えぬのだろう。全身に火の粉を浴びながら、彼女は声を嗄《か》らして叫び続けている。

「忍裳さま、危のうございます」

兵衛たちから止められながら、なおも大声で自分を呼ぶ忍裳を見つめ、廣手はよし、と呟いた。

ここから庇まで六、七間。二人の重みで床が抜けるのが早いか、自分たちがそこを駆け抜けるのが早いか。

「宝然さま、参りますよ」

廣手のうながしに、宝然はやれやれと首を振った。

「まだ諦めぬのか。まったくなんともしつこい男だな」

言いながらも彼の頬には、笑みが浮かんでいる。その手が律令を収めた袋をしっかり抱え込むのを確かめ、廣手は小さく笑い返した。そして宝然の腕を摑み、赤い舌の這う床を走り出した。

大音響を上げて、柱が崩れ落ちる。恐ろしいほどの熱気が、項《うなじ》をちりちりと焦がす。

視界の端、今まさに倒壊せんとする壁を背にして、八束が小さく笑った気がした。

――同じ頃。

夜空の一角が、焔と黒煙で禍々しく染め上げられている。よほど火勢が強いのだろうか。人々の驚き騒ぐ声までが、風に乗って聞こえて来る。

強い不安にさいなまれながら、首名は弓削邸の様子を辛抱強くうかがい続けていた。

火事の方角は明らかに宮城内。おそらく、弓削たちの蹶起に合わせたものであろう。だとすれば彼らはそろそろ、屋敷を打って出るはずだ。今頃は丹比嶋邸や阿倍御主人邸でも、軍備が整えられているに違いない。

しかしそれを防ごうにも、ここにいるのは自分一人。廣手がいつ戻るのか、まるで見当もつかぬ。

（ええい、しかたがない）

弓削王子は嶋や御主人にとって、重要な旗印。彼を置き去りに、兵を起こすわけがない。ならば弓削とその部下だけでも足止めできれば、軍勢の動きは滞るはずだ。

首名は幞頭《ぼくとう》を脱ぎ捨て、懐の短刀で髻《もとどり》を切り落とした。顔や手足に泥を塗り、ざんばら髪を振り乱して、屋敷の門に走り寄った。

「開門、開門を願いまする。それがしは大官大寺《だいかんだいじ》の奴頭《やつこがしら》、こちらのご邸宅に当寺の奴婢が逃げ込んだ模様でございまするッ」

大官大寺は香具山の南、東二坊大路に面して広大な寺地を有する官寺。国内初の官営寺院として造営され、その権力は他の寺を遥かに凌ぐ。

当然、寺内に飼われる奴の数は膨大。そして彼らを管理する奴頭は身分こそ奴婢だが、下手な官吏よりはるかに羽振りがよかった。

「ここをお開けくだされッ。奴の追捕《ついぶ》をお許しいただきたく存じまする」

大官大寺の名を聞けば無視できまいとの、首名の目論みは当たった。馬の蹄や武具の音がぴたりとやみ、鈍い軋《きし》みとともに、わずかに門が開かれた。

「かような夜更けに、何の騒ぎだ」

「はい、今朝方、当寺の奴婢溜まりから、男奴《おやつこ》三名女奴《めやつこ》二名が逃亡いたし、寺衆挙げて行方を捜しております。近くの寺僧に尋ねたところ、夕刻、こちらのお屋敷の裏の土塀を越え、それらしき奴どもが逃げ込んだとか……まことに勝手ではございますが、ぜひ家探しをお許しください」

突き出された松明《たいまつ》の灯りにわざと目をしばたたかせながら、首名は慇懃に頼んだ。門内は暗く、内部の様子はよくうかがえない。しかし松明を持つ男は綿襖《めんおう》に身を包み、腰に大刀をたばさんでいる。およそただの門番とは思われぬ物々しい風体であった。

「かようなことはわしでは決められぬ。暫時待っておれ」

「この家の方々の手はわずらわせませぬ。なんでしたらそれがしだけではなく、坊さまがたも呼び集めて家探しいたします。何卒、何卒お許しくだされ」

「わかった、わかったからそこにひかえているのじゃ。いま、御主の許可を頂戴して参る」

兵卒たちを一度どこかに隠れさせ、自分を入れるつもりだろうか。だがその隙に出兵されては、本末転倒。やはりこの門から動くわけにはいかぬ。首名は腹をくくった。

（廣手、早く戻ってきてくれ――）

ふり仰いだ火勢は激しさを増し、たれこめた暗雲が焔を映じて赤黒く輝いている。異変を知ったあちらこちらの邸宅から、物見の家人たちが大路に姿を現し始めていた。

そんな最中、目の前の弓削邸だけは、分厚い門扉を堅く閉ざし、しんと静まり返っている。

高い土塀を見上げ、首名は唇を噛みしめた。


「――火事じゃな」

乾き始めた硯に水を足しながら、葛野王は南の空を振り仰いだ。夜空を焦がす火炎が、土塀の向こうにちらりとのぞいた。

幸い、今日は風がない。よもや類焼はすまいが、問題なのはその原因だ。

「様子を見て参りましょう」

立ち上がりかけた狭井宿禰《さいのすくね》尺麻呂《さかまろ》を留め、葛野王は馬の支度を整えよと命じた。

「何せ時節が時節だ。念のため、私も行こう。尺麻呂、供をいたせ」

「かしこまりました」

嶋一派のきな臭い動向については、忍裳から報告を受けている。何事か起きたのではとの危惧が、胸の底をざわめかせていた。

時刻は既に夜半。邸内は静まり、妻子たちは深い眠りの中にある。

それでも門のかたわらには、火災に気づいた舎人や従僕が寄り集まり、宮城の方角に首を伸び上がらせていた。葛野王の姿を見止めた詠《えい》が、半臂《はんぴ》姿のままこちらに駆けてきた。

「葛野さま、やはり火事は宮城でございますか」

「うむ。そのようじゃ。念のため、これより参内いたす」

「火災となれば、兵衛や官人どもにも怪我人が出ておりましょう。わしもお供させてくださ
れ」

葛野王が諾という間もなく、詠は長屋にとって返すと、すぐさま大きな葛籠《つづら》を背負って戻ってきた。助手がわりに叩き起こされたのであろう。その背後では息子の河内《かわち》が、眠たげな顔をこすっていた。

既に猛煙は夜空の半ばを覆い、北辰輝く北の空まで霞ませつつある。葛野王の目にそれは、まるで京そのものを呑み込まんとする禍々しい意志の如く、映った。

「方角からして、大極殿や朝堂ではないな」

「はい、宮城の西端と見受けられます」

尺麻呂の言葉に、葛野王は軽くうなずいて馬首を返した。

「ならば東北の山部門から宮に入ろうぞ。おそらく宮内はごったがえしておろうほどに」

一行が横大路を東に駆け、東一坊大路を南下し始めたときである。最後尾を走っていた河内が突然、

「あれ……」

と呟いて、足を止めた。詠がしかめっ面で振り返り、低い声で息子を叱った。

「おい、ぼんやりしておると置いてゆくぞ」

「違います。今、馬の嘶きが聞こえたのです。それも一頭や二頭ではなく——ほら、また」

河内が言い終わらぬ先に、なるほど数頭の馬の嘶きと、土を掻く蹄の音が夜の底にかすかに響いた。どうやら近くの邸宅から、漏れてくるらしい。

「あちらです。あちらのあのお屋敷からのようです」

語学に長けた者は耳がよいという。河内に指差され、尺麻呂がはてと首をひねった。

「あれは――」

「いったい誰の屋敷じゃ」

「はい、左大臣丹比嶋さまのご邸宅でございます」

「嶋の屋敷じゃと――」

白い土塀が暗がりの中にぼんやり浮かび上がっている。ほの白いその連なりを凝視するうち、葛野王の脳裏で幾つもの疑念の欠片《かけら》が、一つの筋書きとなって結びついた。

「これは――これは謀叛じゃ。いかん、珂瑠さまたちの御身が危ないぞよ」

「なんでございますと」

「あの火事は嶋一派による陽動じゃ。あやつめ、御主人とともに兵を集め、宮城に攻め入る腹に違いない。急ぎ屋敷に戻り、舎人を集めて鎮圧するぞ」

だが駆け戻ろうとする葛野王を、尺麻呂が轡《くつわ》を握って押しとどめた。形のいい丸い目が、闇の中できらりと光った。

「お待ちください。もし本当に嶋さま一派だけの企みなら、火炎に乗じ、もうすでに宮城に押し入っているはず。それが未だ屋敷に留まられているのは、何か手違いがあってではないでしょうか」

「手違いじゃと。どういう意味だ」

「如何な左大臣さまとて、勝手に兵を起こされるとは思えませぬ。誰か旗印を押し立てねば、珂瑠さまや讃良さまを弑《しい》し奉ったとしても、その後が続きませぬゆえ」

「それは誰だ。長か、弓削か」

「推測のみで申し上げれば、弓削さまかと。長王子はあれで案外、用心深い御仁。おいそれと嶋さまの甘言に乗るとは思えませぬ。されどなぜか肝心要の弓削さまと合流できぬゆえ、左大臣さまはお屋敷に足留めされたままなのでは」

怜悧な洞察に、葛野王はううむと呻いて笏を下ろした。

「つまり、先に制圧すべきは弓削と申すのじゃな」

尺麻呂は答えなかった。代わりに詠が何か思いついたように口を開き、結局、無言のまま唇を閉ざした。

詠が口にしようとした言葉が、葛野には痛いほどよくわかった。

故国を追われ、この小国に敗残の身を寄せた百済人たち。倭の民たちよりもなお、この国の行く末を案ずる詠が、自分に何を望んでいるのか。そして多年に及ぶ改革の口火を切った葛城の直系として、己は今、何をなさねばならぬのか。

幾ら妨げになる者であっても、讃良と珂瑠が直に手を下すことは不可能。これは天が自らに使命を与えたに違いない。

弓削を討たねばならぬ。

そう気付いた途端、全身が油を注がれたが如くかっと燃え立った。それはまるで長い歳月で枯れきった柴に火がついたかのような、唐突な瞋恚《しんい》の焔であった。

三人を見下ろし、葛野は早口で指示を出した。

「詠先生は宮城へ走り、この旨を讃良さまにお知らせくだされ。その後は怪我人の手当をお願いいいたしまする」

「——承知しました。早急に各門の備えを固めるとともに、兵衛府より手勢を派遣するように奏上いたしましょう」

「河内はわが邸にとって返し、角敬信《ろくけいしん》に事の次第を伝えよ。舎人どもに矛・弓箭《ゆみや》を与え、嶋と御主人の邸宅を囲ませるのじゃ。手向かう者は、容赦なく斬り捨ててかまわぬ。尺麻呂はわたしとともに参れ」

「いずこへでございますか」

「決まっておろう。弓削の屋敷じゃ」

険しい顔で大路の果てを見据える葛野王の横顔には、抑えきれぬ憤慨が滲んでいた。

「兵衛どもの到着を待つまでもない。わたしがあの奸佞の輩の首を取ってくれるッ」

言うが早いか、彼は馬の尻に激しい笞をくれた。砂埃が小さな旋風となって巻き上がり、蹄の音が夜陰に高く響いた。

詠は大路の真ん中にたたずみ、見る見る小さくなる葛野王の背を、まばたきもせずに見送った。

天の一角を焦がす焔は、幼い日、泗沘《しひ》を焼き尽くした劫火《ごうか》を思い起こさせる。常に腰に佩《お》びて離さぬ玉鐸を握りしめれば、ひんやりとした冷たさが、空に広がる濃煙を透かしてなお輝こうとする星影の凝りとも思われた。

（この国には、天の佑《たすけ》があるのであろう。百済にはどうやらそれがなかったようじゃが――）

そうでなければ、あれほどの敗戦を経ながらもなお、この小国が命長らえている理由が知れぬ。餓狼の如き大唐や新羅をして、侵攻をためらわせた倭。だがいくら天佑があるにしても、それに甘んじ、平穏な日々を貪っていては、いずれこの地にも衰退が訪れよう。

立ちふさがる者は退け、血潮を流してでも歩み続ける。それが世を変え、国を強く為すということだ。そしてまさに今、倭は新たなる世を迎えるただ中にある。その時に立ち会うことが、一族の中でたった一人生き長らえた己の使命やもしれぬ。そう詠は思った。

「行くぞ、河内」

「はい、父上」

短くうなずき合い、親子は南北に別れて走り出した。どこからともなく現れた野良犬が一匹、彼らの足跡を嗅ぎ、空に向かって高く吠えた。


眼を開けて、真っ先に飛び込んできたのは、薄雲に覆われた夜空であった。

いや、雲ではない。薄煙が空を覆い、月星までも隠しているのだ。

それでも北の空では、北辰が淡い煙越しに微かな煌めきを見せている。わずかな風が刻々と煙を吹き散らし、夜空にはようやく本来の輝きが戻りつつあった。

「おお、気が付かれましたな。よかった、よかった」

視界の端にぬっと人麻呂の顔が突き出し、廣手はやっと自分が、どこかの中庭に寝かされていると理解した。

「ああ、まだ起きてはなりませぬ。あちこち打ち傷と火傷だらけでございますからな。今、詠先生を呼んでまいりまする」

横たわったまま首をひねれば、土塀の向こう側では元の姿も判別できぬほどとなった撰令所が、ぶすぶすと煤煙を上げている。すでに火は収まったらしい。それでも界隈には激しい余燼《よじん》が垂れこめ、廣手はげほげほと咳き込んだ。

隣では白猪史宝然が、巻子の入った袋を抱え込んだまま筵に横たわっている。固く眼を閉ざしたその姿にぎょっと目を見張った廣手に、人麻呂はああ、とこともなげに笑った。

「気を失っておられるだけで、大したお怪我はありませぬ。むしろ廣手さまのほうが重傷でございますぞ」

言われてみれば袍の背中は見事に焼け、身動きするたびひりひりと痛む。腕や足も打撲と火傷だらけで、骨が折れていないのが不思議なほどであった。

「しかしまあ、燃え盛る殿舎に飛びこまれるとは、無謀にもほどがありまする。少しは御身を大事になされませ」

「忍裳どのが……忍裳どのがお救いくださったのです。こちらから逃げよと、道を示してくださいました」

弱々しい呟きに、人麻呂は無言でうなずいた。

「一言、お礼を申さねば。忍裳どのは今、いずこにおいでですか」

「鎮定の手勢に加わるべく、身拵えをしておられます。おそらくは兵衛府の陣においでかと」

その一言が弓削邸の件を思い出させた。そうだ、衛府はすでに出動したのか。戦端は開かれたのか。戦況は、首名はどうなったのだ。

飛び起きようとした廣手を、人麻呂はやんわりと押しとどめた。

「放してくだされ、人麻呂どの」

「落ち着いてくださいませ。間もなく五衛府の軍兵が弓削さま、並びに丹比嶋さまと阿倍御主人さまの屋敷に向かうはずでございます。廣手さまには怪我の手当こそ第一でございましょう」

「のんびりとはしておられません。僕は首名に、すぐ戻ると言ったのです」

衛府がまだ出動していないと悟り、廣手は焦りを覚えた。

首名一人で、弓削の軍勢を止められるはずがない。どれだけの力になるかはわからぬが、少しでも早く彼の元に戻らねば。

筵から起き直り、襤褸《ぼろ》切れ同然となった袍と布沓を脱ぎ捨てる。ほうぼうの傷が痛むものの、身動き出来ぬほどではない。

枕元には老人に押し付けた大刀が置かれていた。それを腰に佩びて廣手は立ちあがった。

「どちらに参られます、廣手さま」

「弓削さまのお屋敷に戻ります」

止めても無駄と悟ったのだろう。人麻呂は小さくうなずき、自分の木沓を脱いで差し出した。

「少し小さいかもしれませぬが、履いてゆかれませ。夜道に裸足は危のうございます」

「すみませぬ。しばしの間、お借りいたします」

礼を述べて木沓に足を押し込み、廣手は兵馬の嘶きの交錯する道を駆け出した。

顎を撫でながらそれを見送り、人麻呂はふむ、とつぶやいた。

火傷だらけの背中が、わずかの間に二回りも大きくなったと映るのは気のせいだろうか。いや、あながち見誤りでもあるまい。

思えば葛城以来、四人の大王に仕え、早三十余年。その間、自分は数えきれぬほどの人々の有為転変を眺めてきた。

しかし廣手たちの如く、ただ紙上に理想を追い官吏としての栄達を求めぬ者が、これまでいた覚えはない。有るべき国の姿を律令の中に模索する彼らが、ひどく眩しかった。

「――士《おのこ》やも　空しかるべき　万代《よろずよ》に　語り継ぐべき　名は立てずして、か。憶良《おくら》め、まったく小癪な歌を詠みおって」

人麻呂は歌人だけに、憶良の真意を的確に理解していた。彼は決して、自分がそうありたいとの願望から、あの歌を詠んだわけではない。

国家の偉業たる律令編纂に携わりながらも、撰令所の人々の官位は低い。それを不満とも感じず、国の基を堅くせんとする男たちの志を、憶良はあのような形で賞賛したのだ。

男子たる者は、高らかに名を響かせるべきである。後にその名を聞いた人々が、さらに語り継いでゆくように――。

大王が称讃の対象だった時代は、間もなく終わる。これからは官吏一人一人が世を荷い、名を立てる時代となるのだ。そして博徳をはじめとする学究たちの名は、律令編纂という大事業によって、不朽のものとなろう。

「世は変わるのじゃな。わしの如きおいぼれは、もはやお役御免となろうて」

そういえば、他の舎人たちに後を任せてきたが、讃良や珂瑠は無事に避難しただろうか。

脱ぎ捨てられた布沓を懐に押し込み、人麻呂は裸足のまま踵を廻した。

清明さを取り戻した夜空に上った半月が、彼の足元に長い影を曳いていた。


「どういうことだ。家探しするのであれば、さっさと致せ」

「いえ、一人では心もとのうございますゆえ、仲間や役僧たちを集めた上で、探させていただきとうございます」

「ならばさっさと寺に戻り、人手を集めて参れ。お許しをくださった弓削さまにも、無礼ではないか」

半開きになった弓削邸の門前で、首名は男と押し問答を続けていた。

言われるがまま邸内に入っては、その隙に軍勢が出立してしまう。彼らを封じるためにも、ここを動くわけにはいかなかった。

だがいつ廣手が兵士を率いて戻るか、知れたものではない。言い訳しながら踏ん張り続ける彼に、違和感を覚えたのであろう。男がふっと目元に険しさをにじませた、その時である。

「そこな者、退けッ！」

蹄の音と怒声が響き、巨大な影が首名の脇をかすめて門内に突進した。うわっと悲鳴を上げて男がもんどりうつ。

夜目にも白い斑馬《まだらうま》の鞍上の人物に、首名は信じられぬ思いで声を筒抜けさせた。

「葛野王！」

傍らには舎人の尺麻呂が、ぴったりと身を寄せている。刃区《はまち》の厚い大刀を抜き放ちながら、おお、と葛野王は声を上げた。

「首名ではないか。一人か、廣手はいかが致した」

「はい、弓削さまのご謀叛を知らせるべく、宮城に参っております」

「そうか。奴の蹶起には、丹比嶋と阿倍御主人も加担しておる様子。すでに詠先生がその旨、内裏に告げに走っておる。間もなく衛府より追捕の兵が遣わされよう。それまでは犬の仔一匹、ここから逃がすではないぞ」

葛野王の大声に事態の急変を悟ったのであろう。邸内のあちこちに灯りが点されたかと思うと、激しい兵馬の嘶きが虚空に響き渡った。隠れていた手勢が雲の湧き出る如く、一斉に庭に殺到してきた。

燃え盛る松明に、彼らの手にした矛や大刀の切っ先が鋭く光る。いずれも挂甲や綿襖に身を固め、中には大矛をたばさんだ者も交じっていた。

あっという間にぐるりを囲まれ、首名は尺麻呂とともに葛野王の左右に身を寄せた。

「相手は百人以上、こちらは三人。どうにも分が悪うございますな」

尺麻呂が他人事のように、しれっとつぶやいた。

「それをどうにかするのがおぬしの頭であろう。兵衛がやってくるまで、何とか踏みとどまる策を考えよ。——ええい、雑魚に用はない。弓削、いるのであろう。隠れておらず出て参れッ」

軍卒たちを無視して、葛野王は声を張り上げた。

「いかが致した。兵《つわもの》どもの背後に隠れねば、宮城に弓一つ引けぬのか。さすがは嶋や御主人に守られ、こそこそ策を巡らす卑怯者だけあるわい」

「ひ、卑怯者だと――」

甲高い声とともに、人垣が割れた。真新しい短甲に身を固め、左手に大刀を提げた弓削が、顔を青ざめさせて立っていた。

怒りゆえか、ぶるぶると身体を震わせる彼を睥睨し、葛野王は軽く鼻を鳴らした。

「卑怯者でなければ愚か者と申すべきか。讃良さまたちの改革の意義すら理解いたさず、佞臣《ねいしん》どもの傀儡に堕ちるとは。まったく、あの大海人さまのお子とは思えぬわい」

「な、なんだと。もう一度申してみろ」

「おお、幾度でも言うてつかわす。おぬしは大王の血統に生まれながら、その胎《はら》に流るる血の意味もわからぬ痴《し》れ者《もの》。大伯父上も泉下でさぞ嘆いておられよう」

明らかな挑発に、弓削の顔が更に血の気をなくしたとき、葛野王たちを囲んでいた一角が崩れた。

夜陰に白刃が光り、血しぶきが空に向かって噴き上げる。怒号と悲鳴が渦巻く中を、小柄な人影が一陣の風のように走り抜けた。六、七人の兵士が絶叫しながらもんどり打ち、次々と倒れ臥す。

「廣手！　遅いぞ！」

血刀を提げて輪の中に走り込んできた朋友に、首名が頼もしげな声を上げた。

彼ら同様、葛野王の馬にぴったりと背を寄せ、「すまん」と廣手は短く応じた。馬上の主をちらりと見上げ、わずかに眉をひそめる。なぜ葛野がここにいるのかと訝しんだのだが、それを尋ねる暇はない。

じりじりと包囲の輪を狭める兵士たちを睨みながら、廣手は周囲に敏速に眼を配った。

少なく見積もっても、敵は百名余り。対するこちらはたった四名。しかも尺麻呂と首名は武芸は不得意、ものの役に立つのは自分と葛野王のみである。

だが弓削王子さえ討ち取れば、あとは烏合の衆。廣手は馬上の葛野王に、押し殺した声を投げた。

「僕が楯となって、雑兵どもを斬り払います。葛野さまは真っ直ぐ、弓削さまを狙ってください」

「おぬし一人で大丈夫か」

厳しい眼差しで弓削を見据えたまま、ほとんど唇を動かさずに問う彼に、廣手は小さくうなずいた。

「少なくとも醜《しこ》の御楯《みたて》ぐらいにはなれましょう。ご案じなさいますな」

「あいわかった」

普段ならかような無謀をする葛野王ではない。王族の一員でありながら讃良に弓引く弓削の無道が、その怒りに滾々《こんこん》と油を注いでいた。

どうあってもこの愚かな男だけは、己が手で討ち取らねばならぬ。

腹の底から雄叫びを上げながら、廣手が大刀を振りかざし、兵士たちに飛びかかった。あっという間に包囲網が崩れ、そここで乱刃がひらめく。

激しい笞の音とともに、葛野王はもみ合う男たちを飛び越え、弓削に向かって疾駆した。

「こ、殺せ。一人残らず殺すのだッ」

突進してくる葛野王の姿に弓削は浮足立ち、刀を振りかざしたまま、二、三歩後ずさった。その前に手矛を構えた資人たちが立ちはだかる。

「ええい、こうるさい奴らめ」

葛野王は舌打ちすると大刀を低く構え、先頭の資人の顎の下を一撃で貫いた。崩れ落ちる身体を大刀を振るって落とし、もう一人の頭を柄元近くで力任せに打ち砕く。

甲《よろい》も冑《かぶと》も帯びず、官服を朱に染めた葛野王の猛撃に、残る男たちが怯えて後ずさった。だがもはやそれには見向きもせず、彼は血濡れた刀を弓削に向けた。

「せめてもの情けじゃ。過ちを悔いて自裁致せ。さすれば黄泉《よみ》の国の大海人さまも、少しは安堵なされよう」

彼の言葉が終わらぬ先に、弓削が叫び声とともに剣を振り上げた。それを大刀の先で薙《な》ぎ払い、馬首を転じた刹那、

「葛野さま、危のうございます!」

尺麻呂の悲鳴とともに、鋭い弓鳴りが辺りに轟いた。いつの間にか弓箭を携えた十数人が居並び、騎上の葛野王を狙っていたのである。

彼に向かって驟雨《しゅうう》の如く箭が降り注ぐのと、葛野王が馬から飛び降りたのはほぼ同時。全身に箭を射立てられた馬がどうと横倒しになり、四肢を痙攣させるのを横目に、尺麻呂は喚き声

を上げながら弓箭隊に斬りかかって行った。

まさに多勢に無勢。弓削を討ち取ろうにも、その姿はすでに幾人もの資人に隔てられ、おいそれと近づけない。いつしか廣手たち四人の全身は朱に染まり、己の血か彼の血かわからぬ有様であった。全身が絶え間なく痛み、悲鳴を上げているが、どこに怪我を負っているかすら判然としない。

ひたすら大刀を振り回し続けるものの、斬っても斬っても兵卒は絶え間なく湧き出す一方。眼に血が流れ込み、視界までが赤く曇る。

もはやこれまでか、と廣手が歯嚙みしたとき、耳を聾するばかりの雄叫びを圧して、鋭い弦音が響いた。

闇の彼方から射放たれた一本の箭が、白い軌跡を描いて男たちの頭上を飛び、弓削王子の額の中央に射立った。白羽の箭が強い弓勢《ゆんぜい》を物語るかのように、細かく左右に揺れている。いや、それは一瞬の硬直の後に始まった、激しい痙攣によるものであろうか。

誰もが驚愕に身動きを止め、剣戟《けんげき》の音すらが止んだ。

弓削は大きく眼を見開いたまま、刀を振りかざし、一、二歩、よろよろと歩んだ。だがすぐにどうと音を立てて、その場にうつ伏せに倒れ込んだ。

矢の放ち手を捜し、居合わせた全員が、邸門の彼方に続く大路を振り返った。

廣手は見た。黒々と続く道の彼方、漆黒の馬にまたがり長い髪をなびかせた忍裳が大弓を構え、冴え冴えとした眼でこちらを凝視している様を。そしてその背後に続く、百数十騎に及ぶ軍兵たちの姿を。

激しい地響きが、夏の雷鳴の如く響き渡った。

馬を止め、己の放った箭の行方を見つめる忍裳の左右をすり抜け、短甲に身を固めた府生《ふしよう》たちがこちらに疾駆してくる。その先頭で矛をかい込む偉丈夫。あれは山口忌寸《やまぐちのいみき》大麻呂だ。

後に続く騎兵を振り返り、大麻呂は破《わ》れ鐘の如き胴間声で喚いた。

「すでに丹比嶋と阿倍御主人一派は縛についた。あとは弓削王子に与《くみ》する者どものみ。よいか、一人残らず捕らえるのじゃ」

手に手に武器を抜き放ちながら、武官たちが一斉に諾と応じた。

主を失った弓削王子の部下は、すでに浮足立っている。疾風《はやて》の勢いで襲いかかった軍兵を前に、彼らは次々と刀や矛を投げ捨て、縄打たれた。最後まで手向かった数人は大麻呂らの容赦ない雷刃に斬り伏せられ、弓削同様、血の海に倒れて息絶えた。

大麻呂の激励に偽りはなく、これより先、丹比嶋と阿倍御主人の屋敷には、大伴御行や衛府の督たちに率いられた三百余人の兵衛が急行し、一味を一人残らず捕縛していた。

これらはすべて讃良の独断によるものであり、珂瑠には何も知らされていなかった。博徳や詠から弓削・嶋叛すの報を受けた彼女は、孫には無断で五衛府に出動を命じたのである。

御行が鎮圧の勢に加わったのは、軍事を司る家柄ゆえに他ならない。しかし彼の姿を追捕使の中に見出すなり、嶋は縄尻を捉えていた兵を引きずって立ち上がり、馬上の御行に激しく詰め寄った。

「こ、この裏切り者め。わしらを陥れ、自分一人が生き延びようとて、そうはさせぬぞ」

亡者の如く歯を剥きだし、嶋は口汚く御行を罵った。かっと眼を血走らせ、口角に泡を飛ばしたその様は、およそ七十を越えた翁とは思われぬ鬼気に満ちていた。

「どのみちこれからの廟堂は、不比等めに牛耳られ、藤原一族ばかり栄ゆる世が来よう。おぬしは讃良の走狗《そうく》として使われた末、閑職に追いやられて無残に死ぬるのじゃ。はははは、その日が楽しみよのう。狡兎《こうと》死して走狗烹《に》らるとは、まさにこのことじゃわい」

「――連れてゆけ」

唇までも蒼白に変え、御行は硬い声で命じた。軍兵たちに両脇を抱え上げられながらも、嶋の哄笑はいつまでも止まず、夜空に長い尾を引いて響き続けていた。

撰令所の火災は、隣接する書庫と大蔵二棟を焼いて鎮火した。それでも念のため、この夜、珂瑠や讃良、阿閇《あべ》や氷高《ひだか》たちは、南苑の一隅に動座して夜明けを待った。四方を屏風や帷帳《いちょう》で囲い、榻《とう》や胡床《こしょう》を据えた避難所では、珂瑠がさすがに緊張した面持ちで、辺りを見回していた。

「お祖母さま、先ほど兵衛たちが出て行ったようですが、あれはなんでございましょう」

「宮城が火事と知るや、不逞の輩がそれに乗じ、悪だくみをせぬとも限らぬ。京の者たちに我らの無事を告げ、さような者どもを鎮めんがための軍勢じゃ。心配せずともよい」

しれっと嘘をつく讃良の横顔は、常と変わらぬ落ち着きぶりである。だがやがて藤原不比等が伺候すると、

「折り入って話がある。あちらへ参ろうぞ」

と、彼女は一人立ち上がり、築山の頂上近くに建てられた亭《ちん》に彼を導いた。

緑釉《りょくゆう》の瓦に朱の柱が映える唐風の瀟洒な亭は、讃良のかねてよりのお気に入りである。人麻呂と憶良を見張りとして麓に立たせ、彼女はさて、と小さな手を組んだ。

「制圧は滞りなく済んだようじゃな。珂瑠はまだ何も気づいておらぬ。撰令所の火事、弓削と嶋どもの叛乱……すべては何もなかったとして、内々に事を進めるのじゃ」

「かしこまりました。されど火災ばかりは誤魔化せますまい」

「それならすでに、厩の小火《ぼや》と説明いたしました。舎人や宮人にも厳しく口止めしたゆえ、よもや事実に気付きはすまい」

なにせ事は、左大臣・大納言《おおいものもうすつかさ》と現大王の叔父が手を携えての謀叛である。これが世に知れれば、大王の権威は失墜し、第二、第三の弓削が現れるやもしれぬ。世を泰平に保つには、何事もなかったことにするのが一番であった。

だがそれにしても、果たして珂瑠まで欺く必要があるのか。不比等の疑念に気付いたのか、讃良は化粧の落ちた顔にうっすらと笑みを浮かべた。

唇は弧を描いているが、双の眸は玻璃《はり》を張り付けたように凍てている。風に揺らぐ手燭の灯りが、冷え冷えとした微笑に複雑な陰影を刻んだ。

「珂瑠はまだ年若。帝位の重みを覚ってはいても、それが足元から揺らぐやもと知るには、いささか早すぎよう。この件はすべて朕《わたし》が片付ける。あれには何も知らせぬように」

不比等の背筋に、寒いものが走った。

目の前の媼《おうな》は血を分けた孫をも欺き、老残の身にすべての流血を背負おうとしている。その凄まじいまでの覚悟に、戦慄を覚えたのである。

袖の中でこっそり指折り数えれば、彼女はすでに五十五歳。いったい何が、讃良をかように突き動かしているのであろう。

(ひょっとしたら讃良さまは古き世を道連れに、この世を去るおつもりではないか――)

それは決して、珂瑠の身を案じてではあるまい。彼の後に続く新しき世、未知なる来し方のために、讃良はすべてを己に殉死させようとしている。そんな思いが胸を過ぎた。

御前を辞して築山を下り、不比等は亭を振り仰いだ。半月の光を背に受けた讃良の表情は、山裾からはよくうかがえない。しかし美しい亭に一人立ち尽くすその影は、不比等の眼に痛々しいほど小さく、またひどく孤独に映った。

夫と子を失い、今また愛する孫すら欺き、彼女はどこへ行こうというのだろう。国を守り、強く為すのと引き換えに讃良が失ったものは、余人には想像がつかぬほど大きいに違いなかった。

「いかがなさいました、不比等さま」

人麻呂の声に、不比等ははっと我に返った。

「いや……讃良さまはお強いお方じゃと思うたまでだ」

自分の悲願は、藤原一族の勃興。だが讃良が望むのは、私利私欲ではない。己の身を捨ててまで国制を変えんとする意志。それは大王の血族に課せられた、哀しい務めに違いない。

人麻呂は不比等の視線を追って亭にたたずむ讃良を見上げ、そうでございますな、とうなずいた。

「臣は至心をもって、あの方にお仕え申し上げます。数々の歌を、賦を以ってあの方を崇め、讃えまする。されどどのような場合でも、讃良さまはたった一人、我らとは異なる高みに立ち尽くしておられるのでございましょう」

「たった一人、か」

天地の中にただ一人、誰からの救いもなく、世を変えんと戦う孤独。それはどれだけの腹心、どれだけの忠臣に囲まれたとて、癒されるものではない。

「はい、あのお方はいまだ最後の大王、そして大王はすなわち神でございますれば。大君は神にしませば　天雲の　雷《いかづち》の上に　いほりせるかも――我らが如き人臣には、到底お供しえぬ場所に、讃良さまは立っておられるのでございますよ」

不比等は先ほどの讃良の微笑を思い起こした。あの冷徹な笑みは、もはや女体をも捨てた神のものだったのだろうか。だが人として、女として生きることが許されぬのが大王の定めとすれば、それはあまりに辛く、哀しい。

自分が一介の臣下の家に生まれついたことを、彼は幸いと思わずにはいられなかった。

「大君は神、か……」

月光に照らし出された讃良の姿が、先ほどよりなお小さく見え、不比等は目をしばたたいた。

――こうして一夜の騒動の真実は、悉く闇に葬られた。だがさすがの讃良も、弓削王子の死だけは糊塗しようがない。

翌二十二日、彼女は珂瑠とともに大極殿に御し、弓削が昨夜、急な病で薨じたと触れた。百官はすでに、前夜の時ならぬ捕り物と火事の一部始終を知っている。それらに全く言及せぬ讃良の姿に、彼らはそろって首をすくめ、

「あれは一切、なかったことにされたのじゃ。下手に口にしては我らの首が飛ぶ。怖や怖や」

と囁き合った。大王の珂瑠が何一つ真実を知らされていないとの噂もまた、彼らの口を黙然

とつぐませる理由となった。

撰令所周辺は迅速に片付けられ、焼け跡は数日でただの更地に変じた。また弓削邸は兵衛府によって封じられ、家従たちは全員、長邸への移動が命じられた。

長は弟の叛心を知るなり、自邸に引きこもって恭順の意を示した。讃良もまた喚問使を送り、長がこの件に関与していないと知ると、それ以上、彼を追及しなかった。

一方、丹比嶋と阿倍御主人の二人は右兵衛府の獄につながれ、内々の尋問が行われた。だが葛野王による取り調べに対して、彼らは頑なに口をつぐみ、すべての嫌疑に首を横に振り続けた。

葛野が追及を試みたのは、弓削を首魁に立てた謀叛だけではない。嶋一派と讃良の対立は、実に十数年の長きに及んでいる。その中で彼らは何をたくらみ、どのように讃良の邪魔をしたのか。大伴御行はすでに己の知る限りを葛野王に告げているが、彼とて計画のすべてを把握しているわけではない。二人の口を割らせ、諸事を明白にする責務が、葛野には課せられていた。

嶋たちの自白をうながすために、苛烈な拷問が行われた。衛府の中庭に引き出された二人に、獄吏たちが容赦ない杖を振るう。肉が裂け、骨が砕ける音が響き、敷かれていた筵が瞬く間にどす暗く染まった。

「殺しても構わぬ。隠していることをすべて述ぶるまで、手を休めるな」

鮮血にまみれた身体は、生き皮を剝がれた獣に似て、苦しげな呻きを上げるばかりである。だが獄吏たちは葛野王の下命に従い、彼らに容赦ない呵責を加え続けた。

「わ、わかった。なにもかも話すッ」

御主人が虫の息で白状を始めたのは、捕縛から二日後。廣手が忍裳とともに証人として召喚された日であった。

人払いされた右兵衛府の中庭は、高垣に四方を囲まれ、ひどく暗鬱なたたずまいであった。膿《うみ》か、それとも腐血か。辺りには一面、生臭い臭いが満ちている。しかし馴れているのか、獄吏たちは太い眉を微塵も揺るがせず、獄から連れてきた二人を、獣を扱う乱暴さで筵の上に突き飛ばした。

傷に傷を重ねるが如き、激しい拷問のせいだろう。嶋と御主人の全身はいまだ乾かぬ血に濡れ、古血で固まった髪が束となって肩を覆っている。足を折られたのか、筵の上に横倒れ、弱々しく肩で息をする様は無残ですらあった。

（これが、丹比嶋さまと阿倍御主人さま――）

八束の仇である。だがそうと知りながらもなぜか、廣手の胸には怒りや悲しみが湧いてこなかった。代わって覚えたのは、言い知れぬ空しさである。

自分たちはこれほど無力な老人たちに苦しめられ、命の危険にさらされてきたのか。兄の死がひどく哀れであった。

忍裳は例によって無表情のまま、眉一筋動かさない。血と肉が爆ぜ、獄吏たちの悪態が満ちる庭で、白々としたその顔だけがかろうじて日常を留めていた。

「何ごとも白状いたす。だから打つのはやめてくれッ」

血まみれの体をわずかに起こし、御主人はこれまで自分たちが企んできた陰謀を次々告白した。嶋はもはや制止する気力もないのか、粗筵にがっくりとうつ伏せている。

大海人の没時に遡る、讃良への敵対行為の数々……中でも、七年前、舎人王子《とねりのみこ》を毒殺せんとしていた件に話が及ぶや、葛野王は苦々しげに顔を歪めた。讃良の治世を執拗に妨げ続けた二人への葛野の怒りは、御主人が語れば語るほど一層募り、今や頂点に到りつつあった。

「大伴御行によれば、謀略を知った阿古志連《あこしのむらじ》八束を殺害したのもおぬしらとのこと。間違いはないいな」

「阿古志連八束――」

御主人はしばらくの間、生気の欠けた眸を澄んだ秋の空に向けていた。やがてひび割れた唇を震わせて、小さくうなずいた。

「高市さまの大舎人じゃな。さよう、あれは舎人王子の家に忍び込ませていた女子を捕らえ、我らの計画を知ってしもうたのだ」

「手を下した御行の資人は、殺せと命じたはそなたと申しておる」

「そ、その通りじゃ。間違いない」

葛野王は苦しげに応じる御主人から、庭の片隅にたたずむ廣手に眼を転じた。

「聞いての通りだ。廣手、いかが致す」

その声は常の如く静かだが、目元には険しい翳が宿っていた。

「いかがと申されますと――」

「そなたにとって御主人は兄の仇。せめて杖の一撃なりと加えたいのではないか」

構わぬ、打ち殺せと無言裡に告げられ、廣手はもう一度、御主人を見下ろした。

錦の袍は血膿に汚れ、襤褸同然となっている。へし折られた腕を抱えて呻き、すすり泣くしかない眼の前の男は、もはや阿倍氏の氏上《うじのかみ》でも大納言でもない。ただ、罪に問われ、杖下に死を待つばかりの哀れな咎人《とがにん》であった。

傍らに控えていた獄吏が、太い杖を廣手に差し出した。滑り止めに巻かれた藤蔓は手垢に黒ずみ、そこここに古血がこびりついている。

これで御主人を打ち殺せば、八束は喜ぶのだろうか。

(いや、違う――)

それは山口忌寸大麻呂に対して抱いたのと同じ、圧倒的な確信であった。

八束は讃良や高市の目指す国を実現すべく、奮闘していた。国の繁栄とは、ただ国力が増すことではない。そこに暮らす人民すべてが法によって守られ、百姓《ひやくせい》が平穏に暮らしを営んでこそ、初めて国は栄えるのだ。

ここで御主人を殺すのは容易い。されどそれは八束が死の間際まで描き続けた夢、自分が関わってきた律令への背信である。

廣手は杖を投げ捨て、その場に膝をついた。

「葛野さまに申し上げまする。二人を許すつもりはありませぬ。されどこれ以上の呵責は、どうぞお止めくださいませ」

御主人や嶋すらが、驚いて廣手を振り返った。

「臣《やつがれ》はこの数年、伊吉連博徳さまの下で働いて参りました。先日の火難で危うい目に遭いましたが、幸い律令は無事。数か月後には、正式な公布が行われましょう」

葛野王の眼差しは、廣手を刺すように厳しい。それにひるむまいと、彼は声を張り上げた。

「兄の仇を討てとのお言葉、まことにありがたく存じまする。されど凡そ謀反大逆は天下無二の大罪。兄を殺した咎を責むるよりは、まずは律に照らした処罰をなさるべきかと考えまする」

自分は一人の私人である以前に、撰令所の史生だ。なればこそ天下の模範として、兄の仇を司直に委ねねばならぬ。

「謀叛には斬刑が相当。さすればこの者どもは獄吏の手で殺められる。仇をみすみす他人に委ねてもよいと申すか」

「はい、それこそが兄の望んでいたところでございますれば」

葛野王は長い間、廣手を凝視していた。やがてわずかに眼を伏せ、忍裳に視線を移した。

「忍裳どの、そなたはいかが思われる。よろしければ、わたしの刀をお貸しいたすが」

忍裳にとって御主人は、恋人の仇。命を奪うには、十分な理由がある。

しかし彼女は静かに葛野王を見つめ返し、小さく首を横に振った。

「わたくしは讃良さまの臣でございます。いかな罪人とはいえ、御主人さまと嶋さまもまた讃良さまの臣下。それをわたくしが私情で傷つけることは、不忠でございましょう」

「不忠、か」

「はい、徳義・清慎・公平・恪勤《かっきん》は官人の常懐すべき徳目。わたくしは讃良さまのため、ひたすらそれに従うまででございます」

忍裳の語尾が無残に震えた。大きな双眸がうるみ、澄んだものが頬を流れる。それを拭おうともせず、彼女は言葉を続けた。

「葛野さまのお心遣い、忍裳は嬉しく存じます。されどわたくしはこれより先は、糾問使でおられる葛野さまのご裁量にお任せいたしたく存じます」

言うが早いか、忍裳は突然、袖で顔を覆い、葛野王に礼もせぬまま踵を返した。そのまま庭を横切り、表へ走り去ってしまう。

「お、忍裳どの――」

廣手は慌てて葛野王に一揖《いちゆう》し、彼女の後を追った。

何もかもが陰鬱な右兵衛府を一歩出れば、そこには常と変わらぬ宮城の日々が広がっている。数人の官吏が小路の端で、何事か笑いさざめいている。駿馬を曳いた馬丁の歌う鼻歌がのどかに響き、二羽の雀が縁先の水溜まりで戯れていた。

「忍裳どの、お待ちください」

倉廩《そうりん》の建ち並ぶ一角でようやく追いつき、廣手は背後から忍裳の腕を摑んだ。予想よりもはるかに細い腕に、整えかけていた息がわずかに乱れた。

振り返った忍裳の眼に、またしても新しい涙が盛り上がった。澄明な泉にも似たそのきらめきは、彼女の眸をひどく大きく、そして生々しく見せていた。

これまで長らく忍裳がかぶり続けてきた、黒衣の宮人の仮面。それが大粒の涙で押し流され、どこかへ消え去ろうとしている。その下に現れた彼女の真実の姿に、廣手は激しい戸惑いを覚えた。

「廣手どの、これでよかったのでしょうか。わたくしは間違っておりませぬか」

「はい、あれでよかったのです。兄は僕たちが怒りに任せてお二方を殺すより、律に照らした公平な裁きを望んでいたはずです」

忍裳は細い喉を、ひくり、と鳴らした。ぶつかる勢いで廣手の胸に飛びつくと、胸元に強く顔を押しつけた。一筋の乱れもなく結い上げられた髪から、あえかな匂いが立ちのぼる。思いがけず柔らかい身体の弾みに狼狽する廣手にはお構いなしに、彼女は大声を上げて泣き始めた。

それはおよそ、年頃の娘の嫋々《じょうじょう》たる泣きざまではない。大切なものを失った女児が、手離しで身も世もなげに嘆くかのような号泣であった。

あまりの大声に驚いたのだろう。米を運んでいたと思しき役夫が二人、物陰から顔をのぞかせ、すぐにあわてて姿を消した。

華奢な肩におずおずと手を回しながら、廣手は視線のやり場に困って、空を見上げた。建ち並ぶ倉廩の軒に切り取られた秋空は、どこまでも高く、青い。

(まったく、兄者は厄介な女子を好きになられたものだ——)

うっすらと刷かれた絹雲が、はるかな高みからそんな二人を静かに眺めていた。


「ええい、まったくもって信じられぬ。宝然、おぬしは意外に才長けた男ではないか。そうと分かっておれば、もっと早く手を結んだものを」

薬師寺の僧房の一室で、博徳がせわしなく巻子を開いている。流し読みをしては放り投げ、次を開いてはまた投げ出すせいで、傍らの首名は片付けに忙しい。開かれたままの巻子が散乱し、狭い板間は足の踏み場もないありさまであった。

全焼した撰令所に代わって、博徳たちは現在、ここ薬師寺の片隅に寄寓している。嶋一派の残党を警戒し、衛士府から派遣された軍兵に守られながら、写書手・装潢手らと打ち合わせを重ねているのであった。

　僧房の壁際に小さくなっていた宝然が、興奮ぎみの博徳の言葉に、はあ、と心もとなげな声を上げた。

「果たしてそうでしょうか。わたくしはまったく自信がないのですが……」

「なにを申すか、愚か者。天道《てんどう》は盈《み》つるを虧《か》きて謙《けん》に益《ま》すと申すが、おぬしのそれはただの気弱じゃ」

　謙譲の美徳を賞賛する『易経《えききょう》』の一節を引き、博徳は宝然の背をどんとどやした。

「廣手がそなたの編んだ田令・戸令を読めと申すのも道理じゃ。もちろん、すべての条文の出来がよいわけではないが、この儂さえううむと唸らされる箇所が幾つもある。中でも戸令応分条の解釈は、殊に素晴らしい。田畑や戸籍にまつわる規定才のあるおぬしと、文書行政の諸手続きを得意とする儂。まさに好一対の取り合わせじゃ」

「は、はあ……」

　博徳の迫力に、宝然は完全に気を抜かれている。そんな彼にはお構いなしに、博徳はよしっと叫んで、板の間に仁王立ちになった。

　老人や大角といった学者や史生らが、一斉に彼をふり仰いだ。

「律令ともに草稿成ったと思うておったが、これを見てはうぬぼれてもおられぬ。もう一度、すべての条文を検討いたすぞ」

「い、今からですか」

居並ぶ人々の口から、悲鳴に似た声が上がった。

何しろ巻子で数えれば計十七巻。条文数は律二百五十余、令千余を超える。これをまたしても一条ずつ見直し、宝然の作成した条文と比較検討するには、いったいどれだけの時間がかかるだろう。

「つべこべ抜かすな。それもこれもひとえに日本のためじゃ」

どよめく老人たちの頭をぽかぽかっと撲《なぐ》り付け、博徳は薄い胸を傲然と反らせた。

「ですが、今からまた改訂を始めるとなると、どれだけの費用がかかるやら――」

額田部連早志が、早くも台帳を取り出しながら抗議した。なるほど筆墨や薪炭《しんたん》をはじめ、学者たちに支給する米、給料の管理を一手に担う彼からすれば、事業の長期化は即、資材管理を行う大蔵《おおいくらの》官《つかさ》からの説教を意味する。

「つべこべ申して来たら、儂が直に交渉してつかわす。よいか、他のことは気にかけずともよい。とにかく今は律令を完璧にすべく邁進するのじゃ。よいな」

博徳が一旦言いだしたら聞かぬことは、全員が承知している。おおっという半ば自棄《やけ》っぱちな声が、僧房に響いた。

写書手や装潢手たちは溜息をつき、早くも片付けにかかっている。次に彼らが招聘《しょうへい》されるのは半年後か一年後か、それは当分わからない。

宝然を間に挟み、質問攻めを始めた老人と大角。法令殿作成の田令の筆写に取り掛かる首名。算木を取り出し、経費の計算を始める早志……ぶつぶつ言いながらも各々の仕事に着手した部下を見廻し、博徳は短くなった髭を満足げにしごいた。

空高く昇った満月が南苑の池に砕け、金粉に似た光を振りこぼしている。数匹の虫が露台に立ちつくす讃良の裾にまとわり、絶え間ないすだきを立てていた。

弓削王子の変以来、宮城の夜回りの人員は倍に増えた。讃良の身辺警護も厳重になり、今も南苑のぐるりには軍兵の姿が絶えない。しかし遠くから響いてくる武具の音すら円《まろ》やかに聞こえるほど、ひどく澄明な美しい秋夜であった。

異母妹の大江《おおえ》は、次男の弓削の死後床に就き、以来、枕も上がらぬ有様という。そうたやすく息絶えるとは思えぬが、あんな高慢な女でも息子の死は相当応えたと見える。

(ならば草壁の死から十年を経《へ》ながら、なお戦い続けているわたしは何なのだ)

やはり自分は女ではないのか。倒れ込みたいほどの疲労と、そうしてはならぬとの声が交互に身内に押し寄せる。己の去就に惑いながら、讃良はただ、月光が漣《さざなみ》に砕ける池を見つめていた。

微かな咳払いがして、黒い影が露台の端にひざまずいた。

「葛野王か。嶋たちの糾問は終わったそうじゃな」

「はい、一切つつがなく。今宵は二人の処遇についてご裁可を賜りたく、参上いたしました」

「八束の弟と忍裳は、私刑を拒んだとか。なれば宜しく前例に照らし、処罰いたせ。もっとも放っておいても、拷問の傷で獄死するであろうがな」

「その件でございますが――」

葛野王は白皙《はくせき》の面を月光にさらし、わずかに膝を進めた。いつになく強張った頬に、暗い翳《かげ》が兆していた。

「謀反《むへん》は八虐の一。天下にまたとない大罪でございます。されど何卒、嶋と御主人には寛大なご処置を賜りたく、伏して願い上げまする」

「どういうことじゃ、葛野。変節いたしたか」

意外な助命嘆願に、讃良は思わず声を荒らげた。足元の虫がぴたりと鳴き止み、叢の中に逃げ込んだ。

国家を傾けんとする彼らを、あれほど憎んでいた葛野王である。そして彼らを朝堂から排除することは、讃良自身の宿願でもあった。

「いいえ、変節ではございません。ただ、あの二人を斬首すれば、宮城に残る高官はいずれも毒にも薬にもならぬ者どもばかり。珂瑠さまの治世を支えるには、器が小さすぎまする」

「不比等がおるではないか。あれは珂瑠の舅。今後ますます、朝堂で頭角を現すに相違ない」

「――その不比等が、わたしは恐ろしいのです」

讃良の言葉をさえぎるように、葛野王は長らく胸に溜め込んでいた言葉を口にした。

「確かに不比等は有能な男。されどあっという間に讃良さまや珂瑠さまの信頼を得たあの手腕が、わたしにはきな臭く思えてなりません」

叱責を受けるやも知れぬ。だが、このことを訴えられるのは、今しかない。そしてこの機を逃せば、後日必ずや自分は後悔するであろう。

堰を切った勢いで、葛野は続けた。

「嶋たちを処断すれば、朝堂で不比等の力が増大するのは明白。そしてあの宮子《みやこ》が珂瑠さまのお子を産み、大王の血統に藤原氏の血が混じりでもすれば、それは必ずや、後の大王たちに害を為しましょう」

青々と茂る松にまつわる、嫋々たる藤蔓。時に美しい花を咲かせ、松が枝《まつえ》に色を添えながらも、それは確実に大樹を弱らせ、やがては枯死させる。諸豪族が弱体化した機を逃さず、新たな勢力としてのし上がった藤原不比等……。その狡猾さが、葛野には恐ろしかった。

彼をこれ以上、勝手にさせてはならぬ。三年前に抱いた不快感は、嶋と御主人が失脚した今、胸の中で大きなしこりとなって警鐘を鳴らしていた。

讃良はしばらくの間、身じろぎ一つしなかった。やがてふと身体をひねり、老いた顔を月光にさらして小さくうなずいた。

「おぬしの危惧、よく理解いたした」

「されば――」

「じゃが、不比等を遠ざけはせぬ。あれはわたくし亡き後、珂瑠を支える唯一の臣じゃ」

絶句する葛野王を静かに見おろし、

「のう、葛野」

と讃良は声を和らげた。

「おぬしは律令成った後、この国が如何に変わると思うておる。大王が――いや天皇《すめらみこと》がすべてを支配し、遍く民が天皇を仰ぐ国になると考えているのか」

その通りでございましょう、とうなずきかけ、彼は言葉を呑み込んだ。讃良が何か、ひどく恐ろしいことを口にし始めたと察したのである。

叢で再びすだき始めた虫の声が、妙に遠く感じられた。

「なるほど、日本は天皇によって統べられねばならぬ。されど律令の下においては、天下を治むるは天皇にして天皇に非ず。天皇はあくまで世をまとめる存在に退き、宮城に集う官吏こそが国を支える歯車となる。つまり律令が完成すれば、天皇もまたその束縛を受けねばならぬのじゃ」

葛野王は——そして珂瑠すらも知るまい。

倭から日本へ、そして大王から天皇へ。だがそこに新たに現れるのは、絶対的権力を有する統治者ではない。

整備された官司制は、天皇すらもただの意思決定機関に変える。律令国家の完成はすなわち、大王一人が権勢を振るう時代からの脱却であった。

すでに恣意的な行動が制限された豪族同様、これからは大王もまた、律令体制の支配下に入る。大王が一個人ではなく、国家の意思を体現する機関たる天皇へ変化すること——それこそが真の律令国家の完成であり、葛城以来進められてきた大改革の終着点であった。

かつての如き、強く雄々しき大王は律令とともに消え失せる。自分は倭の最後の大王となるのだ。

「なれば——なれば讃良さまはこれまで何故、国を変えようとして来られたのですか。大王がかような弱き存在となると知りながら、どうしてそれを推進なさったのですか」

葛野王の声は哀れなほどかすれていた。

「弱くなるのではない。国の一部となるだけじゃ。なるほど不比等は恐ろしい男。されど臣下の分を忘ずるほど愚かではない。あやつであれば変質する天皇を補佐し、一官吏として見事日本を支えて参ろう」

「わ、わたしには得心できません。大王ではなく、官吏が国を統治する世など」

思わず立ち上がった甥を見つめる讃良の眼差しは、哀しげでさえあった。

葛野王は、律令国家を天皇の権力華々しい国と考えていたのだろう。だがそれは誤りだ。数々の悲劇を繰り返さぬためにも、天皇はこれまでの大王とは異なる存在とならねばならぬ。もしもっと早くこの統治機構が完成していれば、大海人は兵を起こさず、大友《おおとも》も寂しい山中で自ら命を絶たずとも済んだ。そして葛野王もまた、あたら若盛りの身を埋もれさせる必要はなかったに違いない。

すべては大王が、絶対的統治者であったがゆえの不幸。律令が施行され、天皇が国家統治の一機関となれば、かような悲劇は二度と起こらぬはずだ。

自分は、この倭を滅ぼす。そしてその累々たる屍《しかばね》の上に、唯一無比たる日本の国は花開くのだ。

「葛野、この国は変わらねばならぬ。古き世はすべてわたしが連れて去ろう。そなたは天皇とともに、新しき世を生きるのじゃ」

己の腹を痛めた子を失い、なさぬ仲の息子たちを殺めても、決して悔いはせぬ。女傑の名も悪女の謗《そし》りも、みな甘んじて受けよう。やがて来る律令完成の日は、日本の新たな誕生の日。その朝だけを夢見て、自分は止むことなき戦いに身を置いてきたのだ。

深い沈黙と闇を引き裂いて、星が一つ、流れた。白い軌跡が夜空の果てに吸い込まれると、後には耳が痛くなるほどの静寂が訪れた。

「――嶋たちの助命は、お許しくださいませぬのか」

それを破るのを憚るかのような小声で、ぽつりと葛野が問うた。

「どうしてもと申すなら、考えぬでもない。されど宮城への出仕は罷《まか》りならぬ。隠居させ、それぞれの屋敷にて禁足を命じよ」

「寛大なるお言葉、ありがとうございます。なれば早速右兵衛府《みぎのつわもののつかさ》の獄に高《こう》医師を遣わし、二人の手当をさせまする」

足元をふらつかせながら立ち去る甥を、讃良は身じろぎもせぬまま見送った。

草間からの虫の声が、急に高くなった。

つまるところ――と讃良は、遠ざかる背を見つめながら考える。

父も夫も、律令を作れなかったわけではあるまい。ただ、己を含む大王の権威が失墜し、国家の一機構として再編成される事実が恐ろしく、なかなかそれに着手できなかっただけだ。

つまり自分は最後の大王であるとともに、累代の大王たちが守り継いできた権力を完膚なきまでに打ち砕き、律令の網の中に押し込む破壊者となるわけだ。

だが、それでよい。この国はこれでようやく、海東の小帝国となる。帝位を巡る血で血を洗う争いも、律令が存在する限りは姿を消そう。

（そして――）

暗い藪陰を見廻せば、秋夜に溶け込んだ漆黒の官服姿がある。

女子が女子として生きられぬ世も、これで終わりを告げる。新しき世がまことに幸多き世であるか、そこまではわからない。されど少なくとも自分たちのように、女として生きられぬ者が少しでも減ることを、讃良は願わずにはおられなかった。

「博徳は律令の修訂に取りかかったそうじゃな。はてさて、わたしの命がある間に終わるのやら」

「滅多なことを申されますな。讃良さまには八十、いえ九十の齢《よわい》を重ねていただかねばなりません」

ひょっとして博徳は自分をこの世に縛り付けるため、再度の編纂を始めたのであろうか。だとしたらあの男、あまりに質《たち》が悪すぎる。

あと一年か、二年。ここまで来れば、律令の完成を見届けずには死ねぬ。最後の大王とは実に厄介なものだ。されど諸大臣より権力を奪い、あとは変革の仕上げを見守るのみとなれば、案外、待つ身も悪くない。

(わが君、どうやらあなたさまの所に参るのは、もう少し先になりそうでございます)

夜空にひときわ明るく輝く北辰を仰ぎ、讃良は不思議に静かな気持ちでつぶやいた。

(黄泉の国とやらにも、山の紅葉はあるのでしょうか。空に月星はかかっているのでしょうか。そちらに参ったら、今度こそあなたさまの横に立ち、共にそれらを眺めたく存じます。どうぞもう少しだけ、わたくしをお待ちください)

風が出てきたのだろう。水の匂いをふくんだ涼気が、讃良を押し包んだ。見上げれば長くたなびく雲が星々をかすめ、西へとゆっくり流れてゆく。

それが讃良の目には、地上から空の彼方に帰ろうとする大海人の魂のように映った。そう、ひょっとして夫は、長きに亘る自分の戦いをずっと側で見守っていたのではなかろうか。

そんなはずがあるまい、と誰かが胸の中で女々しい感傷を嘲笑っている。だが偽りでもよい。少なくとも今だけは、そう信じたかった。

大海人が息を引き取った秋の日。山々を彩っていたはずの紅葉の色が眼裏で明滅し、夜空の藍色に溶けて消えた。

(北山に――たなびく雲の　青雲《あをくも》の　星離《さか》り行き　月を離りて……)

讃良の声なき詠唱が届いたのだろうか。細く長く伸びた雲は、名残を惜しむかのように西空へ流れ、やがて山の端に吸い込まれるように消えた。

第八章

西の楼閣で、鼓が盛んに鳴らされている。初夏の陽射し弾ける大極殿《だいごくでん》の前庭では、法官《のりのつかさ》の役人たちが慌ただしく走り回り、床几《しょうぎ》を並べたり、白砂を清めたりと明日の準備に余念がなかった。

いや、多忙なのは彼らだけではない。警備に当たる五衛府の武人は甲や武具の手入れに追われ、後宮十二司の宮人《くにん》たちは、化粧や釵子《さいし》選びにかまびすしい。

大伴門の甍《いらか》に止まった鳶《とび》までが落ち着かなげにきょろきょろと周囲を見回し、狭い宮にはうわんと鐘が鳴ったかのような喧騒が満ちていた。

大路を一目散に走ってきた廣手《ひろて》は、忙しげに行き交う官吏たちをかき分け、曹司《ぞうし》の一角へと駆け込んだ。

撰令所の面々のために用意された部屋には、すでに伊吉連博徳《いきのむらじはかとこ》をはじめとする学者たちが顔をそろえている。いずれも真新しい官服に身を包み、一分の隙もなく威儀を正した正装であった。

「すみません、遅くなりました」

廣手が息を切らせながら扉を跳ね開けた途端、一斉にいらついた視線が飛んできた。

「まったく、どこでなにをしておった。いくら儀式本番ではないとはいえ、定時に参らぬとはどういう了見じゃ。もうじき、法官の丞《さかん》が参る。その前にこの儀式次第を頭に叩き込んでおけ」

汗まみれの廣手の顔を見るなり、博徳は膝先に置いていた走り書きを渡して寄越した。

「それに、そのぼさぼさ頭はなんじゃや。冠から髪がはみ出しているではないか。誰か、廣手に櫛《くし》を貸してやれ」

博徳の言葉に、宝然《ほうねん》が無言で櫛を投げて寄越した。さすが常から身だしなみにうるさい彼だけに、白柘植《しろつげ》の立派な櫛であった。

「ありがとうございます。急いで走ってきたもので申し訳ありません」

「走ってきたじゃと。いったいどこに行っておったのだ」

「はい、兄の墓でございます。どうしても明日の新令布告の報告をしたかったもので」

博徳は一瞬太い眉を撥ね上げ、「さようか」とつぶやいてうなずいた。

「それはよいことを致したのう。兄上どのも泉下でさぞよろこんでおられよう」

弓削王子《ゆげのみこ》の変から、すでに二年が経とうとしていた。

白猪史《しらいのふひと》宝然、土部宿禰雄伊《はじのすくねおい》の二人を新たに迎えた撰令所は、昨年三月、度重なる修訂を終え、ついに新令を完成させた。その後はすぐさま新律の最終校訂に取りかかり、こちらも装丁の仕上がりを待つばかりとなっている。

最終的な構成は、律六巻十二篇、令十一巻三十篇。当初の予定からの篇数増加は、宝然の進言を容《い》れてのものであった。

讃良《さらら》は美々しく整えられた新令が上奏されるや、すぐさまこれを諸王諸臣に頒布。読習を命じるとともに、撰令所の主だった顔ぶれに褒賞を行った。

だが本来なら督《かみ》として名を連ねるはずの葛野王《かどのおう》の名は、いくら探しても褒禄者の中になかった。

「私は京《みやこ》の隠遁者。讃良さまのため、律令編纂所の長官となりましたが、これといった仕事はしておりませぬ。華やかな賜禄の場に引っ張り出されるのは、ご免でございます」

「されど督がおらねば、威儀を欠こう」

「ならば私の代わりに、舎人王子《とねりのみこ》か刑部王子《おさかべのみこ》でも飾っておかれませ。だいたいこの偉業を成し遂げたのは、博徳を筆頭とする学究や史生《ししょう》たち。お飾りの頭が誰でも、大した違いはありますまい」

いつの間にか法督の職も辞し、再度邸宅に籠もりきりとなった葛野王が何を考えているのか、傍からはまったくわからない。だが讃良はそれ以上彼を引っ張り出そうとはせず、不比等《ふひと》と協議の上、結局、刑部王子を律令編纂の督に祭り上げた。

こうして讃良手ずから禄を受けた中には、この数年で完全に呆けてしまった薩弘恪《さつこうかく》の姿もあった。久しぶりに賑やかな場所に引き出された彼は当初、周りで何が行われているのかも理解できず、濁った眼をしきりにしょぼつかせていた。だがそこは老いたりといえ、稀代の大学者。いざ賜禄となると誰の手も借りずに階《きざはし》を登り、居並んだ博徳たちを驚嘆させた。

「ううむ、あの老齢にしてあのはったりぶり。感心するのも妙じゃが、見習うべきやもしれぬのう」

しかし新令が頒布されたとはいえ、施行宣言はまだ行われておらず、全ての制度がすぐに改まるわけではない。大勢に影響がない宮城の儀式がまず少しずつ改正され、この正月には儀制《ぎせい》令《りょう》に基づく元日朝賀の儀が初めて執行された。

美々しい官服に身を固めた百官が居並び、左に日像《じつしょう》・青竜・朱雀、右に月像《げつしょう》・玄武・白虎を描いた幡《ばん》が翻る。正面に金銅製の三本足の烏像《うぞう》が立てられ、前年冬に入京した新羅使を左右に列させたその儀式は、二年前、廣手が列席したそれとは比べ物にならぬ壮麗さであった。

「これじゃ、これこそわしが大唐で目にした朝儀にもひけを取らぬ大礼じゃ。よく見るのじゃ、廣手。文物の儀は、ここに備わった。本年はまさに日本《ひのもと》の始まりの年となろう」

一方で讃良は、長年の腹案であった遣唐使派遣計画にいよいよ着手。選りすぐりの能吏を執節使・大使に任じ、半年後の出立を命じた。

随行の官員は、五百六十名。その中には少録《しょうさかん》を拝命した山於憶良《やまのうえのおくら》、訳語生《おさしょう》として乗船を許された高河内《こうのかわち》も含まれていた。

葛野王邸で行われた河内の送別の宴には、廣手はもちろん、博徳に首名《おびな》、尺麻呂《さかまろ》、また宮城から人麻呂《ひとまろ》と憶良までが顔を揃えた。

「よいか、大唐は学問・芸術の精華の地。様々な誘惑も多いが、過たず任を果たすのじゃぞ」

葛野王の激励に、十五歳の河内は自信たっぷりに、はい、とうなずいた。

「語学の才を生かし、あちらで様々な書物の収集に当たるつもりです。なにか必要な本があればお命じください。必ずや求めて参ります」

父親仕込みの百済語と新羅語に加え、博徳から唐語を、山口忌寸大麻呂《やまぐちのいみきおおまろ》から諸蕃の言語を学ぶ河内の顔には、一片の不安もなかった。

荒海を冒して渡海する遣唐使は、四隻中一隻が戻れば成功と言われる危険な旅を強いられる。多くの船が暴風雨に遭い、ある船は難破、ある船は南海の小島に漂着……果ては、蛮人に襲われ、皆殺しの憂き目を見た例すらある。

はるかな海路を廣手は危ぶんだが、河内はもちろん、詠《えい》までが、

「几《つくえ》にかじりつくだけが勉強ではないぞ。長安は新益京《あらましのみやこ》の三倍の広さを有する羅城。折ごとに街を歩き、陋巷の隅、貧民が住まう窟までのぞいてまいれ。かの国の実情を知ることが、いずれこの国の役に立とう」

と、息子の無事を信じて疑わぬ様子であった。

「書物と申しても、さて、何を求めてきてもらおうか。尺麻呂、何か思案はあるか」

葛野の言葉に、尺麻呂は形のよい目を宙に据えた。

「はてさて、欲しい書籍は山ほどありますものの、それらをみな買い集むることも叶いますまい。おお、そうだ。最近大唐では、『孝経《こうきょう》』の解釈を巡る論争が盛んとか。かの書物は註釈書として、孔安国《こうあんこく》および鄭玄《ていげん》の手になる二種が有名ですが、残念ながらわが国にはまだ、孔安国のそれしかありませぬ。いずれ諸本が統一されましょうが、やはり鄭玄の註釈書も揃えておきたいですな」

「かしこまりました。間違いなく、入手して参ります」

今回の遣唐使は文物や学問の摂取だけが目的ではなく、倭が独自の律令を編纂し、「日本」という新たな国に生まれ変わったと知らせる使節でもある。いわば彼らは、独自の法典を有する小帝国・日本の第一使。使命の重さは、これまでの比ではなかった。

日没とともに始まった宴は、夜半を過ぎてもなお酣《たけなわ》であった。幾つもの酒壺が運び込まれ、そこここで賑やかな笑い声が弾ける。

やがて誰もが心地よく酔った頃、人麻呂が盃を持ったまま立ち上がり、河内の前にぺたりと腰を下ろした。足元の覚束なさから見て、相当酩酊している様子であった。

「こたびの晴れの使に河内どのが加わられるとは、まことに喜ばしい限り。言祝《ことほ》ぎの歌をと思いましたが、あまりの嬉しさについつい酒を過ごしてしまいました。憶良、おい、憶良。おぬし、臣《やつがれ》の代わりに一首詠んでくれぬか」

「わたくしがですか」

丸い顔ばかりか首まで赤くした憶良は、まいったなあ、と首筋を掻いた。

「わたくしだって、遣唐使節の一人ですよ。それがどうして、送別の歌を作らなきゃならないんですか」

「つべこべ申すな。おぬし、こちらにうかがう前、舎人溜まりで何か書きものをしておったではないか。おおかた、羇旅《きりよ》に先立つ歌でも作っていたのであろう。それで構わぬゆえ、ここで披露いたせ」

酒のせいか、人麻呂はいつになくしつこい。憶良はしぶしぶ、袍の合わせ目から木簡を取り出した。

「弱ったなあ、せっかくいい出来と思ったのに」

「なんじゃ、ここで覧に供ずるは嫌だと言うか」

「違いますよ。大唐に渡り、見事使節の役目をはたして帰国することとなれば、必ずや別離の宴席が設けられるでしょう。僕はそこで唐の役人たちを前に歌い上げるつもりで、この歌を作ったんです。それを渡海より先にお目にかけるなんて、なんだかなあ」

「大唐で詠ずるつもりだった作だと。まだ国を出てもおらぬのにかような支度をするとは、おぬしはつくづく周到な奴じゃな。まあよい、がたがた言わずに歌ってみよ」

遣唐使に加わる者はみな、航海の危険を顧みぬのか。それともまだ見ぬ大唐の幻が、彼らをしてすべての危難を忘れさせるのか。あまりに自信たっぷりな態度に誰もが苦笑する中、憶良はやれやれと呟きながら立ち上がり、胸に手を当て、ぐるりを見回した。

口では不平を漏らしているが、満更でもないらしい。少々調子はずれの歌声が、丸々とした体からほとばしった。

「いざ子ども――」

――いざ子ども　早く倭《やまと》へ　大伴の　御津《みつ》の浜松　待つ恋ひぬらむ
御津浜は、外国使節も発着する大湊《おおみなと》・難波津の異名。海路を示すのに、しばしば用いられる地名であった。

さあ、皆の者、早く倭へ帰ろう。難波湊の浜松も、我らの帰りを待ち焦がれているはずだから――。

なるほど、故国へ帰ろうと逸る心を歌い上げた、見事な一首である。

このとき、廣手はその歌にわずかなひっかかりを覚えた。それが何によるものかと思い巡らそうにも、酒の回った頭では考えがはっきりまとまらない。

だが何はともあれ、仲間たちに呼びかけるその雄渾《ゆうこん》さ、歌に込められた溢れんばかりの望郷の念はまことに素晴らしい。人麻呂に比すれば、憶良の作は少々理が勝ちすぎるきらいはあるが、これはこれで当世屈指の名歌人と言えよう。

しかし酔っぱらった人々がやんやの喝采を送る中で、人麻呂は一人、気難しげな顔で憶良を見上げていた。

「憶良、おぬし、何を考えて今の歌を作った」

「何をと申されましても――」

「愚か者ッ」

いきなり人麻呂は声を荒らげた。普段の穏やかさを拭い取ったかのように厳しい顔に、宴席が水を打ったように静まり返った。

「おぬしはこの日本の使者の一員として、大唐に渡るのじゃぞ。歌の中の倭はおそらく、この京の意味であろう。されどかようにせせこましい度量で、遣唐少録《しょうさかん》の大任が務まるものか。ええい、貸せッ」

憶良から木簡をひったくった人麻呂は、部屋の片隅に置かれていた硯箱を開け、筆にたっぷり墨を含ませた。

「大唐に参ったら、彼の国の役人どもの前で、堂々とこう吟じてまいれ。よいな。おぬしの歌には、わが国の誇りがかかっているのじゃぞ」

誰もが一斉に、人麻呂が憶良に突き返した木簡を覗き込んだ。

「早久《はやく》倭邊《やまとへ》」の四文字が滴るほど濃い墨で消され、「早日本邊」と書き替えられている。

酔いのために震え、のたくっているが、それでも恐ろしく勢いのある筆であった。

「早《はや》、日本《ひのもと》へ――」

廣手は思わず、小声で呟いた。

――いざ子ども　早日本へ　大伴の　御津の浜松　待つ恋ひぬらむ

誰もが酔いの醒めた顔で、新たな一首を小さく復誦している。その小波《さざなみ》のような音を圧して、人麻呂の大声が響いた。

「よいか。大唐で披露する限り、歌に詠む地名は倭であってはならぬ。おぬしたちは日本から参り、日本へ帰る。律令に新たなる国号を記された方々の志をしっかりと胸に刻んで、荒海を渡るのじゃ。そうでございますな、博徳さま」

部屋の片隅でこの騒ぎを眺めていた博徳が、にやりと笑ってうなずいた。褒賞を賜った日にも見せなかったほど、満足げな顔つきであった。

「倭」から「日本」への国号変更を、大唐が速やかに承知するかはわからない。だが大唐はかつて、白村江において大軍に多大な損害を与え、まさに命と引き換えに故国を守ったこの国の働きを忘れてはいまい。そして独自の律令を完成させ、三十三年ぶりに正使を送ってきた日本を、彼の国は決して無視できぬはずだ。

憶良の詠唱は、日本の民が自らの声で国号を歌い上げる第一声。これほどの言祝ぎの歌が、またとあろうか。

深い喜びが、廣手の全身にじわじわと満ちてきた。

「人麻呂どのの申す通りじゃ。憶良どの、われらが国号の輝かしさとおぬしの歌才を、大唐の官吏どもにしかと見せ付けて参れ。河内もじゃ。日本の名に負けぬ訳語として、立派に務めを果たすのじゃぞ」

「はいッ」

「かしこまりました」

博徳の激励に凛然たる声で応じた二人がいつ帰国するか。それは全く予想がつかない。だが彼らが戻るその時には、律令は遍く国土に広まり、誰もが自らを日本の民だと自負しているはずだ。いや、そうあらねばならぬ。

明日、宮城では珂瑠《かる》が新令施行を宣言し、国制は本格的に律令に基づくそれに改められる。新国家完成を告げる新令公布は、日本の威信を賭した大式典。このため当日の失態を防ぐため、今日は主だった官吏が集められ、予行演習が行われる運びであった。

貴族や官人の身分表記は、明日をもって令に定められる新位階に一新される。明《みょう》・浄《じょう》・正《しょう》・直《じき》・勤《ごん》・務《む》・追《つい》・進《しん》で表示されていた爵位は、一位から八位、それに初位《そい》を加えた九位に改正。また畿外出身者に与える位階として外位《げい》二十階を制定するなど、これまで前例を見ぬ大改革が実行されるのである。

また諸官司もこれまでの六官制から、中務省《なかのまつりごとのつかさ》・式部省《のりのつかさ》・治部省《おさむるのつかさ》・民部省《かきのつかさ》・兵部省《つわもののつかさ》・刑部省《うたえただすのつかさ》・大蔵省《おおいくらのつかさ》・宮内省《みやのうちのつかさ》より成る八省制に変更される。それに伴い各官司に付属する小官衙《かんが》が統合・増設されることは、言うまでもなかった。

このような激しい制度変革が、宮城に混乱を招くのは必至。このため昨日、不比等は撰令所の全員を召して、彼らに新たな任務を与えた。

「珂瑠さまは明後日の布告を皮切りに、すべての庶務を数か月がかりで新制度に改めるおつもりでいらっしゃる。そこでおぬしたちには今後、官人に新令を教える教官となってもらいたい。何しろ撰令所の者ほど令に精通した人材は、他におらぬからのう」

「かしこまりました。何しろ律令が完成したといっても、それは形だけのことでございますからな」

青天の霹靂《へきれき》ともいうべき命令であったが、博徳は予想していたのか、当然といった顔でうなずいた。

「その通りじゃ。さすれば来月からしばらくの間、宮城内の各官衙や王家に出向き、新令の講説をしてもらいたい。まあ言うなれば、出張講義というところじゃな」

「律令編纂が終われば、撰令所も解散と思っていたんですけどねえ」

図書官に戻る算段をしていた早志《はやし》はぼやいたが、これまでまともな法典がなかったところへいきなり、体系的な律令を持ち込むのだ。人々がちゃんとその精神を理解せねば、令が完成してもまさに宝の持ち腐れである。

とはいえ千条あまりの法典を官人たちに理解させるのは、並大抵の苦労ではない。

「編纂事業よりこちらのほうが、ある意味では大変な仕事になろう。今は宮城の官人たちが相手じゃが、ゆくゆくは遠国の国宰《くにのみこともち》や評督《こおりのかみ》のもとにまで律令を説きに行ってもらうことになるはずじゃ。さすればこの務めは、一年や二年では終わらぬ。皆、気を引き締めてかかれよ」

更なる重任が自分たちを待っていると気付き、撰令所の人々の顔は峻厳に改まっている。

不比等が帰っていくと、博徳はそんな彼らを見廻し、思案顔で言葉を続けた。

「とりあえず諸親王がたのところには鍛造《かぬちのみやつこ》大角《おおすみ》に、諸王諸臣の所には調忌寸老人《つきのいみきおきな》と黄文《きぶみの》連備《むらじそなう》に行ってもらう。それ以外の官庁は、残る人員で手分け致すのじゃ」

「博徳さま、法官から、諸寺諸僧にも新令を講義していただきたいと頼まれていますが」

早志が帳面をめくりながら口を挟んだ。

「ああ、僧尼令の説明をせよというのじゃな。されば廣手と首名、おぬしら二人で行って参れ。老獪な坊主どもに侮られてはなるまいぞ」

「かしこまりました。ご心配には及びませんよ。なあ、首名」

「そうですとも。こちらで仕事をさせていただいたおかげで、口うるさい御仁には充分慣れております」

「こやつら利いたふうなことを言いおって」

されど——と博徳はふと真顔になった。

「儂らはいずれ、この世を去る。今から先、新たな律令に基づく世を導くのは、おぬしら若人じゃ。よいか、そのことを決して忘れてはなるまいぞ。おぬしらはその生涯を賭して、この宮城が正しく律令に従って動くかを見届けるのじゃ」

廣手は正直、自分が律令編纂にさほどの働きを果たしたとは考えていない。それだけに思いがけぬ博徳の激励に、背筋の伸びる思いがした。

明日の式典の際にはまた、新令・儀制令の制度に基づき、天下の年号は「大宝《たいほう》」と定められる。

これまで年号は、大化・白雉《はくち》・朱鳥《しゅちょう》などの前例の如く、ごく一部の年にのみ用いられるものであった。それが今後は全国で、世々継続して用いられることとなる。

元号は大陸では、皇帝統治の象徴。いわばこれは天皇による天下掌握宣言でもあった。

間もなくやってきた法官の役人に率いられ、撰令所の面々は博徳を先頭に、ぞろぞろと大極殿の庭に向かった。

（大宝、か――）

回廊では昼過ぎのまろやかな光が弾けている。それに目を細めながら、廣手がぼんやりと新元号を呟いたとき、

「おおい、廣手さま、首名さまあ。お待ちくだせえ」

聞き覚えのある大声が辺りに響き、一人の男が足をひきずりながら彼らを追いかけてきた。

鮮やかな緋の衣を着し、髪も髭も見違えるほど小ざっぱりとした五瀬《いつせ》であった。

「五瀬じゃないか。そうか、お前も明日の儀式に参列するんだな」

「へえ、なにしろ今度の元号はあっしが付けたようなものですからね。明日は恐れ多くも珂瑠さま手ずから、ご褒美をいただくんだそうでさ」

対馬産と称する金塊を大伴御行《おおとものみゆき》が珂瑠に献上したのは、昨年の春。思いがけぬ金産出に若き大王《おおきみ》は非常に喜び、さっそくこれを天下に布告しようとした。

しかしそんな孫を、讃良は思慮深く押し止めた。

「かような奇瑞を、おいそれと告げ知らせてはなりません。間もなく来る、新令施行の日……この慶事はその日に天下に知らしめ、盛大な儀式の劈頭《へきとう》を飾らせるべきでしょう」

英邁な彼女が、金塊を国産と信じたのかはわからない。ただ確かなのは彼女が産金の報をこの上なく効果的に用いようとした事実のみ。そして嶋《しま》と御主人《みうし》の失脚によって、実質的な廟堂

第一の権勢者となった藤原《ふじわらの》不比等もまた、彼女の意見を後押しした。

「確かにその通りでございます。黄金は尊きこと、天下に比類なき至宝。天地の大徳は生と曰《い》い、聖人の大宝は位と曰うとの言葉もあるように、珂瑠さまの御世はまさに聖人の大宝。ならば今回の産金を祝し、いっそ新たな元号は大宝としてはいかがでしょう」

「ふむ、大宝とな。確かにそれはよい。お祖母さま、いかがでございます」

珂瑠が顔を輝かせるのに、讃良も重々しくうなずいた。

「おそらく新令施行は来年の春となろう。それまで産金の事実は伏せておくのじゃ。よいな」

こうして五瀬の金塊は、天下の慶事を飾る瑞宝に化けた。それが新羅商人から入手した偽物と心得ているのは、廣手と首名、大麻呂と五瀬の四人のみ。仔細を知らぬ大伴御行が恐悦し、自邸に住まわせていた五瀬を更に手厚く扱ったのは言うまでもない。

日本が律令国家として歩み出す第一歩が、かような詐欺に彩られる事実をどう受け止めるべきか。廣手はいまだ決めかねている。だが首名はその点に関しては、ひどくさばさばしていた。

「世の瑞兆なんて、皆そんなものさ。先例を見ろよ。白い猪に白い狐、古《いにしえ》の元号の白雉だって、穴戸《あなと》国（現在の山口県）から献上された白い雉にちなんで定められたものだろう。でも野の生き物を注意深く見れば、真っ白な獣は存外、珍しくない。瑞兆も凶兆も、要は人が作っているんだ。金の件だって、僕たちが気に病む必要はないさ」

「だが後になって、それが偽りだったと知れたらどうするんだ。御行卿だって、五瀬をただじゃ置かないだろう」

「ああ、なるほど。僕もそこまでは考えていなかった。金塊が世に現れれば、対馬には金鉱を掘り当てようとする奴らが、続々と押し寄せるだろう。そうなればすぐに、あれが贋物と知れるよなあ」

ううむ、とうめきながら、首名はこめかみを掻きむしった。白いふけが季節外れの雪のように四方に散った。

「今後のことは一度ちゃんと、五瀬と話し合おう。そうでなくとも御行さまは、奴の口車に乗って、嶋さまたちを裏切ったんだ。それが嘘と知れれば、なにをなさるか知れたものじゃないぞ」

とはいうものの、新律完成を目前に控えた撰令所は多忙を極め、なかなか話が出来ぬうちに今日を迎えてしまった。

それだけに廣手と首名は五瀬に、自分たちの打ち合わせが終わるまでここにいるよう告げた。だが彼は軽く口元をゆがめ、

「すみませんが、あっしも急ぎの用があるんでさ」

と首を横に振った。

「明日はたくさんの官人がたにさえぎられ、満足に話も出来ねえでしょう。今日のうちにご挨拶出来て何よりでした」

「待て、お前にとって重要な話なんだ。頼むから少しだけここに控えていてくれ」

廣手の懇願に五瀬はふっと真顔になった。素早く周囲を見回し、声を低めた。

「お二方が何を仰りたいのか、承知してまさあ。けど、そんなこたあ、人に心配していただく事じゃねえですやね」

「五瀬、おまえ——」

首名が絶句した。

「御行さまによれば、あっしは明日、雑戸の身分から放たれ、正六位上の位を頂戴するんだそうで。もちろん、封戸《ふこ》に田圃、持ちきれねえほどの褒美も一緒でしょうな」

博徳たちは先に行ってしまった。急いで追いかけねばと焦る心中を察したのか、五瀬は「でも」と早口で続けた。

「地位や褒美なんて、邪魔なだけでさあね。明日、儀式が終わったら、あっしは一切合財擲《なげう》って、すぐさま京から高飛びいたしやす。下手にうろうろして、命を落とすのはごめんですからね」

「どこへ行く気だ。当てはあるのか」

「当てなんて、ありやせん。だけどまず東国、それから西国。手に職がありますから、食うに困りはしねえでしょう。雑戸でなくなりさえすれば、とっつかまって連れ戻される恐れもないですからね」

「古々女《こごめ》を捜すつもりだな。そうだろう、五瀬」

廣手の問いに、五瀬は答えなかった。鼻の下をこすり、照れたように軽く肩を揺すった。

「お二方にお会いできるのも、これが最後でしょう。奇妙なご縁でしたけど、楽しかったですぜ」

聞き取れぬほどのささやき声で告げ、五瀬は踵を返した。片足をひきずりながら回廊を去るその背は、道なき道を一人行く旅人のようにうら寒く、それでいて何者も近付けぬ厳しさに満ちていた。

月日が流れ、大宝の年号も遠い昔となった時、五瀬は再び京に戻ってくるのだろうか。そのとき、傍らに彼とよく似た面差しの娘が寄り添っていることを、廣手は願わずにはいられなかった。

「遅いぞ、おぬしら。何をしておった」

博徳にまたも怒鳴られながらも、その脳裏からは五瀬のたくましい背がいつまでも消えなかった。

自分は何のために撰令所に身を置いてきたのだとの疑問が、ふと胸をよぎった。

新律令が完成しさえすれば、官吏はみな赤心をもって天皇に仕え、天下の万民はみな苛吏に追われずとも済むはずだった。

だが少なくとも五瀬は、その律令のために京を去る。自分たちの作った法典は、あの哀れな男一人救えぬということか。

そんな思いが、顔に出ていたのだろう。明日の打ち合わせを終え、帰路に就きかけた廣手を、宝然が呼び止めた。

「いかが致した。なにやら浮かぬ様子だが」

「いえ……宝然さま、律令とはいったい、誰のためにあるのでございましょう」

彼に五瀬の一件を告げるわけにはいかないが、それでも誰かにこの思いを聞いてもらいたかった。胸に浮かんだままを口にすると、宝然は続きをうながすように右の眉を撥ね上げた。

「倭国は明日、新たな国へと生まれ変わります。ですがそうなったとて、苦しむ人々はどこかに少なからず残り、貴族がたは別の形で政争を繰り返されるでしょう。だとすれば僕たちは今まで誰のために、何をしてきたのでしょう」

「誰のため、何のため、か――」

宝然はしばらくの間、眉間に深い皺を刻んで無言であった。

他の学者たちが引き上げた詰所は閑散としている。次第に赤みを帯びていく夕陽が、磚《せん》が敷き詰められた床を複雑に輝かせていた。

「それは、私にもわからぬ。だがたった一つだけ、疑いようのない事実がある」

何を言い出すのかと、廣手は宝然の口元を凝視した。

「おぬしは確か、あの黒衣の宮人どのと昵懇であったな。忍裳《おしも》どのと申したか、あの女人は明日の新令施行には立ち会われぬ。官途を辞し、郷里に帰られるそうじゃ」

「なんですと、忍裳どのが――」

闇夜に咲く白い花に似た顔が、ぱっと弾けて消えた。

何故だ。長年の夢であった強き国が完成するというのに、何故、忍裳が官を退かねばならぬ。それに讃良はどうして、彼女の辞職をみすみす許したのだ。

あまりに多くの疑問が渦を巻き、満足な言葉が出なかった。

「先ほどここに来る前、たまたま中ツ道であの宮人どのを見かけたのじゃ。いつもの官服をまとっておらなんだゆえ、当初はそれとわからなんだが――」

「声をかけられたのですか。忍裳どのに」

「おお、思わず呼び止めて、いずこへ参られると尋ねたわい」

わずかな荷を背負った忍裳は、さほど驚きもせず宝然を振り返った。そして常と変わらぬ静かな声で、

「故郷に戻りまする。もはや宮城には、私の居るところはありませぬゆえ」

と答えたという。

「明日触れ出される新位階は、令に定められた揺るぎなきもの。すなわち、その規定から外れた官吏宮人は、もはや宮城にはおられぬ。たとえそれが、先の大王の腹心であってもだ。忍裳どのは令外の宮人、なるほど新令に従うならば、あの女人はもはや宮城を出るしかあるまいな」

淡々とした宝然の言葉を聞くにつれ、廣手の腹の中には熱いものが漲り始めていた。

「ひ、ひどいではないですか。忍裳どのは律令制定の影の功労者。それに報いぬばかりか、弊履の如く京から追い出すなんて」

「それは違うぞ、廣手。宮人どのは追い出されたわけではない。むしろ令を守り、己の生き様を取り戻すために、進んで京を去られたのじゃ」

生真面目な忍裳が、令を遵守するために宮城を去ったのは理解できぬでもない。だが己の生き様とは何だ。

複雑な表情で押し黙った廣手に、宝然は眉根を寄せた。

「わからぬか、廣手。あの宮人どのは、女子なのだ。それが化粧もせず、身を飾ることもなく、男の身形《みなり》をして生きねばならなんだ。おぬしはそれが自然と思うのか」

厳しい声音に、廣手ははっと息を呑んだ。

自分の腕の中で、子どものように泣きじゃくった忍裳。女の姿を棄て、恋人を殺されてもなお、国のために身を捧げ続けた彼女の真実の顔は、あれほどに幼くたおやかであった。

彼女の祖父が白村江で戦死したことは、聞くともなしに知っている。祖父の志を継ぎ、もっとも華やいでしかるべき歳月を、激しい政争に費やした彼女。新令施行を目前にした今、忍裳はようやく、自分の生を取り戻すことが許されたのだ。いや、それは忍裳ばかりではあるまい。早くに夫を失い、最愛の息子にも先立たれた讃良……彼女もまた、女の身を擲ち、この国に心身を捧げた女人であった。父と夫の悲願であった律令国家を完成に導くことで、讃良もまた、長年の荷を降ろし、ようやく本来の姿に立ち返れるのではなかろうか。

女たちがその性を棄てて挑まねばならなかった戦いは、ようやく終わりを告げた。律令の完成によって、彼女たちは解放されたのだ。

「男でも女子でも、人が己の分に従うて生きられぬのは不幸。讃良さまと忍裳どのは、律令によって本当の姿を取り戻されたのだ。お二方のこれからの日々が穏やかであることを、我らは祈らねばならぬ。——お、おい、廣手、いずこに参る」

感慨深げな宝然を置き去りに、廣手は詰所を飛び出した。明日の儀式で用いるのだろう。胡床を山ほど抱えた雑人を突き飛ばし、長い回廊を一目散に駆けた。

忍裳の生地は確か摂津国の西端。おそらく中ツ道から木津を経て、山陽道に向かうのだろう。急げば追いつけるかもしれない。

葛野王邸に駆け込み、驚く従者たちにはお構いなしに、厩へと向かう。日暮れ近い小屋に、馬丁の姿はない。藁を叩いていた奴《やっこ》が、目をしばたたいて、砧《きぬた》の手を止めた。

「廣手さま、どうなさいました。そんなに血相を変えて」

「狗隈《いぬくま》か、ちょうどよかった。馬を一頭貸してくれ」

言うなり手近な黒駒に鞍を置こうとした廣手を、狗隈がぎょっとした顔で引きとめた。

「ちょっ、ちょっと駄目ですって。そんなことをしたら、こっちが敬信《けいしん》さまに叱られまさあ」

「夜には必ず戻す。家宰《かさい》さまにはその時に謝るから、頼む。なんとかしてくれ」

両手を合わさんばかりの廣手に、さすがにただ事ではないと察したのだろう。

「まいったなあ。これだから、廣手さまには参りますぜ」

ぶつぶつ文句を言いながら、狗隈は比較的気性のおとなしい栗毛の老馬を曳き出した。

「必ず今夜のうちに返してくだせえよ。ああもう、敬信さまに知れたらなんて怒られるか」

「すまん。もし露見したら、僕の仕業だと言えばいいからな」

言うが早いか馬にまたがり、廣手は放たれた箭《や》の勢いで大路に飛び出した。

道行く人々が、慌てて左右に飛びのく。その間を駆け抜けながら、彼は忙しく辺りに目を配り続けた。

女の足だ。まださして遠くに行ってはいまい。だが一条大路を過ぎ、四囲が田畑と野面に変わっても、忍裳らしき人影は杳として見付からなかった。

日輪は西山の稜線に触れんばかりに傾き、地にはすでに暮靄《ぼあい》が這っている。日没までに見つけられねば、もはや行方を突き止めるのは難しい。焦燥に駆られ、廣手はしきりに馬を笞打った。

脇道に入ったのか、それとも既にはるか先を進んでいるのか、どれだけ道の果てに目をこらしても、忍裳の小柄な姿はどこにも見当たらない。

やがて日が完全に沈み、わずかな残照が山際を明るませるだけとなった頃、廣手はようやく馬の手綱を引きとどめた。

いったいここはどこなのだろう。見渡す限りに人家はなく、溝を流れる水の音だけが闇の底に響いている。藪から迷い出てきた蛍が一匹、ふわりと目の前を横切った。

(忍裳どの――!)

道の果てにいるであろう忍裳に、廣手は胸の中で呼びかけた。

眼裏に浮かんだ彼女は何故か、丈の短い質素な衣をまとっている。それがちらりとこちらを振り返り、丁寧に頭を下げた気がした。

これ以上、忍裳を追ってはならない。彼女はようやく、政《まつりごと》の世界から解き放たれ、一人の女に戻ったのだ。

頭ではそう理解しながらも、廣手は闇の彼方に目をこらし、彼女の姿を追い求めずにはいられなかった。

八束《やつか》がなぜ忍裳を愛したのか、ようやく理解できる気がした。

彼は女の身を殺して讃良に忠義を捧げる忍裳を、解き放ってやりたかったのだ。いまだ理想への道遠い日々、八束は忍裳の女としての側面を愛することで、政争の苦しみに塗れた彼女を、少しでも楽にしてやろうとしたのだ。

誰からも慕われ、心優しかった八束。彼にとって忍裳は、世の矛盾の表れであった。だからこそ彼は忍裳の全てを包み込み、共に新しき世を目指したのだろう。

（これで……これでよいのだ。これで忍裳どのはようやく、兄上の望まれていた通りに解き放たれる。そして讃良さまもまた――）

夫を、子を失いながら、諸豪族を屈服させ、律令を完成させた女傑。後世の人々はおそらく彼女をそう呼び、畏怖するだろう。

だが彼らは知るまい。讃良が多くのものを失いながら、それでもなおこの国のために老身に笞打ち、戦い続けてきたことを。そして彼女を支えた黒衣の宮人もまた、同じように、幾多の哀しみを乗り越え、この国に身を捧げたことを。

少なくとも自分たちが手掛けた法条は、彼女たちの辛き日々に終止符を打ったのだ。

だが律令はようやく完成したばかり。日本が法典に基づいた完璧な国家となるには、これから長い月日をかけて、官吏一人一人の心に国家の理念を叩きこまねばならない。

官吏や僧侶に向けて行われる新令講義は、そのための小さな第一歩。今から自分たちは、同じ講説をあちこちで幾度となく行うだろう。律令とともに諸国を廻り、国宰や評督にその意義を説きもしよう。その仕事が何年がかりになるのか、今は見当もつかなかった。

偉大な大王たる讃良は、古き世を引きつれて去り、明日、新令の布告とともに世は変わる。だが次なる世を作る自分たちの務めは、これから新たに始まるのだ。

律令を携え、博徳や老人たちとともに国々を巡る己の姿を、彼は脳裏に思い描いた。東国の果ての寒村で、はたまた西海道の鄙《ひな》の小評《こごおり》で、自分は再び五瀬に会えるのではないだろうか。摂津国の村外れで、手足を真っ黒に日焼けさせた忍裳と巡り合うのではなかろうか。

まだ荒い息を吐いている馬の首を叩いて落ちつかせる。見上げれば濃紺の空では、星々が玻璃をちりばめたように輝いていた。

明日、この国は日本としての歩みを始める。そう、この夜空の向こうには、日輪輝ける明日が来るのだ。そのまばゆい日の出に思いを馳せながら、廣手は頭上に輝く北辰をいつまでも見つめ続けていた。


――令に一年遅れて、新律が諸国に頒布された二か月後。すなわち大宝二年十二月二十二日、讃良太上天皇、藤原宮にて薨去《こうきょ》。時に五十八歳。

新令の布告後、彼女は亡夫隠棲の地である吉野や、壬申の乱の折に経巡った美濃や伊勢に御幸して日を過ごしていた。

新律令を携えた遣唐使の出立を見送り、四十五日にも及ぶ東国の旅から戻った翌月。たった十日寝付いただけの、森閑たる山奥の巨木が倒れるに似た、突然の死であった。

その死に顔は生前の峻厳さが信じられぬほど穏やかで、まるで見えぬ軛《くびき》から放たれたかのように澄みきっていたという。

「さあ、これから忙しくなるぞ。讃良さま亡き後の宮城を鎮めるものは、もはや律令しかない。されど官人たちの律令理解は、正直まだまだ中途半端。今からの世の趨勢をよく見極め、これを機に更なる律令普及の手立てを考えるのじゃ」

廣手と首名を呼び寄せ、博徳は二人の顔を交互に見比べた。

――官人は喪服を着てはならない。国衙《こくが》や官衙の政務は常の如く行え。遺骸は火葬となし、葬儀は務めて倹約せよ。

一つの時代の終焉を告げる彼女の死に、京には虚脱に近い気配が満ちた。しかしそれでも彼女の遺詔に従い、宮城は少しずつ日常を取り戻し始めている。

年明けには、新羅国から使節がやってくる。数年来の不作に対する減免措置、戸籍台帳の改正、讃良がこの世を去ろうとも、為すべきことは朝堂に山積していた。

そう、最後の大王が去った今だからこそなお、国の政は粛然と行われねばならない。それが律令に基づく小帝国のあるべき姿だ。

そしてかような理想の国を全きものとするために、自分たちはなお律令とともに歩み続けねばならぬ。

腿の上に置いた手を、いつしか廣手は固く握り締めていた。

これから行くべき道は、今まで以上に険阻である。だが宮城の奥に、この日本の枢《とぼそ》たる天皇がおわす限り、自分は国のため律令とともに在り続けるだろう。

やがて来る、万民が新たな法典を理解する世。衆星が北辰に供ずるが如く、百官百姓《ひゃくせい》が天皇を中心に規律正しく廻る国。それを真《まこと》のものとすることこそが、京に残る己の責務だ。

「双の目をしっかり見開くのじゃ。この国が如何なる形を取っているかを知り、新しき世へと導くのじゃ。よいな、日本の行く末は、すべておぬしたちにかかっておるのじゃぞ」

はいッと声をそろえて撰令所を飛び出せば、中庭には澄明な陽が砕けている。

大いなる岸辺を離れ、怒濤の大海に漕ぎ出した若き日本。まだ舵も定まらぬ遥かな海路が、春の気配を含んだ陽光の彼方に続いていると感じたのは、廣手一人であろうか。

いつか、この国は必ずや日輪の許にたどり着くだろう。

どこかで鶸《ひわ》が啼き、彼は両の拳を青い空に高く突き上げた。

吹き過ぎる風は土の匂いをはらみ、薄い絹雲がわずかに山際にたなびいている。冬の気配は既に淡く、京には爛漫の春がもうそこまで訪れていた。

■参考文献

【書籍】

古代国家の歩み　大系日本の歴史3　吉田孝　小学館
持統天皇　直木孝次郎　吉川弘文館
続日本紀1（新日本古典文学大系12）　岩波書店
奈良の都　日本の歴史3　青木和夫　中央公論新社
日本の誕生　吉田孝　岩波書店
藤原不比等　高島正人　吉川弘文館
平城京と木簡の世紀　日本の歴史04　渡辺晃宏　講談社
薬師寺 全（奈良六大寺大観6）　奈良六大寺大観刊行会編　岩波書店
律令（日本思想大系3）　岩波書店
律令国家　日本の歴史4　早川庄八　小学館

【論文】

「大王」から「天皇」へ――古代君主号の成立をめぐって――　本位田菊士（「ヒストリア」89）
大宝律令制定前後における日中間の情報伝播　坂上康俊（『法律制度　日中文化交流史叢書2』　大修館書店）
天皇号の成立とその重層構造――アマキミ・天皇・スメラミコト――　北康宏（「日本史研究」474）

本書は書き下ろしです。原稿枚数743枚（400字詰め）。

〈著者紹介〉
澤田瞳子　1977年京都市生まれ。同志社大学文学部文化史学専攻卒、同大学院修士課程修了。専門は奈良仏教史。2011年、初の小説『孤鷹の天』で第17回中山義秀文学賞を最年少受賞。2012年『満つる月の如し』で第2回本屋が選ぶ時代小説大賞受賞。本作が3作目となる。

GENTOSHA

日輪の賦
2013年3月20日　第1刷発行

著　者　澤田瞳子
発行者　見城 徹

発行所　株式会社 幻冬舎
〒151-0051 東京都渋谷区千駄ヶ谷4-9-7

電話:03(5411)6211(編集)
03(5411)6222(営業)
振替:00120-8-767643
印刷・製本所:中央精版印刷株式会社

検印廃止

ISBN978-4-344-02354-3 C0093
幻冬舎ホームページアドレス　http://www.gentosha.co.jp/

この本に関するご意見・ご感想をメールでお寄せいただく場合は、
comment@gentosha.co.jpまで。